Heinrich Böll

Kreuz ohne Liebe

Roman

Deutscher Taschenbuch Verlag

Ungekürzte Ausgabe
Oktober 2006
Deutscher Taschenbuch Verlag GmbH & Co. KG,
München
www.dtv.de

Umschlagkonzept: Balk & Brumshagen
Umschlagfoto: www.koelnerfoto.de / P. Locher
Satz: pagina GmbH, Tübingen
Gesetzt aus der Garamond 10/12·
Druck und Bindung: Druckerei C. H. Beck, Nördlingen
Gedruckt auf säurefreiem, chlorfrei gebleichtem Papier
Printed in Germany
ISBN-13: 978-3-423-13497-2
ISBN-10: 3-423-13497-6

I. Teil

I

Das Kreuz auf dem Chor der St. Marienkirche schien im Nebel zu schwanken wie die Figur am Bug eines Schiffes; es schien zu sinken und zu steigen, sich durchzukämpfen durch eine Flut, während der Nebel in dichten Wolken, fast wie Rauch an ihm vorbeizog und in die Höhe entschwand...

An einem Bücherkarren zu Füßen des hohen steilen Chores standen zwei junge Burschen, von denen der kleinere wie gebannt diesem Spiel des Nebels zusah; er hatte den Kopf in den Nacken geworfen, halb schwindelnd, aber fasziniert von diesem grandiosen Schauspiel, blickte er nach oben; der größere der beiden wühlte unentwegt in den Bücherhaufen...

»Aber sieh doch einmal, Christoph!«, rief der Kleine plötzlich und stieß den anderen an und lenkte dessen Blick nach oben. Nun sahen sie beide diesem seltsamen Wogen zu, lange ... bis die Sonne, die im Osten immer stärker wurde, den Nebel vor sich hergetrieben hatte ... und das Chor der Kirche mit dem Kreuz, ohne zu schwanken, stehen blieb...

»Seltsam, Joseph«, sagte Christoph nun, »man hätte tausend zu eins wetten mögen, daß die Kirche und das Kreuz wanke; dabei ist es doch gewiß, daß sie ruhig und fest stand, die ganze Zeit über, so wie jetzt.«

»Sicher«, sagte Joseph kurz; dann beugten sie wieder ihre Nacken und begannen weiter in den Bücherstapeln zu suchen; sie stöberten mit einer fast liebevollen Innigkeit sorgfältig die Reihen und Packen durch, jedes Buch aufschlagend und genau betrachtend; manchmal tauschten sie, ohne einander anzusehen, kurze Bemerkungen aus.

Der Besitzer des Karrens stand gleichgültig daneben, die Pfeife im Mund, und blickte gegen Himmel. Dort ging eine merkwürdige Veränderung vor sich. Erst hatte die Sonne den Nebel vertrieben und hatte einige Minuten ein helles Licht ausgeworfen, nun aber schien es, als flute hoch oben eine graue Wolkenschicht aus Westen zurück; sie verbreiterte sich immer mehr, bis der Himmel wie ein grauer Sack über der Stadt hing, trübe und undurchsichtig; irgendwo im Osten, zum Süden hin, war die Sonne nur noch wie ein gelblicher, großrandiger Fleck zu sehen. Auch das Wetter war ungewiß; manchmal hätte man meinen können, es sei kalt, und oft schien es fast noch warm zu sein; es war im November...

Zwischen den beiden Burschen stapelten sich einige Bücher auf, die sie offenbar zu kaufen gedachten; sie zeigten sie sich, lachten glücklich, blickten dann nach dem Preis, der auf der letzten Umschlagseite in großen Ziffern mit Bleistift eingezeichnet war, und legten sie dann zwischen sich.

Christoph war braunhaarig und schlank, groß; die Art, wie er die abgegriffene Schulmappe unter den Arm geklemmt hielt, hatte etwas aufreizend Gleichgültiges. Joseph, der kleinere, mit farblosem Blondhaar, war fast unscheinbar; auf seiner schnabelartigen Nase saß eine Brille; er hatte seine Tasche auf den Boden gestellt.

Die beiden bezahlten ihre Bücher und ließen sich dann vom Strom der Passanten links an dem kleinen Platz vorbei in eine große Straße treiben. Der Kleine trug seine Tasche nun am Griff, während der Große sie noch immer unter den Arm geklemmt hatte; die Tasche seines Rockes war ausgeleiert vom Druck der Hand, die die Spannung des Armes auffangen mußte...

»Du bist ein regelrechter Verführer und Erpresser«, sagte der Kleine nun lachend, während sie langsam weitergetrieben wurden, »ich konnte ja gar nichts anderes sagen als ›Ja‹, eben, als du vor der großen Pause zu Beverding tratest und sagtest, deine Eltern hätten heute silberne Hochzeit und ich sei eingeladen; ob wir nicht frei haben könnten. Dabei weißt du, daß ich gar nicht gern die Schule schwänze; es paßt ja auch gar nicht zu mir.«

»Ich weiß es; aber ich hätte heute die vaterländischen Reden Grüners nicht anhören können; ich kann es einfach nicht mehr; gerade weil ich ihn schätze, weil ich weiß, daß er großzügig, ein guter Mensch und Lehrer ist; gerade darum kann ich nicht ertragen, wenn er Unsinn redet; denn es ist Unsinn!« Er blickte Joseph wie fragend an, aber da dieser nichts antwortete, sondern ihn nur, halb lächelnd und halb ärgerlich, anblickte, fuhr er fort: »Ich halte es für ein Verbrechen, dem Krieg auch nur den geringsten romantischen Schimmer zu geben. Die Überlebenden von Langemarck hätten die Aufgabe, die vielen Langemarcks, die uns vielleicht noch blühen, zu verhindern, anstatt nun ihr Langemarck unter Aufwand von Tränen und blitzenden Dekorationen zu einem Mythos zu erheben. Es ist und bleibt eine Tatsache, daß Wilhelm der Zweite nichts als ein blödes Schwein war, und ich finde es fürchterlich, in einer preußischen Uniform für die preußische Glorie gestorben zu sein. Sie *sind* aber nicht dafür gestorben, es wäre gräßlich und unmenschlich, wenn sie dafür gestorben wären ... sie...«

Joseph drängte ihn plötzlich nach rechts in eine ruhige, graue Straße. »Verzeih«, sagte er still, »wollen wir nicht eine Tasse Kaffee trinken?«

»Gewiß, vielleicht bei Grothaß hier, hast du denn noch Geld?«

Joseph nickte und ließ sich dann in eine enge Straße führen. Sie betraten das Café, einen großen, tiefreichenden Raum, in dessen hinteren Partien am hellen Tage Lampen brannten, da das Licht der Fenster nicht bis in die äußersten Ecken reichte. Der Raum war nur schwach besetzt. Christoph drang bis in die äußerste, dunkelste Ecke vor, wo ein ganzer Bezirk von Tischen und Stühlen frei war. Er schien das schmale, blonde Mädchen im weißen Spitzenhäubchen, das sofort zur Bedienung herbeikam, zu kennen; sie nickten einander lächelnd zu.

»Wieviel Geld hast du?«, fragte er flüsternd, und da Joseph antwortete: »Zwei Mark«, bestellte er: »Zwei Kaffee und eine Schachtel Zigaretten.« – »Und zwei Stück Kuchen, bitte«, fügte Joseph bescheiden hinzu.

Sie legten ihre Schulmappen auf einen Stuhl und setzten sich. Dann schwiegen sie eine Weile, bis das Mädchen Kaffee, Kuchen und Zigaretten gebracht hatte. Christoph griff zuerst zu den Zigaretten, brannte eine an und tat Milch und Zucker in den Kaffee. Joseph rührte bedächtig in seiner Tasse und zog einen der Kuchenteller zu sich heran. »Was meintest du eben, als du sagtest, sie *sind* nicht dafür gestorben?«

»Sie sind gestorben, gefallen, weil Gott wollte, daß sie leiden sollten, und weil Er ihr Leben haben wollte, verstehst du? Es kann doch nicht möglich sein, daß sie wirklich und wahrhaftig von Gott ins Leben gerufen worden sind, um für die preußische Glorie in preußischer Uniform zu sterben, verstehst du, ich bitte dich!« Er schlug mit der Hand auf den Tisch. »Es *kann* doch einfach nicht sein; es war doch nicht ihre Bestimmung.« Joseph blickte verwirrt von seinem Kuchenteller auf.

»Es hört sich sehr verführerisch an. Aber Tatsache ist

doch, daß sie an Preußen-Deutschland glaubten und dafür in den Tod gegangen sind ... Tatsache, sie waren ehrliche junge Leute...«

»Gewiß, aber ich sage dir, daß dieser grandiose Irrtum aus ihren Herzen und von ihren Lippen genommen worden ist, in dem Augenblick, wo sie starben. Es ist doch unmöglich, daß sie wirklich und wahrhaft für diesen Blödsinn gestorben sind; sie müßten ja am jüngsten Tage als Leutnants in preußischer Uniform auferstehen von den Toten, wenn das wahr wäre, verstehst du mich? Es ist alles Unsinn, dieses mehr oder weniger sentimentale Gerede, sentimental, weil ein wahnsinniges Gewicht von Gefühlen auf etwas Unwesentliches gelegt wird ... eine schauerliche Rührung. ›Unsere Jungens, unsere braven Jungens‹, so reden sie in den Sprachen aller Völker von allen Gefallenen aller Kriege. ›Unsere Jungens‹, es ist etwas Fürchterliches in diesem Ausspruch. Ach«, er zündete sich hastig eine neue Zigarette an, während Joseph die letzten Kuchenkrümel vom Teller nahm, »unsere Jungens müssen Mäntel haben, Kochgeschirre, Wein, Zigaretten, was weiß ich alles ... so hieß es in allen Kriegen; und unsere Jungens ließen sich einige Monate brav anschnauzen, ließen sich mit schaurigen Suppen füttern, beschimpfen, quälen, ließen sich photographieren mit Stahlhelmen, ehe sie endlich, endlich den Heldentod sterben durften; und darum hasse ich sie!« Er schlug wieder heftig auf den Tisch, »Ich hasse sie, diese alten Stockfische, die heute, fünfzehn Jahre nach dem letzten Krieg, wieder mit Spazierstöcken, die sie wie Gewehre geschultert haben, im Parademarsch an irgendeinem klapprigen General vorbeimarschieren, an ihren vaterländischen Gedenktagen, ihre Orden auf der Brust und die Tränen der Sentimentalität in ihren Augen; ich hasse sie, unsere ›alten Jungens‹ – unsere Jungens sind Tröpfe, und ich finde nur

Trost über ihren Tod, wenn ich glaube, daß sie nicht fürs Vaterland gestorben sind, sondern daß Gott ihnen ihre vaterländischen Lieder von den Lippen genommen hat – um sie dort oben bessere Hymnen singen zu lassen.«

Joseph schob den leeren Kuchenteller von sich. Christoph rückte ihm den zweiten zu; seine Stirn war gerötet, er lachte verlegen. »Komm, iß den auch noch, ich habe wirklich keinen Hunger.« Joseph zögerte einen Augenblick, lächelte dann und begann das zweite Stück Kuchen zu essen.

»Es klingt mir allzu verführerisch, was du sagst; es ist so furchtbar einleuchtend, wie nur ... wie nur ein grandioser Irrtum sein kann.«

»Aber bitte, erkläre mir, wieso...«

Joseph hob nur hilflos die Hände: »Ich kann es dir nicht erklären, ich kann einfach nicht diskutieren; ich finde, deine Worte haben etwas Grausames, es sind fast Schimpfworte, beleidigende Schimpfworte.«

»Genau so wie Christus sich Schimpfwörter bediente, wenn er die Pharisäer und die Händler im Tempel mit Worten festnagelte«, sagte Christoph leise.

Joseph fuhr erschreckt hoch; er starrte ihn einen Augenblick an; seine Augen weiteten sich hinter den Brillengläsern. »Oh, ich glaube wohl, daß wir Christus nachfolgen sollen, aber nicht, wenn er als Richter auftritt ... nein ... nein«, er hob abwehrend traurig die Hände. »Gewiß nicht.«

»Nein ... nein«, rief Christoph, »wir wollen uns weiter blöde machen lassen, wir sollen zusehen, wie sie trommeln, trommeln ... diese Idioten, die ich alte Stockfische nannte, bis wir eines Tages an der Reihe sind, ›unsere braven Jungens‹ zu spielen? Jawohl«, er begegnete einem fragenden Blick des Freundes, »jawohl, eines Tages werden wir diese wunderbare geschichtliche Aufgabe übernehmen, mit Kochgeschirr und Feldflasche irgendwo im Dreck zu liegen, nachdem wir auf Kasernenhöfen stumpfsinnig exerziert worden sind. Das wird das Ende von diesen lächerlichen vaterländischen Schaustellungen sein. Mein Gott, die Deutschen sind doch froh, wenn sie eine Uniform tragen dürfen.«

»Ich weiß gar nicht, worauf du hinaus willst. Meinst du, der Krieg wäre wirklich abzuschaffen?«

»Nein, aber wenn ich eines Tages in einen Krieg ziehen müßte, möchte ich mir klar darüber sein, daß ich nicht für die Uniform leide, die ich tragen muß, und nicht für die Macht, die mir diese Uniform anzieht ... ich könnte es nicht ertragen, wenn ich wirklich und wahrhaft dafür leiden müßte. Dieses Leid von Millionen muß doch irgendeinen Sinn haben, einen anderen als politischen Sinn, verstehst du mich? Wenn kein Haar ohne den Willen Gottes von unserem Haupte fällt – und ich glaube daran –, dann glaube ich nicht, daß wir mit dem Willen Gottes in einem zukünftigen Langemarck für die preußische Glorie fallen werden, oder ›Um Deutschlands willen‹, wir braven Jungens ... nein, nein!«

Joseph hob den Kopf: »Du redest so furchtbar selbstverständlich davon, daß es wieder Krieg geben wird.«

»Natürlich, denn wir werden die elementare Konzeption der Welt nicht ändern können; es wird Krieg geben, genau so wie es arm und reich geben wird, immer, solange die Welt besteht, und je länger sie besteht, um so ungerechter werden die Kriege sein, um so ärmer die Armen; denn man wird ihnen nicht einmal den Trost des Christentums lassen, daß ihre Armut ihnen in einer höheren Ordnung einen Rang über den Reichen gibt...«

»Und du möchtest den armen Soldaten nicht einmal

den Trost lassen, daß sie fürs Vaterland sterben und leiden ... und...«

»Jawohl«, unterbrach ihn Christoph wieder heftig, »weil es kein wirklicher Trost *ist*, mein Gott, Joseph, ich begreife dich nicht mehr!«

Er blickte den Freund mit einem erschreckten Erstaunen an.

»Ach«, Joseph machte eine müde Geste und strich sich über den Kopf, als habe er stechende Schmerzen. »Ach, ich weiß ja, daß du recht hast; aber ich finde es eben furchtbar, daß du recht hast.«

Sie schwiegen wieder eine Weile; dann sagte Joseph mit leiser Stimme: »Furchtbar ist es, ja; ach, ich habe es wohl begriffen ... ein Krieg ist eben nichts als eine millionenfache Kreuzigung, und die Armut ist eine ständige, ewig fortwirkende Kreuzigung; aber ich fürchte, du begreifst in deiner Begeisterung gar nicht, was das heißt: Kreuzigung.«

Christoph senkte beschämt den Kopf: »Wir werden es in dem Augenblick wissen, wo wir an der Reihe sind«, er sprach ganz leise, »vorläufig ist alles Geschwätz, Geschwätz...«

Sie tranken schweigend ihren Kaffee aus; dann bezahlten sie.

Draußen hatte sich der hellgraue Himmel noch mehr verdunkelt; schwärzlichdunkle Schleier schienen wie Vorhänge vorgezogen; zum Mittag hin hatte sich der Verkehr in den Straßen noch gesteigert. In den großen Straßen bewegten sich die Menschen wie ein grauer, hoffnungsloser Brei, der von irgendeinem Löffel umgerührt wird.

Die beiden ließen sich eine Strecke von diesem Strom mittreiben, dann lösten sie sich aus der Masse und traten in eine stillere Nebenstraße; es war wie ein Abspringen von einem weiter-, immer weiterlaufenden Band der Trägheit. Ohne einander zu verständigen, lenkten sie ihre Schritte zu dem Portal jener Kirche, an deren Chor sie vor einer Stunde gestanden hatten. Sie betraten den leeren, großen, stillen Raum von romanischer Sanftmut und Innigkeit. Sie atmeten beide schwer und tief, oben in der Kirche unter dem Turm stehend; es war, als atmeten sie mit einer schmerzlichen Seligkeit die Stille und die Ruhe dieser unsagbar innigen Kirche. Das Schweigen des Raumes war wie eine wunderbare Sprache, die sie berührte wie ein sanftes, fernes und doch wirkliches Wehen, das sie gleichsam aufschloß. Und Christoph war beschämt über seine Worte ... das Schweigen des Raumes war wie eine sphärische Musik, und es weckte das Echo seiner Worte wieder in ihm auf; hohl und tönern klang es in ihm wider. Sie hatten beide das Gefühl, in die Ewigkeit gleichsam hineinzusinken ... zu gleiten über die schmale Brücke der Zeit in die Ewigkeit, während der Hammer des Gewissens unaufhörlich ihre Worte wachrief...

Dann erschraken sie beide, als plötzlich laut und nah über ihren Köpfen die Glocke mit hellen, jähen Schlägen den Mittag einläutete. Es war, als würde das Gewölbe der Stille zertrümmert und begrübe ihre Sicherheit, ihre Ruhe und ihr Glück ... sie blickten einander erschreckt an, dann segneten sie sich und verließen eilig den Raum...

2

»Man müßte das Credo umändern!«, rief Christoph mit leidenschaftlicher Stimme, ›et credo in diabolum‹ hinzufügen. Ja, denn wer nicht an den Teufel glaubt, glaubt nicht an Gott und leugnet die Wirklichkeit. Dieser verfluchte Mischmasch aus guten und schlechten Ideen, den ihr euer Programm nennt; das ist die gefährlichste Erscheinungsform des Irrtums: eine wunderbare menschliche Wahrheit mit einem Anhang, der des Teufels ist. Und ihr habt euch da den schönsten Blumenstrauß zusammengesucht, aus jeder Sparte des Materialismus eine verführerische Phrase, und das haltet ihr dem Volk unter die Nase, bis es besoffen wird von eurem infernalischen Geschwätz.«

»Man muß mit der öffentlichen Meinung rechnen«, sagte Hans trocken, »so wirklichkeitsliebend ihr euch glaubt, seid ihr doch nichts anderes als Phantasten.«

»Ja, ihr schmeichelt dem Volk, um es eines Tages vor die Maschinengewehre zu hetzen. Um Deutschlands willen! Die alte Phrase wird immer ziehen; zieht ihnen nur Uniformen an; macht euch wirkliches Unrecht, das uns zugefügt wurde, zunutze, um euren Dreck auszubrüten! Die öffentliche Meinung!« Er warf die Zigarette wütend in den Aschenbecher und blickte in das lächelnde, etwas verächtliche Gesicht seines Bruders.

»Ihr seid die Fanatiker bürgerlicher und religiöser Vorurteile.«

»Das ist nicht wahr«, sagte Joseph nun ruhig und fest; und seine kleine Stimme hatte eine ungeheuerliche Gewalt. »Wir möchten die unbegrabenen Leichen, unsere Zeitgenossen, noch zum Leben erwecken, ehe sie endgültig ins Grab gescharrt werden. Ihr aber werdet sie mißbrauchen zu nichts anderem als Unheil; statt sie liebevoll zu hegen und zu pflegen und ihnen die Wahrheit, die sie seit Hunderten von Jahren verloren haben, in vorsichtigen Dosen einzuflößen, pumpt ihr sie voll mit aufgeblähtem Nichts; mit blindem, blaffenden Geschrei; aber ich sage dir, diese Leichen, die ihr vollschreit mit eurem Spülicht, werden euer Untergang sein! Und hüte dich vor der öffentlichen Meinung, mein Lieber!« Joseph wandte sich auf seinem Klavierstuhl um, erhob sich und begann im Zimmer auf- und abzugehen. »Die öffentliche Meinung ist ein Ungeheuer, das soviele Fratzen hat, wie es Möglichkeiten zwischen der absoluten Wahrheit und ihrem absoluten Gegenteil gibt; man könnte sie malen als vielköpfigen Drachen, schwarz auf blauem Grund, der gleichzeitig ›Hosianna‹ und ›Kruzifige‹ schreit...«

»Ihr mißachtet also das Volk, das die sogenannte öffentliche Meinung ja darstellt?«, fragte Hans fast lauernd.

»Nein, wir lieben das Volk. Aber die einzige Möglichkeit, eine Masse in menschlich erträglicher Form einem gemeinsamen Gedanken unterzuordnen, ist die göttliche Liturgie; ihr aber entfesselt die niedrigsten Instinkte, befriedigt sie nur halb, laßt sie immer mehr anschwellen wie ein drohendes Gewässer und lenkt sie dann in die Kanäle eurer Macht; ihr betrügt das Volk mit seiner eigenen Geilheit, Scharlatane seid ihr«, er wandte sich Christoph zu: »Und das Credo braucht nicht umgeändert zu werden: Abgestiegen zu der Hölle, steht dort, und wer Ohren hat zu hören, mag es hören: Abgestiegen zu der Hölle!«

Hans blickte die beiden mit einem seltsamen Blick an; Trauer und zugleich Spott lag in seinen Augen, etwas von der landläufigen Überlegenheit Erwachsener Kindern gegenüber war darin und eine gewisse Härte.

»Es dürfte also klar sein, daß wir endgültig politische Gegner geworden sind.« Er sprach ganz ruhig.

»Nein! Nein!«, rief Joseph. »Religiöse Gegner!«

Aber sie erschraken beide, als Hans nun jäh aufbrauste; die besonnene Ruhe verlor sich, sein Gesicht zuckte. »Das ist nicht wahr! Religion hat mit Politik nichts zu tun. Jedenfalls nicht in der Öffentlichkeit!« Er schämte sich plötzlich seiner Erregung, errötete und blickte eigensinnig zu Boden.

»Auch ein landläufiger Irrtum, mein Lieber; ich kann den Glauben und die Hoffnung und die Liebe nicht von meinen Handlungen trennen. Mein Gott, wir können uns das Leben doch nicht zusammenkonstruieren aus einzelnen Spezialitäten, ausgeklügelten Techniken, deren sich jede nach eigenen Gesetzen vollzieht. Unser Leben ist wie eine Palette mit vielen Farben, und wir haben ein Gemälde daraus zu malen; alles muß in allem sein. Wenn ihr schon euren Irrtum konsequent durchführen wolltet und hieltet euch aus der Religion, aber das geht eben nicht; die Gesetze der Religion erfüllen sich an euch, ohne daß ihr es verhindern könnt. In alles steckt ihr eure Nase, denn ihr seid eben nichts anderes als eine neue Religion und wollt nur nicht die Bürger erschrecken, die euch die liebsten Schäfchen sind. Früher war eine Häresie eine Häresie, verdammt noch mal, aber heute haben die Irrlehren irgendwelche sanften und sentimentalen politischen Namen, inwendig aber sind sie Wölfe, die von religiösem Fanatismus fast platzen, grausam und reißend; eure Leichen...«

Aber in diesem Augenblick steckte Frau Bachem den Kopf zur Tür herein und sagte: »Verzeihung ... aber

Hans, du mußt dich anziehen; Vater wartet schon; wir müssen gehen.« Dann trat sie ganz ein und fragte: »Sprecht ihr von Leichen?«

»Ja«, sagte Joseph ruhig, »von unbegrabenen Leichen.«

»Eine rhetorische Phrase?« Sie schob Hans zur Tür hinaus, blieb aber selbst im Raum und begann ihre Handschuhe überzuziehen. »Eine rhetorische Phrase?«, wiederholte sie.

»Nein«, antwortete Christoph nun, »eine Bezeichnung, die Joseph für unsere Zeitgenossen wählte, die große Masse der geistig Heimatlosen, der Hilflosen und Verwirrten…«

»Ist diese Bezeichnung nicht ein wenig lieblos?«

Joseph errötete. »Vielleicht haben Sie recht; aber ich finde, es nützt wenig, wenn man einen Kranken über seinen Zustand hinwegzutäuschen versucht; es sei denn, man…«

»Man hofft auf die Gnade, die mehr vermag als menschliche Kunst, nicht wahr, das wolltest du doch sagen?«

»Ungefähr«, lächelte Joseph. »Aber man kann der Gnade den Weg bereiten; sie ist doch wie ein Samenkorn, das aufgehen muß; warum soll man nicht versuchen, den Boden auszujäten; auf die Gnade hoffen und für sie wirken, beides zugleich.«

»Hattet ihr einen besonderen Grund, so eifrig zu sprechen? Ist etwas geschehen?«

»Hans scheint sehr zu sympathisieren mit einer dieser neuen Richtungen, die sehr stark geworden ist; die mit dem Hakenkreuz.«

»Oh weh«, rief Frau Bachem bestürzt, »das verkehrte Kreuz, das kenne ich; unter diesem Zeichen wird nichts Gutes geschehen.« Sie blickte die beiden Jungen erschreckt an: »Was ist's damit?«

»Es scheint die neue Sonne zu sein, die die politische Finsternis erhellen soll; Rettung, Erlösung, alles; es fehlt nur noch der Segen Preußens, ohne den in Deutschland leider keine politische Neuerung möglich ist, auch in der Republik; und ich fürchte, es wird der letzte Segen sein, den Preußen über Deutschland spendet...«

Joseph erschrak, als er plötzlich das schneeweiße Gesicht der Frau sah, und Christoph lief ängstlich auf die Mutter zu; es schien fast, als schwanke sie; aber sie wehrte den Jungen ab. »Laß nur«, sagte sie wieder lächelnd, »und leg du dich hin; eine Grippe ist keine Kleinigkeit; und du solltest ja nur eine halbe Stunde aufbleiben. Komm, sei vernünftig, leg dich wieder.«

Sie schlug das Bett auf; draußen rief nun die Stimme des Vaters: »Johanna, kommst du?« Christoph begann seufzend den Rock auszuziehen. Joseph wandte sich Frau Bachem zu: »Wenn Sie zu Fuß gehen, begleite ich Sie ein Stück, darf ich?«

Er drückte Christoph die Hand und verließ mit der Mutter das Zimmer.

Schon während sie die Treppe hinabstieg, überlegte Frau Bachem, wie sie den Theaterbesuch umgehen könnte; das fröhliche Gesicht ihrer Tochter war ihr ebenso schrecklich wie Hansens Gleichgültigkeit und ihres Mannes biedere Freude. Sie ging auf der Straße neben Joseph her, und beide schwiegen, aber es war ihnen, als schwebe Ungesagtes zwischen ihnen; das Gespräch von vorhin, scheinbar scherzhaft und leicht, wie alle politischen Gespräche seit Jahren, schien sich mit einem ungeheuren Gewicht zu füllen und auf ihnen zu liegen; es war, als ginge Josephs Wort von den unbegrabenen Leichen ihr nun in einer höheren Wirklichkeit auf, gleichsam gefiltert kam es auf sie zurück in den Gesichtern der vielen, vielen hier auf der

Straße, die unruhig und hastig, doch ziellos umherschweiften; es schien ihr, als ginge der gräßliche Lärm der Straße ihr nun zum ersten Male auf; Musik aus den Restaurants, Ausrufer, Ausrufer, als ein schrecklicher Gegensatz zur stummen Starrheit der Gesichter dieser ziellosen, unruhigen Gestalten, die wie Leichen im Wasser je nach der Strömung hierhin und dorthin trieben, wieder zurück und wieder vor; es war etwas von der hilflosen und grotesken Bewegung von Fischen, die aufs Trockene geworfen sind, in diesem heillosen Getriebe. Ja, aus ihrem Element geworfen waren die Menschen, ihr Feuer war erloschen; selbst ihre Laster waren keine Leidenschaften mehr, nicht einmal ihre Sünden hatten noch Kraft; es war nichts als ein Wiederkäuen fader Genüsse, aller Poligkeit beraubt...

»Unbegrabene Leichen!«, dachte sie verzweifelt; dann erschrak sie, als Joseph ihren Arm berührte, um sich zu verabschieden. »Auf Wiedersehen«, murmelte er, und seine kleine Gestalt verschwand in der Menge.

Kälte und eine tiefe Einsamkeit umfingen sie; sie nahm den Arm ihres Mannes und ließ sich willenlos führen; sie war zu müde, nach Einwendungen gegen den Theaterbesuch zu suchen. Etwas Dunkles und Unheilvolles schien ihr geboren, das sein Gesicht noch verbarg; etwas, was unbedingt Wirklichkeit war, spürbar und fast hörbar in ihr, wie das sanfte Flattern eines apokalyptischen Vogels. Ein Bild schien in ihr aufgestellt, verhüllt noch und drohend, und so sehr sie auch in das Dunkle hineintastete und lauschte, sie konnte nichts entziffern, nichts ergründen; sie sah die Umwelt, hörte und roch sie, dieser ganze wilde »Betrieb« des Samstagabends in der Stadt, alles war ihr nahe, und doch war es hinausgerückt in eine höhere Wirklichkeit, die schrecklich war. »Leichen in einem Käfig«, dachte sie schaudernd, »mit hilflosen Händen und dumpfen Köpfen gegen ihr Gefängnis pochend, kaum hoffend noch, daß jemand sie erlöse...«

Das Wort des kleinen, unscheinbaren Burschen, der sich im Gewühl verloren hatte, klang in ihr nach, unaufhörlich sich brechend und Echo werfend und abschwellend, aufklingend mit wilder Gewalt; etwas Unheimliches hing in der Luft, Unheil, das sich niedersenken würde; die tausend verschiedenen Schatten, die über der Gegenwart lagen, schienen sich zusammenzuziehen in einer einzigen dunklen Wolke aus Entsetzen und Grauen...

Sie betrat das Theater an der Seite ihres Mannes, ließ sich an der Garderobe gleichgültig den Mantel abnehmen; dann war sie glücklich, als der Vorhang aufging, und sie war allein, allein mit sich in der Dunkelheit...

Sie war eine seltsame Frau. Mancherlei Glück und Unglück hatten sie bewahrt vor jenen landläufigen Vorurteilen und Einbildungen, die man üblicherweise unter dem Wort »gebildete Frau« zusammenfaßt; obwohl sie als Tochter eines Beamten alles hatte durchmachen müssen, was man zur Erziehung eines jungen Mädchens gegen Ende des 19. Jahrhunderts für notwendig erachtete, hatte sie sich Unmittelbarkeit des Herzens und Geistes erhalten; eine gewisse kosmische Neugierde, die das Merkmal der Jugend ist, und einen fast übernatürlichen Sinn für die Wirklichkeit. Wenn ein Bettler an ihrem Küchentisch seinen Anteil vom Essen bekam und sich dann verpflichtet fühlte, allerlei Geschichten zu erzählen, deren Glaubwürdigkeit fraglich war, so war sie sich klar darüber, daß der Hunger des Mannes, auch wenn er log, der gleiche blieb; und sie hütete sich wohl, sich für besser zu halten als den Geringsten, der an ihre Tür klopfte. Da sie im Grunde ihres Herzens jung geblieben war, war ihr das Leben rasend schnell vergangen. Kindheit und Jugend in der Atmosphäre eines kleinstädtischen Beamtenhauses, umdüstert von der etwas jansenistischen Frömmigkeit der Mutter ... Krieg und Hunger, Inflation und Hunger, Wirrwarr und Hunger; alles war ihr so schnell hingegangen, alles, was unüberwindlich geschienen hatte; oft, wenn sie aus tiefen Träumen aufschreckte, erschienen ihr die eigenen Kinder wie Fremdlinge. Mein Gott! Eine erwachsene Tochter und zwei große Söhne!

Durch die Szene auf der Bühne hindurch sah sie das verhangene Gesicht der Zukunft; manchmal schrak sie auf, wenn der Beifall wie eine harte Welle in die spannungsvolle Stille schlug; sie versuchte, sich anzuklammern an die Erinnerungen, versuchte, sich mitreißen zu lassen vom Spiel auf der Bühne, aber immer wieder quoll die dunkle Welle in ihr auf, die finstere Flut der Angst; es wuchs in ihr, blähte sich wie aus mächtigen Wolken in ihr auf, und wenn sie dann zitternd wartete, daß das Gewölbe im Inneren zusammenstürzen würde, verflüchtigte es sich wie ein schwärzlicher Schaum und begann im gleichen Augenblick wieder von unten her aufzusteigen, wie ein häßliches, faseriges Gewächs, ein mageres Geäst, mit schwarzen Schleiern verhangen, dessen Vollendung es zu sein schien, sich aufzulösen und dann aus offenbar unerschöpflichen Samen von unten neu aufzuwachsen; es waren merkwürdige Schauer, die sie durchzogen, sie glaubte, die Berührung dieser unheilvollen Gebilde auch physisch zu spüren, wie eine schaurige Berührung sanfter, spinnenartiger, wesenloser Finger; die schwarze Zukunft schien ihr zu weben, zu weben, unablässig, aber sie enthüllte sich nicht; sie bildete ein Band schwarzer, düsterer Gespinste, die durch sie hindurchglitten, irgendwo gehortet wurden, um eines Tages hinausgerissen zu werden in das Licht der Wirklichkeit...

Ja, nun wurde es ernst, sie spürte es; alles, alle Gespräche über Politik und Religion, diese großen Worte der Jungens, die ernstgemeint waren, aber doch viel vom Spiel hatten, vom wunderbaren Spiel mit dem Wort; dieses freizügige und niemals feindselige Diskutieren, das sie nannten »das glühende Eisen schmieden«, würde bald vom grausamen Gatter einer Unerbittlichkeit umschlossen werden. Das Lachen der drei Jungens klang ihr noch in den Ohren. Ja, sie hatten gelacht, gemeinsam gelacht. Diese Szene war ihr auf eine schreckliche Weise bekannt erschienen, und als sie wenige Sekunden später erbleicht war, im Schlafzimmer der Jungen, war es darum, weil ihr plötzlich die Erinnerung gekommen war: Genau so hatten damals ihre beiden Brüder und ihr Vetter gelacht, als sie unverhofft in deren Zimmer getreten war und ihnen verkündete, daß sie sich verlobt habe: »Johanna hat sich verlobt, hurra!«, hatte ihr Bruder Hans gerufen, und sie hatten alle drei gelacht ... ein halbes Jahr später waren sie alle drei tot, niedergewalzt im Kriege, spurlos verschwunden, alle in einer Kompanie ... der Erde gleich, ihr wieder anvertraut in Atomen, zerrissen von einer Granate. Ach, wie hätte sie den Jungens erklären können, warum sie erbleichte! Es war ja so sinnlos. War nicht ein grausamer Zusammenhang zwischen diesem Lachen, den unbegrabenen Leichen ... und dem Hakenkreuz? Sie schauderte in sich hinein; sie war so sehr mit sich allein, daß die ganze Welt versank; Dunkelheit und Kälte schienen eins zu werden, zu verschmilzen...

Irgend etwas war in ihr ausgelöst durch dieses Wort von Joseph, und immer hing es wie ein finsterer Klumpen in ihr, der sich auflöste und neubildete, zerfloß wie ein Gewebe und sich ballte wie ein Ball aus nackter Nacht...

Sie ließ »alles über sich ergehen«; eine gräßliche Apathie, gegen die sie sich wehrlos fühlte, solange das Ungeheure keine Gestalt angenommen hatte; und sie wußte auch, daß keine Ungeduld ihr das Bild vor der Zeit enthüllen würde ... sie mußte warten, warten...

Sie war wie abwesend, als sie das Theater verließen und durch den kalten häßlichen Januarabend nach Hause gingen...

So dicht und unabweisbar hatte sich das Dunkle, das drohende Gesicht der Zukunft noch nie in ihr aufgehängt; es blieb in ihr, und kein Gebet erlöste sie davon; früher hatte sie immer Frieden gefunden, wenn sie abends in der Dunkelheit an ihrem Bett kniete und betete; nun aber haftete es und ließ sich nicht auslöschen; die ganze geheimnisvolle Kammer, aus der sich ihre Trauer gespeist hatte, schien nun mit einem Male ausgelöst und völlig erdrükkend auf sie gefallen mit ihrem Gewicht. Sie fand kaum noch Atem genug, die Notwendigkeiten ihres pflichtenreichen Lebens zu erfüllen; denn das war das Unbarmherzigste: daß das Leben weiterging; immer hatte sie dieses tröstlich und schrecklich zugleich empfunden; ob irgendwo in der Welt Millionen hungerten oder starben in irgendeinem Krieg: Sie mußte morgens den Ofen anzünden und das Frühstück besorgen...

Viele Stunden lag sie wach am Abend, preisgegeben diesem schwelenden Atem des Nichts, hingestreckt vor diesem brodelnden Hauch, der wuchs, durch sie hinströmte und sich in geheimen Kammern barg, wie eine Beute, die die Angst in ihr aufstapelte, um sie viele Jahre hindurch in ihrem Bann zu halten; ja, die Angst speicherte sich in ihr auf; Angst und Grauen tropften sie voll mit Kälte und Schrecken und überhäuften sie mit scheußlichen, sanften Zärtlichkeiten; gossen aus geheimnisvollen Kübeln immer wieder in sie hinein; es war eine rätselhafte Substanz, etwas wie zwischen Wasser und Luft, leicht und doch von einer ekelhaften Feuchtigkeit, die an Wasser gemahnte, an dünnes, fast dunstartiges Wasser, und schwarz war es, von der Schwärze jener schrecklichen Brühen, die aus Fabriken abfließen...

Ach, sie hatte doch gewußt, daß die Verzweiflung sanft und unheimlich ist, manchmal fast süß, eine Hingegebenheit an das verlorene Nichts; aber sie hatte nicht gewußt, daß sie so unendlich sein könnte. Alles war ihr entfallen, Ursache und Beginn dieses dunklen Strömens, sie wußte nur und fühlte es jede Sekunde, daß es wirklich war; und sie überließ sich ihm; sie war einfach gelähmt, denn das Böse lähmt uns, solange wir es nicht erkannt haben...

Spät fiel sie in einen bleiernen Schlaf, traumlos und tief, als sänke sie durch eine dichte, metallische Flüssigkeit auf den Grund eines Beckens, beladen mit dem Gewicht der Welt...

Im Banne der Gewohnheit erhob sie sich; aber nun war die gelinde Hoffnung erwacht, daß es sich enthüllen würde; Form und Weg dieses Unheils mußten sich doch irgendwie offenbaren; dann würde sie erwachen können zum Gebet; denn auch am Morgen blieb ihr noch das Gebet versagt; und die Tränen waren ausgetrocknet. Sie bewegte sich wie eine Tote, versorgte den Haushalt mit gleichgültigen Händen; betrachtete fast mit Kälte ihre beiden großen, schönen Jungen, ehe sie sie weckte; klopfte an die Tür ihrer Tochter, bereitete das Frühstück und weckte dann ihren Mann, der wie immer harmlos und ruhig schlief wie ein Säugling...

Als Hans zur Schule gefahren war und ihr Mann mit der Tochter sich auf den Weg gemacht hatte, horchte sie lange am Schlafzimmer der Jungens und glaubte Christophs ruhigen Atem zu hören; er schien wieder eingeschlafen zu sein...

Die Arbeit ging ihr kaum von der Hand; sie begann die

gewohnten Dinge, vollendete sie nicht und legte sie beiseite; eine seltsame ruhelose Ungeduld hatte sie ergriffen, als müsse sie auf etwas warten; als sei etwas geschehen, das angetan war, den dumpfen Block in ihr zu lösen oder zu beleuchten...

Manchmal ertappte sie sich, daß sie mit lauschendem Gesicht in der Diele stand und zur Treppe hinhorchte; aber es geschah nichts; und die Zeit floß mit einer ungeheuerlichen Schnelligkeit; die Zeit zerbröckelte ihr gleichsam zwischen den Händen; sie spürte kaum, daß es kalt war, und vergaß, in Christophs Zimmer den Ofen anzuzünden; es war fast etwas Schuldhaftes in ihrer Ungeduld, etwas seltsam Gehetztes, als sei sie verfolgt, und sei doch froh, wenn der Verfolger sie erreiche, damit sie endlich sein Gesicht sehen könne...

Sie schrak von irgendeiner Arbeit auf, als Christoph plötzlich mit verschlafenem Gesicht in der Tür stand und verkündete, daß es zehn Uhr sei; sie stellte ihm das Frühstück zurecht und betrachtete ihn aufmerksam; sie war so sehr verkapselt in ihren eigenen dunklen Finsternissen, daß sie ihn mit einer fast kalten Aufmerksamkeit betrachtete; er sah besser aus; die großen Augen, seltsam pigmentreich, die Farbe wechselnd zwischen einem schillernden Grün und lebhaften Braun, waren wieder glänzend; nur der Bart verunstaltete noch das Gesicht; Christoph bemerkte erschreckt den fremden Blick der Mutter; ihr Gesicht war so schlaff und matt; er wagte nicht, mit ihr zu sprechen, erhob sich und ging ins Badezimmer; die Mutter hatte ihn schon wieder vergessen, kaum daß er zur Tür hinaus war...

Sie wußte nicht, wie lange seitdem verstrichen war, als die Klingel ging, und bei ihrem heftigen Zusammenzukken war sie selbst erstaunt, daß noch so viel Leben in ihr war; es war etwas Unheilvolles und Tröstliches in diesem

Geräusch der Klingel: Die Klingel brachte die Gewißheit, sie spürte es, eine böse Gewißheit, aber immerhin Gewißheit; niemals im Leben würde sie das Geräusch der Klingel vergessen: Es klang wie immer, laut und etwas kratzend in der großen Diele, und doch ... doch, es klang darin etwas mit, was unbeschreiblich war; etwas vom geheimnisvollen Schrecken der Frohbotschaft, die mit dem Blute Christi bezahlt ist...

Sie öffnete die Tür und war nicht erstaunt, Joseph zu sehen; auch sein bleiches Gesicht mit den vor Erregung flackernden Augen, die hinter den Brillengläsern zu tanzen schienen, verwunderte sie nicht...

Er drückte ihr die Hand, blickte sie erstaunt an und ging an ihr vorbei auf Christoph zu, der in der Tür zum Schlafzimmer stand.

Willenlos wie eine Verurteilte folgte sie den beiden Jungen; sie schloß hinter sich die Tür.

Joseph stand mitten im Zimmer; eine fast abwesende Nachdenklichkeit umdüsterte seine Stirn; er langte plötzlich in seine Tasche, zog ein zusammengefaltetes Blatt Papier heraus und überreichte es Christoph: »Ich habe lange gezweifelt, ob du es verstehen würdest, aber verzeih mir, ich bin nun gewiß: Es ist die Kriegserklärung der Unterwelt, die wir täglich tausendmal erleben, die sich aber nur selten so in aller politischen Macht und Herrlichkeit vollzieht...«

Christoph betrachtete nach einem Blick auf die Mutter das Blatt.

Es zeigte das fade und fahle Gesicht eines Mannes, dunkel und wirrhaarig, breit und gewöhnlich, ein kleiner Schnurrbart auf der Oberlippe; nur in den hellen, großen Augen glomm das Ungewöhnliche in einem gefährlichen Feuer, verzehrend und fanatisch; das Gesicht eines Scharlatans: pöbelhaft, mit einem schmeichlerischen

Haß um den Mund, gemein und mit Möglichkeiten aller Form...

Christoph blickte gebannt auf dieses Gesicht mit den fast hysterisch schillernden großen Augen; dann wandte er sich mit verzerrtem Gesicht ab, zerknüllte das Blatt zornig, als ahne er, daß er es nie mehr loswerden würde, dieses Gesicht ... Jahre, Jahre; daß es ihn verfolgen würde zwischen Leben und Tod, wie das Gesicht des Schicksals selbst...

Er spürte kaum, daß die Mutter näher getreten war und ihm das Blatt aus der Hand nahm, dann suchte er Josephs Blick, und die beiden sahen erschreckt die ernsten Augen der Frau, ehe sie das Papier glattstrich und betrachtete...

Es schien, als werde sie noch bleicher; ihr Mund straffte sich in Schmerz und Bitternis, aber ihr Herz klopfte; ja, sie spürte es mit einer wilden Freude, daß ihr Herz wieder klopfte. Lange betrachtete sie das formlose und doch auf eine geheimnisvolle Weise so einmalige Gesicht; ja, auch sie war gebannt von diesem Gesicht: unsagbar gewöhnlich und von dämonischer Gewalt! Und der schwarze, schreckliche Nebel zerstob! Es war ihr, als werde eine unbekannte, dunkle Last von ihr genommen und eine größere, gewisse auf sie gelegt. Wie sich ein Segel bläht im Wind und wieder zusammenfällt, so erhob sich ihr Herz noch einmal in der törichten Hoffnung, daß alles Täuschung sein könnte; daß dieses ein ebenso harmloser und lächerlicher Regierungswechsel sein könnte wie alle anderen ... aber dann fiel der Hammer des Unerbittlichen mit mahnender Gewißheit in sie hinein...

»Ja«, sagte sie leise, »das ist er.«

»Die richtige zweigesichtige Dämmervisage des Untergangs«, sagte Joseph ebenso leise. »Und die Preußen und die Bürger haben ihren Segen dazugegeben.«

»Und es wird uns offenbart werden, was die Wirklichkeit des Teufels vermag«, fügte Christoph hinzu ... und dann lag ein lähmendes Schweigen über ihnen...

»Ach«, rief Christoph plötzlich in die Stille hinein, »die süße Blindheit des Kindes ist dahin, für immer dahin; diese zarten Gespinste, in die das Weh nur eingewebt war wie rote Pünktchen, sie sind zerstoben, und der nackte Tanz der Lichter und Schatten hebt an. Komm, Joseph, spiel uns noch etwas; komm, Mutter, wir wollen lauschen; denn es dünkt mich, als müßte das Schöne noch schöner sein, nun, da das Schreckliche schrecklicher geworden ist, wie das Licht am stärksten ist, dort, wo der Schatten die dunkelste Nacht auswirft. Der Ring der Kindheit ist gesprengt, und alles, alles flutet hinein, und es entweicht die ungeheure Stille der Unbefangenheit, die von Gottes Fingern in unsere Kammern tropfte; Lärm und Gestank, aber auch die ungeheure Gewalt der Schönheit strömen herein.«

Die Mutter faßte Joseph am Arm und führte ihn zum Klavier, während sie mit der anderen Hand ihren Sohn berührte. »Ach, Kinder«, sagte sie leise, »alle Schönheit und alle Kunst wiegen nicht einen einzigen Augenblick der wirklichen Kindheit auf.«

Und Joseph spielte. Eine stille, heitere, kleine Melodie stieg auf ... zart und doch voll lebendiger Kraft; Gedanken in wunderbarer Gestalt tanzten mit Gefühlen in prächtigen Kleidern einen liebevollen Reigen, eine auserkorene Harmonie; Härten bogen sich auf und rundeten sich, und ausquellende Leidenschaften fügten sich in den lebendig gebändigten Schritt der anschlagenden Wellen, die zurückwichen und kamen; oft erschien die Melodie von einer erschütternden Eintönigkeit... aber diese scheinbare Eintönigkeit war die ungeheuer reiche Fülle des Unendlichen...

3

Hans Bachem schloß die Baracke ab. Zwischen den ruhenden, riesigen Baggern und babylonischen Krähnen lag sie klein und schmutzig, eingebettet an der Rampe der werdenden großen Rheinbrücke. Stapel von Zementsäkken und Eisenträgern, Rohre und große Bündel von Nieten lagen ringsum. Gespenstisch fremd und kalt war diese Menge von Material in der goldenen Abendsonne. In die breite, bis nahe an den Strom reichende Front der Stadt hatte man eine Lücke geschlagen, Häuser abgebrochen und Bäume gefällt, um eine Basis für die riesige Rampe der neuen Brücke zu schaffen; der Wille einer ungestümen und willkürlichen Macht schuf hier Bahn für das Neue. Tot lag nun alles im Frieden des Feierabends ... erschreckend tot; es schien, als könne der Bauplatz die Ruhe nicht ertragen und verströme sich nun in der wilden Schwermut des Ausweglosen; als wollten die Hämmer und Krähne und Bagger murren, als grollten sie über ihre Tatenlosigkeit; so fremd ist die Muße den modernen Stätten der Arbeit, daß sie nur erträglich sind, wenn das gräßliche Dröhnen ihrer Werkgeräusche sie erfüllt...

Hans holte sein Fahrrad aus dem Schuppen hervor und nickte noch einmal dem Nachtwärter zu, der langsam und bedächtig, die große Pfeife im Mund, seine erste Runde begann.

Mit der zugleich grauenhaften und doch beruhigenden Gleichgültigkeit der Natur wälzte sich breit und mächtig der Rhein dahin; es schien, als verachte er das irrsinnige Getue an seinem Ufer, dieses Gewirr von großmächtigem Handwerkszeug, diese erbärmliche ameisenhafte Emsigkeit, die, sich selbst überschlagend, sich ereiferte, um in jahrelangen Mühen eine Brücke zu bauen. Ja, war es nicht so, daß wohl alle diese Städte und Örtchen an seinem Ufer sich bezogen fühlten zu ihm, aber er nicht zu ihnen? Ob die Wogen der Politik hochschlugen oder flau in der Ebene des Mittelmaßes hin- und herwiegten ... ob die Menschen an Gott glaubten oder nicht ... ob sie starben oder lebten! Hans fühlte, wie es eiskalt zu ihm aufstieg, dieses kühle, so anziehende Geheimnis des Wassers ... diese Wellen, diese unzähligen Tropfen, die zu Tal gingen, aus dem Unbekannten ins Unbekannte, welchen Weg hatten sie hinter sich, und welchen Weg würden sie gehen? Würden sie im ewigen Kreislauf allen Stoffes einmal wieder in tausend Jahren diesen Weg nehmen, hier am Ufer vorbei, an der Stadt entlang? Und welches Gesicht würde dann in die Flut starren, gebannt von diesem verwirrenden Murmeln, das wie eine geheime Sprache klang? Und was rollte alles unter dem Spiegel mit im Banne dieser ruhigen Gewalt? Hans Bachem wendete sich mit einem leisen Schauder ab...

Er stand, auf den Sattel seines Rades gestützt, an dem schwachen, eisernen Gitter, welches den schmalen Weg gegen die Böschung des Ufers hin abschirmte. Die wandelnden Menschen hinter seinem Rücken hatte er vergessen. An diesem warmen, schönen Sommerabend war eine Menge von Leuten unterwegs zum Strom, den sie ja alle liebten und der sie immer wieder anzog.

Junge, lachende Paare, Gruppen von jungen Mädchen und Burschen ... alte Leute und Kinder, es waren viele unterwegs am Rhein. Aber Hans achtete ihrer nicht. Das lachende Summen hinter seinem Rücken hatte er ebenso vergessen wie das sanfte Murmeln des Wassers, das ihn erst gebannt hatte. Er ging seinen kreisenden und sich verwirrenden Gedanken nach. Hatte er nicht vor einer Viertelstunde noch zur Uhr gesehen und festgestellt, daß er zum Dienst gehen mußte?... Ach, es hatte ihn wie ein Rausch gepackt, einmal alles, alles, den ganzen täglichen Stundenplan über den Haufen zu werfen und allein zu sein, allein mit sich selbst. Sogar die Angst, die gleichzeitig mit diesem Wunsch in ihm wach wurde, konnte diesen wilden Rausch nicht erkalten machen. Allein sein, hier an diesem Sommerabend, begleitet vom Murmeln des Wassers und von dem singenden Summen der Menschenmenge, die hinter seinem Rücken wie ein Schwarm auf- und abwogte. Nein, nein, er mußte erst einmal diese Unruhe in sich zum Stillstand bringen. Immer glaubte er, unterwegs zu sein und »etwas tun« zu müssen. Oft meinte er zu schwindeln von dem rasenden Wunsch, die Zeit zusammenzudrängen und auszupressen, so daß sie möglichst viel »ergab« ... weiter und weiter zu kommen ... wie ein Baum, der auf geheimnisvolle Weise in die Höhe schießt, während die Wurzel schon tot ist, so daß er eines Tages jäh gefällt wird von seiner eigenen Schwere. Sein blinder Eifer hatte ihn in den letzten Jahren rasend schnell vorwärtsgetragen; die Schule war schon fast in Vergessenheit geraten ... selbst die Erinnerung an die Universität, die er erst vor einem Jahr mit dem Diplom verlassen hatte, war wie eine Erinnerung an etwas unendlich Fernes. Einundzwanzig Jahre war er alt. Noch auf der Schule war er in einen dieser neuen Jugendbünde getreten, die sich immer mehr zu staatlichen Einrichtungen auswuchsen; hatte, kaum daß er dort Fuß gefaßt hatte, schon eine erstaunliche Karriere geritten, ohne seinen Willen getrieben von diesem irrsinnigen Uhrwerk, das mit Heißhunger jeden Menschen von nur angedeuteter Qualität aufsog und unerbittlich in seinen Rädern mitschleifte; so waren ihm Mutter und Familie fremd geworden, fast nur noch wie eine selbstverständlich gewordene Kulisse, deren Notwendigkeit nicht mehr einleuchtet. Alles dieses war ihm so fern ... so fremd und grau, fast wesenlos geworden ... und doch, doch fühlte er sich auf eine geheimnisvolle, schmerzliche Weise mit allen eng verbunden; sie glitten gleichsam am Rande seines Wesens dahin...

Die unschuldigen Zeiten der Geldnöte waren vorüber, diese fast romantischen Jahre der Armut, wo die Mutter immer wieder die Familie zusammenfaßte und einen schönen Abend heraufbeschwor, an dem man mit den Freunden plauderte und sich gegenseitig auf die Gedanken half...

Bitter ernst war das Leben geworden, seit alles gewollt und ungewollt in den Bann der Politik gestellt war.

Und um diejenigen, die sich nicht einspannen lassen wollten in dieses notwendige Joch, krallte sich der eiserne Griff des Staates immer fester. Ja, ja ... und wenn er auch das ganze Gesindel verachtete, hüben und drüben, er glaubte, es müsse so sein. Unerbittlich und hart mußte die Einheit erzielt werden; nur erst die Einheit und die Macht ... dann konnte man das ganze Gelumpe wegputzen und auf dem neuen Instrument seinen eigenen Marsch spielen. Wie konnte anders Ordnung geschaffen werden in diesem unentwirrbaren Knäuel der Sitten und Meinungen, wenn nicht durch die Macht. Und jeder Ausdruck der Macht schien ihm gut. Und doch, doch ... niemals war er sich klar darüber geworden, warum er ein so schlechtes Gewissen der Mutter gegenüber hatte...

Es lag eine holde Zärtlichkeit in der Luft; warm und weich wie Seide waren diese kleinen Winde; alles umspielt von zarten schönen Lichtern ... bunte Bündel warf die Sonne in den Abend; lustig und frei schwammen die Boote auf dem Rhein; Winken und Rufen herüber und hinüber … junge Burschen mit Klampfen saßen an den Böschungen und sangen jene hübschen Melodien, die wie Eintagsfliegen sind; diese Atmosphäre zog Hans an, sie schmeichelte so sehr … und doch stieß sie ihn ab; es zitterte wie von schwülen Küssen in der Luft; seine Hände bebten, als er eine Zigarette anzündete… Gott, war er eigentlich schwachsinnig oder verblendet? Woher nahm er den Hochmut, alle diese Leute zu verachten, weil sie ihren Sommer genossen, ohne sich um die hohen Ziele der Menschheit zu kümmern, die großen Realitäten der Politik?…

Er fühlte sich so fremd diesem rauschenden Leben gegenüber, daß ihm fast keine andere Wahl blieb, als es zu verachten … es zu verstehen, war ihm offenbar versagt; er würde nie verstehen, daß man so ganz aufgehen konnte in diesen Eintagsfreuden; daß man das Leben so nahm wie den Rundgang auf einer Palette … diese Farbe mal … jene … eine matte, eine kräftige … nein. Nein, er wollte eine Linie haben, die stark und gerade nach oben ging … aber was war oben? Ja, die Mutter und Christoph, denen war die Religion eine helle Flamme, die nach oben schlug … aber ihm schien es, als führe dieser Weg an den Forderungen der Wirklichkeit vorbei, als sei es ein schmaler Weg, der an der Grenze verlief von Wirklichkeit und Traumwelt; die Worte Kreuz und Opfer mußten auch einen irdischen Sinn haben, sie mußten einbegriffen sein in den glühenden Kreis der Tat; ja, er wollte und mußte von der Tat leben, er wollte helfen, das Volk ins gelobte Land führen, heraus aus seiner dumpfen Verlorenheit in Armut und verworrene Ideen. Niemand, niemand hatte es verstanden, dem Volke zu helfen, keine Religionsgemeinschaft, kein Kaiser … und wenn nun der Staat mit einem Male seine volle Gewalt erhielt und sie einspannte zu einem großen Werk, da wollte er dabei sein. Und es berauschte ihn auch, sich so tragen zu lassen von den Wogen der Macht, so hinaufgerissen zu werden ins Führertum bei einer großen Sache; und wenn er auch alles Heuchlertum und alle menschliche Niedertracht, die er sich nur denken konnte, bei diesen Neuen fand, das war wohl unvermeidlich bei jeder Sache, die von Menschen getragen wurde. Diese zugleich hartnäckig zerrende und auch schmeichlerisch lockende, unbeschreibliche Verführungskraft der neuen Ideen hatte ihn so sehr ergriffen, daß es schon wie ein leichter Schleier der Verblendung vor ihm hing; selbst die Äußerungen einer bösen Gewalt, die der Staat nun auszuüben begann, dieses henkersmäßige Zupacken, das ihn in den ersten Jahren seltsam tief ergriffen hatte, erschreckend und lähmend; selbst das schien ihm immer mehr notwendig, notwendig für den großen Plan der Einheit. Es hatte ihn erfaßt und trug ihn fort...

Wie schmerzhafte Spiralen kreisten seine Gedanken um den einen Punkt, an den er immer noch nicht mit voller Bewußtheit zu denken wagte; es war, als füge er jeden einzelnen dieser Stränge rund und fest zusammen um diesen schwachen und so schmerzenden Punkt in seinem Inneren, der der Stütze und der Rechtfertigung bedurfte: die Mutter.

Ja, ja, er wußte, warum sie stets so traurig war. Er sprach nie mit ihr über seine Tätigkeit im Dienste dieses Neuen, er scheute sich davor. Wenn es auch tausendmal recht war, was er tat, er wußte doch, daß es sie schmerzen würde; und immer, immer würde es so bleiben, daß es ihm weh tat, wenn er sie leiden machen mußte. Er war doch so innig mit ihr verbunden, daß es ihn selbst manchmal erschreckte, wie weit er sich hatte von ihr entfernen können. Oft schien es ihm, es sei ganz unmerklich geschehen, dieses Immermehr-Fortrücken von ihr ... und dann glaubte er wieder manchmal, es sei wie ein plötzlicher Rausch gekommen und habe ihn fortgerissen, mächtig und unerbittlich; es war wie ein Geheimnis ... aber es war so: er stand nun ganz fern von ihr. Alle die Menschen, mit denen er nun so oft zusammenkam und deren Wortschatz ihm schon so vertraut war ... die Mutter würde wohl erschreckt sein, hätte sie manches Gesicht und manche Uniform gesehen; und keiner war unter allen diesen, der wohl je ein Gebet sprach ... oft, ja freilich oft, wenn er so mitten hinein in die dunklen Abgründe dieser Augen blickte, dann würgten ihn Zweifel und Ekel mit einem harten Griff. Aber das Berauschende war doch, daß sie alle, alle eingespannt waren in den harten Willen dieses Staates, der das Ziel hatte, Deutschland frei zu machen. Und er konnte es nur frei machen mit einer gewissen Barbarei; man konnte nicht mit Hemmungen und zarten Rücksichten dieses schmutzige Knäuel der europäischen Politik »bereinigen«. Nein, nein, er war nicht auf dem falschen Wege... Gott mußte einfach barmherzig sein, wenn ein Volk, dem die Not an der Kehle saß, die Augen schloß und alle Angst niederkämpfte und mit dem blanken Schwerte rücksichtslos dreinhieb in das Unkraut der Feinde. Er mußte es verstehen, auch wenn manche Blume dabei im Getümmel zertreten wurde. Ach, es war alles so klar...

Nur die traurigen Augen der Mutter verfolgten ihn; ach, er konnte ihr Geschenke bringen, soviel er wollte, und er mochte liebenswürdig sein, geduldig und freundlich zu ihr; aber niemals, niemals mehr hatte er in ihren Augen die Freude gesehen, die er von früher her kannte. Die neue Zeit trampelte über sie hinweg, und er war mit im Schritt dieser Kolonnen, die, die Augen nur auf ein fernes Ziel gerichtet, rücksichtslos ihren Weg marschierten ... über alle diese Traurigen hinweg...

Er erhielt plötzlich einen Stoß gegen die Schulter und wandte sich erschreckt um: Zwei junge Mädchen in knallroten Trikots trugen ein Boot hinter ihm vorbei, und die zuletzt Gehende, hübsch und braunhaarig, bat mit einer gutmütigen, lachenden Miene um Entschuldigung ... er nickte gedankenlos, während er zerstreut die wiegende Leichtigkeit ihres Ganges beobachtete; sie bog noch einmal ihren hübschen Hals zurück, und er sah den leuchtend roten Mund und die weißen Zähne, als sie ihm lachend mit dem Kopf zunickte. Er fühlte eine furchtbare Bitterkeit in sich aufsteigen ... es war ihm, als sei er mit Kälte angefüllt, eine wilde und starre Einsamkeit kreiste herb und schwer in ihm. Von der Mutter hatte er sich so weit entfernt, daß er keinen Weg mehr zu ihr sah ... und bei den anderen war er auch allein; tiefe menschliche Bindungen würde er nie finden dort, ihn bannte nur die Theorie ... und alle die Vertreter und Mitläufer waren so grausam weit von ihm entfernt, man konnte kaum über Politik mit ihnen sprechen; er schüttelte sich vor Ekel ... fade wie abgestandene Suppe waren sie; und dieses sinnenfreudige Spiel der Eintagsfliegen, diese roten Münder und süßen Augen und die wiegenden Hüften, das stieß ihn ab; er hatte das Gefühl, als müsse er mitten hineinpacken in eine klebrige Marmelade...

Vielleicht war er dazu berufen, einsam in die Höhe zu steigen...

Er krampfte die Hände um das Gitter; ach, die innere Qual zerrieb ihn. Es war ihm, als habe er buchstäblich einen Stein in der Brust, so schwer und kalt war ihm ums Herz ... und eine würgende Bitterkeit spürte er im Mund; nein, nein, er konnte nicht entdecken, daß er auf dem falschen Weg war, aber alle Freude war erstorben in ihm; die wilde Lust, hoch oben auf den Wellenkämmen der Macht getragen zu werden, das kannte er noch, aber die

Freude war tot; der scharfe und gräßliche Geschmack, den er auf der Zunge spürte und der im Halse kratzte, schien sich auszubreiten durch das ganze Blut ... zu kreisen wie ein böses Gift durch Hirn und Herz; er faßte sein Fahrrad und wollte langsam weitergehen, aber er taumelte fast, das schreckliche Empfinden einer Übelkeit, die zugleich physisch und psychisch war, ein geheimnisvoller Zustand des Ekels umfing ihn ... die brennende, bohrende Qual in seinem Gehirn biß wie mit tausend Zähnen ... er war nahe daran, umzusinken...

Da traf ihn der Klang einer bekannten Stimme wie ein Schlag.

Joseph stand plötzlich vor ihm; seine grau schimmernden Augen hinter den Brillengläsern waren vor Schrecken geweitet; er faßte Hans am Arm und führte ihn auf die Seite.

»Mein Gott, wie siehst du aus, bist du krank?«

Joseph stellte das Rad an den Rand des Weges und faßte Hans an den Händen ... bleich und verzerrt war dessen Gesicht, verkrampft und verstört; hilflos stand der große Bursche vor dem kleinen, sanftäugigen Freund seines Bruders, den er insgeheim ein wenig verachtete ... heiser und fremd klang seine Stimme:

»Nein ... nein, ich bin nicht krank, nur, das alles hier!« Er umschrieb die Menschen, den Rhein, die ganze Atmosphäre mit einer vagen Handbewegung, »das ekelte mich plötzlich an und...« Er brach plötzlich ab, als fürchte er, sich zu verraten. Josephs Blick weitete sich staunend, Hans hatte sich abgewandt ... er glich seinem Bruder nun, mit halbgeschlossenen Augen, erschreckend, nur um den Mund war eine fremde Härte, und Hochmut schien über den zitternden Lippen zu schweben. Josephs Hand, die ihn am Gelenk hielt, empfand er als wohltuend, kühl und trocken. Diese lebendige Berührung eines Menschen durchströmte ihn erlösend, als zerstreue sich der wirre und kalte Nebel seiner spitzen Gedanken ... auch das körperliche, so erschreckend plötzliche Unbehagen und die Benommenheit lösten sich; diese kleine fremde Hand nahm die ganze scheußliche Spannung des Krampfes aus seinem Wesen. Hans öffnete die Augen, dann faßte er lächelnd mit seiner freien Hand Josephs Gelenk, drückte es leicht und schob es sanft von sich ... das Lächeln verbreiterte sich auf seinem Gesicht, und eine sanfte Milde erfüllte ihn, während er sinnend diesen kleinen, unscheinbaren Jüngling betrachtete, der, nur mit einer grauen Hose und einem weißen Hemd bekleidet, die ganze magere Armut seines Körpers zur Schau trug; er fühlte den Wunsch, wach zu werden, die ganze verworrene Qual seiner Gedanken vor diesen gütigen grauen Augen auszubreiten ... aber dann erschreckte ihn wieder die Fremdheit der Situation: dieser süße Sommerabend und Joseph, mit dem er seit Jahren kein persönliches Wort mehr gesprochen hatte, seit das Neue fremd und scheidend zwischen ihnen stand ... und doch schien es ihm, als ahne der Kleine etwas von seinen Qualen und warte auf ein Wort. »Ja ... Ja«, seufzte er leise, und dieses kleine Verlegenheitswort verriet schon so viel, daß er selbst erschrak...

Sie hatten sich beide aufs Geländer gelehnt und blickten auf den Rhein ... aber keiner von beiden sah etwas. Joseph war so sehr von einer inneren Spannung gestrafft, daß das Äußere ihm nicht einging, denn er fühlte wohl, daß etwas Ungewöhnliches in seinem Nachbarn vorging. Dieses so fürchterlich verzerrte, bleiche Gesicht hatte ihm einen tiefen Schrecken eingejagt. Und Hans konnte die Scheu nicht überwinden; es war ihm, als habe er nackt vor Joseph dagelegen, und er hatte keine andere Wahl, als sich nun völlig zu entblößen und ihm anzuvertrauen oder den Einblick, den er schon geboten, zu verwischen. Der Wunsch, sich auch die letzten Fetzen vom Leibe zu reißen und vielleicht einen Freund zu finden, war verlockend ... aber der Stolz blähte sich wild und unbeugsam; er hatte das Gefühl, auf einem schwankenden, wippenden Sprungbrett zu stehen, in jener unvergleichlich köstlichen Lust der Erwartung hinunter ... aber schwer und bleiern riß es ihn zurück; ja, er hatte wirklich das Gefühl, zurückzufallen in einen Haufen Steine; und doch ... doch wollte er die Brücke nicht ganz abbrechen, noch wollte er sich wenigstens der Möglichkeit nicht berauben; und so schwieg er, sie blickten aneinander vorbei ins Wasser...

Das Schweigen breitete sich zwischen ihnen aus und entrückte sie einander immer mehr; es drängte sich zwischen sie und schob sie wie mit starken Armen voneinander weg; Joseph erschrak, er spürte förmlich, wie das Schweigen anwuchs und sich der Grenze entgegen ausweitete, wo kein Übergang mehr zu finden gewesen wäre; er riß sich hoch aus seiner matten Schläfrigkeit und wandte sich Hans zu; und er blickte so lange auf dieses schöne, von braunen Haaren umrahmte Profil, bis Hans sich ihm zukehrte; das Gesicht war noch bleich, aber der Krampf der Verzerrung war gebrochen, und eine heiße Verlegenheit trübte die Augen.

»Du hast dich wohl überanstrengt da!« Joseph winkte leicht mit dem Kopf zum Bauplatz hin. »Vielleicht zu wenig gegessen und drauflosgearbeitet, oder...?« Mit dem letzten Worte, das ihm ohne Absicht schwer und bedeutsam entschlüpfte, deutete er die Möglichkeit einer Aussprache an, aber Hans ergriff den angesponnenen Faden begierig.

»Ja ... Ja«, sagte er hastig und strich sich müde über die Stirn. »Es ist zu viel; Verantwortung, weißt du, und Brükkenbau ist keine Kleinigkeit! Zehn Stunden am Tage, manchmal zwölf theoretischer und praktischer Arbeit ... und dann die ... ja ... das andere noch«, er versuchte möglichst unbefangen zu lachen. »Du weißt ja, die Partei!« Er schnitt mit einer scharfen Geste durch die Luft und blickte über Josephs trauriges Gesicht hinweg.

»Wir wollen nicht diskutieren; wir wissen beide, wo wir stehen.« Er wollte weitersprechen, Josephs Einwände zu verhindern, aber die sanfte Gewalt dieser Stimme lähmte ihn. Joseph neigte sich ganz nahe zu ihm und sagte leise:

»Allerdings weiß ich das. Wir sind Gegner in einem sehr stillen und sehr heißen Religionskrieg.« Hans bäumte sich auf wie gestochen von einem spitzen Pfeil.

»Nein ... nein«, rief er erbittert, »ihr wollt es freilich zu einem Religionskampf machen; aber es sind nur politische Meinungsverschiedenheiten; und ihr werdet euch beugen müssen der Gewalt des Staates, und dann wird es sich zeigen, daß ihr nichts seid als Meuterer, politische Meuterer, keine Märtyrer.«

Joseph schüttelte den Kopf. »Diskussionen führen zu nichts, ich verabscheue sie; selbst wenn ich mir nicht theoretisch ganz klar wäre über eure infernalische Vermengung und Verzerrung von mehr oder weniger wahllos zusammengesuchten, mißverstandenen Ideen; selbst dann würde es mir genügen, daß Blut an euren Händen klebt, ja!« Er begegnete dem zornigen Blick ruhig und tapfer, »richtiges, klebriges Menschenblut ... und zwar im geheimen vergossen, ich weiß es.« Hans fuhr ärgerlich hoch. »Der Staat muß das Recht mit dem Blute schützen dürfen; er hat das Schwert ja nicht als Zierat in der Hand; mein Gott, versteht ihr denn nicht, daß es um Deutschland geht, ach«, es brodelte wie das Weinen einer abgründigen Trauer in seiner Stimme, »Deutschland! Dieses Wort hat keinen Klang in euren Ohren und keine Schönheit.« Joseph schüttelte wieder traurig und müde seinen Kopf: »Es ist so müßig, den Stein zurückzuwerfen, ich aber kann mich der Gewißheit nicht verschließen, daß *ihr* es seid, die Deutschland – oh süßes Gewicht dieses Wortes – zertreten und besudeln. Niemals werde ich es einsehen können, daß eure fanatische und grausame Besessenheit zum Besten Deutschlands sein sollte, selbst wenn ihr keine Meuchelmörder wäret. Eine verflucht finstere Gottheit ist Deutschland für euch, der ihr bedenkenlos alles opfern werdet, eins nach dem anderen, zuletzt Deutschland selbst, nur nicht eure unheimliche Lust nach Macht um jeden Preis. Ja, magst du an diese sehr wohlschmeckenden Phrasen glauben, aber ich glaube, daß es euren Führern nicht einmal um Deutschland geht ... sie haben sich hineingewühlt in diese Wollust der Macht, die das Volk mit seinem gedankenlosen Geschrei immer mehr in ihnen aufstachelt ... und sie werden daran erstikken, und wir alle mit ihnen!« Hans starrte ihn an, völlig besinnungslos über solch gefährliche Offenheit; und Joseph wandte sich ihm mit einem Ruck jäh zu, packte mit einer erstaunlichen Energie fest seine Hand und stieß einfach mutig hinein in diese verzweiflungsvolle Ungewißheit: »Du«, sagte er mit bebender Stimme, »ich nehme mir das Recht, dich zu fragen, weil ich deine Mutter liebe und kenne ... hast du schon einmal andere als höhnische Worte gehört bei denen da ... über ... über ... über Christus, der auch ermordet worden ist vom Staat im Namen des sogenannten Rechtes. Nein, ich lasse mich nicht besoffen machen von dem vagen Gewäsch, Gott sei überall ... nicht einmal an diesen Scheingott glaubt ihr ja.« Hans hatte wie von unterdrückter Qual den Mund geöffnet bei der brennenden Frage, und es war ihm, als leuchte dieser kleine Bursche jäh mit einem grellen Licht mitten hinein in seine nebelhafte Grüblerei; ja, mit einer erschreckenden Nüchternheit und mit Mut hatte er die wohlgehegte Wunde aufgerissen...

Sie blickten einander mit weitgeöffneten Augen an, schweratmend wie Kämpfer, die sich abschätzen. Den Bruchteil einer Sekunde lang schien es, als wolle Hans hinsinken und weinen und die eiternde Wunde ausströmen lassen ... ja, eine Sekunde lang war ihm Frist gegeben, sich zu beugen, schwankend zwischen der Hingabe und dem bleiernen Pendel des Ich, das ihn in sich selbst zurückzog. Dann aber wandte er sich brüsk ab und lehnte sich weit vor über das Geländer, und Joseph, der mit einem kurzen Blick noch einmal das Gesicht prüfte, sah nichts mehr als den Ausdruck der Verstocktheit; ja, es war Verstocktheit, diese Härte des Hochmuts um seinen Mund...

Joseph hatte auf die Uhr geblickt; er war auf dem Wege zu einer Zusammenkunft mit seinen Freunden in einem Vorort diesseits des Rheins, es drängte nicht sehr, er hatte noch Zeit, aber es war eine drückende Qual, die Fremdheit wie eine hohe, kalte Mauer so schrecklich neben sich zu spüren. Ach, er kannte Hans von Kindheit an ... die beiden Brüder waren seine nächsten Freunde gewesen ... jedes Lachen hatten sie gemeinsam gelacht ... jeder Schmerz war ein gemeinsamer Schmerz gewesen. Und nun, in dieser Minute, waren sie einander so fremd, so fremd, daß es ihn erschreckte und daß es ihm eine Qual war, mit Hans allein zu sein. Vor einer Minute waren sie einander noch einmal nahe gewesen, aber nun war die Kluft aufgerissen, wie eine gähnende unüberbrückbare Schlucht, die sich aus einem unsichtbaren Spalt gebildet hat ... auf unbestimmte Zeit waren sie einander absolut entrückt; es schien, als könne Hans Bachem nichts mehr retten als ein heißer Strahl der Gnade, die ihn von oben bis auf den Grund seines Wesens ausbrannte...

Die milde Schönheit des Abends drang auf ihn ein. Das sanfte Gemurmel des Wassers, dieses unschuldige Geplauder, war eine entzückende Musik zu der farbigen glänzenden Fülle ringsum. Entfernter Gesang mischte sich mit dem gedämpften Geschwirr von Stimmen...

Hans faßte nun Joseph an der Schulter und reichte ihm die Hand; er preßte sie fest, diese kleine Hand, die ihn mit der seltsamen Magie der Nüchternheit aus seinem Krampf erlöst hatte; ja, und er lächelte, und es war immerhin das Glück der Entscheidung in seinem Lächeln.

»Komm«, sagte er, »ich muß jetzt gehen. Wollen wir nicht versuchen, ob es möglich ist, politisch Gegner zu sein und doch bis zu einem gewissen Grade Freund? Gut, daß das Schweigen zwischen uns gebrochen ist.« Er hatte das Fahrrad gepackt und winkte Joseph noch einmal zu; dann entfernten sie sich voneinander in entgegengesetzter Richtung...

Hans Bachem machte an der nächsten Telephonzelle halt und wählte mit der linken Hand eine Nummer, während er sich mit der rechten eine Zigarette anzündete; er stieß den Rauch heftig aus. »Ja«, sagte er laut und fest, »hier ist Bachem; ich muß Ihnen den Bescheid geben, daß ich heute verhindert bin ... eine dringende berufliche Angelegenheit ... nein, es geht nicht, ich sage es Ihnen doch!... So?... Ja?... Will mich persönlich sprechen?... Gut, ich warte.« Drüben wurde der Hörer abgelegt, und in der Leitung knackten die Geräusche des Stöpselns und Kurbelns auf. Dann kam eine dunkle und rauhe Männerstimme. »Gordian hier!« Hans meldete sich schwach, das Gewicht dieses Namens erdrückte ihn ein wenig. Aber die Stimme sprudelte jovial auf. »Ach, Sie sind es, gut, mein junger Freund ... gut ... gut; ich erwarte Sie heute, unbedingt, hören Sie? Unbedingt, eine Sache, die keinen Aufschub leidet. Und Sie sind der Richtige dafür, nach allem, was mir von Ihnen bekannt ist. Ich bin bis zehn Uhr hier für Sie zu sprechen, das Fräulein weiß Bescheid, Sie brauchen nicht zu warten.« Die Stimme senkte sich ein wenig, als Hans auch hier den Einwurf wagte, daß er beruflich verhindert sei. »Was sind Sie?... beruflich unabkömmlich?... Also machen Sie sich auf jeden Fall frei; ich denke, daß mein Name genügt, nicht wahr?« Er lachte rauh und nicht ohne eine bärbeißige Eitelkeit. Und dann wurde die Stimme plötzlich fest und drohend: »Also bis zehn Uhr spätestens erwarte ich Sie!« Der Hörer wurde hart aufgeschlagen. Hans hielt seine Muschel noch überlegend in der Hand; er rauchte sinnend die Zigarette zu Ende. Ja, da gab es keine Wahl, er mußte hin ... Gordian konnte man einfach nicht warten lassen; aber es war ja erst sieben Uhr; er konnte erst noch einmal nach Hause fahren, und vielleicht gelang ihm, die Mutter allein zu treffen, jetzt, wo Christoph abgereist war.

Er setzte sich aufs Rad und fuhr rasch und mit einer jungenhaften Geschicklichkeit durch das wirre Getriebe von Wagen und Bahnen, das sich an der alten Brücke immer staute.

Es wurde ihm unterwegs ganz leicht zumute, aber er wagte nicht recht, dieser neuen Leichtigkeit zu vertrauen; und doch, diese dunkle und böse Verwirrung da drüben am Rhein und die Begegnung mit Joseph erschienen wie ein finsterer Traum. Ja, es war ihm fast wohl ums Herz, so wohl, wie es Menschen ist, die auf sich allein vertrauen...

Er erstand unterwegs bei einem fliegenden Händler eine Tüte wunderbarer Pfirsiche und balancierte pfeifend, die Tüte in der einen Hand, während er mit der anderen geschickt und ruhig das Rad lenkte...

Seine gute Stimmung verflog, als er zu Hause in die Diele trat und Stimmen in der Küche hörte. Unter dieser angeflogenen und fremden Leichtigkeit brodelte die Bitternis nach ... er spürte es wieder heiß und brennend im Halse; mein Gott, es schien fast, als habe er die Kontrolle über sich selbst verloren ... war er launisch geworden? Er ging erst ins Schlafzimmer, stellte seine Aktentasche ab; dann wusch er sich in einer Schüssel kalten Wassers den Staub und Schweiß des Tages von Gesicht und Händen; während er sich abtrocknete, entdeckte er, von Christophs Hand geschrieben, einen kleinen Zettel auf dem Bett: »Falls Ihr mich dringend erreichen müßt, meine Adresse...«, dann folgte der Name eines kleinen Örtchens am Main, und darunter stand in schönen klaren Buchstaben, mit dicker schwarzer Tinte auf dem weißen Papier: »Dein Bruder«... Es berührte ihn so sonderbar dieses Wort: »Dein Bruder«. Ja, seit er denken konnte, und wohl vorher schon, war sein Bruder neben ihm gewesen; in allen Wohnungen – und wie oft waren sie umgezogen! – hatten sie ein gemeinsames Zimmer gehabt; manche Nacht der Kindheit und der Jugend hatten sie verplaudert und verspielt ... wie oft hatten sie mit glühenden Köpfen vor den Problemen gestanden ... geredet ... geredet. Aber nun seit Jahren schon herrschte auch hier in ihrem Schlafzimmer ein drückendes Schweigen; ach, sie sprachen wohl miteinander; baten sich gegenseitig, das Licht anzuknipsen oder das Fenster zu öffnen, oder sie warfen sich ihre Zigarettenschachteln und Streichhölzer zu, wenn der eine nichts mehr zu rauchen hatte; und das althergebrachte Recht, daß jeder so lange lesen konnte, wie er wollte, war gewahrt geblieben; in den letzten Jahren freilich war es so gewesen, daß er selbst spät nach Hause kam, Christoph lesend fand und sich dann nach einem knappen Gruß zum Schlaf niederlegte; ihre Gespräche hatten sich auf das Notwendigste beschränkt; kein Feuer und kein Blut war darin gewesen ... und eine geheime Angst auf beiden Seiten ... und Scham, eine verfluchte Scham! Fremd waren sie sich geworden; manchmal hatte Christoph wohl zaghaft versucht, das große, mit Schweigen überschattete Thema aufzuwerfen, aber er hatte dann spröde geschwiegen oder mit belanglosen Worten den Faden wieder abgedreht ... nein, der Bruder war ihm so entfernt wie die Mutter; und nun stand dieses Wort da: dein Bruder. Und es war ihm, als spüre er aus der Ferne die Besorgnis des Bruders; er war so ängstlich, fast pedantisch geworden, Christoph. Ja, das sah ihm ähnlich, seine Adresse zu hinterlassen, als wenn gerade in diesen acht Tagen etwas Weltbewegendes geschehen würde ... er lächelte; er liebte seinen Bruder sehr, trotz allem. Christoph blieb immer der »weltfremde« kluge Bursche ... und er wußte, daß er niemals mehr auf der Welt einen Mann finden würde wie seinen Bruder...

Durch den dichten grünen Schirm der Blätter vor den Fenstern drangen goldene Bündel Sonnenlicht in das große Zimmer und spielten fremd auf den Rücken der Bücher; die Regale quollen über von Büchern, Christoph hatte sie alle angeschleppt; er schien die Antiquariate regelrecht auszusaugen, Bücher lagen kreuz und quer über den aufrecht stehenden Reihen, und der ganze Schreibtisch war noch vollgestapelt; der würzige und vertraute Geruch von Christophs Pfeife hing im Raum; Hans empfand das Ganze als aufreizend träumerisch; der große, nußbraune Schreibtisch, schwer und altmodisch, war von Papieren und Büchern überdeckt, als habe ihn jemand schweren Herzens verlassen; ja, aufreizend ... er spürte wieder diese fremde Bitterkeit aufquellen, die ihm neu war und doch so beängstigend selbstverständlich zu werden schien; er hielt erschreckt im Abtrocknen inne und betrachtete prüfend sein Gesicht: Zwischen fahlen Schatten unter den Augen schien die Nase abstoßend groß und scharf geworden, und um den Mund spielten verkniffene

Züge abgerungenen Schweigens. Blaß und fast gelblich schimmerte das Gesicht, als kreise die Bitternis in seinem Blute wie Galle; es war, als flackere ein bleiches Feuer in ihm, das er nicht kannte und nicht bändigen konnte; eine heitere, etwas fade Leichtigkeit wechselte ab mit diesem Gefühl des Hasses, das ihm den Mund mit einem bitteren Geschmack füllte ... er biß die Zähne zusammen und schnitt seinem Spiegelbild eine böse Grimasse; nein, nein, nein, er wollte nicht unter sich selbst hinuntergleiten, fremd und böse wie eine Kröte zu einem unwirklichen Selbst hinaufblinzeln müssen! Er knallte das Handtuch aufs Bett und zog sich mit hastigen Bewegungen wieder an; er kannte sich selbst nicht mehr, das war es; anheimgegeben hatte er sich fremden Gewalten, die mit ihm spielten...

Die Uhr schlug Viertel nach sieben. Während er, ohne etwas zu sehen, auf das bunte Getriebe der Straße blickte, in Gedanken versunken an seine bevorstehende erste persönliche Begegnung mit Gordian, schrak er plötzlich auf: Es war, als grinse jemand in ihm! ... ja, ja, irgend jemand, den er nicht kannte, grinste in ihm ... fremd und unheimlich durchzitterte es ihn; es überlief ihn eiskalt ... er fühlte, wie er bleich wurde; tausend Gedanken kreuzten plötzlich auf wie schnell sich ablösende Irrlichter. Gedanken an seinen Beruf, den Dienst ... an Bruder, Mutter und Schwester und Vater ... und Josephs Gesicht stand vor ihm, von einer völlig phrasenlosen Traurigkeit ... schien fast einer Antwort zu harren. Mit einer harten, scharfen Geste löschte er das Bild aus; er schritt zum Wasserbecken, tauchte sein Gesicht noch einmal unter und ging, ohne zu zögern, schnell, als fürchte er sich, noch einmal aufgehalten zu werden, zur Küche.

Als er die Tür öffnete, roch er zuerst den Duft von in der Pfanne gebackenen Kuchen und hörte die sichere, etwas ölige Stimme des Schwagers. Er setzte ein schwaches Lächeln auf und reichte allen die Hand. Zuerst der Schwester, die mit übergeschlagenen Beinen, einen kekken grünen Hut auf ihren goldschimmernden Haaren, ihm freundlich zulächelte. Der Vater begrüßte ihn ernst und freundlich, ein wenig stolz war seine Miene. Sein Schwager erhob sich sogar vom Stuhl und drückte ihm mit beiden Händen die Rechte, dabei quoll aus den großen, ein wenig wässerigen Augen so viel Freundlichkeit, als wolle er sagen: Ich finde einfach keine Worte. Der Schwager war ein großer, dicker, hellblonder Mann mit einem ovalen Gesicht von seltsam blassen Farben; das Rosa der Wangen schimmerte fast grau, der Mund war wie von abgewaschenem Rot, und die eng aneinanderstehenden Augen von einem hellen, kindlichen Blau schienen fast an der großen schöngezeichneten Nase zu kleben; von Beruf Kunsthändler, zeichnete er sich durch Eleganz aus; ein hellgrauer Anzug aus feinem Tuch, ein zart getöntes gelbes Hemd mit bräunlicher Krawatte, darin eine erlesene Perle; hinter ihm stand die Mutter am Herd, über dem grauen schlichten Kleid eine rote Schürze; über ihr stilles, schmalgewordenes Gesicht glitt ein Lächeln, von dem man nicht hätte sagen können, ob es heiter war oder traurig ... und sie strich mit ihren zarten, kleinen Händen eine Strähne aus ihrer Stirn; sie drückte ihm fest und warm die Hand und sagte: »Guten Abend, mein Junge.« Es entstand eine kleine Stille, als er sich gesetzt hatte, dann sagte der Vater: »Man sieht dich nicht mehr sehr oft.« Und hinter den Worten spürte man die frohe Frage heraus; Hans fühlte sich einen Augenblick benommen; er beneidete die Mutter, die allein dort am Herd stand.

»Ja, es gibt viel zu tun bei uns; ich mache die Arbeit gern, du weißt ja.«

Die Schwester goß ihm Tee ein und setzte einen Teller mit duftenden gelben Pfannkuchen vor ihn hin; er blickte sie einen Augenblick lang an und war überrascht: Sie war hübsch geworden; dunkle Augen zu ihrem goldenen Haar und der kleine, frische, rote Mund; merkwürdig, er hatte nie gedacht, daß seine Schwester hübsch sein könnte; auch ihre Stimme schien biegsamer geworden zu sein.

»Ach«, klagte sie, »es ist so lange her, daß wir alle zusammenwaren ... ich kann mich kaum noch erinnern; ich meine, wir müßten noch einmal ein kleines Fest improvisieren, an dem wir alle teilnehmen; sobald Christoph wieder da ist, nicht wahr?« Sie blickte alle der Reihe nach an, aber der Vater war mit seinem Notizbuch beschäftigt, und die Mutter war über die Pfanne gebeugt, als brüte sie über einem Geheimnis. Der Bräutigam nahm den Plan auf.

»Ja, Frau Bachem«, sagte er und drehte den Kopf zurück, »es ist wohl nicht allzu unbescheiden, wenn ich Sie bitte, mich dann auch aufzunehmen in den Kreis; ich kenne Ihre Söhne kaum ... man hört nur so manches hier, und auch draußen ist der Name nicht unbekannt.« Frau Bachem blickte ihn ernst, fast teilnahmslos an; es schien, als müsse das Gewicht ihrer großen, dunklen Augen versinken in denen ihres zukünftigen Schwiegersohnes, die wie helle kleine Tümpel waren; während sie, ohne sich umzublicken, den nächsten Kuchen wendete, sagte sie leise: »Ja, Sie haben recht, Sie müßten alle einmal zusammen sehen; das könnten wir wohl einmal arrangieren; aber ich fürchte manchmal«, und sie goß neuen Teig in die Pfanne, der sich zischend ausbreitete, »ja, ich fürchte manchmal, daß wir nicht allzulange mehr zusammensein werden.« Ihr Mann klappte kopfschüttelnd sein Buch zu; er nahm die Brille ab und rieb die Gläser langsam mit dem Taschentuch; die etwas matten Augen wandten sich seiner Frau zu:

»Mein Gott, Hanna, wenn man dich hört, sollte man immer meinen, die Welt sei im Begriff unterzugehen. Die Welt ist kugelrund und dreht sich, und man sollte nicht mehr Geheimnisse in ihr suchen, als es gibt, finde ich. Es ist eine schreckliche Sucht, den Dingen mehr Bedeutung zu geben, als ihnen zukommt, die dich so ins Grübeln treibt.«

Frau Bachem errötete tief ... er hatte eine fürchterliche Art, derart persönliche Dinge vor Fremden zu erwähnen; ja, er hatte kein Gefühl für Peinlichkeit; Hans lächelte der Mutter zu.

»Es fragt sich nur, wieviel Geheimnisse es gibt und wer sie kennt. Ich finde jedenfalls, wenn man einmal beginnt, darüber nachzudenken, dann überstürzen sie sich so sehr, die Geheimnisse des Lebens, daß man geneigt sein könnte, sie wie ein Knäuel einfach durchzuhauen, weil man fürchten muß, sich ganz darin zu verstricken. Doch, es gibt Kräfte und Mächte, an denen wir vorbeistreifen, ohne sie zu erkennen, deren Existenz aber wohl ohne Zweifel real ist.« Der Vater lächelte kopfschüttelnd und suchte einen Blick des Einverständnisses mit seinem Schwiegersohn zu tauschen, doch der starrte eifrig, aber verständnislos in die Gesichter und murmelte nur: »Interessant, interessant, sehr interessant!«

Frau Bachem hatte inzwischen die Kuchen fertig; sie setzte sich zu Tisch neben ihren Mann, faltete die Hände und begann still zu beten. Der Bräutigam warf einen kurzen, fragenden Blick zu seiner Braut und folgte dann dem allgemeinen Beispiel. Frau Bachem wandte sich an ihn: »Verzeihen Sie, daß ich meinen Sohn schon beginnen ließ, aber er muß meistens abends noch weg ... oder bleibst du heute hier?« Hans begegnete ihrem traurigen Blick, senkte dann die Augen, weil er nicht die Kraft fand, ihn auszuhalten.

»Nein ... ich muß gleich weg; eine sehr wichtige Besprechung.«

Man aß schweigend; wie eine Spannung lag es in der Luft; Hans fühlte sich auf der Bank hinter dem Tisch beengt ... er spürte, wie alle Gedanken ihn gleichsam umkreisten; wie schwebende Vögel, die um ihre Beute ziehen, geduldig und lang ausholend, ehe sie niederschießen ... immer mehr fühlte er sich eingesponnen von der unsichtbaren Gegenwart der Gedanken, von denen der Mutter mit ihrer stetigen Sorge ... dem unwissenden Stolz des Vaters ... und der Neugierde der Schwester und ihres Bräutigams; fast brach ihm der Schweiß aus, er hätte den Tisch packen und ihn wegrücken, umwerfen mögen ... um frei, frei zu werden von dieser schrecklichen Beengung. Der Vater brach den Bann, indem er plötzlich sagte: »Darf man fragen, welcher Art die Besprechung ist ... oder ist das auch ein Geheimnis?« Er lachte laut.

»Ich muß zu Gordian.«

Der Vater verbarg sein kindliches Erstaunen nicht; er war so überrascht, daß er das schmerzliche Zusammenzucken seiner Frau nicht bemerkte. Der Bräutigam pfiff leise durch die Zähne und nickte anerkennend; er legte Messer und Gabel nieder und sagte mit seiner ausgefransten Stimme: »Da kann man wohl eher sagen, Sie dürfen zu Gordian, nicht: Sie müssen.« Hans hatte eine plötzlich aufwallende heiße Eitelkeit schnell niedergekämpft; er hatte als einziger bemerkt, wie die Mutter zusammenfuhr, als habe man eine Wunde in ihr berührt; er unterdrückte eine beißende ironische Antwort und erhob sich; ihm wurde plötzlich so elend, daß er es nicht mehr aushalten konnte in der Küche ... der Schweiß brach ihm aus, »Ihr entschuldigt mich bitte...« Hastig drückte er die weiche, feuchte Hand des Schwagers und nickte den anderen flüchtig zu...

Draußen in der Diele atmete er einen Augenblick auf ... doch diese Erleichterung war nur von kurzer Dauer; wieder befiel ihn dieses ekelhafte Gefühl, sich selbst fremd zu sein ... der Spielball von Mächten, die unbekannt hinter einem nicht ergründlichen Geheimnis hockten; er taumelte fast in sein Zimmer, und als er sich zusammengerafft und die Aktentasche ergriffen hatte, öffnete sich die Tür, und die Mutter stand plötzlich vor ihm ... und da, beim Anblick ihres Gesichts, durchzuckte es ihn wie eine Erleuchtung:

Fünf Jahre lang hatte er Tag für Tag eine Mauer in sich errichtet, indem er unmerklich einen Stein auf den anderen schichtete: kleine Betäubungen, kleine Selbstbetrüge, Zurückschieben von Skrupeln und gewichtigen Gedanken, Sturz in die Arbeit, Verbohrung in politische Phrasen ... so war die Mauer, nur lose gefügt, hochgeschossen in ihm und hatte ihn gehemmt, ohne daß er ihre Entstehung noch zu erkennen vermochte; und nun krachte die Wand ein, und er sah, daß hinter dieser Abschirmung die Entscheidung schon gefallen war, und er wußte auch im gleichen Augenblick, sie brach zusammen, weil ihr Dasein nun überflüssig war; was gedeckt hinter diesem Mantel aus sprödem Stoff sich vollzogen hatte, mußte nun offenbar werden, als habe er jahrelang im Verborgenen an einem Werke wirken müssen, das er jetzt vollendet hatte; er hatte sich eingeschlossen und den Schlüssel verloren, war in Verwirrung an dem Schloß herumgetastet, irr und suchend ... und nun hatte Gott mit einem Schlag das Schloß zertrümmert...

Er stöhnte laut auf und sank der Mutter in die ausgebreiteten Arme; sie ließ ihn gleich wieder frei und blickte liebevoll in das zuckende Gesicht: »Es ist mir wirklich, als wärest du jahrelang nicht mehr bei mir gewesen.«

»Ich bin ja auch so weit weg von dir, Mutter, und ich weiß nicht, ob ich wieder zurückkomme ... ach, wenn ich wenigstens weinen könnte ... du«, er brach plötzlich leidenschaftlich aus, »es ist mir, als pendele eine böse Flüssigkeit durch mich hin, die ausquellen müßte und nicht ausquellen kann; ich kann nicht weinen!« Er hatte die Tasche wieder beiseite geworfen, und der Mutter brach fast das Herz beim Anblick seiner armen Augen. Vorsichtig, da sie seinen Abscheu gegen Liebkosungen kannte, faßte sie seine Hände, und als sie keinen Widerstand spürte, streichelte sie ihn sanft. »Mein lieber Junge«, und ihre Stimme zitterte von den Gewalten der Liebe, »immer wieder mußt du wissen, daß ich dich liebe, ganz bedingungslos. Selbst wenn du an Gott zweifeln zu müssen glaubst – und das wird dir nicht erspart bleiben –, zweifle nie an meiner Liebe. Es gibt nichts auf der Welt, was mich von dir trennen könnte, selbst aus den Klauen des Leibhaftigen würde ich dich zurückholen, denke immer daran.« Hans blickte die Mutter erstaunt an; ein unbeschreiblicher Schimmer von Glück überstrahlte ihr schönes Gesicht. »Es ist so sonderbar, viele Söhne werden ihrer Mutter untreu, weil sie Gottes Ruf folgen; ich glaube, du hättest es leichter, du könntest Gott und mir treu bleiben...«

Hans war so sehr von inneren Qualen durchtobt, daß er seine Stimme gewaltsam wie aus einem krampfhaft verengten Schlund herauspressen mußte. »Und nun glaubst du, Mutter, da ich Gott untreu sei, sollte ich versuchen, wenigstens dir getreu zu bleiben, um wieder auf den rechten Weg zu kommen...« Er hatte ihre Hände losgelassen, und es zuckte schmerzlich in seinem Gesicht, während er die Augen zusammenkniff. »Nein ... nein ... nein«, und es schien, als wiederhole er starrsinnig eine Lektion, »ich bin nicht auf dem falschen Wege ... ich«, irgendwo schlug eine Uhr acht, und es drängte ihn jetzt wegzukommen; er klammerte sich in einer plötzlichen Regung noch einmal an die Mutter und bat mit leiser, ganz veränderter Stimme: »Glaube meinetwegen, daß ich im Irrtum bin, aber glaube nicht, daß ich etwas Schlechtes tun werde.« Sein Drängen, von ihr wegzukommen, schmerzte sie so tief, daß sie nur mühsam die Tränen zurückhalten konnte; selbst in dieser leisen, innigen Stimme spürte sie deutlich den Wunsch, nur keine Zeit zu verlieren; er war wirklich so weit von ihr entfernt, daß er nicht einmal diese kleine halbe Stunde, die erste seit Jahren, ihr schenken konnte ... es schien ihr fast, daß es weniger ein Drängen von seiner als ein Ziehen von der anderen Seite war; ja, dieses Fremde, Dämonische zog ihn fort ... er taumelte hinein in die blinde, grinsende Fratze der Macht; ihr Herz hüpfte vor Schrecken ... aber sie sammelte ihre Kraft und machte das Zeichen des Kreuzes auf seine Stirn, innig und langsam, mit einer fremden Feierlichkeit zeichnete sie ihn so ... und diese kleine Gebärde war das einzige, was sie ihm mitgeben konnte; dann gab sie ihm den Weg zur Tür frei, weil sie wußte, daß er nichts mehr sagen würde, und weil sie nichts mehr zu sagen hatte; er gab ihr die Hand, blickte sie noch einmal an, mit einem törichten Versuch zu lächeln ... und dann hörte sie, wie er in eiligen Sätzen die Treppe hinunterraste; genauso war er manchmal als kleiner Bursche, wenn es morgens zu spät geworden war, zur Schule gerannt; nun schien ihr, als müsse hinter jedem seiner Schritte ihr das Herz brechen; ihr blieb nichts als das Gebet...

Frau Bachem hatte mit Ungeduld gewartet, daß sie allein sei; ja, sie klagte sich selbst oft an, daß sie die Gegenwart gewisser Menschen nicht mehr ertrug; die grausame Ahnungslosigkeit ihres Mannes schien ihr oft so unerträglich, daß sie einfach das Zimmer verlassen mußte; und die fast vernagelte Fröhlichkeit ihrer Tochter, jene freudlose Heiterkeit der flatternden Geschöpfe, die wie Schmetterlinge immer das Unwesentliche umkreisen und nicht Wurzel schlagen können in der Freude und im Leid – das schien ihr fast noch schlimmer. Oft fühlte sie, wie die bohrende Angst sie wie ein Strudel ergriff und nach unten zog ... die Angst, daß eines Tages der glatte, blanke Haß zwischen ihnen sein könnte; und sie mußte sich oft zwingen und es sich mit unendlicher Mühe abringen, die beiden in den liebevollen Atem ihrer Gebete miteinzuschließen; aber hier setzte sie sich selbst mit einer zerfleischenden Unbarmherzigkeit zu, und sie schlug sich das Herz so lange blutig, bis der Strom auch diese beiden umfloß. Es erschien ihr oft unergründlich, rätselhaft, daß dieser Mann, oberflächlich und großzügig, fünfundzwanzig Jahre ihr Ehegefährte gewesen war ... und die geistlose Verlorenheit aller rein natürlichen Bindungen ging ihr auf, wenn sie sich ganz deutlich vorstellte, daß dieses blonde, hübsche junge Mädchen aus ihrem Leibe geboren war...

Manchmal ertappte sie sich dabei, daß sie sie bei sich »die Gäste« nannte und sie einfach zu den vielen rechnete, die, mit abgedroschenem Gewäsch, die Zeit ermordend, ihre Besuche machten und ihr die Langeweile, die sie ihr Leben lang nicht gekannt hatte, geradezu aufdrängten.

Wenn die Gäste weg sind, dachte sie oft und sehnte sich danach, allein zu sein; allein im Dunkel des Schlafzimmers; da konnte sie beten ... allein ... allein, der langen Nacht gegenüber ... da konnte sie die Schwerter des Leides empfangen, unbehelligt von den sogenannten Pflichten des Alltags. Sie ließ dann auch in der Stille der Nacht die Musik in sich aufklingen, die sie liebte; ein süßes

Wachträumen von himmlischer Gewalt, Melodien und symphonische Akkorde, deren Macht die nie mehr losließen, wenn sie sie einmal gehört, erweckte sie dann mit den Kräften ihrer Seele...

Ihre Tochter war mit dem Bräutigam »ausgegangen«; sie kannte diese Vergnügungen, und es schauderte sie wirklich, wenn sie bedachte, daß ein Mensch daran Freude finden konnte ... in einem grell erleuchteten Saale zu sitzen, umgeben vom unablässigen Geplärre einer widerlich dudelnden Musik, eingetaucht in diese seichte Sentimentalität, Abend für Abend, und die schlüpfrigen Reden irgendeines Schwachkopfes anzuhören, der auf einer Bühne stand und sich ein Gewerbe daraus machte, den Kot der Zote in seinem Mund zu einem sämigen Brei zu zerkauen, der dem Publikum bequem einging...

Ihr Mann war zu Bett gegangen, und sie schaffte schnell Ordnung in der Küche, sie freute sich auf das Dunkel des Schlafzimmers; aber als sie den Raum betrat, spürte sie gleich, daß ihr Mann entgegen aller Gewohnheit noch wach war ... und da sie sich zögernd im Dunklen zu ihrem Bett tasten wollte, sagte er: »Mach ruhig Licht, ich schlafe noch nicht.« Er lag auf dem Rücken und starrte zur Decke, und als sie ihn in dieser ungewohnten Nachdenklichkeit sah, durchzuckte sie eine heiße Reue über ihre hochmütigen Gedanken; in seiner rührenden Naivität war er offenbar mit Problemen beschäftigt ... er veränderte seine Haltung nicht – als sie das Licht wieder gelöscht und sich zu Bett gelegt hatte, überfiel er sie mit der Frage: »Sag mir doch mal, du, ich frage mich wirklich oft, ob ich dir nicht unrecht tue, wenn ich dich pessimistisch und grüblerisch nenne; aber ich kann es einfach nicht einsehen; ich glaube doch auch an Gott, du, wirklich ... ja, und ich weiß, wie die Welt ist: schlecht; aber so finster, wie du alles siehst, du...« Sie spürte, wie er ihr bei diesem Wort das Gesicht zuwandte; und sie fühlte, wie die große Versuchung nun in ihr aufstieg, einfach seine Hand zu ergreifen und der wilden, aufwallenden Zärtlichkeit Platz zu geben und jene dunklen Worte zu sagen, die für Frauen eine Antwort auf alle Fragen der Männer sind: »Ich liebe dich ... immer noch.« Aber sie hielt sich gewaltsam zurück und sagte leise: »Ach, Hermann, es genügt nicht, wenn wir an Gott glauben ... wir müssen auch an den Teufel glauben und müssen wissen, daß er fast ebenso allgegenwärtig ist wie Gott...«

Er wandte sich zornig ab; sie spürte es; sie überlegte eine Weile, dann fuhr sie fort: »Es wird offenbar werden, glaube es mir, offenbar für alle, die Augen haben zu sehen und Ohren zu hören, daß wir ganz wirklich in einem Reich des Teufels leben; und nichts ist dem Teufel lieber, als wenn man nicht an ihn glaubt ... willst du versuchen, mich drei Jahre nicht mit Fragen zu quälen, und versuchen, dir dann selbst eine Antwort zu geben ... wenn die Zeichen eins nach dem anderen fallen, ja?« Er lachte einmal kurz auf, ein seltsames Gemisch von Belustigung und Zorn, dann sagte er schnell: »Gut ... ich will es dir versprechen ... du bist eine seltsame Frau, und lieben müssen werde ich dich, glaube ich, immer...«

Sie hörte, wie er sich in seine Schlafstellung hineinwühlte, und mußte lächeln. So schlief er nun schon, solange sie ihn kannte; den Kopf halb aufs Gesicht gedreht, die Knie unwahrscheinlich hoch angezogen und die Hände mit geballten Fäusten weit von sich gestreckt ... und jeden Morgen, soweit sie zurückdenken konnte, hatte er ruhig und friedlich in dieser Stellung gelegen...

Nach einigen Minuten hörte sie an seinen kindlichen Atemzügen, daß er eingeschlafen war...

Der Dämmer hatte sich wie eine kostbare graue Seide über die Stadt gesenkt; er war wirklich wie ein zarter Stoff, der schmeichelnd Wangen und Stirn berührt ... er milderte die gräßlichen Fassaden der Häuser in den Straßen des Elends fast bis zur Schönheit; mild und grau verschwamm alle grausige Deutlichkeit des Schreckens unter seinem Lächeln; die Stadt, diese Ansammlung von Stein und Not, schien aufzuatmen wie ein Schwerverwundeter unter den behutsamen Händen einer liebevollen Pflegerin; für diese kurze, zarte graue Stunde schien die Freude sich wirklich vorzuwagen, und zugleich wurde die schmerzliche Sehnsucht wach; die Menschen lagen in den offenen Fenstern oder promenierten langsam in den Straßen und Alleen, die nun vom grausamsten Lärm frei waren; Freude, Sehnsucht und Hoffnung schienen auf den Gesichtern wach zu werden, für diese kurze Stunde, um bald wieder zu erstarren unter den lüsternen Fingern der Nacht.

Gier und Hetze versanken für eine kleine Weile im Abgrund des Vergessens, während man friedlich auf den sanften Teppich des Dämmers sich gleiten ließ. Träume und Phantasien blühten sogar auf in den Herzen der gröbsten Jäger nach dem Geschäft, als werde ihre Seele für einen Augenblick frei und tauche aus der schrecklichen Tiefe der verworrensten Lüste für einen Atemzug an die Oberfläche ihres Wesens...

So, zwischen der peitschenden Jagd des Tages und der feigen Verlorenheit der Nacht, spannt der Dämmer seinen zarten Frieden mit feinen grauen Netzen aus ... bis die Nacht mit ihren schwarzen Fingern, die feige Nacht der Städte, die sich in schwülen Kammern verbirgt, dieses Gespinst lautlos zerreißt ...

Hans Bachem, so sehr auch alle Spannung in ihm sich auf die Begegnung mit Gordian hinstraffte, wurde doch vom Zauber des Dämmers gefangengenommen, und während er mit einer berauschenden Sicherheit, fast ohne aufzumerken, sein Fahrrad durch das Gewirr von Straßen zu dem riesigen Palast hinsteuerte, in dem Gordian mit seinem Stab arbeitete, wurde das Gesicht der Mutter wieder lebendig und gegenwärtig... Schön und liebevoll und überschattet von der tiefen Trauer, ohne die es nicht zu denken war; es schien, als wolle sie ihn begleiten, so weit er sich auch entfernte, als rücke sie ihm nach mit der bedingungslosen Treue der Liebe; er vergaß seinen Auftrag und die ganze verworrene Verlorenheit dieses Nachmittags, und es war schön, so durch den wunderbaren Dämmer zu gondeln, begleitet von der stillen Gegenwart der Mutter, deren Liebkosung ihm noch anhaftete.

Die Vorstadt, am Tage von grauenhafter Häßlichkeit mit ihren Häuserlücken und schmutzig verwaschenen Fassaden und Baracken, und in der Nacht lauernd und böse, wie eine saugende Finsternis ... war nun fast verklärt von den grauen Schleiern des Übergangs; so hingestellt zwischen die steinernen Schluchten der Stadt und die weite, lockende Offenheit der Felder und Wälder draußen, schien sie vom sehnsuchtsvollen Hauch der Erwartung umfangen ... und von der Schwermut ihrer hoffnungslosen Armut; wie die Bettler, die die wilde Schwermut der Landstraßen in den Städten betäuben wollen und am Rande der Stadt noch einmal zögernd verharren, während der Glanz der Ferne noch in ihren Augen liegt ... so schien die Vorstadt mit den Füßen noch in der fruchtbaren freien Erde zu stehen, Gesicht und Hände schon eingetaucht in die blutigen Eingeweide der Stadt...

Es war fast dunkel, als Hans erschreckt innewurde, daß er vor dem hellerleuchteten Palast hielt; riesige Scheinwerfer schleuderten unbarmherzig grelle Bündel in die Sphäre; der kühle Wind, der vom Rhein kam, warf die großen Fahnen stöhnend hin und her, und das gähnende Geräusch dieser blutroten, schweren Fetzen der Macht klang fast wie das ungeduldige Schnauben überfütterter Pferde...

Hans stellte sein Rad ab und betrat die helle, von braununiformierten Gestalten wimmelnde Wachstube, wo man ihn ob seiner Zivilkleidung erst höhnisch, dann, als er ruhig seinen Namen nannte, höflich zu Gordians Vorzimmer begleiten wollte; aber er lehnte die Begleitung ab, kannte er doch das ganze Haus ... der Aus- und Eingehenden waren hier so viel, daß man nicht mehr zu wissen schien, daß er selbst hier ein eigenes Amtszimmer besaß...

Das ganze Gebäude war von einer erschlagenden, grandiosen Plattheit; es war aus Quadern und großen Platten gefügt, ohne Ecken und Winkel, schwer und drückend, unheimlich kostbar, von einer niederschmetternden Geheimnislosigkeit ... und lauerte nicht doch in diesen allzu übersichtlichen Gängen und Stiegen die dunkle Ausweglosigkeit, die blutige Verlorenheit der Macht?

Im Vorzimmer empfing ihn ein üppiges blondes Mädchen in der Uniform der Frauen, einem hellbraunen Samtjäckchen mit blauem Tuchrock; sie wies ihm lächelnd Platz an. »Sie müssen eine Minute warten, Herr Bachem«, sagte sie lächelnd, während ihre verwilderten Augen in dem hübschen, aus der Form geratenen Gesicht ihn unverhohlen lockten. Er nickte schweigend und setzte sich in einen Sessel, der so aufgestellt war, daß das Mädchen ihn im Auge hatte. Eine tiefe, schwüle Stille trat ein. Hans fühlte förmlich, wie er von den heißen Wünschen dieses Weibes umkreist war, und es fiel ihm jetzt ein, wo er dem flatternden Blick dieser lächelnden Augen ausgeliefert war, daß er immer, wenn er in diesem Hause mit

Frauen in Berührung kam, entweder einer ordnungslosen Begierde oder einer ebenso krankhaften kalten Kameraderei begegnete... In der dumpfen Stille des Raumes hörte man nur das leise Geräusch raschelnden Papiers, auf dem das Mädchen mit einem Bleistift eifrig schrieb; ihr reiches, goldblondes Haar fiel prächtig über die Schultern bis auf den Tisch ... wenn sie manchmal lächelnd vom Schreibtisch aufblickte, zerstörte die wilde Verworfenheit ihrer Augen jäh dieses fast harmonische Bild...

Der grelle Schrei einer Klingel machte sie beide auffahren, und sie winkte nun Hans und öffnete nach kurzem Klopfen die Tür zu Gordians Kabinett, und als Hans in dem großen, quadratischen, überhell erleuchteten Raum stand, blickte er fast erschrocken um sich, als sei er in einer Zelle gefangen, da die Tür schwer und bedeutsam sich hinter ihm schloß...

Der Raum war von einer erschlagenden Einfachheit; hellgetünchte Wände trugen als einzigen Schmuck das lebensgroße düstere Bild des Staatsführers mit der schwarzen Haartolle, hoch aufgeschlagenem Mantelkragen, wie er ernst und schwer ins Weite blickt; der schlichte Schreibtisch wurde fast erdrückt von diesem Bild. Gordians gewöhnliches Gesicht – dunkle Augen, rund, ein voller, kleiner Mund und die gerade sinnliche Nase eines banalen Wüstlings – war auffallend einzig durch ungewöhnlich dichte, dicke schwarze Brauen, die das unbedeutende Gesicht überfinsterten und ihm einen Schein von Dämonie gaben.

Er trug die braune Uniform mit roten Aufschlägen, eingewebte goldene Eichenblätter darauf; seine Brust blitzte von Auszeichnungen. Er erwiderte mit erhobener Hand den Gruß, ohne aufzustehen, streifte mit einem kurzen, mißbilligenden Blick den Zivilanzug und winkte Hans, sich zu setzen; ein unheimliches Gemisch von Gewöhnlichkeit und Größe schwebte im Raum; der dicke Schwaden von Zigarrenrauch bedeckte alles wie Nebel...

In dem geöffneten Fenster, das über die mächtigen Kronen hoher Bäume hinweg den Blick auf den Rhein freiließ, hing die sich verdichtende Dunkelheit...

Die rauhe, etwas belegte Stimme Gordians begann in abgerissenen, kurzen Sätzen, von denen jeder wie ein Befehl klang ... und Hans wußte beim ersten Wort, daß es eine törichte Hoffnung gewesen war, etwa zu glauben, daß er zu einer Verhandlung gekommen sei; hier gab es nur Befehle, die man ausführen oder verweigern konnte ... und was eine Befehlsverweigerung bedeutete, das wußte er...

»Sie wissen, für die außenpolitischen Ziele unseres Führers ist nichts wichtiger als der absolute, ungeschwächte Besitz der inneren Macht. Diese aufzubauen und zu gewährleisten sind wir da. Bedenken wir den Zustand des Volkes bei Übernahme der Macht, so können wir zufrieden sein. Trotzdem, es gibt noch immer Quertreiber ... und Sie wissen selbst, daß *ein* Intellektueller, der heimlich Reden schwingt oder Belehrungen erteilt oder meinetwegen Bibellesungen mit bedenklichen Auslegungen ausführt... daß einer von diesen gefährlicher ist als tausend Dummköpfe, die laut schreien und die sofort zahm werden, wenn sie von unserer Polizei ein paar Ohrfeigen bekommen; ein halbes Jahr Konzentrationslager macht manche zu den eifrigsten Anhängern und Bewunderern unserer Idee. Gleichgültig – wir haben es jetzt mit einer intellektuellen Gruppe zu tun ... müssen sie unbedingt ausrotten; hören Sie«, er nagelte Hans mit einem fanatischen Blick seiner runden Augen fest, »heute abend um halb zehn – es ist jetzt halb neun – treffen Sie in Mertenheim in der Sparrstraße ein Kommando unseres Streifendienstes vor einem Hause, das als Zusammenkunftsort eines Kreises ehemaliger christlicher Jugendbewegter ausgekundschaftet ist. Dort unterhalten sie sich über sogenannte ›Tagesfragen‹. Einer unserer Spitzel nimmt heute an der Zusammenkunft teil, das ganze Haus wird umstellt, und die ganze Bande wird sozusagen in flagranti bei staatsfeindlichen Umtrieben ertappt, und zwar dadurch, daß Sie da eindringen, die Horde der Streife ausliefern und dafür sorgen, daß alle zur Vernehmung heute abend hier sind. Ein Wagen steht zur Verfügung.« Hans war es, als werde er mit harten unbarmherzigen Faustschlägen rückwärts in einen eiskalten Raum getrieben, dessen glatte Wände ohne Tür und Fenster kein Entrinnen boten, als müsse er sich, mit der Gewißheit, daß es zwecklos sei, an den glatten Wänden hochzuwinden versuchen und rutsche immer wieder auf den Boden zurück ... er war völlig erstarrt; dieser Schergendienst fiel so sehr außerhalb seines Bereiches, daß er fast eine Schikane vermuten mußte ...

Er versuchte schwach Widerstand: »Darf ich fragen, ob es nicht möglich ist, daß die Streife allein diesen Auftrag ausführt?«

»Nein«, sagte Gordian kaltblütig, »Sie haben nichts zu fragen ... aber ich kann Ihnen eine Antwort geben.« Er stand auf und näherte sich Hans, der sich auch erhoben hatte; mit kaltem Gesicht musterte er ihn. »Ihre Stellung muß einmal endgültig geklärt werden. Nicht der Leute wegen, sondern unseretwegen, damit wir wissen, ob Sie wirklich alles für Deutschland tun; denn es geht um Deutschland!« Die strenge Maske seines Gesichts milderte sich. »Auch diese scheinbar so niedrigen Spitzeldienste und diese Henkersdienste, alles geht im Grunde um Deutschland ... sehen Sie, in den Offiziersschulen wird von den jungen Anwärtern das Latrinenreinigen ebenso erwartet wie die hohen Gesetze der Strategie, und es wird gar mancher General daraus hervorgegangen sein, der sich dieser niedrigen Dienste nicht zu schämen braucht ... und dann, vergessen Sie nie!«, und er klopfte Hans freundlich auf die Schulter: »Es geht wirklich um Deutschland!« Er wandte sich zum Tisch und reichte Hans ein Papier: »Hier haben Sie die Vollmacht.«

Hans wagte keinen Einwand mehr; es dünkte ihn einleuchtend, daß zur völligen Hingabe jegliche Demütigung gehören müsse ... zitterte er nur vor der Hingabe, oder?... ach, Deutschland, es war ihm, als dränge ein süßes, schweres Gewicht auf seine Brust, als umarme ihn von innen eine übermächtige Gewalt, die ihn nicht mehr losließ...

Er wartete schweigend, während Gordian ihn noch einmal musterte: »Gut ... gehen Sie, der Wagen wartet vor der Wache.«

Hans hob die Hand zum Gruß und ging hinaus. Als er das nur gedämpft beleuchtete Zimmer wieder betrat, in dem das blonde Mädchen ihm entgegenlächelte ... den rötlich tapezierten, mit Teppichen ausgelegten Raum, ging ihm erst die Kälte des hellen Kabinetts auf, das er eben verlassen hatte. Er grüßte eilig und eilte hinaus ... die Treppen und Gänge hinunter vor die Wache, wo ihn schon der Fahrer des Wagens erwartete, ein großer, schlanker Bursche mit nußbraunem Haar und etwas glasigen Augen, in der schwarzen Uniform der Auserwählten.

»Es gibt heute wieder einen guten Fang, was?«, fragte er lachend, die Zigarette im Mund, als Hans sich neben ihn in den Führersitz setzte. Hans gab nur kurze Antworten auf der Fahrt durch die Vorstadt zurück, durch das Gewimmel der engen Altstadt, über die Brücke nach Mertenheim; sie hielten in einer spärlich beleuchteten, fast dörflichen Straße vor einem kleinen Wirtshaus; der

Duft von Feldern und Wald schlug ihnen entgegen, als sie den Wagen verließen: Vor der Kneipe begrüßte sie ein schwarz uniformierter Posten, der sie in eine Hinterstube führte, wo eine Gruppe von sieben Mann um den Tisch verteilt bei Bier und Zigaretten Karten spielte, während gleichzeitig Lieder gegrölt wurden; sie empfingen Hans übereifrig, als seien sie ihrer eigenen Langeweile überdrüssig. Hans zeigte gleichgültig seine Vollmacht vor ... es war ihm alles zuwider; diese persönliche Gier nach einem ungefährlichen Abenteuer und die fast mordlüsterne Unruhe in den Augen; er fühlte sich von einer unerbittlichen Faust vorwärtsgestoßen, die ihn hart und fraglos ins Unabänderliche drängte; er stimmte mürrisch dem Vorschlag bei, gleich loszuschlagen, und als sie dann in der Dunkelheit, er mit einem Führer an der Spitze, die Dorfstraße hinabgingen, überkamen ihn noch einmal Ekel und Zweifel, aber die Rotte hinter ihm wälzte ihn fast vor sich her, als ob sie seinen Widerstand spüre und ihn mit Absicht nun tief hineinzerren wolle in den niederen Bereich ihres Schergentums; je näher sie der Kirche kamen, um so mehr ergriff ihn eine von Angst durchsetzte Unruhe, als wolle man ihn zwingen, mit seinen Händen etwas unbeschreiblich Ekelhaftes anzufassen ... dunkel war es und so unsagbar still und friedlich, und obwohl kein Wort gesprochen wurde, spürte er doch die witternde Lust seiner Begleiter. Ehe er sich versehen hatte, war er in einen Hausflur gedrängt und vorwärtsgestoßen, und über den Klängen einer Mozartmelodie, die plötzlich aus einem oberen Stockwerk aufklang und ihm so unheimlich vertraut schien, stieg das Gesicht seiner Mutter wieder vor ihm auf ... dann blendete ihn das Licht aus einer jäh aufgerissenen Tür, und er taumelte hinein in einen hellen, kleinen Raum ... und das erste, was er wieder erblickte, war Joseph, der unter einem großen, schwarzen Kruzifix stand, an einer gelb getünchten Wand, und Josephs Augen waren weit aufgerissen vor Schrecken, und eine grauenvolle Angst flackerte darin wie in den Augen eines Kindes, das von wilden Tieren überfallen wird...

Und es war Hans, als falle ein Vorhang über ihn und alles Blut der Welt ströme in seinem Herzen zusammen ... er war gelähmt und stand mit weit von sich gestreckten Armen in der Tür, und selbst das grelle Schreien der Mädchen ging an seinem Ohr vorüber; sie wurden alle an ihm vorbeigeführt, zuletzt Joseph, der ihn traurig anblickte und ihn mit seinen Händen berühren wollte, aber sie wurden ihm von den derben Fäusten eines Henkersknechtes zusammengepreßt, daß das Blut unter seinen Nägeln hervorspritzte...

4

An den stillen Ufern des Mains brütete die glühende Sonne des Sommers die Pracht des Herbstes aus; die Luft stand still über den Uferwiesen wie der heiße Atem eines Ofens... In der flimmernden Luft über den Halmen tanzten die Insekten wie winzige Schwimmer in einer ätherischen Flüssigkeit; unsagbare Stille und die kochende Hitze lagen in stummer, atemloser Umarmung, als wären sie in der Stunde Pans aufeinanderzugetaumelt, um sich in lodernder Leidenschaft zu verbrennen zu nichts; nur manchmal klang das kleine Plätschern des bescheidenen Flusses über den Rand der Stille wie das verschämte Kichern eines harmlosen Lauschers...

Heiß und still war es ... so wunderbar still, als erfülle ein unendlicher, lautloser Jubel die Luft...

Christoph hockte mitten auf einer duftenden Wiese an einem kleinen Feuer; er war nur mit einer kurzen, gelben Leinenhose bekleidet und einem breitrandigen Strohhut. Zu dem aus Trauben und Nüssen, rundbäuchigen Birnen und weißem Brot bestehenden Mittagsmahl kochte er einen starken Mokka; sie hatten eine kleine Feuerstelle ausgeworfen und aus einigen Steinen einen kleinen Herd zurechtgefügt; das pulvertrockene Holz, abgefallene, von der Hitze geborstene Äste, brannte wie Zunder; unsichtbar war die Flamme und fast lautlos, nur ein kaum hörbares Knurren der kleinen Zungen unter dem Kessel; die kleine Menge Wassers, zwei Tassen voll, brodelte im Nu;

Christoph streute aus der Hand langsam, genußvoll in kleinen Pausen, das aromatische Pulver in den Kessel. Die Brühe wurde fast wie Suppe ... ein köstlicher starker Duft stieg auf; Christoph bedeckte das Feuer mit Grasschollen und ging langsam zum Zelt...

Bernhard lag mit geschlossenen Augen, ob schlafend oder wachend war nicht festzustellen; er rührte sich nicht, und wehrte nicht einmal den Insekten; das Zelt war vom Boden her halb aufgeschlagen, aber kein Luftzug nutzte die Passage. Christoph hielt Bernhard den duftenden Kessel unter die Nase...

Einige hundert Meter flußabwärts lag ein Dorf wie unter der Hitze begraben; an den sanft aufsteigenden Hängen kochte der Wein...

Christoph betete still, ohne sich zu bekreuzigen, einen stummen Dank über das Mahl ... dann aßen sie schweigend die Früchte, zu denen sie Brocken weißen Brotes nahmen...

Dann kam der köstliche Kaffee mit einer süßduftenden Virginia-Zigarette. »Ach«, sagte Bernhard, »ich freu' mich schon wieder darauf, gleich mit geschlossenen Augen hier zu liegen und an nichts zu denken ... nur Ruhe rings um mich; weißt du, obwohl ich an nichts denke – scheinbar –, geht mir doch vieles auf ... heute abend, wenn es kühl wird, habe ich manches mit dir zu reden.« Er sammelte seinen Rock und seine Decke zusammen, machte sich ein bequemes Kopfpolster zurecht und legte sich wohlig stöhnend zurück ... die Schale mit Kaffee neben sich, die Zigarette im Mund...

Christoph neigte sich vor und blickte auf das Dorf. »Nein, ich habe keine Ruhe ... ich muß ein wenig umherstreunen ... eine glückliche Unruhe, weißt du ... es ist mir alles so voll von Geheimnissen; Gärten und Wiesen... Weinberge und das bescheidene Dorf, das so geduldig und so verbraucht und so schön ist wie eine Mutter... Ich werde ein bißchen einkaufen für heute abend ... Milch und Eier und Brot, ach, dieses weiße Brot ... und dann will ich noch einmal nach unserem Wein sehen...«

Sie rauchten schweigend zu Ende und schlürften den heißen Kaffee dazu, dann gab Christoph Bernhard zum Abschied einen leichten Klaps auf die Beine und erhob sich...

Er ging langsam zum Fluß hinunter; an einem Pflock, wie man sie zum Anbinden der Schafe und Ziegen braucht, war ein Strick befestigt, der ins Wasser hinabreichte. Christoph zog an dem Strick und vergewisserte sich, daß die Last ungeschmälert war ... unten auf dem kühlen Grunde des Flusses, in eine alte Unterhose eingewickelt, hing ihr Weinvorrat, von den Fischen umspielt, zwischen den grünen Armen der Algen. Er ließ das Seil beruhigt wieder fahren und schlenderte am Fluß entlang auf das Dorf zu; ohne Schwierigkeit überstieg er mit seinen langen Beinen die Zäune, streunte über die Obstwiesen und hob da und dort einen Apfel oder eine Birne auf, die er in den umhängenden Beutel steckte. Kurz vor dem Dorf mußte er eine große Dornenhecke umgehen und geriet in eine jener schmalen Gassen, die zwischen zwei Zäunen herführen und auf dem holprigen Pflaster einer Dorfstraße enden; einzelne Hühner und Gänse in den Gärten und der blasse Rauch der Kamine verrieten, daß das Dorf nicht ganz ausgestorben war...

Die Gasse lief auf das Chor einer kleinen Kirche aus; die Kirche war aus schweren dicken Quadern gefügt; eine sanfte Kühle ausstrahlend, sah sie aus, als ob vor hundert Jahren die letzte Messe in ihr gelesen worden sei. Christoph betrat sie durch eine kleine Pforte, die nicht wie gemauert, sondern wie in einen Felsen gehauen wirkte; die leichte Kälte ließ ihn zum ersten Male den wirklichen

Grad der Hitze draußen ahnen. Erschreckend klein sah der Raum aus; das äußere Bild des Bauwerks im Gedächtnis, hatte er den Eindruck, als müßten die Mauern viele Meter dick sein, da er nun diese kleine innere Kapelle betrat; innig und schön war die romanische Sanftmut und der trauliche Dämmer des Raumes...

Selbst die fürchterliche Tünche eines blöden Jahrhunderts hatte ihm nichts nehmen können von seiner frommen Demut und Glorie; der Raum war so klein, daß Orgel, Altar und die beiden schmalen Seitenschiffe eng zusammengedrängt schienen um das Mittelschiff, wie sich die Blätter einer Blume um den Kern schmiegen; die ganze Kirche war so klein und dickwandig wie ein Tabernakel...

Mildes Licht und eine heitere Kühle schienen sich hier vor der girrenden Hitze und der brennenden Stummheit Pans geborgen zu haben... Christoph fühlte sich so leicht und schwebend, als sei er, auf dem abenteuerlichen Grund eines Meeres watend, von den schweren Wassermassen fast erdrückt, nun unter eine Taucherglocke geschlüpft, die die Bedingungen einer höheren Sphäre menschlichen Lebens hinabgesenkt hielt; seine Gedanken, bisher gehalten in einer süßen Schwüle, in einer berauschenden Harmonie der Sinne, betäubt fast von einer tierischen Unschuld ... glitten nun wie schlanke silberhelle Fische, die von einem Druck erlöst sind, hinauf, hinauf, um an der Oberfläche der geistigen Wirklichkeit beseligt Atem zu schöpfen...

Sein Blut, bisher in ihm kreisend wie ein schwerer, süßer Wein, der den Mund zu heißen Küssen treibt, schien sich aufzulösen und zu verflüchtigen wie ein leichtes kräftiges Wasser, klar und stark, und nun wurde der Schmerz wieder in ihm wach, dessen blutige Spur aus den Wunden Christi rinnt...

Und es schien ihm auch, als sei er jetzt erst glücklich, wo er den Schmerz wieder spürte, den Schmerz, der der Ritterschlag des Christen ist; und es dünkte ihn, daß die Trauer Pans vielleicht die Trauer um den Schmerz sei, von dem er abgetrennt ist durch die Benommenheit seiner Sinne allein, die sich immer wieder in irrem Kreislauf trunken machen aus sich selbst...

Er fühlte sich in dieser kleinen Kirche, umsponnen vom Dämmer, vor der flackernden Lampe des Tabernakels, eingetaucht in die Unendlichkeit; und ein dunkler Schrecken erfüllte ihn ... ja, es war, als habe die Unendlichkeit ihren geheimnisvollen Mantel aufgeschlagen und ihn unterschlüpfen lassen, und als habe er vor ihrem undurchdringlichen Gesicht die Besinnung verloren; eine seltsame geistige Abwesenheit durchschauerte ihn ... er preßte die Hände zusammen, um sich selbst zu spüren und sich der Endlichkeit der Zeit zu vergewissern ... er blickte, benommen von diesen erschreckenden Schauern, an sich herab, und plötzlich schämte er sich, daß er so, wie er war, fast nackt, in das Haus Gottes gekommen war ... er raffte schnell seinen Hut und seinen Beutel zusammen, bekreuzigte sich fast schuldbewußt und floh hinaus...

Im Schatten der Häuser auf der Dorfstraße war die Luft fast kühl ... nur die nackten Steine brannten unter seinen Füßen; er hatte den Hut wieder aufgesetzt und schlenderte langsam auf einen jener kleinen, staubigen Läden zu, die man auf dem Lande findet; wo die Fliegen die einzige Kundschaft zu sein scheinen und wo merkwürdig unfrische und verdreckte Packungen hinter einer trüben Fensterscheibe verkümmern; sogar die Streichhölzer erwecken den Eindruck, unappetitlich zu sein...

Die Verlassenheit der Straße und die Verschlossenheit der Häuserfronten, aus denen kein Geräusch drang, wirkte gespenstisch unter diesem lebendigen Himmel...

Ja, er zögerte instinktiv vor dem Laden, als erscheine es aussichtslos, drinnen einen lebenden Menschen zu treffen. Da dröhnte ihn eine dunkle vibrierende Stimme aus der Höhe an, und als er erschreckt aufblickte, sah er aus dem Speicherfenster des Nebenhauses einen von wirrem schwarzen Haar umrahmten, unheimlich großen Männerschädel mit grober Nase und breitem Mund hervorlugen; der rief lachend: »He ... Hallo... Sie langes Laster, kommen Sie mal rauf zu mir ... ich muß Sie malen, ja?«, und als Christoph zögerte, legte er die Hände wie ein Kind flehend zusammen und sagte: »Los ... kommen Sie; da im Laden ist doch niemand; die sind alle in den Weinbergen und lassen sich braten.« Christoph lächelte, dann setzte er sich mit einem Ruck in Bewegung, betrat den kühlen, engen Flur und sah oben am Ende der Treppe den kleinen kugeligen Körper, der zu diesem Riesenschädel zu gehören schien...

Der Maler empfing Christoph, der ihn um zwei Köpfe überragte, mit offenen Armen; sein ganzer Körper strahlte eine heitere Jovialität aus; seltsam blau und groß waren die Augen, von einer bedrückenden Güte und Freundlichkeit; er betrachtete Christoph mit jenem Malerblick, der zugleich der Blick eines Liebenden, eines Arztes und eines Sklavenhändlers zu sein scheint; in seinen Augen spiegelte sich eine kosmische Freude, und es glomm eine so tief abgesunkene Verlorenheit darin auf, daß Christoph erschrak. Es war ringsum so still, und die Hitze drang wie ein glühender Odem durch das gläserne Dach; der Maler stand ihm unbeweglich gegenüber wie ein Stier, der zum Stoß ansetzt ... ein ungeheurer Klotz. Der Maler kam kopfschüttelnd auf Christoph zu: »Verzeihen Sie, setzen Sie sich erst mal.« Er führte ihn in eine Ecke, wo zwei Korbstühle um einen kleinen Tisch standen neben einem schmalen Feldbett. Christoph blickte sich jetzt erst im

Raum um: An den Wänden standen einige roh zusammengekeilte Rahmen, mit Leinwand bespannt, der Wand zugekehrt; ein kleines Schränkchen stand offen wie eine aufgebrochene Kapsel... es enthielt Farbtuben, Leinwandrollen, Früchte, Zigarrenkisten, Stifte ... Papier; am Fenster, der Straße abgewandt, sah er die Staffelei und darauf ein so schönes Bild, daß er im Augenblick das Gefühl der Übelkeit und Hitze vergaß: am Rande einer Landstraße, der aller Zauber und alle Trauer der Ferne innewohnte, so sehr war sie verloren im Schoße der Unendlichkeit, die hinter dem Horizont gleichsam zu warten schien; am Rande dieser Straße unter einem dürren Baum, dem spärliche dunkelgrüne Blättchen entsprossen, saß eine Frau, in ein graues Bettlerkleid gehüllt, mit rötlichem Kopftuch; das ganze Bild war gehalten in jenem grauen Dämmer zwischen Tag und Nacht, und darin leuchtete das Gesicht der Frau wie eine Sonne. Die unendliche Güte und Reinheit ihres Gesichts überstrahlte die Straße und die Wiese davor und den Wald im Hintergrund mit jener bleichen, keuschen, geläuterten Glut, aus der alles Rot hinweggebrannt ist; diese Glut, so leuchtend weiß, wie die Gewänder der Engel sein müssen; und nur eine kleine Spur von Rosa deutete an, daß sie menschlicher Herkunft war, diese Frau; die überirdische Reinheit hatte die Form ihres Gesichts gesprengt, so daß unmöglich zu sagen gewesen wäre, ob sie alt oder jung war; es konnte kein Zweifel bestehen, daß der Maler sich bemüht hatte, ein Bild der Mutter Gottes zu malen...

Er hatte errötend mit einem schamhaften Blick an Christophs Gesicht gehangen; seine klaren, großen Augen schienen von der Welle des Blutes überdunkelt, das ihm zu Kopf stieg. Er stand plötzlich auf, ging auf die Staffelei zu und wandte das Bild um. »Verzeihen Sie«, murmelte er, dann zog er aus der Brusttasche seines hellblauen Hemdes zwei dicke, pechschwarze Zigarren und hielt eine Christoph hin: »Rauchen Sie diesen giftigen Stengel, und dazu trinken wir einen Madeira, das ist das einzig Richtige bei dieser Glut.«

Während sie den schweren Tabak rauchten, der sich in der fast gegenständlichen Glut sonderbar verflüchtigte und leicht wurde, und den Wein tranken, der unter einer noch heißeren Sonne gewachsen war, blickten sie durch das geöffnete Fenster auf die brütende Landschaft. Über ermattete Obstbäume hinweg sah man auf den schmalen Streifen des trägen Flüßchens, das vom bleiernen Gewicht der Hitze erdrückt schien; ein verdorrter Streifen Wiesenland mit verbrannten Sträuchern, und dann erhoben sich die Rebenhügel, regelmäßig wie mit Nägeln bespickte Schachbretter; das tolle Flimmern der Luft verwischte alle Farben zu mattem Gelb und Grün, Rosa und Blau und silbern schimmerndem Grau; der Maler deutete mit der brennenden Zigarre hinaus: »Der Sommer ist der Ofen, in dem Gott die prächtigen Farben des Herbstes brennt ... im Herbst sind die Farben so kräftig wie der Wein und der herbe Rauch der Feuer, die man auf den Feldern anzündet.« Plötzlich sah er wieder Christoph an mit jener innigen, kosmischen, fast neugierigen Aufmerksamkeit des Künstlers: »Gott ... Gott, ich muß Sie malen!« Er rutschte auf seinem Stuhl hin und her, »es kribbelt mir in den Fingern; solche Gesichter wie Ihres findet man nur in Deutschland ... ja, ja, und wenn man tausendmal verzweifelt an diesem Land, das so viel Dummheit und Borniertheit an den Tag bringt ... immer, immer wieder zwingt es einen irgendwo in die Knie; mit dem Antlitz eines jungen Mädchens oder eines Jünglings ... mit einer Melodie ... wie es eben nur in Deutschland möglich ist; innig und klug, von jener wilden Sehnsucht beseelt, die so oft die Brandfackel in das spröde gewordene Gewölbe der Kirche geschleudert hat und sich jäh emporhebt wie die züngelnden Flammen eines Feuers.« Er war aufgestanden und hob nun abwehrend die Hand. »Bilden Sie sich ja nichts ein! Die Möglichkeiten eines Gesichts sprechen noch nichts von seiner Vollendung; bei Ihnen kommt noch etwas hinzu, was in Deutschland eigentlich selten ist: Frömmigkeit ... wirkliche Frömmigkeit; mein Gott, Ihre Mutter muß eine unglaubliche Frau sein.« Er hatte die Staffelei näher gerückt, einen neuen Rahmen mit frischer Leinwand aufgesetzt ... die ganze kolossale Gestalt zitterte von Eifer, während er auf der Palette die Farben zu mischen begann...

Christoph hatte sich in seine Verlegenheit zurückgezogen und hüllte sich in große Wolken Zigarrenrauch (ein wunderbares Mittel, um sich am hellen Tage zu verbergen).

»Deutschland, Deutschland, über alles«, murmelte der Maler vor sich hin. »Ja, glauben Sie ... wenn ich ein solches Gesicht sehe, könnte ich aus vollem Herzen dieses Lied singen; mein Gott, ich glaube, Sie würden sogar in einer preußischen Uniform noch wie ein Mensch aussehen; dazu der ungeheure Reiz des nicht ganz Vollkommenen, der der Reiz des Menschlichen überhaupt ist. Wissen Sie, ein ganz klein wenig zu steif, zu unelegant möchte ich fast sagen; persönlich ein ganz klein wenig zu bescheiden und in Gedanken immer himmelstürmend ... immer himmelstürmend...« Er hatte sich in seine Zigarre festgebissen und malte nun mit lautloser Emsigkeit. Christoph überließ sich diesem wunderbaren Schweigen, das nun eintrat; er hatte die Zigarre beiseite gelegt, da sie ihn einzuschläfern drohte, und blickte auf den mit wirrem Durcheinander erfüllten Schrank mit jener abwesenden Ruhe, die den Leuten eigen ist, die sich nie langweilen. Es schien ihm, als habe er den Sommer in diesen wenigen

Tagen der Abgeschiedenheit zum ersten Male erlebt; er hatte zum ersten Male im Leben erfahren, daß Heu wirklich süß duftet, berauschend süß; und daß die Äpfel in der lautlosen Stille des Mittags mit dunklem Ton zur Erde fallen. Alles war für ihn voll neuer Offenbarungen, die er mit kindlichem Staunen wahrnahm, und es schien ihm, als weite sich der innere und äußere Blick in der friedlichen Stille der Natur, die in ihn hineintropfte, unaufhaltsam; die er aufnahm wie ein bodenloser Brunnen, der sich irgendwo verströmt; es war ihm wirklich jetzt erst klar geworden, daß es schön sein konnte, jung zu sein und ohne Sorgen, und manches Mal, wenn er abends im grauen Frieden des Dämmers mit seinem Milchtopf im Stall des Bauern stand, hatte er lächelnd die kleine Versuchung gespürt, die hübsche, braunhaarige Magd einfach zu küssen hier im dunstigen Nebel des süßen Abends ... aber der Verzicht auf diese Küsse schien ihm fast schöner, als die Erfüllung es hätte sein können; denn er spürte in diesen Dämmerstunden mit ihrer unendlichen Verheißung die ganze sehnsuchtsvolle Tiefe des ihn erwartenden Lebens zusammengedrängt; und es ging ihm wie eine Selbstverständlichkeit das Gesetz auf, daß dem Entsagenden viel köstlichere Früchte gereicht werden als die, auf die er verzichtet hat; so hatte er in diesen kurzen Tagen des Friedens sich auch fast völlig des Tabaks entwöhnt, dem er sonst mit mörderischer Leidenschaft zugetan war. Da er von Natur unverdorben und nicht mit vermoderten Konventionen übertüncht war, war ihm, dem eingefleischten Städter, das Gesetz dieses hirtenmäßigen Lebens sofort aufgegangen.

Mit Bernhard hatte er nur das Notwendigste gesprochen; es war, als erlösche die Zerrissenheit der politischen Dämonie, die sie getrennt hatte, und als ginge Bernhard, der erst nur mit Verlegenheit an Christophs einfachen

Gebeten teilgenommen hatte, die ganze verworrene Teufelei des Irrwahns wie von selber auf...

Und doch war es, als ob Gott ihn mahnen wolle, nicht einzuschlafen in dieser scheinbaren Ausgeglichenheit, und als rufe ihm eine Stimme zu, nicht an einen Frieden auf dieser Erde zu glauben; oft, an den Abenden, wenn sie ihr kleines Feuer angezündet hatten und schweigend den Wein tranken in der sich verdichtenden Dunkelheit, da wurde die Angst lebendig, die irgendwo aus dem entrollten Gewand der Nacht geschlüpft schien, eine dunkle Angst; und Christoph spürte oft den Drang, sich umzuwenden wie jemand, der fürchtet, daß sein Haus abbrennt. Und dann blickte er der Nacht in das undurchdringliche Gesicht und lauschte den seltsamen Geräuschen der Stille, die ihm bedrohlich und lockend zugleich schienen; und alles, was ihm am Tage klar erschienen war und deutlich, brach nun wieder zusammen wie ein morsches Gebäude unter der bohrenden wühlenden Flut der Angst, die ihm das Herz überschwemmte. Eine quälende Unruhe peinigte ihn, und er bildete sich oft ein, daß lautlos schleichende Gestalten ihn umkröchen, die plötzlich mit grellem Lachen sich erheben und ihn zerfleischen würden...

Nein, nein, es gab keinen Frieden auf Erden; so umschlich ihn die Wirklichkeit und wartete mit der kalten Geduld des Mörders auf die Stunde, wo er angreifbar war; und er fand keine Ruhe in diesen Stunden, soviel er sich auch mit zitternden Händen eingoß von dem herben, spritzigen Wein ... und es kam erst ein kleiner Schimmer von Ruhe über ihn, wenn er, eingehüllt in die Decke, im Zelt lag und mit kindlichem Gehorsam die einfachen Worte des Nachtgebets sprach; ja, diese märchenhafte Wahrheit hatte er schon so oft erfahren, daß vor dem schlichtesten Gebet der tollste und blödeste Spuk sich verflüchtigen konnte wie ein Rudel feiger Tiere. Manches Mal auch brachte er, eingeschüchtert von der drohenden Finsternis der Angst, nicht den Mut auf, diese paar Worte zu sprechen – wie mancher vom Bösen so gelähmt sein kann, daß er nicht einmal das einfache Zeichen des Kreuzes machen kann, mit dem selbst der stärkste Teufel zu vertreiben ist ... dann schlief er ein, mit dieser drückenden Kralle auf seiner Brust, und noch im Traum verfolgte ihn die Düsternis der Trostlosigkeit...

Christoph trank noch einen Schluck Wein und streifte mit einem kurzen Blick den Maler, der mit leidenschaftlichen Gebärden den Pinsel führte; dann heftete er die Augen wieder auf den unteren Rand des Schrankes. Draußen war die glühende Starre des Mittags gebrochen ... und auch der ungeheure Bogen der Stille schien überspannt und geborsten; ein Karren rumpelte über das Pflaster, und mit einem Male hörte man das Vieh wieder in den Ställen schnauben und leise brüllen, als habe Pan sein bannendes Auge abgewandt und sei der Sonne gefolgt in das Land, in dem nun der Mittag brannte.

Christoph atmete erlöst auf; sein Atem ging unwillkürlich in ein Gähnen über; er konnte seine Müdigkeit nicht mehr unterdrücken. Doch die dunkle kräftige Stimme des Malers weckte ihn: »Halt, mein Lieber, wenn Sie schlafen, sehen Sie zwar ebenso schön aus, aber ich brauche Sie wachend.« Er zündete lachend die Zigarre wieder an und blies mit wollüstigem Behagen große Rauchwolken aus. »Passen Sie mal schön auf, ich will Ihnen eine kleine Geschichte erzählen, damit Sie mir nicht einschlafen, Sie junger Hund ... also, schön achtgegeben, damit Ihnen die Pointe nicht verlorengeht.

»Caius Decimus Moguntiacus, seines Zeichens Besitzer einer Fabrik für Gipsbüsten lebender und gestorbener Caesaren und Götzen aller Nationen, rheinischer

Mischling und römischer Bürger, betrat eines Morgens um die Iden des Juli im Jahre 134 nach Christi Geburt, auf dem Gesicht die Zeichen eines wachsenden Mißmutes, sein Büro in der guten Stadt Köln in der Nähe des Kapitols; seine Droschke hatte ihn aus der hübschen, neumodischen Villa, die er in einem Vorort besaß, bis vor die Tür des Geschäfts gebracht. Die Büromädchen, die Laufjungen, die Zeichner und Arbeiter zitterten bereits vor dem schrecklichen Zorne ihres Chefs, der wie alle Chefs im Privatleben ganz nett sein sollte ... aber da erhellte sich das Gesicht des fünfzigjährigen, glatzköpfigen, dickbäuchigen Caius, als er in den Liegestühlen des Empfangssalons seinen Geschäftsfreund Pompeius erblickte, der in Rom eine Filiale leitete und den Verkauf in Italien organisierte. ›Wie geht's, wie steht's, edler Pompeius?‹, begrüßte er seinen Geschäftsfreund lebhaft. ›Warum bist du nicht bei mir abgestiegen, oder hast du etwa ein charmantes Abenteuer im lustigen Köln begonnen?‹ Dabei grinste er wie ein fetter, bleicher Pfannkuchen und führte Pompeius in sein Privatkontor. Pompeius räkelte sich in der Art eines gewiegten Faulenzers auf die rote Ottomane, nahm einen Schluck schweren Weins, ehe er mit seiner kastratenhaft hellen Stimme antwortete: ›Ach ... die Gicht und die Nerven machen mich fertig, du; aber das Schlimmste ist, unsere geschäftliche Zukunft verfinstert sich, ja‹, und er verzog sein dünnes Gesicht zu einer Grimasse schlechter Laune. Caius lachte laut auf, daß sein Bauch wackelte, und rieb sich vor Vergnügen seine schlaffen Wangen. ›Immer Pessimist, guter Pompeius, immer Pessimist; gut haben wir verkauft im letzten Jahr; keine Restbestände in den Lagern; sogar die paar Büsten des scheußlichen Nero haben wir verkauft an ein paar alte Jungfern, die nicht mehr recht sehen konnten ... und die alten verstaubten Reliefs des Trajan, ha, ha, und doch Pessimist!‹ Pompeius fuhr etwas pikiert über seinen schlappen Mund. ›Ich redete nicht von der Vergangenheit, sondern von der Zukunft; du weißt, daß diese verfluchte Sekte der Christusleute sich immer mehr ausbreitet, zumal bei den Proleten, die nun einmal für jeden sozial gefärbten Unsinn zu haben sind (in politisch eingeweihten römischen Kreisen spricht man glatt von einer neuen Spartakusbewegung). Nun, und du weißt auch, daß diese unteren Schichten immer unsere Hauptabnehmer gewesen sind für den mistigen Tand deiner Fabrik; schon im verflossenen Geschäftsjahr‹, seine Stimme überschlug sich; man hörte draußen die Bürofräuleins lachen, ›konnte ich nur mit Mühe in Rom die Hälfte der bisher verkauften Büsten und Reliefs absetzen; die andere Hälfte habe ich den Händlern, die nach Smyrna und Alexandria zogen, abgegeben, weit unter Preis, mein Lieber, weit unter Preis!‹ Er kreuzte die Arme über der Brust und blickte mit der Genugtuung eines vollkommen gesättigten Schweines auf Caius, der nun doch in ernstes Nachdenken versunken war, wobei der Schweiß in Strömen über das bleiche Gebirge seines fetten Gesichts rann. Einige Minuten vergingen in Schweigen, dann klatschte sich der dicke Caius auf die Stirn, daß sein Fleisch bis in die Schenkel erzitterte. ›Heureka!‹, brüllte er, ›Heureka, wie simpel … ach, wie einfach … heureka!‹ Er lachte so eine Weile mit beängstigender Lautlosigkeit in sich hinein und erlöste dann den erstaunten Pompeius aus seiner Spannung. ›Furchtbar simple Sache das. Wir machen einfach Gipszeug, das diesen Christen in den Kram paßt. Bilder von diesem Christus, der alle Menschen befreit hat … ha … ha.‹ Pompeius vergaß vor Staunen die ganze Würde eines römischen Bürgers; er schlug sich auf die Knie und schrie: ›Du bist ein Genie … ein Genie, Caius, ein glattes Genie.‹ Aber Caius' Laune hatte sich inzwischen wieder verschlechtert, er murmelte mißmutig: »Eine Schwierigkeit ist da allerdings; alle unsere Büsten sind nach dem Original gezeichnet oder nach Originalbüsten modelliert; die Originale werden sorgfältig in unserem Archiv aufbewahrt; gibt's ein Bild von diesem Christus?‹ – ›Nein, er war ein Jude, der gekreuzigt wurde, so an die dreißig Jahre alt.‹ Caius überlegte wieder eine Weile, dann sagte er lächelnd: ›Wir machen Miniaturkreuze eines gekreuzigten Juden, die sehen sich alle gleich, diese Juden. Die Kreuze werden aus Holz gemacht, und einen dreißigjährigen Juden haben wir auch, meinen Sklaven Cantus, einen semitischen Syrer; wir werden ihn ans Kreuz heften und von unseren Zeichnern das streng realistische Bild eines gekreuzigten dreißigjährigen Juden anfertigen lassen.‹ Ohne lange die Antwort des Pompeius abzuwarten, zog er an der Klingelschnur, und als ein junges Mädchen mit ehrfürchtiger Verneigung eintrat, sagte er kurz: ›Lasse in meine Wohnung schicken, der Sklave Cantus soll sofort hierher kommen.‹

Eine halbe Stunde später zimmerten drei riesige blonde Sklaven des Caius, die sonst in der Fabrik den Gips anmengten, auf dem Hofe ein Kreuz aus roh behauenen Balken. Caius, Pompeius, einige Zeichner und der Sklave Cantus standen dabei. Cantus, der erst vor wenigen Monaten aus Afrika gekommen war, war Christ; ein einfacher Mann, der den Garten des Caius in Ordnung hielt und nichts besaß als Glaube, Hoffnung und Liebe. Er hatte in seiner sanften Weise Einspruch erheben wollen gegen den Spott, den man hier trieb, aber Caius hatte ihn mit seiner fetten Faust ins Gesicht geschlagen, daß das Blut aus seinem Munde floß. Als sie das Kreuz gezimmert hatten und ihn ergreifen wollten, trat er nochmals auf seinen Herrn zu und sagte leise: ›Tut es nicht; ich bin Christ.‹ Alle lachten laut auf: ›Oho … ein Christ!‹ Caius gab den Sklaven einen Wink, daß sie ihn lassen sollten, und er kniff das eine Auge gegen die Umstehenden so zu, daß Cantus es nicht sehen konnte, und sagte milde: ›Gut, vielleicht lasse ich dich leben, aber erzähle mir doch mal, wie sie euren Christus gekreuzigt haben.‹ Cantus stand still mit gesenktem Kopf, und sein Schweigen griff sogar diesen rohen Burschen ans Herz; Pompeius aber packte seinen Gürtel und schlug den Juden über den Rücken, daß sein Gewand von Blut klebte; und Caius, um seine Gewissensbisse zu beschwichtigen, schrie mit schrecklicher Stimme: ›Rede, du jüdischer Hund!‹ Der Schrecken der Umstehenden löste sich, und sie brachen in lautes Lachen aus, als sie diesen jämmerlichen, blutverschmierten Juden nun recht betrachteten. Und Cantus sprach leise, ohne den Kopf zu heben: ›Sie nagelten ihn ans Kreuz ... und sie zerschlugen den beiden Mitgekreuzigten die Knochen; als sie aber zu Jesus kamen und sahen, daß er schon tot war, öffneten sie nur mit einem Speer seine Seite, und es floß Blut und Wasser heraus.‹

Caius gab den Sklaven einen kurzen Wink, wie sie nur Herren zu geben verstehen, und sie packten den Juden und schlugen ihn ans Kreuz. Der Jude Cantus gab keinen Laut von sich; es herrschte Schweigen in der Runde, und man hörte nur das schwache Geräusch der Stifte, die über das Zeichenpapier fuhren. Und plötzlich packte Pompeius einen Hammer und schlug dem gekreuzigten Juden die Seite ein, und er rief: ›Wir sind Realisten!‹ Der Jude Cantus aber schrie schrecklich und gab seinen Geist auf...«

Christoph hatte die fürchterliche Geschichte, die der Maler mit tiefem Ernst vortrug, während er mit jener unnachahmlichen Kontinuität zwischen Blick und Griff weitermalte, bleich geworden, mit Schrecken angehört. Christoph hatte mehrmals mit abwehrender Hand den Lauf der Worte zu hemmen versucht; diese kindlich angstvolle Gebärde, mit der man die Schläge eines Stärkeren wenigstens andeutungsweise sich fernzuhalten versucht; aber hinter dem Ernst des Malers klang noch eine unbarmherzige Freude mit, die sich nicht aufhalten ließ...

Es herrschte nun Schweigen; Christoph unterdrückte die zaghafte Frage, ob er bald aufstehen dürfe; eine seltsame Ungeduld hatte ihn ergriffen, als müsse er gehen und wußte nicht, wohin, als müsse er irgend etwas tun und wußte nicht, was. Aber der Maler machte noch einige flotte Striche, trat dann etwas zurück und betrachtete einige Sekunden mit angezogenem Kinn das Bild, von oben herab, und sagte, indem er wie einen Punkt noch einen letzten Tupfer aufsetzte: »So, genug für heute, fast zu viel.« Christoph war aufgestanden und stand nun hinter ihm; er lachte ein wenig, als er das Bild sah: »Wirklich ein schönes Bild, das Sie gemalt haben, aber das bin ich nicht«, und er betrachtete noch einmal lange dieses bezaubernd schöne, glühende Jünglingsgesicht auf erdfarbenem Grund. »Nein ... da besteht keine Gefahr für eine Eitelkeit ... das bin ich nicht.« Aber der Maler klopfte ihm auf die Schulter: »Sie kennen sich noch nicht, und das ist gut so; Sie sind einer von denen, die nur ihre schlechten Seiten kennen und denen einst Gott beim Gericht offenbaren muß, wie gut sie gewesen sind; ich habe schon viele Porträts gemalt, aber noch keines war so gut, wie dieses hier werden wird.«

Christophs Gesicht verfiel ganz plötzlich, wie von inneren Schrecken ausgelöscht; grau und trübe erschien ihm alles, und es war ihm, als neige sich der kurze Frieden dieser Tage dem Ende zu; er schenkte sich noch ein Glas voll und trank es begierig leer; etwas Dumpfes, Drohendes, das sein Gesicht noch verhüllt hielt, mußte er beschwichtigen, ertränken; der Maler stand neben ihm am Fenster; die Veränderung seines Besuchers schien ihn nicht zu erstaunen; er hatte eine dünne, braune Jacke übergezogen, als fröstele ihn; draußen stieg die Sonne von ihrem Scheitelpunkt wieder herab dem Abend zu, von sonderbar falschen, gelblichen Lichtern umkränzt, und am Horizont kräuselten sich winzige Wölkchen wie graues Gewölle zusammen.

Die beiden standen nun gebannt dem Antlitz der Landschaft gegenüber in dem breiten hohen Fenster; Christophs Gesicht belebte sich wieder, genußvoll sog er an der schwarzen Zigarre. Es war wirklich, als werde ihnen ein Schauspiel vorgeführt; im Nu tat sich verräterischer, heftiger Wind auf, kühl und geschwind, und es war, als locke er die sich sammelnden Wolken, die nun näher rückten und sich vollzusaugen schienen mit Unheil ... das Land war mit einem Male wie mit Düsternis übergossen, mit einer schwärzlichen, giftig durchstrahlten Brühe wie beschmiert, und die grellen gelben und weißen Strahlen zuckten hinter dem Vorhang der Wolken; dann verschwand der rasende Wind wie ein Bote, der seine Kunde gemeldet hat und weitereilt; eine drohende Stille überspannte beklommen das Land wie eine schreckliche Atemlosigkeit vor wildem Schluchzen ... und dann, dann zerriß der Donner mit brüllendem Zorn das Gewölbe des Himmels, und irre Blitze zuckten durch den mit mörderischer Gewalt fallenden Regen; es war, als sei der Himmel aufgeschlitzt und gösse das Wasser wie aus Luken aus; kühl und feucht stieg es von der Erde, und Christoph schauderte; er konnte sein Auge nicht lassen von dieser brodelnden Orgie und blickte unentschlossen um sich; wortlos hing ihm der Maler einen leichten Mantel um; es dampfte und schäumte, und die Erde tanzte in wilder Umarmung mit den Wolken einen lustvollen Tanz, und ein tolles bacchisches Lachen klang zwischen Dämpfen von Feuchtigkeit durch...

Der wilde Zauber des Gewitters verflog wie ein Schatten, der über die Erde flieht; die Sonne schien aus einem unter Tränen lächelnden Himmel in die von zärtlichen feuchten Nebeln wogende, frische Landschaft, die wie aus dem Bade gestiegen war; süß und glänzend, und schon überzittert vom trunkenen Schmerz des abendlichen Sonnenuntergangs...

Christoph warf den Mantel wieder ab und verabschiedete sich von seinem Gastfreund; sie drückten sich schweigend die Hand, und erst, als er Christoph die Treppe hinunterbegleitete, vereinbarten sie, beide von einer seltsamen Verlegenheit befangen, eine neue Sitzung für den kommenden Tag.

Das scheinbar derbe und laute Wesen des Malers war nun von einer rührenden Bescheidenheit: »Wenn Sie morgen wiederkämen, wäre ich glücklich...«

Christoph fühlte eine angenehme Müdigkeit in allen Gliedern, eine wohlige Entspannung, die in dem Wunsch auslief zu schlafen ... ach, einfach sich vollzusaugen mit dieser todesähnlichen süßen Trunkenheit des Schlafes ... sich aufs Stroh werfen, in unschuldiger Lust, und wegzusinken in die blauen Schächte des Vergessens; es war, als ströme die Erde narkotische Dämpfe aus, die ihn umnebelten, so benommen war er, von einer seligen, wunsch- und quallosen Benommenheit; die wilde Feuchtigkeit berauschte ihn; er wollte schnell die geringen Einkäufe machen, noch irgendwo ein Bund trockenen Strohs auftreiben und sich ins Zelt werfen, schlafen, schlafen...

Die selige, vom berückenden Hauch des unschuldigen Vergessens erfüllte Verlorenheit des Schlafes lockte ihn so sehr, daß er kaum noch der Umwelt gewahr wurde; so ging ihm die erstaunliche Frische der Dorfstraße nur wie ein ferner Eindruck auf; der heitere Glanz der Feuchtigkeit des Regens gab den Häusern und dem Pflaster einen hübschen Schimmer von lachender Wachheit, der nach der schläfrigen, moderigen Begrabenheit des Mittags wie eine völlige Verwandlung erschien; aber Christoph gewahrte es nur wie von ferne, als sei er schon von schöneren süßeren Träumen gefangen, die der Schlaf ihm wie eine holde Verheißung entgegenhielt; es war ihm alles entrückt, die Begegnung mit dem Maler, der plötzliche Schrecken, der ihn oben am Fenster umkrallt gehalten hatte ... entrückt von den sanften Schleiern einer matten Müdigkeit...

Da er den Laden drüben verschlossen fand, ging er mit fast taumelndem Schritt die Dorfstraße hinunter und betrat den niedrigen, dumpfen Laden der Posthalterin; das schrille Klingeln der Tür weckte ihn fast ganz auf; es war ihm, als angele ihn dieses grelle, scharfe Geräusch gleichsam aus einem Teich, einem milden, sumpfigen stehenden Gewässer, angele ihn hoch an die Oberfläche des wirklichen Geschehens; er schrak auf und blickte dann in das rundliche, ölig glänzende Gesicht der Frau, die mit dem innigen Gruß der Landschaft in den Laden trat; sie kam offenbar aus dem Stall, denn sie wischte im Eintreten die schmutzigen Hände an der Schürze ab, während sie im lieblichen Dialekt den Gruß murmelte; dann rief sie plötzlich »Ah!« und hob die Arme leicht in die Höhe, als staune sie über ihre eigene Findigkeit. »Sie sind sicher der Herr Bachem, nicht wahr?« Der Name drang erst gar nicht in Christophs Bewußtsein, es war wie ein Wort aus einer fremden Sprache; dann tippte er sich an die Stirn und lächelte, denn es fiel ihm ein, daß die Frau ihn ja mindestens für betrunken halten mußte. »Natürlich«, sagte er, »das bin ich, und?« Die Frau hatte umständlich ihre Brille aufgesetzt und kramte in einer Schublade. »Es ist nämlich ein Telegramm für Sie angekommen, wir wollten es schon zurückgehen lassen, vor drei Tagen.« Er nahm den gelben Umschlag aus ihrer Hand und riß ihn hastig auf, und als er den Text gelesen hatte, brach er fast zusammen, wie von einer schweren Keule erschlagen; der Atem blieb ihm stehen, und er sah sich hilflos nach einer Sitzgelegenheit um, denn es geschah ihm zum ersten Male in seinem Leben, daß er sich einfach hinsetzen mußte, um nicht umzufallen. Er griff sich an den Hals, um den Kragen zu öffnen, und so wurde er zum zweiten Male an diesem Tage gewahr, daß er nackt war; und als er sich auf einer Margarinekiste endlich hatte niederlassen können, las er immer wieder die Worte: »Joseph verhaftet; für dich Einberufungsbefehl angekommen; komme sofort zurück. Mutter.«

Fröstelnd und von einer fremden Scham über seine mäßige Bekleidung ergriffen, ging er die Dorfstraße hinunter ... er ging schneller; eine schreckliche Verwirrung hatte sich seiner bemächtigt; und er fühlte sich erst etwas freier, als er im leeren Zelt schnell seine Kleider und Schuhe übergestreift hatte. Eine wilde Verzweiflung befiel ihn wie ein Tier, das ihn von hinten ansprang und zu würgen begann ... ja, er spürte sie, wie eine handgreifliche Macht, die ihn umkrallte und schüttelte. Joseph war nun in den blutigen Schächten der Macht verschwunden, und auf ihn wartete die fürchterliche, graue Mühle des Militärs; nun erst wurde der ganze Schrecken, dessen geistige Realität ihnen immer gegenwärtig gewesen war, spürbar für sie beide am eigenen Leibe ... das Leben erlosch; alles, was noch schön und menschlich hatte bleiben können, umgeben von der stumpfsinnigen Verworfenheit der Macht, versank nun unerbittlich, da sie hineingezogen wurden in ihren gräßlichen Bannkreis; unaufhaltsam, wie die Sonne im Westen untergeht, wurde ihr Leben nun überschattet von der dichten Finsternis des Leides durch die Macht...

Christoph packte seinen Tornister mit müden Händen, warf ihn wieder hin; er versuchte sich Einzelheiten vorzustellen aus dem Leben, das ihn erwartete; aber seine Gedanken brandeten zurück wie vor einem unermeßlichen grauen Gebirge, das sie immer wieder in ihren eigenen Wellenschlag zurückwarf ... kreisend im eigenen Schmerz und der Verlorenheit und in der Dunkelheit der Angst...

Plötzlich gedachte er des Tages, wo er einmal vor vielen Jahren gedacht hatte, daß das Kreuz, das jeden erwartet, das ihm absolut Ungemäße sei; und es wurde ihm klar, daß dieses an ihm nun Wirklichkeit wurde, denn er konnte sich nichts denken, was ihm so völlig antipodisch gewesen wäre wie das Militär, die öde Preußerei; es hatte ihn buchstäblich geschaudert, sooft er eine Kaserne gesehen hatte...

Eine wirre, ziellose Ungeduld überkam ihn; er begann das Zelt abzubrechen, ließ die Arbeit aber dann liegen; er versuchte zu rauchen, warf die Zigarette wieder weg, dann lief er zum Fluß und zog den Weinvorrat hoch; er setzte sich vor das halbabgebrochene Zelt in den warmen, milden Schein der Abendsonne und trank in langen Zügen den köstlichen herben Wein. Aber schon mit dem beginnenden Rausch, der sich dunkel und glühend in ihm ausbreitete wie ein narkotischer Dunst, der sich ausweglos ballte und ins Blut drang; schon mit dem Beginnen dieses wilden, erdrückenden Rausches kam auch die tiefe Reue, daß er sich seiner selbst entäußert hatte; zwei Flaschen hatte er so geleert, als ihm Bernhard plötzlich auf die Schulter klopfte...

Christoph wandte sich erschreckt um und blickte in das erstaunte Gesicht, dann hielt er Bernhard das Telegramm hin und bat gleichzeitig mit heiserer Stimme: »Sprich kein Wort, ich bitte dich«, und er hielt abwehrend die Hände hoch. »Und wenn ich dich noch um etwas bitten dürfte, übernimm das hier allein, ja?« Und er umschrieb das herumliegende Gerät mit einer schwachen Geste, »und laß mich allein ziehen, so wie ich jetzt bin.« Bernhard nickte nur ernst, während er das Telegramm starr in Händen hielt. »Tue nur, wie du willst ... mein Gott, mein Gott«, sagte er leise...

Christoph nickte Bernhard noch einmal zu und drückte schweigend seine Hand, dann ging er, die Hände tief in die Taschen seines Rockes vergraben, langsam auf die Landstraße zu, die zwischen ihren Baumreihen die Ferne gefangenhielt und sie bedächtig auf ihrem grauen Rücken durch die Landschaft trug; und als er auf der Straße schritt, ungeduldig und schnell, als sei er gerufen worden von einer mächtigen Stimme, der er sich nicht versagen konnte, da schienen ihm bei jedem Baum Nähe und Ferne seltsam eng zusammengerückt; bei jedem Baum, der von seinen Wurzeln tief und unverrückbar in der Erde gehalten wurde, schien die unendliche Ferne der Straße, die bei jeder Biegung wieder verlockend ihren Mantel aufschlug, zusammenzufließen mit der erdhaften Nähe und Standfestigkeit jeder Wurzel irgendwo im Boden; und alles schien nah, und alles schien fern, und es schauderte ihn, als sei er ganz nahe herangeführt worden an eines der Rätsel, die Gott in seiner Hand verschlossen hält und die er manchmal den Seinen zuwirft wie Perlen aus der unendlich reichen Krone seiner Schöpfung...

5

Frau Bachem blickte auf die Allee, die wie ein Meer wogte; es regnete, und die Menschen eilten geduckt ihren Häusern zu; sie wateten fast durch die nassen gelben Blätter, und man sah, wie sie frierend die Schultern einzogen, die Hände in den Taschen. Erst hatte es geschienen, als werde die Sonne noch einmal durchdringen, aber nun hatte sich der Himmel plötzlich verfinstert, und man spürte, wie der Tag sich unmerklich im Dunklen hielt und sich der Nacht ergab ... es wurde ein langer, langer Dämmer...

Ungeduldig und unruhig, als müsse sie etwas erwarten, stand Frau Bachem am Fenster; in der Küche, wo sie mit den alltäglichen Vorbereitungen zum Essen beschäftigt gewesen war, hatte es sie nicht gehalten; hinten in der Küche, wo das einzige Fenster in den schachtartigen Hof hinausführte, war es ihr manchmal, als verberge sich der Tag, und Morgen, Mittag und Abend gingen ihr in der fast gleichmäßigen Dämmerung unterschiedslos vorüber; so floh sie oft an die Fenster der vorderen Front, und es war ihr immer wieder wie ein Abenteuer, der Stadt und dem Tag ins Gesicht zu sehen...

Der Haushalt war so still geworden, daß sie sich oft fürchtete; es gab keine Abende mehr, an denen musiziert und gesprochen wurde bei ihr; manches Mal tauchte wohl irgendein Bekannter aus dem Strom des Lebens bei ihr auf, aber meist wurde sie dann mit diesen fürchterlich abgedroschenen Phrasen beworfen wie mit Schmutz; mit jenen Phrasen, die sämtliche Radioapparate des Hinterhofes ihr täglich und stündlich mit einer erschreckenden Ausdauer und Bosheit durchs Fenster schrieen... Selten kam einmal ein wirklicher Freund; arme Künstler – denn welcher Künstler konnte anders als arm sein in dieser Zeit! – kamen manchmal und saßen schweigsam und düster wie zerzauste Adler in ihrer Küche, um mit wenigen knappen Worten von der sich ausbreitenden Verworfenheit der Dummheit zu berichten. Oft taute wenigstens ein Lächeln der Erinnerung in solchen Stunden die zerquälten Gesichter auf; dann verließen sie sie wieder, um im zerfurchten Antlitz der Stadt zu verschwinden, wo sie irgendwo auf ärmlichen Kammern ihre glühende Sprache schmiedeten oder an geheimnisvollen Bildern malten...

So kannte sie Raimund, einen jungen Maler aus dem Kreise Josephs und Christophs, der die reine Sprache seines Herzens in wenigen, langsam sich vollendenden Bildern zum Ausdruck brachte, immer grübelnd über dem unerbittlichen Geheimnis, Form und Inhalt zu bannen. Trotz aller ihrer Bitten und Ermutigungen kam er nicht öfter als in gewissen, unregelmäßigen Abständen und ließ sein Schweigen sprechen...

Auch Heinrich, einen blassen Musiker, kurzsichtig und scheu, empfing sie wie einen Gast aus fremdem Land und ließ sich mit seinen stillen Worten berichten, wie das Reich des Dämons wuchs und wuchs und wie das Gift der Verwirrung sich ausbreitete; ach, wie glücklich war sie, wenn sie ihn überreden konnte, ihr nur eine kleine Weise vorzuspielen, und wie oft breitete sich das sanft und scheu beginnende Spiel zu einem wilden Konzert des Leides aus...

Es war, als habe Gott ihr einige Menschen gelassen,

weil er ihr die absolute Verlassenheit nicht aufbürden wollte; aber diese Besuche schienen ihr seltsam unwirklich ... ja, sie waren Schatten der Erinnerung ... Bilder einer versunkenen Zeit...

Das wirkliche Leben in diesem Haus waren wohl die fröhlichen und lauten Leute, Bekannte ihrer Tochter und des Bräutigams, die oft beim Klang von Gläsern und dem faden Klimpern eines Ignoranten kreischend und lachend zu dokumentieren schienen, daß eine andere Zeit gekommen war. Auf eine grausame Weise widerlich waren ihr diese gebildeten Zusammenkünfte, wo man mit hochtönenden Phrasen eine ekelhafte, halbschlummernde Geilheit überdeckte...

Unruhig, von einer dunklen Erwartung erregt, stand sie am Fenster, gegen das der Regen klatschte; ihre runde Gestalt war schmäler geworden, und es schien, als wollten die großen dunklen Augen den Rahmen des Gesichtes sprengen; über dem blaßroten, schmalen Mund war die gerade Nase seltsam streng geworden, aber die breite, schöne weiße Stirn war wie eine Ebene der Güte und Klugheit; unverändert jung und glänzend war das braune Haar.

Frau Bachem hatte die Zusammenhänge um Josephs Verhaftung nie erfahren; aber die Tatsache war für sie wie ein Schlag vor den Kopf gewesen, der sie aus törichten Träumen weckte; als wolle Gott ihr zeigen, daß der unbarmherzige Lauf der Welt immer mitten durch das Herz derer führt, die an Gott glauben, Ihn lieben und auf Ihn hoffen; ihr Herz ist der Brunnen, der Lärm und Geschrei, Lust und Mord und alle Freveltat schlucken muß, auf daß nichts verlorengehe in der Chronik des Leidens, die sich knirschend und grausam in die Seele gräbt, die sie Gott entgegenhalten wie eine Tafel, von der der Grad ihrer

Nachfolge abzulesen ist. Mit diesem Geschehnis war das Geahnte, das nur in dunklen Gerüchten greifbar gewesen war, nahe gerückt.

Ja, sie war erwacht wieder zur Wirklichkeit, die sie erkennen ließ, daß die schmutzigen Hände des Teufels sich in sichtbaren Wirkungen offenbaren. Joseph verschwand aus der Oberfläche des Lebens wie ein Lamm, das man mit blutigen Klauen in den Abgrund gezerrt hat. Christoph wurde eingesperrt in die furchtbare Trostlosigkeit der preußischen Kaserne. Und von diesem Tage an, wo die beiden Geschehnisse wie zwei hintereinanderfallende, schreckliche Schläge in ihr Leben fielen, entfremdete sich Hans so sehr, daß sie es kaum glauben konnte.

Er erschien kaum noch zu den Mahlzeiten, war gereizt und ungeduldig und lief fast dauernd in dieser schwarzen Uniform von einer dämonischen Eleganz herum. Oft ertappte sie ihn, wie er sich plötzlich umblickte, als erwache er und müsse sich fragen, wo er sei; man spürte, daß ihm die Luft zu Hause fremd war; seine Augen hatten allen Schimmer der Jugend verloren, waren hart und klar, und um seinen Mund bildeten sich Züge von einer fast maskenhaften Grausamkeit; ihr Herz zitterte und bebte, wenn sie sah, wie schön er war.

Es war ihr unfaßlich, daß diese Veränderung so schnell vor sich ging. Kaum war der Herbst über dem Land und hatte den Sommer zerzaust und die wilde Pracht seiner jagenden Schönheit über die Straßen und Gärten geschüttet, da war ihr dieser Sohn schon so fremd, daß sie kaum noch hätte daran denken können, ihn zu umarmen; und doch hatte er vor einigen Monaten noch an ihrer Brust gelegen, an jenem Tage, den sie nie vergessen würde, jener Tag, der sowohl Christoph wie Joseph in den immer näher kreisenden Strudel der Ereignisse zog. Ja, vom gleichen Tage war Hans wie mit Riesenschritten von ihr gegangen ... so schnell und doch scheinbar unmerklich, daß es ihr wiederum schien, als habe sie geschlafen...

Aber sie würde wohl nie lernen, die Tropfen der Zeit so geduldig zu sammeln, daß sich das Ergebnis einer gewissen Reihe von Tagen oder Monaten folgerichtig wie ein Mosaik daraus zusammensetzen ließ; die Ergebnisse der Zeit würden immer Überraschungen für sie sein; aber sie wollte die Augen nun offen halten, als sei sie zur Wärterin eines Gefäßes bestellt, das nicht überlaufen durfte...

Der Schmerz war wie eine Mühle, die nie, nie stillhielt; während sie mit ihren Gedanken bei den beiden war, die nun in den Fängen der Macht der Läuterung warten mußten, litt sie zermürbende Schmerzen jeden Tag und jeden Tag tausendmal; Kleinigkeiten konnten sie oft zu Tränen bringen, die der Umwelt unverständlich erschienen. Sie beobachtete, wie die Worte und Gesten bei den täglichen Tischgebeten, an denen sie unerbittlich festhielt, sich abschliffen wie die müden Zärtlichkeiten eines verrotteten Paares, das sich nach dem ersten Rausch der Sinne in hohlen und leeren Gewohnheiten zerbröckelt. Immer wieder machte sie das Kreuzzeichen und sprach die Worte des Vaterunsers, liebevoll und traurig und ernst zugleich, und wenn sie auch oft merkte, daß die Zucht ein wenig besser wurde, so wußte sie doch auch, daß sie im Grunde allein betete; nur ihr Mann schien manchmal aus seiner trägen Schlaffheit zu erwachen und die Worte des Gebetes mit dem Bewußtsein eines Christen zu beten... Hans war von einer solch erschreckenden Gleichgültigkeit, daß er die längsten Gebete nicht einmal störend oder lästig zu empfinden schien.

Ihre Tochter hatte sie in eine Ehe hineingleiten sehen wie in ein süßliches Kinostück. Man hatte den Segen des Priesters wie eine Gewohnheit »mitgenommen«; und schon beim Frühstück, während das glänzend aufgezogene Fest begann, brach der Bräutigam in die sakrilegisch geschmacklose Dummheit aus: »Wir wollen keine Kinder!«, um sich dann errötend auf die Zunge zu beißen, weil er sich im gleichen Augenblick bewußt wurde, daß er mit diesen Worten öffentlich gegen den angebeteten Zeitgeist sich aussprach. Als ihre Tochter sich nach dem Essen verabschiedet hatte, war die törichte Verlorenheit des Lebens mit einem wilden Schluchzen aus ihr herausgebrochen wie ein dunkler Strom, der sein Antlitz unerkannt durch eine finstere Nacht trägt. Ach, diese hübsche junge Frau, die den eleganten grauen Schleier lüftete, um unter Tränen die Mutter zu küssen, so stürmisch und unkonventionell, daß ihr der entzückende kleine Hut vom blonden, quellenden Haar fiel ... dieses junge Weib war noch ebenso kindlich und unverdorben wie als kleines Mädchen, als es mit törichten Augen an ihrer Schürze hing und Fragen stellte, die sie unmöglich beantworten konnte; ja, in diesen Augen wohnte trotz allen so sündhaft scheinenden Geschwätzes kein Arg; und als sie, schluchzend wie ein wildes Tier, immer wieder dieses kleine Gesicht küßte, schien es ihr, als risse Gott eine ganze harte Kruste von Hochmut in ihrem Herzen auf, und das Blut eines neuen und ungekannten Schmerzes quoll aus ihr wie die Lava eines tief brennenden Feuers, das im Verborgenen gewesen war.

Nun, wo sie immer mit den beiden Männern allein am Tisch saß, lag der alte Hochmut, der sie ihre Tochter immer hatte ein wenig verachten lassen, schwer auf ihr; stumm und gedrückt verlief das Essen meistens, als sei der lebendige Geist der Familie ausgesogen und ausgeflogen; nun erst merkte sie, wie das wirklich herzliche, oft bis zur Dummheit törichte Geplauder ihrer Tochter doch von einer so rührenden Reinheit gewesen war, daß alle Genüsse der Welt es nicht hatten trüben können. Hatte sie nicht dieses Wesen neben sich, aus ihrem Schoße geboren, fünfundzwanzig Jahre gesehen und mußte nun, am Tage ihrer Hochzeit, erkennen, daß es ihr unerkannt geblieben war und rätselhaft, so kreatürlich unschuldig und geistlos, aber so liebenswürdig herzlich und rein. Freilich ahnte sie wohl zitternd, daß es keine Quelle gibt, die nicht beschmutzt werden kann durch die unermüdlich wühlenden Finger des Bösen, die jeden Spiegel zerkratzen und bewerfen mit ihrem armseligen Dreck und an jedem Bilde zerren, zerren mit der infernalischen Wut ihrer verlorenen Bosheit...

Dieser Eindruck einer gewissen, unerheblichen Mittelmäßigkeit, den sie immer von ihrer Tochter gehabt hatte, schien ihr nun von einem neuen Licht beleuchtet. Immer wieder glaubte sie doch, irgendwie am Ende zu sein, an einem Ziel, an einem Abschluß, und dann schloß ihr Gott eine neue Kammer auf, in der sie sich selbst töricht und hilflos wiederfand vor neuen Rätseln. Ja, töricht war sie, zündete ihre Lampe an, wenn alles hell im Licht der Sonne lag, und ließ sie erlöschen, wenn die Dunkelheit über das Land kroch. Ja, hatte sie nicht die ganze Freude ihres Vertrauens glänzen lassen, so oft in diesem Zimmer hier, damals, als der düstere Teppich des Ungeheuren noch nicht über das Land geworfen war; hatte sie da nicht geleuchtet mit aller Liebenswürdigkeit, deren sie fähig war, voll Hoffnung und Freude? Und war sie nicht erloschen wie eine Fackel, die man in der dunklen Nacht in den Regen hält, erloschen, seitdem es nötig gewesen wäre, wirklich zu leuchten?

Nein ... nein; sie preßte die Hände mit wildem Schmerz an ihre Brust. Immer, immer wollte sie daran denken, daß Gott wirklich da war und daß die Verheißung eines besseren Daseins hinter den jammervollen Abgründen des menschlichen Lebens auf sie wartete; immer wollte sie hoffen, hoffen, hoffen. Mein Gott, wie sehr hatte sie sich in der dunklen Trostlosigkeit verloren, sie mußte die Flamme der Hoffnung wieder entzünden und Licht und Wärme empfangen...

Plötzlich wurde ihr bewußt, daß es draußen fast ganz dunkel geworden war, und sie fror in dem großen Zimmer, so allein vorne im Erker. Der Widerschein aus den Fenstern der gegenüberliegenden Häuser und die Lichtkegel der Bogenlampen gaben dem Raum eine gedämpfte Beleuchtung. Der Lärm der Straße drang bis in die verlorene Stille ihrer Wohnung. Dieser Lärm der Straße, dessen Abstufung sie kannte von der frühesten Stunde des Morgens bis in die späte Nacht und der fast nur Minuten aussetzte, als müsse er einmal Atem schöpfen; dieser Lärm des Abends hatte eine gewisse Heiterkeit, eine tröstliche Note, die Freude über den Feierabend klang darin mit, aber auch er war getragen von den schrillen Rufen der Hast, der Hast nach dem Vergnügen, verzerrt von der Gier nach irgendeiner Lust, irgendeiner Lust des Vergessens...

In dem schwach erleuchteten, stillen Raum stand sie ganz allein diesem grellen Spiel der Lichter und dem grollenden Lärm gegenüber; sie hielt die Hände zusammengepreßt und fror ... worauf wartete sie noch? Die Stimme ihres Herzens hatte sie noch nie betrogen; immer hatten sich schwerwiegende Ereignisse mit seltsamen Schwingungen bei ihr angekündigt ... wie die zarten Gräser schon erzittern, lange bevor der Sturm über sie hinwegbraust; es war ihr, als schlage ein Pendel hin und her ... unentschieden und drohend ... und es wollte nicht anschlagen und nicht stillestehen. Sie hatte die Hoffnung ausgegraben aus dem Schutt ihrer verlorenen Trauer und hatte sie mit krampfhaften Anstrengungen geputzt und neu aufgestellt ... aber nun sank der Mut wieder ... sank, ohne daß sie die Kraft hatte, ihn aufzuhalten...

Finster und schrecklich und ohne Aussicht auch nur auf den mildesten Schimmer einer Besserung schien ihr alles. Allein stand sie hier, in dem großen kalten Raum, dessen Möbel drohend und gespenstisch im halben Dämmerlicht wie fremde Klötze an der Wand standen ... eine fast fünfzigjährige Frau, frierend und einsam in der drükkenden Stille ihrer verlassenen Wohnung...

Weit, weit in der Fremde, in einer Stadt, deren Name allein wie eine Offenbarung aller scheußlichen Schrecken Preußens war, verging ihr Sohn vielleicht von den unmenschlichen Qualen der Kaserne ... der andere tummelte sich eifrig in den blutigen, von Düsternis umschatteten Kanälen der Macht, fremd und kalt ... ahnungslos und töricht trippelte ihre Tochter an gefährlichen Abgründen vorbei ... und ihr Mann war völlig verfangen in den harmlos scheinenden Schleiern der Müdigkeit. Sollten alle, alle ihre vielen tränenreichen Gebete immer dem unbekannten Schatz zufließen, über den Gott allein sich Verfügung vorbehielt, und sollte sie immer nur warten, warten, geduldig warten? Sie ballte unbewußt die Fäuste und hielt dann erschreckt inne:

Es war ihr, als sei sie ganz mit Dunkelheit und Kälte angefüllt; grausam umkrallten schwarze Klauen ihr Herz und preßten es zusammen; nicht einmal mehr den Gedanken an Gott wagte sie zu fassen ... und eine schauerliche Angst erwachte in ihr; eine Angst, als sei sie von wilden Tieren umgeben, die sie zerreißen wollten ... sie hatte die Augen geschlossen und bebte; die blutgierigen Gespenster der Verzweiflung umgeisterten sie, und sie spürte eine wilde Wollust in sich aufkommen, eine Lust, sich einfach fallenzulassen, fallen, in irgendeinen Abgrund ... es war doch alles so sinnlos – ihr von Schrecken und Angst gelähmtes Gehirn ergriff gierig dieses Wort: sinnlos ... sinnlos ... sinnlos. Nichts mehr ... nichts mehr;

aus ihrem Inneren stieg die Kälte auf und breitete sich aus, eine eisige Besinnungslosigkeit lag über ihr … sie fühlte sich fortgespült von kreisenden, ziehenden, gurgelnden, schwarzen, schwarzen, eiskalten Wassern … ihr Körper war tot und ihr Geist von einem schmerzhaften Rausch der Kälte gebannt…

Und mit einem Male spürte sie, daß sie *nicht mehr allein* war; ja, hier in ihrem Wohnzimmer stand sie, in der abendlichen Dunkelheit … draußen war die Straße; und sie war nicht mehr allein; ein Wesen war mit ihr im Raum, sie wußte es so gewiß, daß sie nicht wagte, die Augen zu öffnen, um festzustellen, ob es auch unsichtbar sei … denn spürbar war es, ja, es war wie ein seltsam fernes und schwüles Wehen, ein sanftes Flattern … ein gräßlicher Atem schlich um sie herum … sie stieß einen Schrei aus, so fürchterlich, wie ihn nur die Menschen kennen, die dem von unten begegnet sind … dann hob sie ihren Arm mit einer wilden, fast elektrischen Heftigkeit und schlug das Kreuz über sich…

Die Tränen strömten ihr heftig und unaufhörlich … sie wehrte ihnen nicht; sie rannen heiß und lebensvoll über ihr Gesicht und netzten ihre Bluse … wie ein Quell entsprang ihr dieser Strom, perlend und reich; sie wandte sich um und ging ohne zu zögern zum Schalter und knipste das Licht an…

Was vor wenigen Sekunden geschehen war, schien ihr so weit entrückt, daß sie fast glauben mochte, eine Bühne habe sich gedreht … und Bild, Zeit, Situation seien mit einem Schlag völlig verändert…

Das Zimmer war so hell, und ihr Herz war so frei … so frei … sie lächelte durch die Tränen hindurch; der Lärm der Straße drang wieder zu ihr, und sie fror.

Die vertraute Wärme der Küche tat ihr wohl, sie hatte sich das Gesicht gewaschen und ein frisches Kleid angezogen, ein erdbraunes Wollkleid mit weißem Kragen; mit fast fröhlichem Herzen setzte sie ihre Vorbereitungen zum Essen fort; sie war fast ohne Gedanken ... ja, ihr Wesen war so gelöst, wie verzaubert, daß Gedanken, Bewegungen, Gefühle eine Einheit bildeten; sie betete, ohne es zu wissen ... die Hoffnung war wieder in ihr aufgelebt wie ein von Kälte und Hunger erstarrter Säugling, der am warmen Leib der Mutter wieder Leben gewinnt und sich vollsaugt an der sanften Quelle ihrer Brust ... so wuchs die Hoffnung schnell und leicht, und ihre Kraft war so groß, daß das Vergangene dagegen verblaßte.

Sie deckte den Tisch heute besonders liebevoll und sorgfältig ... es war ihr, als habe Gott sie einen Sieg erringen lassen, den sie feiern müsse; sie legte ein frisches, weißes Tuch auf und nahm das beste Porzellan ... Teller und Gläser, und aus den Hintergründen ihres Vorratstübchens grub sie zwei Flaschen aus; lächelnd wischte sie den Staub ab; ihr war so froh zumute, als klinge eine unbeschreibliche, schöne, überirdische Musik in ihr...

In der behaglichen Wärme des Raumes, im Schein des milden, gelben Lichtes summten leise die Töpfe auf dem Herd ... irgendwo schlug eine Uhr; sie zählte mit angehaltenem Atem die Schläge ... sieben; noch eine halbe Stunde hatte sie Zeit; sie setzte sich zwischen Tisch und Herd auf einen Stuhl und begann ihren Rosenkranz zu beten ... es war im Oktober.

6

Nachdem er das Tor der Kaserne zum ersten Male durchschritten hatte, war es Christoph, als müsse er ersticken; nicht einmal der nackteste Trieb zum Leben regte sich mehr in ihm angesichts dieser grauenhaften Ansammlung modernster Gebäude; sein Geist, seine Seele waren gelähmt, und der Körper gehorchte nur noch aus dumpfer Gewohnheit ... es dünkte ihn, als müsse hinter jeder Ecke ein Selbstmörder baumeln; es schien ihm undenkbar, daß es Menschen geben sollte, lebendige Menschen, die auch nur Monate hier existieren konnten, eingesperrt in dieses Gefängnis der klotzigsten Idiotie Preußens, ein grauenhaftes Gemisch aus Hygiene, Ziegelsteinen, Geistlosigkeit und Stumpfsinn, eingeklemmt in die trostlose Form des modernen Baustils; nein, kein Mensch konnte hier leben, ohne notwendig sich in vollständige Verzweiflung zu verstricken. Ein dumpfer Zustand stumpfen Brütens überkam ihn, in dem Reste von Gedanken und Gefühlen sich mühsam kriechend bewegten wie letzte Nebelfetzen, die vor dem nackten Strahl der Sonne sich in entlegene Täler verziehen, bevor sie sich endgültig verflüchtigen müssen.

Dann riß ihn plötzlich eine fürchterlich nackte, brutale, unverständlich brüllende Stimme an die Oberfläche seines Bewußtseins zurück; die lange Kolonne müder Zivilisten, mit Pappkartons und schlechten Koffern ausgerüstet, wurde von einem jungen Mann in Uniform, mit formlosem Gesicht, in dem nur der Mund sich wulstig bewegte, so dirigiert, daß sie inmitten eines riesigen Blocks hellgrauer Häuser in Form eines Quadrats Aufstellung nahm; zwischen den Lücken der Kasernen, die diese Blocks bildeten, sah man wieder hellgraue Häuser, alle wie uniformiert, und wieder Blocks ... Kasernen ... ein Labyrinth der Simpelkeit schien sich hier zu öffnen; wo Christoph auch den Kopf hinwandte, überall sah er diese völlig gleichmäßigen Kasernen, und er wußte, wenn er in einem dieser Häuser die Reihe der Fenster zählte, hatte er sie für alle anderen Häuser mitgezählt; man spürte förmlich, daß sie auch um keinen Zentimeter verschieden waren ... nur in der Mitte jedes Vierecks stand ein niedrigeres Gebäude, an dessen Vorderfront eine stilisierte Uhr wie mit Pomade angeklebt schien. Die Stimme brüllte wieder ein kurzes, unverständliches Kommando, und eine merkwürdig wellenartige Bewegung kam in die Masse des Schlachtviehs; Christoph, noch halb besinnungslos vor Schrecken, daß er hier wohnen sollte, starrte gebannt in das ausdruckslose Gesicht des Kommandierenden, der mit einer verwirrenden Menge von Silberschnüren um Ärmel, Kragen und Schulter geziert war. »Er sieht genau aus wie ein Zirkusdiener, ganz genau ... nur weniger malerisch und weniger menschlich«, dachte Christoph, und mit einer gewissen Monotonie, die vielleicht schon eine Folge der uniformen Umgebung war, klopfte sich ihm der Gedanke förmlich ein: »Ein Zirkusdiener, kein Unterschied, ganz nüchtern betrachtet, kein Unterschied, nur eben weniger reizvoll.« Sein Nebenmann, ein blasser schmaler Junge mit ängstlichem Gesicht, stieß ihn plötzlich an, denn der Uniformierte bewegte sich auf sie beide zu. Fest und federnd war sein Schritt, elastisch und stark; die Schirmmütze saß gerade und fest ... er kam langsam näher, und Christoph blickte ihm ins Gesicht und sah ihn größer werden wie jemand, den man durch Drehen an einem Fernrohr näher rückt; er sah ein fast viereckiges Gesicht, eine kurze Nase, einen kleinen, engen Mund und tiefliegende, kleine Augen. Christoph sah ihm neugierig entgegen, mit einer völlig gefühllosen Neugierde. Der Mann blieb kurz vor ihm stehen, und Christoph fühlte nun, wie eine Spannung über der harrenden Menge sich sammelte. Der Uniformierte musterte Christoph mit einem kalten Blick von oben bis unten, dann sagte er laut: »Was sind Sie denn für eine Existenz?«

»Ich bin ein Mensch«, sagte Christoph, und er spürte, daß ihm, soweit er sich erinnern konnte, zum ersten Male im Leben die Tränen kommen wollten, denn der gewaltige Sinn seiner Antwort erschlug ihn fast, und die Tatsache, ein Mensch zu sein, ein lebendiger Mensch, und zwei Jahre in diesem Gefängnis einer apokalyptischen Ordentlichkeit zubringen zu müssen, schien ihm so ungeheuerlich, daß er nur weinen mochte...

Ein gewisser Schein von Gutmütigkeit in den Augen seines Gegenübers erlosch, und er sah nun zwei böse Perlen, hart und glanzlos, in einem kantigen Bauernschädel: »Beruf?« – »Ich war noch nichts.« Der Uniformierte trat mit einem erkünstelten Erstaunen zwei Schritte zurück, und dann rief er: »Wollen Sie mir denn bitte einmal sagen, mein lieber Herr Nichts, warum Sie als einziger noch Ihren Koffer in der Hand tragen?« Während Christoph sich ruhig umblickte und seinen Koffer auf die Erde setzte, schlug die Woge des Gelächters über ihn hin, und er dachte: »Es ist wirklich wie im Zirkus; in den Pausen vertreten die Zirkusdiener die Clowns, und das Publikum lacht am meisten über seine eigene Dummheit.« Aus dem Gebäude, dem sie gerade gegenüberstanden, trat nun eine andere uniformierte Gestalt... mit lässigen Bewegungen, schmal und sich ein wenig wiegend, auch von Silber glänzend, aber mit einem etwas vornehmeren Ton im Tuch und im Glanz des Silbers. Der ordinär Uniformierte lief auf den vornehm Uniformierten zu und erstarrte, indem er die Hände an die Hosennaht legte, zu einer völlig unbeweglichen Säule, bis der Nachlässige müde mit der Hand winkte. Sein verworfenes Primanergesicht, formlos hübsch, hatte eine gespielte, dekadente Gleichgültigkeit aufgesteckt. Er ordnete mit einigen knappen Worten und Gesten an, daß man die Neuangekommenen der Größe nach aufstellen solle. Dabei geriet nun Christoph in die vorderste Reihe, er war bei den Größten. Der Dickschädelige, der mit rauhen Händen die Reihen gruppiert hatte, raunte ihm zu: »In drei Tagen werden Sie nicht mehr wissen, ob Sie ein Mensch sind.« Und als Christoph ruhig antwortete: »Ich werde nicht aufhören, es zu bleiben«, erlosch das höhnische Grinsen, und er zischte böse: »Sie werden noch lernen, nur zu antworten, wenn Sie gefragt sind.«

Als die Aufstellung beendet war, ließ der Dicke dreimal seine Trillerpfeife gegen das Gebäude hin in die Luft schrillen, und daraufhin stürzte ein ganzer Schwarm uniformierter Gestalten aus der Tür auf die Aufgestellten zu. »Wie die Hunde, die sich auf die Herde stürzen«, dachte Christoph. Der Lässige wandte sich nun den Zivilisten zu; seine Stimme klang wie eine abgebrochene Blechtrompete … etwas gequetscht … schlecht verständlich und eitel-hochmütig:

»Um Sie kurz zu informieren, meine Herren, Sie sind in der dritten Kompanie des Infanterieregiments 86. Ich bin der Chef, mein Name: Oberleutnant Pruskopp; das ist der Hauptfeldwebel Schwachhulla«, er zeigte auf den Dicken. »Ihre Unteroffiziere werden Sie schon kennenlernen.« Er blickte kurz zu der Gruppe von Hirtenhunden, die eifrig und unruhig vor der Front standen. »Wollen uns bemühen, Ihnen ein wenig Disziplin, Ordnung und Sauberkeit beizubringen; und das Handwerk der Infanterie einzuimpfen; Hauptsache: Gehorsam und der alte preußische Grundsatz: Dienst ist Dienst, und Schnaps ist Schnaps. Werden manche von Ihnen in den verflossenen fünfeinhalb Jahren ja schon ein bißchen Disziplin gelernt haben, aber die höchste Manneszucht sollen Sie hier bei uns lernen; wollen also zu Beginn unseres Dienstes ein Heil ausbringen demjenigen, dem wir alles verdanken: unserem Führer.« Er hob die Hand, und die Menge brach in die obligatorischen drei Heilrufe auf die göttliche Bestie aus...

Christoph hatte ununterbrochen den Abendhimmel betrachtet, der hinter diesen fürchterlichen Gebäuden wie eine ferne Welt lockte und glänzte; prächtige Farbtöne vom zartesten Rosa bis zum blutigen Rot blühten dort zwischen den sanften grauen Wolken wie die tausend Stufen eines menschenwürdigen Lebens; und er stand hier im Vorhof der Hölle des Stumpfsinns ... fern, fern war alles Schöne; er dachte an das vertraute Gesicht der Mutter, und die Trauer des Abschieds, die er in ihren Augen gesehen hatte, zerriß ihm nun das Herz, hier, wo er stand, in dieser Wüste von Steinen und Sand, aus grauen, stumpfen Gedanken gefügt, hier im Anblick dieses öden Offiziers mit seiner öden Stimme. Zum zweiten Male spürte er die Tränen aufquellen, und es schwante ihm, daß er nun erst würde lernen müssen, was leiden ist; ja, alles vergangene Leid war tragbar und lebendig gewesen, voll des süßen Zaubers der »Atmosphäre«, die er selbst bestimmt hatte; hier aber war er hineingetreten von den finsteren Mächten des Staates in ein Leid, das ihm fremd war, hart und roh, ausgeliefert direkt in die Hände von Henkersknechten...

Der Himmel schien sich im dunklen feurigen Rot zu wölben wie eine wilde Flamme, die noch einmal aufzuckt, ehe sie verlöscht, dann brach der lange, süße Dämmer des Herbstabends ein; und es erschien Christoph unfaßbar, daß es auch hier dämmerte, auch hier die Sonne unterging. Er hätte glauben mögen, daß er hier in einer ganz anderen Welt sei, ja, ganz sicher hatte er zu spüren geglaubt, daß mit dem Eintritt in dieses Tor das Leben zu Ende ging; aber so war es: die Sonne ging unter, und die Sterne kamen am Himmel herauf, und es würde Nacht und wieder Tag werden; die Welt bestand noch; und das schien ihm das Schrecklichste, und immer, immer empfand er das als das Schrecklichste, daß das Leben weiterging.

Die ersten neun Mann der langen dreigliedrigen Reihe waren dem Unteroffizier Wind zugeteilt worden, dessen Beistand der Gefreite Grollmann war. Christoph betrachtete beide lange zitternd, denn er ahnte, daß von diesen beiden der Umfang seines Leidens im weiten Maße abhängig sein werde. Wind war ein großer, schmaler, scheinbar stiller Mann; aschblond, mit blauen, matten Augen und einem blassen Mund; er war etwas steif und gerade wie ein Stock. Christoph ahnte hinter der Stille dieser Augen eine finstere Heimtückerei. Der Gefreite Grollmann war ein stupsiger, kleiner, aufgeblähter Schwachkopf, schwarzhaarig, mit vor Eifer glänzenden Augen; ein überlegenes Lächeln um den Mund, ging er mit gespreizten Beinen um die Gruppe herum. Seine acht Schicksalsgenossen blickte Christoph langsam der Reihe nach an: Auf ihren Gesichtern entdeckte er jene schreckliche deutsche Untertänigkeit, jenen typischen Gesichtsausdruck zwischen Angst und Lachen, der die absolute Bereitwilligkeit zeigt, bei der geringsten Andeutung eines Witzes von seiten des Vorgesetzten sofort schallend zu lachen oder bei der Äußerung eines Mißfallens in Angst und Schrecken zu erstarren. Nur einer stand dort mit verschlossenem Gesicht, und hinter den halbgesenkten Lidern blitzte der Haß. Es war ein junger, gesund aussehender Bursche, mit ausgesuchter Eleganz gekleidet. Zwischen einem weichen braunen Hut und einem rötlichen Schal war das Gesicht wie schimmernder Marmor im Schein des Dämmers; die Augen hinter den herabgelassenen Lidern funkelten wie grünes Feuer; der Mund, klein und üppig, drückte eine verworfene Genußsucht aus; weich und zitternd schien er im Gesicht zu kleben wie eine jener seltenen Blumen, die man mit äußerster Sorgfalt in Treibhäusern zieht...

Es war schon dunkel geworden, als sie auf die Stube geführt wurden, einen hellgetünchten Raum mit einfachen Betten und Spinden; an den Wänden die Bilder des Führers und einiger Generäle. Mit einer affenhaften Geschwindigkeit hatten sich die Hereinstürmenden die »besten Plätze« ausgesucht, so daß Christoph und jener Hassende, der sich Paul nannte, die beiden der Tür zunächst liegenden Betten belegen mußten. Lärm herrschte draußen auf den Fluren, Gebrüll und Gewirr von Stimmen, eine schrecklich dumpfe Luft, und es war dunkel geworden, ganz dunkel. Christoph stand lange mit den Händen in den Taschen seines hellen Mantels und betrachtete diesen Raum, in dem er nun wohnen sollte; er rauchte sinnend eine Zigarette, verwirrt und vom Gefühl einer wilden Heimatlosigkeit übermannt; aber mit einer erschreckend plötzlichen Schärfe fuhr ihn der stille Unteroffizier an: »Mensch, räumen Sie Ihren Spind ein!« Und der Gefreite scharwenzelte grinsend herbei, ihm die sogenannte Spindordnung zu zeigen; der schmale, übermannshohe blecherne Kasten, den sie Spind nannten, war in verschiedene Fächer eingeteilt, deren jedes seine besondere Bedeutung hatte ... und wehe, wenn irgendwo in den unzähligen Kasernen des weiten deutschen Reiches auch nur in einem Spind diese vorgeschriebene Ordnung verkehrt gewesen wäre. Keine öffentliche, blutige Gotteslästerung wäre diesem Vergehen gleichgekommen.

»Mein Gott ... mein Gott«, dachte Christoph, während er mit halbem Ohr den Erklärungen des Gefreiten zuhörte, »welch eine dämonische Umkehrung! Diese faszinierende Schlichtheit, diese mönchische Askese im Dienste des Irrsinns; wie schrecklich muß diese Einfachheit sein ohne die glühende Gewalt eines Glaubens an Gottes Macht und Größe. Welch eine teuflische Leere grinst hinter dieser grandiosen Kulisse.«

Er räumte mit zitternden Händen den Spind ein; der Schmerz betäubte ihn. Diente er nun nicht derselben Macht als Waffenträger, die Joseph irgendwo in ihren blutigen Kerkern gefangenhielt?

Ein tolles Gewirr von leeren Kartons, Papier, Speiseresten und Zigarettenstummeln, eine stickige, schrecklich beengende Luft füllte den Raum ... immer dunkler und später wurde es, bis schließlich ein schriller Pfiff über die Flure peitschte; da packte der Gefreite Christoph vorne am Knopf seiner Jacke, und wieder war dieses dumme, hündische Lächeln auf seinem Gesicht, dieses kindisch-brutale Lächeln: »Sie müssen Stubendienst machen; wir fangen hier an der Tür an; es geht reihum. In einer Viertelstunde ist Zapfenstreich.«

Als das Licht gelöscht war, herrschte eine merkwürdige Stille im Raum, es war unheimlich ruhig, und doch wußte jeder, daß keiner schlief, sie wagten nicht zu sprechen, vielleicht weil der Gefreite dort am Fenster schlief, vielleicht hatte sie auch dieses neue Leben so gebannt, daß sie schweigen mußten; still war es, und keiner schlief; Christoph empfand das harte, schmale Bett wohltuend;

ach, hier war er wirklich allein; es war eine Insel für seinen Körper, und wenn es dunkel wurde und still, dann konnte er doch hier allein sein; die ganze trostlose Umgebung versank gleichsam in der Nacht, die alles in ähnlicher Weise gleichmacht wie der Tod. Flur und Latrine, das ganze trostlose Gebäude und der Hof... alles war hinausgerückt in die ferne Antlitzlosigkeit der Nacht, und er war nur ein Mensch, allein, und er fühlte eine brennende Sehnsucht zu beten; ach, die Worte glühten in seinem Herzen, und er spürte die Tränen heiß und erlösend, die die ganze schreckliche, notvolle Bitterkeit hinwegspülten. Ach, weinen, weinen; wohl dem Menschen, der noch weinen kann; ja, unter den tausend schmerzvollen und glühenden Gedanken, die er Gott entgegenbrachte, stieg sogar etwas wie Mitleid mit diesen armen Uniformierten hoch, deren ganzes Leben in diesen Bannkreis der Kaserne eingekrallt war. Es mußte doch das Zeichen einer fürchterlichen Armut sein, sein Leben freiwillig in dieses öde Gemäuer einzuschließen. Die Tränen netzten ihn wie ein warmer Regen; er ließ sie strömen wie einen wohltuenden Quell. Mein Gott, dachte er, ich will dankbar sein, wenn ich immer im Leben abends auch nur eine halbe Stunde in einem schmalen Bett wenigstens mit meinen Gedanken allein sein kann...

Ach, sollte es nicht möglich sein, diese mönchische Einfachheit auch mit mönchischem Geist zu erfüllen? Trotz der widerwärtigen Umgebung? Was habe ich alles für notwendig gehalten, um als Mensch existieren zu können, dachte er, Wohnzimmer, Schlafzimmer, Bad und Küche ... Bücher, Bücher, Möbel und Konzerte und Freunde, und die wunderbare Nähe der Mutter und die »Atmosphäre« ... diese törichte Atmosphäre, dieses unumschreibliche ästhetische Gebilde; nun bin ich eingeschlossen in einem Haus mit Hunderten, in einem kleinen

Raum mit zehn Mann, und für mich sind einige Quadratmeter ... ein schmales Bett und ein Spind, der nicht so viel Platz braucht wie ein einziger Stuhl...

Er wühlte sich hinein mit glühenden Händen in den duftenden Teig des Gebetes und knetete seine von Liebe gebrochenen Worte, die er hineinwarf in Gottes weiten Raum; und es schien ihm, als sei ihm eine unheimliche Kraft und eine berauschende Hoheit verliehen, die menschliche Hoheit, leiden zu dürfen für Gott. Und er dachte an den Freund, dem er innig wünschte, Gott möge ihm den Trost seiner Botschaft in die finstere Verlassenheit der Gefangenschaft senden; so stieg er immer tiefer in den Tiegel des Gebetes, in dem er seine Worte läuterte mit dem brennenden Herzen seiner Jugend; und er wußte nicht, wann ihn der Schlaf überkommen war...

Ein fürchterlich schriller Pfiff und ein mörderisches Gebrüll flogen am nächsten Morgen durch die jäh aufgerissene Tür und rissen sie aus dem Schlaf, als schlüge man sie vor den Kopf, scharf und grell und mit jäher Lust zu quälen. Christoph taumelte hoch und wurde von der furchtbaren Trostlosigkeit der Umgebung gefangengenommen ... nein, nein, das war mehr als ein Mensch ertragen konnte! Der Gefreite, noch in der würdelosen Bekleidung der Nacht, schrie schon auf eine unbeschreibliche Weise in der Stube herum; in der stickigen Luft bewegten sich die verwirrten Gestalten im Hemd wie Narren ... kalt war es und eng, und die ganze, ganze Hoffnungslosigkeit des weiten, riesigen Komplexes von Höfen, Kasernen und Kantinen schien sich in diesem kleinen Raum zusammengedrängt zu haben. Mühsam, mit verwirrten Sinnen, hatten sie sich kaum in die Kleider gezwängt, als sie der Gefreite schon mißlaunig und bellend zur Tür hinaus in den Waschraum trieb; ach, wenn wenigstens das Wasser unschuldig und klar ist in diesem fürchterlichen Haus, dachte Christoph, und er sehnte sich danach, mit kaltem, frischen Wasser den gräßlichen Odem der Stube von sich zu waschen. Aber im Waschraum herrschte ein so wüstes Gedränge, daß er kaum notdürftig Hände und Gesicht netzen konnte; dabei ging mit finsterer Miene und dräuendem Stahlhelm ein Unteroffizier umher und kontrollierte, ob sie alle den Oberkörper entblößt hatten. Ein Narrenspiel, dachte er, und als er in die Stube zurücktaumelte, nun völlig von Trostlosigkeit überfallen, einsam und verlassen und nahe, nahe an der Verzweiflung, da peitschte der Ton der Trillerpfeife schon wieder durch den Flur, und er fand kaum Zeit, seinen Rock überzuziehen, da wurde er schon mit einer großen blechernen Kanne zum Kaffeeholen zur Tür hinausgeschoben.

Es gab nicht eine Minute der Besinnung am Morgen, und er fand nicht die Zeit, auch nur einen kleinen Gedanken auf ein Gebet zu verwenden, und die Hoffnungslosigkeit würgte seine Seele ab und zerrte an seinem Bewußtsein. Er war eingefangen von einem wilden Gefühl der Verlorenheit ohne einen Fingerzeig der Hoffnung...

Der Morgen verging in einer grausamen Hetze, die immer darauf hinauslief, daß sie stundenlang irgendwo warten mußten; so wurden sie zum sogenannten Antreten hinausgetrieben, als gehe es um Leben und Tod, und standen dann fast eine Stunde vergebens, ehe sie endlich eine halbe Stunde lang Schwachhullas blöde Witze und konfuse Anordnungen anhören durften. Dann trieb man sie durch den ganzen Bau, immer im rasenden Tempo, um sie irgendwo vor dumpf riechenden Kammern Schlange stehen zu lassen, um dann irgendwelches Gerät oder Kleider oder Stiefel vor die Füße geworfen zu bekommen, verächtlich und höhnisch, wie man räudigen Hunden den Fraß vorwirft. Schnell mußte alles gehen, irrsinnig schnell, nur zu dem Zweck, daß irgendwo stumpfsinnig gewartet werden mußte…

Welch ein sinnloses Getue; planmäßige Lieblosigkeit und systematische Zersetzung der Menschenwürde; ja, das war es, ihre Würde wurde mit einer teuflischen Bosheit zerquetscht und unter das Ding gestellt; die Daumenschrauben des primitiven Gesindels, das sich in seiner lächerlichen Uniform hier in diesem Abgrund wohl fühlte, wurden ihnen angelegt, um sie nach unten abzuquetschen, ihre Würde zu amputieren, wie man ein unnützes und krankes Glied amputiert. Christoph zitterte den ganzen Tag, als sei er wirklich von reißenden Wölfen umgeben; immer, wenn er gerade irgendwo stand und sich einem flüchtigen Gedanken der Hoffnung hingeben wollte, riß ihn irgendein Gebrüll oder ein schriller Pfiff in diese Wirklichkeit des Nichtswürdigen.

Mein Gott, dachte er, alle diese Qualen könnten nur einen Sinn haben, wenn sie Erniedrigungen wären um Gottes willen. Hier aber spürte er den deutlichen Willen heraus, ihre ganze Würde und ihr ganzes Selbstbewußtsein zu zerstören, um sie zu einer willfährigen Masse zu machen, aus der irgend etwas zu schmelzen war, was man gerade brauchte. Ein satanisch ausgeklügeltes System tauchte mit einem Male hinter dieser scheinbar nur dummen und lächerlichen Kulisse auf; und wie nichtswürdig und verächtlich waren die üppig galonierten Henkersknechte, die dieses zu verwirklichen hatten, ohne es zu kennen…

Und mit einem Male wurde Christoph sich wieder der wunderbaren Hoheit gewiß, wie sie nur die kennen, die wissen, daß Gott sie geschaffen hat und daß nur Gott absolute Gewalt über sie hat. Es kam wie ein Rausch über ihn, dieses sieghafte Gefühl seiner Hoheit, und dort, wo er gerade stand, auf dem dunklen Flur vor der Waffenkammer, lächelte er plötzlich zum ersten Male in diesem Haus ... und er lächelte mitten hinein in Schwachhullas Gesicht, den er jetzt erst gewahr wurde. Die Geste, mit der Schwachhulla nun seine Hand aus dem aufgeknöpften Rock nahm, langsam und fast feierlich, wirkte wie eine Beschwörung. Das leise Murmeln der Menge erlosch, als sei Gott selber sichtbar geworden. Durch das freche, höhnische Lächeln seines Gesichts blickte der Ärger durch. »Der Herr Nichts ... der Herr Mensch«, sagte Schwachhulla seltsam leise, und er winkte vor Ärger sogar den billigen Beifall der in Lachen ausbrechenden Menge ab, »er lächelt, der Herr Mensch«, und dann brach seine Stimme plötzlich aus wie ein Wolkenbruch, und er schrie, daß der ganze Flur furchtbar erdröhnte: »Zwei Jahre habe ich Zeit, Ihnen das Lachen auszutreiben ... und wenn Sie in zwei Jahren noch lächeln können, haben Sie gesiegt«, und plötzlich wieder, mit einer erschreckenden Fertigkeit, wurde seine Stimme ganz leise, und er tippte sich mit dem Finger auf die Brust: »Aber ich, ich werde siegen, junger Mann, wollen wir wetten?« Und er wandte sich brüsk ab, und das dumme Lachen der Umstehenden brach wieder über Christoph zusammen...

Ganz langsam fühlte Christoph seine Widerstandskraft erlahmen; oft war er so sehr am Ende seiner Kraft, daß der fürchterliche Gedanke aufkeimen wollte, mit dem Leben Schluß zu machen. Es war wirklich, als habe man die ganze Hölle auf ihn gehetzt; er wußte nicht mehr aus und ein und fand keine halbe Minute Zeit zu einem kurzen Gebet am Abend, wenn er mit zerschlagenen Gliedern ins Bett sank. Die fürchterliche Tortur des täglichen Dienstes wurde für ihn noch erhöht durch »Sonderbeschäftigungen«, denn er hatte das grauenhafte Pech gehabt, das Mißfallen des Hauptfeldwebels zu erregen; und ein preußischer Hauptfeldwebel ist mehr als Gott. Gott ist barmherzig, und Gott ist Mensch geworden, aber die Barmherzigkeit steht nicht auf dem Dienstplan eines preußischen Hauptfeldwebels. Ein Litzenträger ist nichts anderes als ein Götze, der Gehorsam fordert um jeden Preis. Und die ganze Meute dieser Unteroffiziere schlug mit Wollust in die Kerbe ... er war der Amboß der dummen Brutalität und der stimmstarken Beschränktheit; gesichert durch die gewaltige Autorität des mächtig aufgeblähten Staates hieben diese feigen, litzentragenden Henkersknechte der Macht auf ihn ein...

In diesen Tagen lernte er auch den Trost, andere dasselbe Leid leiden zu sehen; er war nicht das einzige Opfer, und es schien ihm unsagbar schön und tröstlich, daß in einer Kompanie von zweihundert Rekruten immerhin vier Menschen zu sein schienen. Drei Leidensgenossen hatte er: Der eine war Jacob; ein kleiner, blasser, schmächtiger blonder Junge mit wässerigen Augen und einem schwachen Mund; einer von jenen, die die moderne Psychologie mit dem Wort »asozial« abtut; Jacob konnte sich dieser tierischen Ordnung einfach nicht fügen, weil er das freischweifende Leben eines Zigeuners gewohnt war; im Umgang von einer milden Freundlichkeit und einem liebenswürdigen Charme fähig, war er vollkommen außerstande zu begreifen, warum man morgens mit blitzblank geputzten Stiefeln anzutreten habe (es gibt auch keinen Grund dafür!). Auch konnte er nicht verstehen, warum man das Kasernentor nicht einfach durchschreiten durfte; und weil man ihn nicht herausließ, stieg er einfach irgendwo über die Mauer; er hatte den Sinn für die Freiheit, die die Preußen schlimmer hassen als die guten Christen den Teufel, wenn sie an ihn glauben.

Der zweite war Barthel, ein vorbestrafter Dieb, der offenbar im Gefängnis die Freiheit so schätzen gelernt hatte, daß er sie nicht leichten Kaufes aufgeben wollte; ein kleiner, dicker, unerschütterlicher Lächler, körperlich so robust, daß sie ihn nicht kleinkriegen konnten; dunkelhaarig und muskulös, trotzte er allen Bemühungen, ihn mürbe zu »schleifen«, mit der Überlegenheit eines Mannes, der einem Plan anhängt, den er unerschütterlich verfolgt. Er wußte auf jede Anschnauzerei eine prompte Antwort und ließ sich nicht herbei, seiner Würde etwas nachzulassen.

Paul, jener von fast dämonischer Schönheit, war der dritte. Er liebte die Freuden des Lebens, die wilden Küsse und die bunten Bilder der Maler und die weite Ferne der Landstraße ebenso wie den Wein, den man in einem schönen Salon mit einer geliebten Frau trinkt. Er haßte diese nichtswürdigen Knechte wegen ihrer Kümmerlichkeit und ihres abscheulichen Geschmackes; er war der Verworfenste von den dreien. Außer Christoph war kein Christ da, der auch nur mit einem Wort sich gewehrt hätte gegen diese Besudelung der menschlichen Würde; und so fühlte Christoph sich hingezogen zu diesen dreien, weil sie wenigstens am Rande etwas vom Wesen der Freiheit und der Würde zu begreifen schienen; vor allem aber, weil sie mit ihm litten...

Er sah auch, wie die nichtswürdige Tünche der sogenannten guten Erziehung, die Tünche des sogenannten gut katholischen Elternhauses, die erbärmliche Schminke der bürgerlichen Verlogenheit, die im Alltäglichen mühelos anhaftet und hält; wie sie hier abfiel und die nackte zerstörte Fratze der verlorenen Menschheit zutage trat. In dieser Luft des absoluten Elends ging der ganze Plunder einer bürgerlichen Welt, die sich den Satan selbst zum Staatsoberhaupt gefallen ließ und ihm noch schwache christliche Huldigungen darbrachte; der ganze Plunder ging zu Tal ... und das irre Gesicht der modernen

Menschheit wurde sichtbar, die keiner Leidenschaft mehr fähig ist, da sie die Leidenschaft zu Gott verloren hat.

Das aber war der fürchterlichste Schlag, daß er Priester sah, Priester seiner Kirche in der Uniform von Offizieren, gepflegt und furchtbar christlich, die das teuflisch verkehrte Kreuz neben dem Kreuz Jesu Christi zum Abzeichen trugen; ja, und er sah sie die Heilige Messe lesen, Beichte hören und seichte Predigten von Pflichterfüllung halten; und er spürte zum ersten Male den Wunsch, von seiner verhaßten Waffe Gebrauch zu machen, um diese ausgestopften Leichen zu durchbohren und die fade Luft des Grabes aus ihnen ausströmen zu lassen. Ja, und Schwachhulla sprach mit ihnen, untertänig und dienstlich, die Hände immer an der Hosennaht. Und lächelnd und jovial sprachen sie mit Pruskopp, der wiederlächelte, jovial und freundlich. Es wurde ihm klar, daß die tägliche und stündliche Wiederholung des Opfers Jesu in der Welt auch eine Wiederholung seines Leidens ist; und daß der Judas irgendwo in der Welt auch jeden Tag am Altare steht und Christus in den blutigen Abgrund des Verrates stürzt... um der dreißig Silberlinge willen, die die Welt als Sold zu vergeben hat...

So gingen ihm sechs Wochen wie eine dauernde Hölle hin, wo er manchmal verdunkelt war von Haß und manchmal hellsichtig und wach von unermeßlichem Leid, das ihm aufgebürdet war. Seine Gebete waren nur Stoßseufzer, blitzend vor Schmerz und dem brennenden Verlangen nach den Tröstungen Gottes; und es gab nur wenige, zählbare Augenblicke, wo er sich als lebendiger Mensch fühlte, wenn er einmal eine halbe Zigarette in Ruhe rauchen konnte und mit Paul ein paar Worte des Einverständnisses wechselte, ach, welch ein Trost waren diese »verworfenen Subjekte«! Die einzig fühlenden Seelen.

Daß es eine Welt außerhalb dieses Kasernentores gab, in der Menschen relativ frei leben konnten, vergaß er manchmal. Er konnte es sich einfach nicht vorstellen, daß es Menschen gab, die ohne Schwachhulla lebten; mein Gott, eine Welt draußen, in der Mädchen mit bunten Kleidern lebten und Frauen, Mütter und vielleicht sogar Männer, junge Männer ohne Uniform; er vergaß es; und es durchblitzte ihn ein fürchterlicher Schmerz, wenn er, eingepfercht in den Takt der Marschkolonne, die wie eine unsichtbare Fessel war, draußen in die Heide marschierte zum Dienst. Wenn dann sein Blick plötzlich wach wurde und er sah die Menschen über die Straße gehen – dann glaubte er zu träumen; und er mochte es sich tausendmal sagen, daß er wach war und in den Reihen der dritten Kompanie zum Dienst marschierte, es war doch gar nicht faßbar, daß es Menschen geben sollte, denen die Füße nicht schmerzten und die nicht angebrüllt wurden und die nicht strafexerzieren brauchten, die nicht auf Tod und Leben Schwachhulla ausgeliefert waren...

So war er der mörderischen Pein fast bis zum Schwachsinn erlegen, und es schien gar, als solle Schwachhulla siegen; sogar die Gebete, die kümmerlichen Stoßseufzer versiegten ihm, und er nutzte jede Atempause nur noch, um ein paar ruhige Züge an seiner Zigarette zu tun. Immer war er von Müdigkeit wie zerschlagen; immer gab es für ihn, wenn die anderen die knappe Freizeit nützten, irgendwelche Beschäftigung, weil er zu irgendeiner Sekunde des Tages wider die Vorschrift verstoßen hatte; er mußte Stiefel putzen, Schüsseln leeren, den Dreck der Unteroffiziere fegen oder zumindest strafexerzieren; er mußte über den Boden kriechen, mußte rennen, mußte stillstehen; er mußte den Parademarsch üben, den er einfach nie, nie im Leben lernen würde; und immer schmerzten ihm die Füße in den groben, unpassenden Stiefeln; und nie, nie würde er es lernen, die Stiefel einmal so blank zu putzen, daß Gott Schwachhulla morgens zufrieden wäre.

Ja, er drohte nach sechs Wochen schon zu versinken ... er brachte nicht einmal mehr die Kraft auf, die Briefe von zu Hause zu lesen; schon die Schriftzüge der Mutter zu sehen, war ihm eine Prüfung über seine Kraft. Immer war alles grau und dumpf und kalt, und das Essen kam ihm fast hoch, so schmackhaft es auch angeblich sein mochte; seine Finger waren immer aufgerissen vom Dienst, vom Gewehr oder der Gasmaske oder vom Hinlegen zwischen Sträuchern und Bäumen des Übungsplatzes. Sie hatten ihn in ihrer Mühle und drehten und drehten, und sie wollten ihn zu jenem Mus mahlen, aus dem man die Soldaten macht, die jeden Befehl ausführen...

Aber da brannte Gott ihm eines Tages sein Mal ins Herz, neu und plötzlich, und es war ihm, als stehe er von einer Krankheit auf, in der er nur geschlafen hatte und von wilden Träumen verfolgt gewesen war... Eines Abends, als er wieder mit ein Paar Stiefeln über den Flur rannte, zu irgendeinem Knecht von Unteroffizier, blieb er plötzlich stehen, mitten in der grauen, dunstigen Luft des lichtlosen Flures; etwas ganz Seltsames berührte ihn; etwas Innerliches, das zugleich eine kaum spürbare physische Gestalt zu haben schien; so, als schlage ein Gedanke oder ein Gefühl wie mit Schmetterlingsflügeln in ihm auf ... es kreiste erst gestaltlos und süß in ihm auf, so nah und wirklich, daß er erzitterte ... und dann brach es plötzlich aus ihm: wild und frei, ein tolles Lachen ... laut und wirklich frei; es war ihm, als habe er lange, lange dumpf und brütend über einem Buche gesessen und habe gelesen und gelesen, die Ohren zuhaltend; und nun sei er plötzlich auf ein Wort gestoßen, das ihm den ganzen Sinn offenbarte; er fühlte sich wie von unsichtbaren und doch spürbaren Fingern berührt, die einen drückenden Bann von ihm nahmen ... er lachte und lachte und knallte die Stiefel dann einfach gegen die nächstbeste Tür, und als er lachend näher trat, las er darauf: »Schwachhulla, Hauptfeldwebel«. Er lachte noch freier und noch lauter, und es schien ihm, als sei so viel Möglichkeit zur Freude in ihm, daß sie ihm die Brust zu sprengen drohte; und er lachte, lachte noch, als Schwachhulla mit heiserem Gebrüll vor die Tür stürzte...

Er lernte nun auch den Kerker kennen; und er las zum zweiten Male in seinem Leben das ganze Neue Testament; er empfand es geradezu als eine Dummheit des Teufels (denn der Teufel ist dumm), daß man die Bibel als einziges Buch für die Arrestanten zuließ; man glaubte, sie damit noch härter zu strafen, weil man die Bibel wahrscheinlich für ein Buch hielt, das kein vernünftiger Mensch lesen möchte; ob man die krausen und ekelhaften Sentenzen des Staatsoberhauptes für ebenso langweilig hielt, war nicht klar; jedenfalls war auch sein Buch zugelassen, dieses Buch, in dem die deutsche Sprache ihre gräßlichste Verstümmelung erfahren hat; so war Christoph drei Tage lang ganz allein, und er las die Bibel und auch das andere finstere, schwülstige Buch; und wenn er es vorher nicht gewußt hätte, nun wußte er gewiß, warum er leiden durfte und warum er Soldat werden mußte, und er wußte auch, zu welchem Zweck die jungen Männer der Nation durch die Mühle gedreht werden mußten; und es schien ihm, als seien seine Augen größer geworden, so klar glaubte er nun zu sehen...

Drei Tage war er allein mit diesen Büchern; und es gab lange Nächte, in denen er wunderbar weinen konnte; er konnte wieder an die Mutter denken, an das Leben; ja, alles, was in ihm hatte sterben wollen, wurde wieder lebendig unter diesen Tränen wie unter dem Atem einer glühenden Erneuerung; ja, er erwachte wieder zur Wirklichkeit; die Außenwelt gewann wieder Gestalt, diese Welt, die für ihn erloschen gewesen war, lebte noch; es gab Frauen in bunten Kleidern und Blumen, und es gab sogar Musik ... und irgendwo auf dieser Welt lebte Joseph, dem Gott ganz sichtbar und deutlich das Kreuz auferlegt hatte...

Durch seine Tränen und die Worte des Evangeliums wurde er erlöst aus der dumpfen Versponnenheit in seinen eigenen Schmerz; die selige Gewißheit, daß der Christ nicht allein ist, leuchtete ihm auf.

Und es gab Augenblicke, da er über Schwachhullas Torheit lächeln mußte, der ihm zu solchen Einsichten wiederverholfen hatte.

An den Abenden, wenn das heisere Gebrüll von den Exerzierplätzen, das durch die kleine Luke seiner Zelle zu ihm drang, verstummt war, überkam ihn ein abgeklärter Frieden, der wie ein gestaltgewordenes Lächeln Gottes war; als schwebe er, leicht und sicher, getragen von einer überirdischen Macht, über einem Abgrund, wo brodelnd faule Dämpfe aus dem Boden zischten wie giftige Wolken des Todes; und dieser Abgrund war das Tal der Angst; der dunklen schleichenden Angst, die vom Bösen ist, weil sie den Geist ebenso tötet wie das Gefühl; ja, es schien ihm, als sei er diesem Kessel, in dem die Verzweiflung aus der Angst bereitet wird, enthoben worden durch die Güte Gottes; und als sei nun die Angst aus seinem Herzen gewischt. Es erfüllte ihn eine heilige Furcht vor seiner Schwäche, die ihn hatte abgleiten lassen; ja, er wollte sich fürchten, fürchten mit der Wachheit eines Lebendigen und sich nicht umnebeln lassen von der schläfernden, gefährlichen Süße der Angst, die den berauschenden Odem der Verzweiflung schon in sich birgt; wach sein, wach sein und prüfen und immer auf der Lauer liegen vor der Angst, die der Furcht so ähnlich ist wie der Rauch dem Qualm; immer auf der Jagd, wie der Jäger nach dem Wild, und der Angst das Leben auswürgen, sobald ihr täuschender Hauch ihn berühren sollte...

Ja, er hatte doch das Spiel dieses Systems der Entwürdigung durchschaut, da wollte er mutig sein und zuversichtlich, selbst wenn das Äußerste geschähe und sie nähmen ihm das Leben, konnte es nur der Eintritt sein in die weiten Gefilde Gottes.

Wenn der Ofen in seiner Zelle vorschriftsmäßig um acht Uhr ausging, hüllte er sich in eine Decke und las, las, solange das Licht brannte. Und es war kein Traum, wenn er glaubte, in einer Zelle zu sein wie ein Mönch, der allein ist mit Gott; er *war* in einer Zelle, und diese Zelle war Symbol und Wirklichkeit zugleich für das Leben des Christen in diesem Staate.

Dann spürte er den Hunger nicht mehr, der ihn oft quälte, wenn er den letzten Bissen seines trockenen Brotes verzehrt hatte; und die saugende Lust, eine Zigarette zu rauchen, quälte ihn nicht mehr; und es war ihm lästig, wenn er die Wache herbeirufen mußte, um seine Notdurft zu verrichten; denn es schien ihm, als müsse er seine Freiheit in dieser Zelle wieder abgeben, wenn er der uniformierten Gestalt im Stahlhelm über den finsteren Flur folgte. In den ersten Tagen war es ihm oft schwer gewesen, wenn der wachhabende Unteroffizier ihm bei solchen Gängen den geliebten Duft des Tabaks mit Absicht unter die Nase blies, aber am dritten Tage spürte er schon bei dieser offenbar üblichen Quälerei ein beglückendes Gefühl von Freiheit; ein solches Gefühl von Hoheit beseelte ihn, daß er glaubte, aller Stolz, den er je gefühlt, verblasse dagegen; die Hoheit des Menschen, fast mußte es ihm scheinen, als sei er ihr auf der Spur...

So trat er nach drei Tagen mutig wieder den Weg in die Kaserne an. Er nahm Schwachhullas unverhohlenen Triumph und Pruskopps verächtliche Feindseligkeit gleichgültig hin, als er sich auf der Schreibstube vom Arrest zurückmelden mußte. Nachdem er schweigend alle Vorwürfe und Ermahnungen angehört hatte und die Stube wieder verlassen wollte, rief ihn Pruskopp mit einem kalten »Halt« noch einmal zurück. Er musterte mit einer höhnischen Kritik absoluter Überlegenheit Christophs Haltung, glitt mit einer versteckten Wut im Blick über seine Miene und sagte: »Sehe mich gezwungen bei Ihrer Verstocktheit, die Strafe noch in eine weitere Ausgangssperre von drei Wochen auszudehnen, gehen Sie!« Das Ausmaß dieser Strafe ging Christoph erst auf, als er oben auf der Stube erfuhr, daß Samstag war und daß die Rekruten zum ersten Male seit sechs Wochen ausgehen sollten. Die Gruppe war beim Waffenreinigen, und der ekelhafte Geruch von Öl und Fett und der Anblick der in ihre Bestandteile zerlegten Gewehre, die den Tisch und sämtliche Schemel bedeckten... Eine Stunde jeden Tag wurden die Waffen mit peinlichster Sorgfalt gepflegt, sie waren nach den Pferden wohl die kostbarsten Bestandteile der Wehrmacht; eine Stunde lang unter Absingen scheußlicher Lieder wurde an jedem Tag an diesem Idol gearbeitet; diese fast götzendienstähnliche Waffenverehrung war einer der fanatischen Streifen, die sich durch das eintönige Gewebe des Systems zogen; es war wahrlich ein kultischer Eifer und ein gewisses, tierisches Feuer, das die Unteroffiziere dabei entwickelten...

Christoph hatte versucht, den üblichen Gruß, den er dem anwesenden Unteroffizier erweisen mußte, zu umgehen; dieses In-sich-Erstarren wie vor einem Gott war ihm in der Seele zuwider. Aber Wind hatte ihn früh genug erspäht und trat aus einer Gruppe, der er eben einige technische Einzelheiten erklärte, heraus; mit seinen finsteren, stillen Augen musterte er Christoph von Kopf bis Fuß und ließ ihn dann den Gruß so oft wiederholen, bis ihm der Kopf schwindelte von dauerndem heftigen Hochzukken der Hand, dem schnellen Anziehen der Füße und dem dann folgenden völligen Erstarren. »Zack-Zack-Zack!« kommandierte Wind mit heiserer Stimme, immer wieder, immer wieder; Christoph spürte, wie es ihm vor den Augen schwamm und wie seine Glieder schmerzten. Die schmale Kost und die geringe Bewegung in den drei Tagen hatten ihn geschwächt; schließlich wandte sich Wind mit einer abschließenden, hoffnungslosen Handbewegung ab.

Christoph setzte sich einen Augenblick auf sein Bett; er spürte plötzlich etwas ganz, ganz Neues ... so überraschend und ihm so unbekannt, daß es ihn berauschte; ein seltsames Hochgefühl, gemischt mit beißender, aber reizvoller Bitterkeit durchkreiste sein Blut; es pochte ihm wonnevoll in den Schläfen, und in seinen Fingerspitzen tänzelte es wie eine süße und doch erfrischend herbe Lust; ja, ganz neu war das, und er war einen Augenblick noch benommen von dieser pulsenden Lust. Zugleich erfüllte ihn eine kristallene Kälte und eine ungeheure Kraft; und fast wäre er aufgestanden, unaufgefordert, und hätte sich an die Tür gestellt und hätte stundenlang, tage-, monatelang »Zack-Zack-Zack« gemacht.

Das war der Haß, kalter, bewußter Haß. Schon als er die Treppe hinaufstieg, hatte ihn die Gewißheit niedergedrückt, daß der gelassene Gleichmut ihn zu verlassen begann und daß die Kraft, seine Hoheit aufrechtzuerhalten, ihm fehlen würde. Nun wurde ihm vielleicht der Haß als Kraft geschenkt ... oder erlaubt; er wußte es nicht; er überließ sich dieser klaren, kalten Kraft...

Paul trat auf ihn zu und drückte ihm mit einem tröstenden Lächeln die Hand und überreichte ihm die Post, einen Brief seiner Mutter und ein Päckchen von seiner Schwester; Christoph nahm beides schweigend in Empfang, mit zitternden Händen, von dieser neuen, herrlichen Erregung erfüllt...

Mein Gott, konnte der Haß so schön sein? Es war ihm, als durchzöge ihn ein wildes prächtiges Leuchten, und die matte Abgeklärtheit seines Gleichmutes wurde nun durchstrahlt von einem faszinierenden Feuer, das ihn bannte, bannte...

Sentimentales Singen ... metallisches Klirren ... die grauen Drillichanzüge, dieser ganz bestimmte Geruch, ein Gemisch von Öl, Leder, Schweiß und Mottenpulver ... die Betten ... die Spinde ... die Generalsfratzen an den Wänden; diese Komposition aus verschiedenen Trostlosigkeiten hätte ihn zu jeder anderen Zeit niedergedrückt ... aber er lächelte nun; lächelte wie ein Mensch...

Nachdem durch Pfeifensignal der Dienstschluß angekündigt war, saß Christoph noch lange auf seinem Bett und sah den Vorbereitungen zum Ausgang zu; die »Ausgehanzüge«, lächerliche und zugleich grausame Gebilde, mit Kragen wie Marterwerkzeuge, von blödem Silberkram übersät, wurden sorgfältig gebürstet und vom Gefreiten begutachtet; Stiefel, Koppel, Mützen und Mäntel wurden gereinigt und geputzt; und alle Gesichter strahlten von einer hündischen Dankbarkeit, daß man sie nach sechs Wochen nun noch einmal auf die Straße ließ. Christoph wartete geduldig mit dem Lesen des Briefes, bis er allein war; er saß auf dem Rand seines Bettes, von den Wogen einer wunderbaren Erregung umspielt, während er scheinbar dem Getriebe zusah...

Es war der erste Abend seit seiner Ankunft in diesem Haus, an dem er wirklich frei war von irgendeiner Beschäftigung. Vielleicht hatte die Meute noch nicht wahrgenommen, daß er wieder zurück war; vielleicht war ihm durch die Strafe eine gewisse Distanz gewonnen.

Draußen hing ein milder, dunstiger Novembertag unter grauem Himmel. Einer jener Abende zog herauf, an denen man, die Hände in den Taschen vergraben, stundenlang durch die Straßen der Stadt gehen konnte und träumen, träumen... Blätter unter den Füßen raschelnd in den Alleen ... das Auge verloren in die vielen tausend Schattierungen zwischen Braun und Grau und Schwarz, und im Ohr die sanften Melodien des Herbstes, die zwischen Wehmut, Sehnsucht und stillem Schmerz schwanken ... in den Vorstädten der herbe Geruch schwelender Feuer, der die schönen, von Trauer umspielten Tage der Kindheit wach werden läßt; und dann den Bannkreis der Stadt durchstoßen und hinaustreten ins Freie durch das Labyrinth der Vorstädte und den Blick plötzlich hineinschleudern in die Ferne, in den Schlund einer von hohen Bäumen umsäumten Landstraße, in die Ferne, die über dem Staub der Straße schwebt mit ihrem eigenen Geruch, ihrem eigenen Gesicht, und die ihre Arme mit unergründlichem Lächeln ausstreckt...

Die Stube war leer geworden, und Christoph las den kurzen Brief der Mutter, so kurz wie ein glühendes Stammeln, das über der Gewalt der Erregung die klare Fügung der Sprache verliert: »Ich bete immer für Dich, mein Junge... Gott allein kann uns ja helfen... Du armes Kind... Du armer Soldat; ich komme bald einmal zu Dir... Gott segne Dich und helfe Dir.« Das Paket der Schwester enthielt einen wunderbaren kleinen Kuchen, gelb und lokker, so verführerisch duftend, daß er gleich hineinbiß; und im gleichen Augenblick wurde der ganze Hunger dieser vergangenen drei Tage wach; er suchte die große blecherne Kanne, goß sich von der kalten Brühe die Tasse voll und aß langsam und mit Genuß den Kuchen auf; dann ging er fröhlich lächelnd zum Waschraum und rasierte sich schnell...

Er dankte Gott dafür, daß der erste November vorüber war und nach der Vorschrift der Mantel angezogen werden mußte; so brauchte er sich nicht in die gräßliche Ausgehuniform zu zwängen. Der grünlich-graue Mantel mit dem dunklen Kragen sah fast menschlich aus; nur die Hose war so scheußlich eng; aber er lächelte immer noch, als er sich hurtig durch die dämmerigen Gänge ins Freie schlich. Draußen auf dem Kasernenhof strömten aus allen Gebäuden noch Gruppen von Ausgehenden, die von ihren Unteroffizieren geführt wurden; er schloß sich kaltblütig einer dieser Gruppen an und gelangte ins Freie...

Es schien ihm, als habe er, solange er lebte, dieses Wort gedankenlos ausgesprochen: das Freie gewinnen. Nun hatte er es begriffen, als das Tor hinter ihm lag. Die Straße, die er so oft im Schritt der Kolonnen zum Dienst marschiert war, erkannte er nicht wieder; er sah sie mit anderen Augen; mein Gott, da waren Häuser, richtige Häuser, menschliche Wohnungen und Bäume und Läden, und nirgendwo war hier ein Gitter, hoch und mit spitzen Eisen besteckt; er konnte gehen, so weit er wollte; er war so benommen von Glück, daß er fast eine Dummheit begangen und hinter der Gruppe hergelaufen wäre, aber er besann sich noch schnell und schlüpfte an einer Straßenecke weg...

Die Stadt, in der er dienen mußte, war ihm ganz fremd; er kannte nur ihren Namen und hatte einige vage Vorstellungen von ihrer Größe und Vergangenheit; als sei er hergeflogen, war er an den Rand dieser großen Stadt gesetzt; benommen von einer wilden Erregung, lehnte er sich einige Sekunden an einen Zaun ... dann blickte er auf:

Er stand mitten in einer fast neuen Siedlung aus kleinen, bescheidenen Häuschen; einzelne alte Höfe ragten heraus, als seien sie plötzlich in ein Gedränge geraten und mühten sich, mit Resignation ihre Würde zu wahren; eine Kirchturmspitze – Hähne krähten und Geräusche polternder Bauernwagen; nichts Vorstädtisches ... hier war noch Dorf; Kinoplakate an den Zäunen ... grelle Reklameschilder von Zigarettenfirmen. Eine Frau ging an ihm vorüber; ein stilles versonnenes Gesicht unter einer braunen Pelzkappe; blonde Brauen und bräunliche Augen; ein sauberer Geruch von guter Seife mit zartem Parfüm ging von ihr aus; er atmete tief, als tränke er einen guten Trunk; in ihrem Nacken kräuselte sich rötliches Haar wie kleine Flämmchen. Er blickte ihr lange nach: Ruhig und etwas wiegend war ihr Gang, der Ausdruck eines liebevollen und kräftigen Wesens ... sie ging in den Dämmer hinein wie in ein Meer von Zärtlichkeiten...

Christoph ging weiter, im tiefsten Inneren erschreckt und erstaunt über eine Welle ganz neuer Empfindungen, als habe das Leben ihm ein großes Tor aufgestoßen in einen bunten Garten, wo die wildesten, üppigsten Pflanzen neben den zartesten Blumen standen.

Kinder begegneten ihm, mit Gesangbüchern unter dem Arm; Arbeiter sprangen vor den kleinen Häuschen von ihren Fahrrädern, und die ganze Freude des Feierabends war in ihren Bewegungen; Frauen mit erregten Schritten gingen über die Straße, triumphierenden Blikkes über die Beute in ihren Einkaufstaschen. Trotz der schreienden Plakate war noch nichts von der zersetzten Schwermut der Vorstadt in diesen Straßen, nur irgendwo gegen Osten hin hörte er die Geräusche einer Straßenbahn, und er wich instinktiv nach Westen aus. Wo Straßenbahnen waren, da waren Lärm und Kinos und Kneipen, und wo diese drei sich vereinten, da wimmelte es jetzt gewiß von Uniformen ... und das Gesicht Schwachhullas tauchte vor ihm auf, als wolle es ihn höhnisch gemahnen an die unwiderrufliche Existenz der Kaserne irgendwo in seinem Rücken. Er ging schneller – es war fünf Uhr; noch fünf Stunden hatte er Zeit; und es ging ihm zum ersten Male etwas auf von der Hast und dem lauten Getriebe der Soldaten bei ihren Vergnügungen: weil sie immer nur auf Stunden auftauchen dürfen aus der armen Verlorenheit der Kaserne und das anrückende Gesicht der Zeit wegdrängen und wegbrüllen mit ihrer fast verzweifelten Lautheit. Fünf Stunden hatte er vor sich. Seine Hose drückte ihn, und er hätte zwei Jahre seines Lebens dafür gegeben, wenn er eine menschliche Hose hätte anziehen können; seine klemmte zwischen den Beinen und war unten an den Füßen eng wie ein Schlauch ... häßlich und unbequem; die ganze träumerische Schönheit dieses freien Spazierganges schien ihm plötzlich zerstört durch die ekelhafte Hose.

Plötzlich tauchte ein neuer Gedanke in ihm auf, den er sofort auszuführen beschloß; er blickte auf und sah, daß er aus der Siedlung heraus war und offenbar in den älteren Teil des Dorfes gekommen war; die Straße schien sich aufzulösen und in Feldern zu verlieren; links sah er ein stilles Gehöft und rechts ein seltsam altes, fast schloßartiges Haus, von verwahrlostem Äußeren; die gelbliche und ungepflegte Fassade von einer verblichenen Vornehmheit, hohe kahle Bäume umstanden das Haus. Er trat entschlossen in den Eingang und las drei Namensschilder: Bilgenroth – Gluck – Schuster; er wählte einen alten Abzählspruch, der ihm noch aus der Kindheit bekannt war: »Auf einem Klavier, da steht ein Glas Bier; wer daraus trinkt, der stinkt.« Sein Finger blieb auf Gluck stehen, und er drückte mutig die Klingel. Im Hause hörte er die Glocke klirren, und eine Minute erregten Wartens verging; mein Gott, dachte er, welch ein Gesicht werde ich nun zu sehen bekommen? Eine tolle Spannung; sein Herz schlug bis zum Halse; es wurde ihm heiß und beklemmt, als habe er dem Schicksal eine Blanko-Unterschrift für irgendein Abenteuer gegeben. Stumm und verschlossen starrten die Fenster in der zerbröckelten Front des Hauses, und es ging ihm auf, welch ein Geheimnis doch jedes verschlossene Haus ist: Hinter jedem Fenster kann sich alles vollziehen, was es an Gut und Böse zwischen Himmel und Erde gibt; und wieviel tausend unbekannte Fenster starren aus dem Antlitz einer jeden Stadt. Die Bäume vor dem Hause rauschten leise, und ein sanfter Regen letzter Blätter ging auf ihn nieder ... dann kamen ruhige, leichte Schritte eine Treppe hinunter. Eine Frau, dachte er, eine junge Frau, vielleicht ein Mädchen ... und er versuchte, sich nach dem Klang ihrer Tritte ihr Gesicht vorzustellen, aber da wurde die schwere, eichene Tür geöffnet, und ein grelles Licht blendete ihn einen Augenblick so, daß er nur die Umrisse einer großen, schlanken Frauengestalt sah ... auf ihn selbst fiel das Licht so jäh und voll, daß er sich wie nackt vorkam. Eine sanfte und doch feste Stimme, biegsam und menschlich, hatte erst »Bitte?« gesagt und dann: »Kommen Sie doch rein.« Und als sich dann die Tür wieder schloß, war das Licht gleichmäßig über sie beide verteilt. Christoph aber war erschreckt von der Schönheit dieses Gesichts: Eine strenge und reine Form von kühnem Schnitt, belebt von der gebändigten Glut lebensvoller großer, dunkler Augen. Brauen und Stirn und Nase und Mund im ovalen Rahmen von Kinn, Wangen und Schläfen waren von einer seltsamen, fließenden und doch reifen Süße. Das Gesicht war eingebettet in eine Fülle brauner Haare. Die Frau stand wartend, die Arme etwas hängend, zugleich ungeduldig und von einer fremd anmutenden Hilflosigkeit; Christoph würgte mühsam, von Erregung fast erstickt, hervor: »Könnte ich ... Sie ... einen Augenblick sprechen?« Ihr Gesicht hatte einen prüfenden Ausdruck, aber es schien, als sei der erste Schimmer des Mißtrauens schon weggewischt; sie wies höflich auf die breite Treppe und sagte: »Bitte schön.« Mein Gott, dachte er, während er vor ihr die Treppe hinaufstieg, wie soll das enden...

Durch eine kleine, mit zimmetfarbenem Stoff ausgekleidete Diele führte sie ihn in ein mittelgroßes Zimmer. Ein kleiner Biedermeiersekretär, von überquellenden Bücherbrettern umsäumt, stand fast wie ein Harmonium in der Mitte des Raumes; auf der gelben Tapete hingen einige Drucke von Renoir, ungerahmt, nur mit Zwecken festgesteckt, eine flache, breite Liegestatt, ein runder Tisch und ein paar Wiener Stühle, neben dem linken Fenster stand ein schwarzes, schmuckloses Klavier. Die unkonventionelle Atmosphäre des Raumes nahm ihm einen Teil seiner Verwirrung. Er hatte sich auf die flache Couch gesetzt und saß so fast zu den Füßen der fremden Frau. Christoph drehte seine Mütze nervös in den Händen. Die hohe Stehlampe stand so, daß er selbst voll in ihrem Licht saß, während die Frau in einen milden Schein gehüllt war, der ihren Gesichtsausdruck nicht erkennen ließ; aber es schien ihm, als müsse sie spöttisch lächeln, verborgen im Schatten, bequem ruhend in ihrem Sessel. Ihm wurde heiß, und er zupfte unruhig an seinem Mantelkragen; und jetzt erst wurde er eines kleinen Ofens gewahr, der eine dumpfe Hitze ausstrahlte. Sie erhob sich plötzlich, knipste eine Ampel an, die in der Mitte des Zimmers von der Decke baumelte, und löschte die Stehlampe aus. Christoph empfand das gleichmäßige Licht wohltuend, als sei er aus dem unbarmherzigen Strahl eines Scheinwerfers in eine sanft erleuchtete Wohnstube getreten; und nun, da er ihr Gesicht sah, ohne Hinterhalt lächelnd, fand er einen Teil seiner Sicherheit zurück. »Zunächst«, sagte er heiser,

»Bachem, mein Name«, und er erhob sich leicht und verbeugte sich unbeholfen, wobei sein Seitengewehr lächerlich schwankte. Sie neigte sich leicht nach vorne, und das Lächeln auf ihrem Gesicht erlosch, als sei sie von dieser heiseren Stimme tief getroffen. »Ich … Sie müssen verzeihen«, fuhr Christoph schnell fort, »ich wollte Sie einfach um einen Zivilanzug bitten.«

Ihr Erstaunen war wie das eines Kindes, so ungekünstelt und ungehemmt sprang es über die Schleuse der Konvention mitten hinein in ihr Gesicht, und in diesem Augenblick wußte Christoph, daß er einen Menschen gefunden hatte. Sie deutete dabei so unakademisch mit dem Finger auf sich selbst, wie es kleine Mädchen tun, wenn sie sich streiten.

»Ja, ich konnte es nicht mehr ertragen, hier das!« Und er riß an seinem Kragen und zupfte an seinen Kleidern, »es ist mir, als sei ich verdammt, mein Gefängnis immer mit mir herumzutragen; so bin ich einfach in das nächstbeste Haus gegangen, habe einen Namen ausgezählt auf dem Schild, und das Opfer waren Sie!« Sie lachte ganz frei und klingend schön, daß es ihm ganz leicht ums Herz wurde, und alle Unsicherheit und Befangenheit fiel von ihm ab, als löse sich ein Krampf in seinem Inneren unter einer liebevollen Hand.

»Mein lieber Herr, da haben Sie aber ein tolles Glück gehabt. Unter mir wohnt nämlich ein aktiver Offizier, wahrscheinlich aus Ihrer Kaserne, und über mir ein verabschiedeter Major, die dürften beide wenig Verständnis gezeigt haben für Ihren Wunsch … aber, aber«, sie zog die Stirn in Falten, und wieder entzückte ihn diese kindliche Unmittelbarkeit, »wie kann ich Ihnen da helfen, ich habe doch keine Männerkleidung.« Christoph forschte in ihrem Gesicht und fragte sich, welcher Art ihr Beruf und ihre Lebensweise sein mochte. Es konnte kein Zweifel bestehen, daß sie eine Künstlerin war; aber ob sie malte, Bücher schrieb oder modellierte, er fand keinen Punkt, von dem aus er es hätte ergründen können.

»Wenn Sie wollen, male ich Ihnen einen Schnurrbart auf, daß keiner Ihrer Feldwebel Sie mehr wiedererkennt, und ein Kostüm finden wir auch noch.« Und bei dem Wort Kostüm fiel es ihm plötzlich ein; ja, es war gewiß: Sie mußte Schauspielerin sein. Und nun blickte er sie mit offenem Erstaunen an. Der schattenhafte Ernst war aus ihrem Gesicht gewichen, und über der strahlenden Schönheit ihres Antlitzes spielte nun eine heitere Ausgelassenheit, es war, als kringele sich ein von innen kommender heller Schein über Mund und Augen und in den zarten Winkeln der Nase. Er nahm den Gedanken ernst auf.

»Oh, das wäre eine wunderbare Möglichkeit, sich unerkannt ohne Urlaubsschein in der Stadt zu bewegen; aber heute nicht ... nein ... ich bin noch nicht frei genug von diesem ungeheuren Druck ... Sie... Sie können es sich nicht vorstellen.« Er spürte, wie es in ihm aufzuckte und wie ein großer, grauer Schatten aus ihm auskriechen wollte, ihn zu ersticken; er mußte seinen ganzen Willen mit äußerster Anstrengung vor den ermattenden Wagen seines Geistes spannen; es war ihm, als rutsche er einen Abhang hinunter und habe sich mit der letzten Kraft an einem Grat festgeklammert und ziehe nun mit seinen Fingern nur sich hoch ... hoch, und dann gelang es ihm, seinen Körper hinüberzuschwingen, über den Scheitelpunkt seines Bewußtseins hinauszuheben; er schaute lächelnd, etwas ermüdet auf. Sie hatte mit Schrecken – die Hände wie zur Abwehr leicht ausgestreckt – beobachtet, wie das junge, lebendige Gesicht verfiel wie ein leergewordener Beutel und sich dann wieder mit Leben füllte, als sauge es aus einer geheimen Quelle Blut. Christoph stand auf, und seine Stimme war wieder heiser, vor Erregung wie geborsten. »Ich störe Sie gewiß ... verzeihen Sie mir...« Aber sie rief ganz schnell: »Nein, nein, um Gottes willen nein!« Sie war aufgestanden und verbarg ihr plötzliches Erröten hinter einer Handbewegung, als striche sie sich über den Kopf. »Nein«, sagte sie dann, weniger heftig. »Wenn ich Ihnen schon keine Kleider geben kann, darf ich Sie wenigstens zum Essen einladen, nicht wahr?«

Er nahm so bereitwillig an, daß es schien, als habe er auf eine Einladung gewartet. »Aber vielleicht kompromittiere ich Sie«, wandte er dann erschreckt ein. »Nein«, antwortete sie lachend. »Leute wie wir haben nie einen guten Ruf zu verlieren; ich bin Schauspielerin; Sie müssen mich allerdings für einige Minuten entschuldigen; vielleicht wollen Sie sich die Bücher einmal ansehen.«

Auch die Titel der Bücher und die Anordnung dünkte ihn irgendwie heimatlich; angesichts dieser Fülle dachte er mit Wehmut an seine geliebte kleine Bibliothek zu Hause. Ein ganzes, hohes Regal war nur mit dramatischen Werken gefüllt; in den anderen fand er mit kundigen Augen die Auslese der Kunst; es schien, als habe sie mit wirklich geistvollem Instinkt aus den überquellenden Buchläden das Wesentliche herausgefunden; wenn er gewisse Titel las, ergriff ihn eine seltsame, wilde Erregung, wie sie vielleicht einen Maler packen kann, der monatelang keinen Pinsel anrühren durfte und plötzlich wieder vor seiner bunten Palette steht. Mein Gott, wie tief war er schon versackt, daß ihm die Werte des menschlichen Wortes ganz entschwunden waren. Und der glühende Haß gegen das geistlose Gesindel in der Kaserne kam wieder über ihn wie eine ungeheure Kraft; nein, nein, er wollte sich nicht untertauchen lassen in diese graue, gleichmachende Brühe der Dummheit, die sie dort den

Dienst am Vaterlande nannten; offenen Auges und mit aller Klugheit wollte er Widerstand leisten...

Seine Wirtin hatte mit ruhiger Anmut den Tisch gedeckt; ein weißes Tuch lag auf; schönes, gelbliches Porzellan; Brot und Butter und Käse standen dort, und nun brachte sie die Teekanne und lud ihn lächelnd ein, sich zu setzen. Beim Geruch des Brotes und des Käses meldete sich sein Magen plötzlich wie ein knurrender Hund, und es fiel ihm ein, daß er ja drei Tage nichts als ein wenig trockenes Brot und Wasser zu sich genommen hatte. Er bezwang sich, segnete sich und betete leise, und seltsam! es dünkte ihn selbstverständlich, daß auch seine Wirtin betete. Als sie ihm den köstlich duftenden Tee eingoß, sagte sie: »War es nicht eine ziemliche Kühnheit, daß Sie so einfach beteten?« Er errötete und blickte auf seinen Teller, aber dann hob er den Kopf und blickte sie ruhig an und sagte mit fester Stimme: »In dem Augenblick, wo ich mich hierhersetzte zum Essen, fühlte ich mich wirklich wie zu Hause. Aber es wäre nicht einmal ein gesellschaftliches Risiko gewesen bei Ihnen. Ich habe doch Ihre Bücher gesehen, und traue mir schon zu, beurteilen zu können, ob Sie an Belesenheitssucht leiden oder nicht.« Sie lachte.

»Ich hätte Ihnen gar keine Komplimente zugetraut. Beten Sie denn in der Kaserne auch?« Er errötete so tief, daß sie die Frage im gleichen Augenblick bereute. »Nein«, sagte er stockend, »und ich will Ihnen ehrlich sagen, daß ich zu feige dazu bin; wirklich nur zu feige; sehen Sie, ich glaube, sie würden mit ihrem dummen Gespött über mich herfallen wie eine Meute; und ich fürchte mich davor, ich fürchte mich, von den wilden Tieren zerrissen zu werden. Ach, Sie können nicht ahnen, wie schrecklich eine Kaserne ist. Es ist das absolut Unmenschlichste, was ich bisher kennengelernt habe; es ist so unmenschlich, daß ich oft gedacht habe – Gott möge mir verzeihen –, ein Krieg könnte die Erlösung aus diesem fürchterlichen Wahnsinn sein. Wissen Sie, ich bin ein Rekrut, und ein Rekrut ist kein Mensch, auf gut preußisch gesagt; und jeder, jeder, sei er ein Verbrecher, ein Schwein oder ein Heiliger; jeder, der nur einen Fetzen silberner Litze mehr am Leibe hat als ich, hat absolute Gewalt über mich. Und die hierarchischen Stufungen untereinander, vom Gefreiten bis zum General, haben, immer der Höhere dem Niederen gegenüber, absolute Gewalt; aber die kleinen Götter auf dieser Leiter der strammstehenden Ehrfurcht sind die Schlimmsten...« Er redete so unentwegt wie alle schüchternen Leute, wenn sie einmal in Feuer geraten sind, und er ließ das Bild der Kaserne, das System und die menschliche Verworfenheit und Niedertracht seiner Knechte, vor ihr aufstehen, mit einer solchen Leidenschaft, daß er die köstlichen Butterbrote vergaß; als er schließlich so weit gekommen war, ihr zu schildern, wie er im Arrest gewesen war, hatte sie Wirklichkeitssinn genug, ihm die Platten zuzuschieben und zu sagen: »Mein Gott, Sie müssen doch hungrig sein, essen Sie doch etwas.« Er aß schweigend eine Weile mit erstaunlichem Appetit und beantwortete ihr einige Fragen, die sie über Einzelheiten des Kasernenlebens stellte; und es schien fast, als freue er sich über ihr Entsetzen. »Ja«, sagte er leidenschaftlich: »So ist das; das ist die Wirklichkeit. Für eine Frau wahrscheinlich völlig unbegreiflich, weil es ihr absolut antipodisch sein muß. Stellen Sie sich doch bitte vor: den ganzen Tag unter dieser Fuchtel.« Er hatte Messer und Gabel wieder hingelegt und sprach mit dem Eifer des Hassenden, der ebenso glühend ist wie der Eifer des Liebenden. »Bitte, überlegen Sie sich, die absolute Staatsgewalt in den Händen eines Scharlatans wie Hitler. Ein

Riesenheer, mürbe und willenlos in den Händen von Offizieren, deren stumpfsinniger Ehrgeiz nur darauf hinausgeht, ihre schmucke Uniform möglichst bald mit den entsprechenden Orden geschmückt zu sehen; verkauft an dieses geniale Idiotengesicht eines geistlosen Verbrechers wie Hitler. Ich kann es einfach nicht vergessen, das Gesicht dieses Mannes. Morgens, wenn die Trillerpfeife weckt, sehe ich es vor mir; und ich weiß für den ganzen Tag, vom Antreten bis zum Zapfenstreich: Du bist der Soldat dieses Mannes, dessen Politik den Schein des Rechtes hat, denn er befreit ja Deutschland aus einem ungerechten Zustand. Ach, der ganze theoretische Quatsch sagt Ihnen gar nichts. Sehen Sie, bevor ich in den Arrest ging, ist einmal morgens Folgendes passiert; stellen Sie sich vor: Stumm, reglos in unendlicher Ehrfurcht erstarrt, stehen zweihundert Mann vor dem Herrn Oberleutnant Pruskopp, der mit lässiger Hoheit die Meldung entgegennimmt. In dieser Sekunde fällt einem Mann das Gewehr aus der Hand: ein aus Krachen und Klirren gemischter Laut in die göttliche Stille: Bums, da liegt die Flinte, werden Sie meinen, nichts weiter, das kann passieren. Stille ... man spürt förmlich, wie Schrecken und Entsetzen die ganzen zweihundert Mann ergreifen; in dieser tödlichen Stille herrscht der Terror, so absolut und fürchterlich stumm, wie bei wilden Völkern, die sich in der Gewalt einer bösen Gottheit glauben. Dann bückt sich der Mann und zieht sein Gewehr zu sich rauf – eine Kühnheit, die fast noch schlimmer ist als die erste; und im gleichen Augenblick bricht das Donnerwetter los. Ein sich überschlagendes Keifen, schrill und dumm, infamste Schimpfwörter aus dem Munde des Herrn Oberleutnants, dann legt der Spieß los und dann der niedrige Chor der Unteroffiziere; und dann, dann folgt die Strafe. Der Mann, ein kleiner, bebrillter Abiturient, der sogar Offizier werden wollte, wird vorgerufen, und dann wird er geschliffen, wie sie es nennen: Irgendeinem besonderen Menschenschlächter von Herrn Unteroffizier wird dieses Häuflein Mensch, das auch eine unsterbliche Seele hat – obwohl er Offizier werden wollte – ausgeliefert, und dann wird über die Erde gekrochen, sich hingeworfen, gekniet, stillgestanden, sich hingeworfen, gekniet, gekrochen, gelaufen, gerast, sich hingeworfen, gekniet, gekrochen, bis seine Hände blutig sind von Schrammen und Schlägen und seine Kleider naß von Schweiß; und die ganze Kompanie von zweihundert Mann steht still dabei; und der Mann ist erledigt, er ist derjenige, der beim Antreten sein Gewehr fallen ließ; das ist schlimmer, als hätte er seine Frau ermordet … und noch schlimmer sogar, als hätte er ein Glas Rotwein verschüttet; er hat die Ehre der Kompanie schlimmer befleckt, als wenn er stundenlang geifernden Mundes Gotteslästerungen ausgestoßen hätte, ach, was könnte ich Ihnen alles erzählen; Sie können es nicht verstehen; eine Frau *kann* sich solche Dinge nicht vorstellen.« Er trank durstig mit einem Zuge seinen Tee aus und drehte sich unruhig auf seinem Stuhl. Er blickte sie flehend an: »Verzeihen Sie mir, um Gottes willen; aber Sie sind der erste Mensch, mit dem ich seit sechs Wochen wirklich frei reden kann; ach, verstehen Sie nur, es gibt keinen Appell irgendeiner Art, wo ich nicht gegen die Hierarchie der Werte verstoße und anschließend geschliffen werde; ach, es ist manchmal eine Lust, so von Schmerz und körperlicher Qual ganz aufgelöst auf dem Kasernenhof herumzukriechen, blutig, willenlos, ganz das Werkzeug einer Unteroffiziersstimme; aber ich will nicht zu dem Mus werden, aus dem sie ihre guten Soldaten machen, nein, ich will nicht! Und ich fürchte mich, daß ich eines Tages auch überschnappe und ›zackig‹ werde; zackig, müssen Sie wissen, sind die Leute, die die ganze Hingabe ihrer unsterblichen Seele in ein blankgewichstes Koppel legen; die die Beine wie Bretter heben und senken können; und deren Augen immer und überall eifrig an denen des Herrn Unteroffiziers hängen. Nein, nein, ich will nicht!« Und er schrie plötzlich, als sei er ganz allein; dann sah er bestürzt ihr erschrecktes Gesicht und fürchtete schon, endgültig ihr Mißfallen erregt zu haben, da sagte sie mit einem schmerzlichen Lächeln: »Sie gestatten mir wohl ... aber essen Sie doch noch etwas; mein Gott, sie haben doch gewiß Hunger.« Sie goß ihm noch einmal Tee ein. »Vielleicht kann ich Ihnen auch einiges sagen«, es kam ein ganz neuer, schwermütiger Zug in ihr Gesicht, als steige ein fremdes Wesen aus ihr heraus und werfe seine Maske über sie; über die erstaunliche, lebendige Schönheit ihres Gesichts fiel ein Schatten wie die Trauer eines Kindes, rührend und ernst: »Sie dürfen gar nicht mit dem Gedanken spielen, daß Sie unterzukriegen sind; es wird einem Menschen nie mehr aufgebürdet, als er tragen kann; und wenn er zusammenbricht, dann ist irgendwo eine Schuld; und wenn Sie im Leid schuldig werden, dann löschen Sie den göttlichen Schimmer Ihres Leides aus. Ach, Sie können diesem System der Unmenschlichkeit die Spitze abbrechen; wenn Sie diese Lehrzeit, die Rekrutenzeit, wie Sie sagen, hinter sich haben, wird sich gewiß die Folter etwas mildern. Dann müssen Sie Luft schöpfen mit aller Lust und Seligkeit wie jemand, der aus der Düsternis des Erstickens zurückgeholt worden ist. Sie dürfen nicht einschlafen, ganz einfach: Musik hören, Lesen, ins Theater gehen; ich könnte mir vorstellen, daß ich in einer Minute so viel menschliche Freude an der Schöpfung, an der Kunst empfinden könnte, daß mir eine lange Spanne der Trostlosigkeit erträglich würde.

Bewahren Sie sich die Liebe zu den Dingen, die Sie immer geliebt haben, und hassen Sie alles, was wider diese Liebe ist; der Haß hält ebenso lebendig wie die Liebe.«

Christoph hatte die seltsame Veränderung ihres Gesichts mit Staunen bemerkt, und fast mit Beschämung hörte er die Worte aus ihrem Mund. Ein kaum sichtbares Zittern ging über ihr Gesicht, als werde die Oberfläche ihres Wesens von einem inneren Beben erschüttert ... dann erhob sie sich lächelnd und ging hinaus; er erschrak ... mein Gott, dachte er, ich darf die Freundschaft dieser Frau nicht verlieren durch meine Tölpelhaftigkeit. Dieses Zimmer muß die Insel meiner Mußestunden werden, und sein Gesicht strahlte auf vor Freude, als er sie mit einer Flasche Wein und zwei Gläsern zurückkehren sah. Sie stellte mit einfacher Sicherheit Flasche und Gläser auf den Tisch, und Christoph goß lachend ein: »Ich trinke mit Ihnen auf Ihre unvergleichliche Gastfreundschaft einem unbekannten Bettler gegenüber.« Ihr Gesicht belebte sich wieder, als flösse der milde, liebliche Moselwein wie Balsam in ihr Herz. »Und ich trinke drauf, daß Sie klug werden wie eine Schlange; daß Sie sich wie eine Schlange aus den Händen der Mörder winden.«

Christoph deutete bittend auf den kleinen Flügel in der Ecke des Zimmers: »Nun müssen Sie mein Glück vollenden und mir etwas vorspielen.« Sie stand so plötzlich auf, als sei er ihrem eigenen Wunsch um eine halbe Sekunde zuvorgekommen. Mit einer träumerischen Sicherheit klappte sie den Flügel auf; eine wunderbare Stille lag einen Augenblick lang im Raum, während sie nachsann ... dann klangen die ersten Takte der Pathétique auf...

Es war Christoph, als schlösse eine unsichtbare Hand alle Kammern seines Inneren auf; als wische sie mit einer göttlichen Unbekümmertheit alle Wände weg zwischen Sinnen und Seele und Geist und Herz und vollende in ihm einen einzigen Raum, in dem die Trauer wie Lust klang; und diese Trauer um das verlorene Paradies war so süß, daß sie fast in der Pforte des Paradieses einzudringen schien; und dann schien sie zurückzuschrecken vor der eigenen Vollendung, wie das Feuer vor dem Wasser zurückschreckt, mit bebendem Atem ... und wieder vorwärtszudringen, näher und näher an die Verheißung des vollen, menschlichen Glückes; bis der Hammer Gottes sie wieder in die Schranken der Verlorenheit zurückwies; und dann sang die Trauer in feierlicher Würde ihr menschliches Lied der Sehnsucht vor den Pforten der Seligkeit ... so süß und voll Schmerz, daß die Tore hätten aufspringen müssen...

Als der letzte Ton verklungen war, fiel das schlaffe Segel der schleppenden Gegenwart über sie; der zauberische Bann löste sich mit dem letzten verklingenden Hauch, und die Zeit mit ihrer unerbittlichen Trägheit, die nach vorne zerrt, wurde wieder wirksam. Mit zuckendem Gesicht stand Christoph auf. »Nein«, sagte er, mit einer leisen, fast irren Eindringlichkeit, »ich gehe nicht mehr«, und er wandte sich plötzlich an die Frau: »Ich bitte Sie, ja, ich bitte Sie flehentlich, lassen Sie mich hier in diesem Stuhl sitzen, bis die Welt untergegangen ist ... ich kann nicht mehr dorthin zurück.« Er taumelte fast zurück vor ihrer Nüchternheit, und es schien ihm erbarmungslos und unmenschlich, wie sie zur Uhr blickte und sagte: »Kommen Sie, wir trinken die Flasche Wein leer, und in einer Viertelstunde gehen Sie, es ist halb zehn.«

Sie saßen sich schweigend mit gesenkten Köpfen gegenüber, und als Christoph mühsam, als müsse er eine ungeheure Last überwinden, den Kopf hob, sah er, daß sie hilflos lächelte. »Mein Gott«, sagte sie kopfschüttelnd, »wenn Sie nicht klug sind, verscherzen Sie sich die Möglichkeit, noch viele Abende Musik zu hören und Wein zu trinken; Mensch zu sein überhaupt; es sei denn, Sie wollen wirklich auf alles dieses verzichten«, und der Ernst war in ihren Augen wie ein harter Glanz. »Glauben Sie denn, ich könnte mich im Ernst weigern, Sie hier zu verbergen, wenn Sie drauf bestehen? Aber Sie wissen doch selbst, daß es eine größere Qual ist, sich einzusperren in sich selbst, als von anderen eingesperrt zu werden. Und wenn man Sie findet hier, sind Sie den Henkersknechten voll ausgeliefert; und da der Teufel ebenso allgegenwärtig ist wie Gott, wird man Sie gewiß finden – trinken Sie!« Christoph trank das vollgeschenkte Glas leer und folgte ihr dann in die Garderobe, als folge er im Traum einem Befehl, schwankend von Schmerz.

Ach, als ob er nicht alles gewußt hätte! Aber es war so unsagbar schwer, in die Kaserne zurückzukehren, als sei ihm die Bedingung gestellt, sein Leben zu retten, indem er durch einen langen Kanal von Kot kröche, im Dunkeln vorwärtstauchend durch eine Unendlichkeit von Schmutz und Gestank. Und als er automatisch das verhaßte Koppel umschnallte – diese Bewegung des Koppelumschnallens, die ihm wider Willen schon in Fleisch und Blut übergegangen war, war ihm so widerwärtig! –, da spürte er etwas wie einen stummen und lockenden Bann, seltsam, den Bann, der das Schaf zur Herde zurücktreibt, bis es, aus der Verirrung heimgekehrt, seine Nase blökend an der Hürde reibt. Und aus der Benommenheit erwachend, sah er, daß seine Wirtin auch den Mantel angezogen hatte und einen Schal um ihren Kopf schlang; sie hatte über das einfache, sandgelbe Kleid einen rotbraunen Mantel gezogen und ein hellrotes Tuch um den Kopf; so war ihr schönes Gesicht wie eingebettet in Flammen; zwischen einer dunklen, erdigen Glut und dem hellen lustigen Knistern eines knatternden Feuers. Einen Augenblick lang fühlte er den verzweifelten Mut, wie ihn nur die

Soldaten kennen, den Mut, sie einfach zu umarmen; aber die Scham lähmte ihn, und er fragte nur heiser: »Gehen Sie mit?«

»Nur, um mich zu überzeugen, daß Sie den Weg finden«, sagte sie lächelnd. Als er die dunkle Treppe hinab auf die schwere Eichentür zuging, war es ihm, als werde er vertrieben; und immer, sieben Jahre lang, war es ihm, wenn er ein menschliches Haus verließ, als werde er vertrieben...

Draußen war es finster und kalt geworden, und die Dunkelheit warf sich wie ein erstickender Mantel von Angst über ihn; er glaubte, die Kaserne schon zu spüren. Und die Macht der Kaserne, diese Macht der vollkommenen menschlichen Verlassenheit, war so groß, daß auch die Gegenwart der Frau keine Gewalt mehr hatte. Er führte sie am Arm durch die dörflich knapp erleuchteten Straßen, und obwohl er mit dieser Berührung alle Schönheit und Süße der Welt zu halten glaubte, die Kaserne war mächtiger, so, als besiege der Tod das Leben; alle Farbe und alle Musik erlosch. So erreichten sie schweigend die Ecke der Straße, die an dem riesigen, im Dunkeln liegenden Komplex der Kasernen vorbeiführte; man hörte Schritte, Schritte ... Laufen und verhaltenes Rufen. Es war die Herde, die zur Hürde zurückdrängte; und es fiel Christoph wie ein riesiger Stein auf die Brust ... er ließ ihren Arm los und blickte sie an; ihr Gesicht war von der kalten Luft gerötet, und da er ihr kindliches Haar nicht sah, war sie ganz fremd und seltsam mondän; sie griff schnell in ihr kleines, rotes Täschchen und steckte ihm eine Karte zu, und ihre Stimme war so hilflos, als fühle sie die Gewalt der Trostlosigkeit und schäme sich nun, Trost zu sprechen. »Hier haben Sie eine Karte ... ich spiele morgen die Julia; eine Aufgabe für Ihre Klugheit, morgen abend um sechs im Theater zu sein«, und dann lachte sie ganz plötzlich, als falle ihr etwas Lustiges ein: »Nein... wir sind ja verrückt; es scheint ja nur das Grab zu sein, dieser Haufen von Steinen; es scheint nur; Gott ist nicht tot, und vergessen Sie nicht, daß ... nun gehen Sie!« Er riß ihre schmale Hand an seinen Mund und küßte sie unbeholfen und stumm, und dann lief er, ohne ein Wort zu sagen, fort ... und es war ihm, als sei der zarte Duft vom Parfüm ihres Handschuhs ein ungeheurer Reichtum gegen diesen ganzen armen Haufen von Kasernen, Höfen und Kantinen...

Er reihte sich in die zurückströmende Herde ein, und als er hastig und ohne aufzublicken durch die Wache gelaufen war und seinem Block zustrebte, war die ganze Angst wie weggeflogen; wach und nüchtern waren seine Gedanken, und er überlegte, wie er es verhindern konnte, daß sein Ausgehen offenbar würde; aber da ihm nichts einfallen wollte, wie er Mantel und Mütze verbergen könne, lief er einfach die Treppe hinauf über den Flur in seine Stube; und ohne die aufkommende Angst Herr werden zu lassen, zog er sich blitzschnell aus und legte sich zu Bett, so daß in dem herrschenden Wirrwarr von sich auskleidenden und erzählenden Gestalten niemand etwas gewahr wurde. Und als dann der Herr Gefreite mit der Miene eines Siegers, die Hände in den Taschen und die Mütze schief auf dem Kopf, hereintrat, gleichsam überquellend von tollen Liebesgeschichten, die er erzählen wollte ... lag er schon so friedlich da, als habe er die Stube nie verlassen...

Lachen und Kreischen und das Geschwirr von stinkenden Zoten erfüllte die Stube; und er empfand das Pfeifen des Diensthabenden fast wie eine Erlösung, denn nun trat Stille ein, und das letzte geile Flüstern wurde von der merkwürdig gereizten Stimme des Gefreiten ausgelöscht. Dann stand nur noch der Stubendienst in der Tür und trat immer wieder zitternd und ängstlich in die Stube, um vor der brüllenden Stimme, die sich immer mehr näherte, noch einmal die letzten, allerletzten Staubkörnchen von den Geräten wegzuwischen...

Sehnsüchtig erwartete Christoph die Nacht, die Stille, wo er wirklich allein war. In die scheinbare Ruhe trat mit schrecklichem Gebrüll der Unteroffizier Panitzke, wie ein Gott der Stiere schreitend, den Stahlhelm auf dem Kopf, drängte er den bebend meldenden Stubendienst zurück, schleuderte die leere Kaffeekanne mit einem Fluch in die Stube, kletterte auf den Tisch und fuhr mit den Händen hoch oben über die Lamperie, sprang mit einem scheußlichen Fluch zurück und rieb dem Rekruten den schwarzen Dreck unter die Nase ... ein teuflisches Gebrüll verstümmelter Flüche und Schimpfworte dröhnte durch die Stube, dann grollte das Gewitter in den Flur...

Christoph sah noch, wie der Stubendienst, ein langer, schmaler Bursche mit rötlichem Haar, traurig, als habe er eine Schlacht verloren, die Kaffeekanne wieder auf den Tisch stellte ... dann erlosch das Licht; und es war dunkel und still ... er war allein mit seinen Träumen...

7

Am Morgen des Weihnachtstages fuhr Hermann Bachem in einem knapp besetzten Speisewagenabteil der Heimat zu. Es war wunderbar, so bei einer Flasche Wein und einer guten Zigarre in einem wohlig gewärmten Raum durch die frische Schneelandschaft zu fahren; und zu Hause war Weihnachten. Doch so sehr er sich auch diese prächtige Stimmung immer wieder vor Augen führte, er konnte sich nicht verhehlen, daß sein Gemüt ins Schwanken geraten war.

Er war eine geistig ziemlich unbelastete Natur, Probleme und das Aufspüren von Zusammenhängen rührten ihn nicht. Aber in der ahnungslosen Verschwommenheit seiner religiösen und politischen Vorstellungen gab es gewisse Grundsätze, an denen er mit einer erstaunlichen Festigkeit hielt; so war er ein Gegner des Militärs und peinlichst empfindlich in allen Dingen der sexuellen Moral. Dieses fast kindlich eigensinnige Festhalten an seinen Grundsätzen hatte ihn vor dem völligen Absturz bewahrt in die geistige Verlorenheit der Zeit – so, wie einige alte gesunde Eichenbohlen eine Ruine immer noch vor dem Zusammenbruch retten können.

Nun kam er von einer größeren Reise zurück, die ihn durch verschiedene Städte geführt hatte, und zum ersten Male war ihm aufgefallen, daß die Kasernen in allen Orten wie die Pilze aus dem Boden wuchsen; mit einer fieberhaften Ungeduld wurde gebaut, gebaut, als gelte es, einen Wettlauf zu gewinnen. Und ihm, der seine freie Zeit meistens zu Hause verbrachte, war nun, wo er sich tagelang in Gaststätten und Wartesälen hatte herumtreiben müssen, die öffentliche Geilheit wie ein Alpdruck auf die Seele gefallen. Ja, es war, als sei die Luft mit hemmungslosen Lüsten geschwängert, flackernd in den Augen der Menschen, unruhig und gierig, von einer geheimen Angst umlodert, als stehe der Untergang vor der Tür. Es war ihm wie jemand, der aus einem schweren Schlaf erwacht, die Augen aufschlagen will, aber über ein gewisses Stadium des Blinzelns nicht hinauskommt; dem der Versuch weiterzuschlafen ebenso mißlingt, wie der Wunsch, vollends zu erwachen und den Dämmer des Halbschlafs zu zerreißen, noch nicht stark genug ist; bis er ärgerlich sich entschließen muß, eine unbestimmte Zeit, die Minuten, auch Stunden umfassen kann, den Zustand der Ungewißheit hinzunehmen...

Jedenfalls: Hermann Bachem schwante nichts Gutes. Auch die dunkle, monotone Anklägerei in der Presse schien ihm bedenklich. Fast war ihm, als sei irgendwo ein Damm gebrochen und das Wasser ströme ungehemmt ins Ungewisse; gelenkt nur von der ihm innewohnenden elementaren Gewalt; er wußte nur nicht, welcher Damm durchbrochen war und wohin das Wasser raste ... und die Ungewißheit beunruhigte ihn. Er war zum ersten Male in seinem Leben stutzig geworden, als er eines Tages den Auftrag erhalten hatte, eine Kaserne zu bauen. Als er sich seines Widerwillens gegen diesen Auftrag bewußt wurde, ging ihm auf, daß es gar nicht unbedenklich war, was er baute; daß es in seinem Inneren Bindungen gab, die seine berufliche Tätigkeit von einer anderen als der künstlerischen, technischen und geschäftlichen Seite beeinflußten, erschreckte ihn maßlos; dieses scheinbar friedliche harmlose Kreisen war gestört; und zum ersten Male in seiner fast dreißigjährigen Ehe verspürte er so etwas wie Verständnis für die Frau, die er geheiratet hatte; es war, als würde ein Vorhang nur gelüftet und gleich wieder fallengelassen, ein Geheimnis angedeutet und nicht erklärt; und er tappte plötzlich ratlos in der ihm sonst so vertrauten Sphäre seines Lebens. Beruf und Frau und Kinder, alles schien ihm so unheimlich nahe gerückt und doch so fern, so fern ...

Eine ihm unbekannte Empfindsamkeit hatte ihn überfallen, als er nun auf der Rückreise seinen Sohn besucht hatte in der Kaserne. Dieser lange, schlaksige Bursche, der ihm immer etwas fremd gewesen war, nun in Uniform, war ihm völlig unverständlich. Er hatte erwartet, eine neue Auflage des ihm aus seiner Dienstzeit so bekannten Grenadiers »Piefke« anzutreffen, hilflos und vollkommen lächerlich als Soldat, von einer gewissen Trauer umschattet; statt dessen traf er mit Staunen einen seltsam gelassenen jungen Mann, dem sogar in seinem weißen Drillichzeug eine aufreizende Nonchalance anhaftete; hoffnungslos unmilitärisch, von einer geradezu erschrekkenden Kälte gegen alles, was seinen Dienst betraf; und von einer überraschenden Heiterkeit in den wenigen Stunden, die er draußen mit ihm in einem Weinlokal verbracht hatte. Freilich, die Äußerungen seines Sohnes schienen ihm erschreckend ähnlich den düsteren Prophezeiungen seiner Frau, von der er manchmal fürchtete, daß sie einer Art von religiösem Wahn verfallen sei. Aber im Ganzen war er auf das angenehmste enttäuscht von diesem Sohn. Seine Söhne schienen allerdings beide zu Übertreibungen zu neigen. Der Älteste, von Natur den Büchern verschrieben, trug die Uniform des Heeres mit einem weißglühenden Haß, aber offenbar unbesiegt ... der Jüngere trug bewußt und stolz die Uniform der alleinherrschenden Partei, ein selbstbewußter Offizier der Politik, der die Offiziere des Schwertes fast zu verachten schien...

Hermann Bachem schloß seufzend diese Zwiesprache mit sich selbst; nein, niemals würde er aus alledem schlau werden... Geheimnisse tauchten da am Horizont des Lebens auf, deren Existenz er nie für möglich gehalten hätte ... war es das Alter, das ihn so sonderbar werden ließ?

Er erkannte die Hand Gottes nicht, der die scheinbare Abgeschlossenheit seines Weltbildes zerreißen wollte, um ihm die Wunder und Schrecken der Wirklichkeit zu zeigen. Er bemühte sich eifrig, die heilsamen Risse schnell und provisorisch wieder zuzukleistern mit den üblichen medizinischen, sozialen und literarischen Modephrasen, die den Abgrund, über dem der Mensch schwebt, mit einer dünnen Schicht Papier zudecken, mit gedrucktem Papier.

Er zog sein Skizzenbuch hervor und begann die Pläne eines reizenden kleinen Landhauses aufzuzeichnen, das er für einen der großen Männer irgendwo in den Wäldern des östlichen Deutschland bauen sollte. Nachdem er geschickt eine geschmackvolle Ansicht des Hauses skizziert hatte, begann er die Einzelheiten, die seine eigentliche Spezialität waren: Türen mit hübschen Füllungen und nette Fenster; die Möbel sparte er sich wie einen Hauptgenuß bis zum Schluß auf. Es war doch wunderbar, so einen Plan zu entwerfen, ohne im geringsten an irgendwelche finanziellen Grenzen stoßen zu müssen. »Machen Sie es so schön und so bequem, wie Sie können«, hatte der Herr Staatsrat gesagt. »Die Kosten spielen keine Rolle«, und dann hatte er lachend hinzugefügt: »Dann will ich Ihnen auch gerne verzeihen, daß Sie keine Kaserne bauen wollen.« Er arbeitete unablässig mit jener Freude an der Arbeit, die nur die Kunst und das Handwerk schenken können. Die Unruhe in ihm, die unter dem Mantel des scheinbar zurückgewonnenen Gleichgewichts weiterbrodelte, schien seine Hände zu treiben in eine noch nie gekannte Leidenschaft zum Werk. Während er, seine Umwelt vergessend, zeichnete, fiel ihm das Geheimnis der Baukunst, das Maß, fast mühelos in den Schoß, als erfülle sich in ihm ein Gesetz ohne sein Zutun. Im Hintergrund freilich dieser von der Süße des Otiums beschenkten Arbeit glühte diese neue Unruhe, Angst und Schrecken, gemischt mit einer Neugierde, die wie eine Explosion das Geheimnis zerreißen möchte. Während die Arbeit ihm gleichsam aus den Händen floß, spürte er die Versuchung aufkommen, abzustoppen und seine Kräfte dem Stillhalten dieser sich wie ein Gewitter verbreiternden und anschwellenden Unruhe zu widmen; aber die süße Erfüllung wunderbarer Gesetze, die sich unter seinen Händen auf dem Papier vollzog, bannte ihn zu sehr.

Der Zug raste über die Heide, die mit Schnee wie zugeschüttet war. Das Hin und Her der Kellner ... das summende Geräusch der sprechenden Fahrgäste und das Rattern des Zuges klang irgendwo in ihm mit wie eine abgeklärte Harmonie des Lebens...

Es war wie ein rasender Wettlauf in ihm zwischen dem sehnsüchtigen Wunsch, den Entwurf fertig zu haben bis zu jenem Abschluß, wo der Künstler mit dem Pinsel oder Stift aufs Papier stößt, als wolle er einen dicken Punkt machen, und dem Willen, diese Unruhe nicht so weit gedeihen zu lassen, daß sie seiner wieder Herr wurde; er raste wie vom Feuer getrieben, und das Gewitter schwoll und schwoll und knurrte zitternd wie ein wildes Tier, das im nächsten Augenblick mit heiserem Gebrüll losspringt...

Da hielt plötzlich der Zug, im gleichen Augenblick

klappte er sein Skizzenbuch mit einem Seufzer zu ... und er wußte, daß er den Wettlauf verloren hatte, denn es quoll dunkel und drohend wie der Qualm eines bedeckten Feuers über den Rand seines Bewußtseins, dieses neue, wilde Gefühl, zerfetzt und zerrissen zu sein ... nichtig und doch vom Geheimnis der Gewichtigkeit erfüllt...

Fremd und noch nicht von der heimatlichen Wärme des Westens angestrahlt, tönte der Name des Bahnhofs in sein Ohr; er blickte hilflos auf, als ein Paar an seinen Tisch trat und höflich fragte, ob es Platz nehmen könne. Hermann Bachem nickte beklommen und betrachtete dann prüfend, fast mit Inbrunst, um diesem Brodeln in sich Zeit abzugewinnen, die Gesichter seiner beiden Tischgenossen. Sie waren beide von unnahbarer Blondheit, jener Art, die meist unmenschlicher scheint, als sie ist. Die Frau von jener etwas eckigen Schlankheit, wie man sie oft bei Engländerinnen findet; die kokette hohe Frisur des überhellen Haares und die kostbare Montur von braunem Pelz gab den regelmäßigen Zügen des durchschnittlichen Gesichtes einen Hauch von Leere und Puppenhaftigkeit, die man manchmal bei barocken Engeln entdeckt; seltsam schlaff, wie von geheimem Überdruß verekelt, wirkte der junge Mund; nur in den wasserhellen Augen war ein winziger Schimmer rührender Torheit, der allein noch an das Gesicht eines lebenden Menschen gemahnte. Der Mann hatte eine überzüchtete Flügelmann-Figur, elastisch und doch von einer gewissen Starre, als suche ein eigensinniger Geist überhobenen Selbstbewußtseins im Körper irgendwie Ausdruck. Das einzig Lebendige an dem festgefrorenen Gesicht waren winzige Linien des Lasters um den Mund.

Die beiden wechselten einige knappe Worte, die sie sich wie harte Bälle müde zuwarfen ... kaum verständlich wie eine Geheimsprache des Stumpfsinns. Hermann Bachem wandte die erschreckten Augen ab, und im gleichen Augenblick überkam ihn ein unbeschreibliches Gefühl; wie ein Kessel, der plötzlich überkocht, drohte das gewaltsam zurückgedrängte Wühlen in seinem Inneren herauszubrechen; eine fürchterliche Lust zu schreien kam ihn an; er wandte den letzten Rest seiner Beherrschung daran, seine Aktentasche schnell mit den umherliegenden Habseligkeiten vollzustopfen, im Aufstehen eine flüchtige Verbeugung zu machen, und dann rannte er hinaus...

Die Flure der im Takt der Fahrt schaukelnden Waggons waren leer und kalt, aber er fürchtete sich davor, in sein besetztes Abteil zu treten und seinen Mantel zu holen; so lehnte er den Kopf an eines der eiskalten Fenster und starrte mit blicklosen Augen hinaus...

Als tanze ein glühender Hammer in seinen Eingeweiden, so raste in ihm der aufgeschreckte Pulsschlag seines Herzens... Grauen und Angst tobten in ihm, und er forschte verwirrt mit den allerletzten Fasern seines erschlagenen Bewußtseins in seiner Erinnerung, woher er dieses furchtbare Grauen kannte ... ja, irgend etwas dünkte ihn bekannt und auf eine furchtbare Weise vertraut wie jene Dinge, die zwischen Traum und Wirklichkeit schweben ... als griffen kalte, schaurige Leichenfinger hinein in den Angelpunkt seiner Seele, seines ganzen Wesens, so bäumte er sich stöhnend in Schmerz und Grauen auf; und plötzlich sah er die graue, von graugekleideten Leichen und schwarzen Trichtern übersäte Landschaft des Krieges; und es dämmerte ihm, daß er nur damals dieses schreckliche Grauen gekannt hatte, wo es ihm schien, als hätten Tod und Teufel, im Heulen der Granaten zu fürchterlichem Jubel vereint, Gott an die Erde getanzt und zertreten; er beugte sich stumm und ließ diesen Schrecken, der so ohne sichtbare Ursache ihn hier nach zweiundzwanzig Jahren überfiel, sich austoben; er ließ ihm seinen Körper und seine Seele und lehnte einsam am Fenster des Ganges wie eine leere Hülle, als sei er einer Vergewaltigung erlegen... Wie die Blitze die düstere Landschaft des Gewitterhimmels durchkreuzen, als wollten sie die Existenz des Lichtes dokumentieren, so durchzuckten ihn rätselhafte Erkenntnisse von Zusammenhängen...

Damals, als er betäubt und stumm, freudlos und schweigsam, nicht einmal glücklich über seine hübsche Kavalierverwundung am Arm, aus dem kochenden Atem der Materialschlacht ins Lazarett gefahren war, erreichte ihn die Nachricht, daß seine Frau zur selben Stunde, da er, in Angst und Grauen erstarrt, an die Erde geschmiegt, in das Antlitz des Krieges blickte, einen Sohn zur Welt gebracht hatte ... und es dünkte ihn damals schrecklich und sinnlos, daß Kinder geboren wurden, nur um als Männer in Uniformen gezwängt und irgendwo dem Gott der Granaten geopfert zu werden. Und war nicht dieser kränkliche Kriegssäugling von einst, den er damals ohne das geringste Gefühl einer Freude begrüßt hatte, nicht jetzt schon in Uniform und dazu bestimmt, in das drohende Unwetter eines Krieges zu ziehen? War der Schauer, der ihn allein beim Anblick der Regimentsnummer auf den Schulterstücken seines Sohnes ergriffen hatte, nur das winzige Wölkchen gewesen, aufgezogen, um das Gewitter anzukündigen, das ihn nun zu zermalmen drohte? Hatten die tausend winzigen Eindrücke seiner Reise und die vielen, kleinen, schrecklichen Erinnerungen, die beim Betreten der Kaserne wachgeworden waren, sich nun zu einem wilden, wilden Konzert vereint? Schlug Gott wie mit einem Hammer die ganze falsche Sicherheit und Ruhe seines Lebens in Stücke wie einen blindgewordenen Spiegel, um ihm hinter der täuschenden Glattheit das grauenvolle Antlitz der Wirklichkeit zu zeigen?

Er spürte, wie der Überfall sich verzog, als entferne sich das unbeschreibliche Grollen einer Schlacht, der man lebend entronnen ist. Sein ganzer Körper war erstarrt von Kälte, und als er seine Hände von der schmalen Fensterbrüstung löste, hielt der Zug mit einem Ruck, und er wurde gegen die pendelnde Tür des Ganges geschleudert. Er raffte eilig seine Tasche vom Boden und eilte in sein Abteil; ermattet und von der wohligen Wärme wie betäubt, setzte er sich auf seinen Platz und brannte gewohnheitsgemäß eine Zigarre an. Die Versuchung, zu lachen wie über einen überwundenen Traum, erstickte in diesem Schrecken, der immer noch lebendig war und wie eine Drohung über ihm hing; er lehnte sich erstaunt zurück und versuchte seine Gedanken an den gegenständlichen Dingen seines Berufes und den Vorstellungen des Weihnachtsfestes hochzuwinden ... er krampfte seine Augen fast in das düstere Gesicht des Ruhrgebietes, das am Fenster vorüberglitt, zerschunden und dunkel, vom Atem endloser Fabriken geätzt und mürbe ... aber immer wieder glitt er hinab in die Ebene seines Inneren, die noch dampfte wie nach der Schlacht die Felder, auf denen die Schreie der Verwundeten verstummt sind...

Gott wollte ihn hinabzerren in den Abgrund der Schmerzen, in jenes dunkle Tal, das von den Wirklichkeiten des Kreuzes erleuchtet ist; aber er sträubte sich, sträubte sich mit Händen und Füßen wie ein verwöhntes Kind, das sich weigert, Brot zu essen, und nach der Süße des Kuchens verlangt. Es war merkwürdig, er spürte jetzt, wie dieses Unsagbare, das ihn regelrecht überfallen hatte, noch lebendig war, aber nicht mehr fordernd, sondern bittend in ihm schwebte ... und er stieß es zurück!

Ärgerlich griff er zu einem Roman, den er in der Tasche seines Mantels in Reserve hielt, um eventuelle Langeweile zu bekämpfen, und er versenkte sich so beharrlich in die öde Folge blutloser Geschehnisse eines sogenannten Zukunftsromans, daß es ihm schließlich gelang, die Stimme zu bannen...

Als er mit einer etwas krampfhaften Fröhlichkeit im Heimatbahnhof aus dem Zuge sprang, war er fast »ganz der alte«. Geheime Spuren und Risse klafften wohl noch in ihm wie in einem Gemälde, das raffiniert restauriert ist; aber er überdeckte den letzten Rest einer geheimnisvollen Furcht vor dem Vulkan mit der freudevollen Spannung, die sich dem Weihnachtsabend entgegenstreckte...

Er blickte erstaunt auf seinen jüngsten Sohn, der ihn am Ende des Bahnsteigs erwartete. Solche Aufmerksamkeiten waren bei ihnen gar nicht üblich. Hans, der ihm in Zivil seltsam jung vorkam mit seinem hellen Mantel und ohne Hut, begrüßte ihn mit teilnahmslosem Ernst, während er wie suchend über den Bahnsteig blickte.

»Mutter hatte gehofft, du würdest Christoph in Urlaub mitbringen, sie wird sehr traurig sein.« Sein bleiches Gesicht verzog sich etwas gequält, als er den Vater unbekümmert lachen hörte.

»Das hat er sich selbst verdorben, als er allzufrüh in den Arrest ging; nun hat er Wache, und da er ganz erbärmlich schlecht angeschrieben ist, fürchte ich, er wird nicht einmal Neujahr kommen dürfen.« Hans blickte ihn ungläubig an.

»Mein Gott«, stieß er heraus, »er ist doch kein Verbrecher.«

»Du kennst den Kommiß nicht, mein Junge.« Der Vater lachte belustigt.

Nachdem sie die Sperre durchschritten und auf dem

finsteren, von eiligen Menschen durchkreuzten Vorplatz des Bahnhofs eine Droschke gefunden hatten, fuhren sie schweigend durch die stillgewordenen Straßen. Hans fühlte sich von der unbekümmerten Heiterkeit des Vaters sonderbar bedrückt. Obwohl er selbst die Fähigkeit, sich zu freuen, fast ganz verloren hatte, verstand er doch die Freude der Mutter auf das Wiedersehen mit ihrem ältesten Sohn gut; und da er sich nun ihre Enttäuschung vorstellte, ergriff ihn ein bohrendes, drückendes Mitleid, dem er sich hilflos ausgeliefert fühlte; und er haßte den Vater in diesem Augenblick. Die Fahrt dünkte ihn endlos lang, und doch wünschte er, sie möge nie zu Ende gehen. Nun er wußte, daß die große Freude der Mutter sich nicht erfüllen würde, kam ihm der ganze »Weihnachtsrummel« ekelhaft vor. Tante Ludmillas fürchterlicher moderner Quatsch … die naive Unbefangenheit der Schwester … seichte Plaudereien des Schwagers … und dann der Vater, der gewiß ahnungslos lächelnd der Mutter die schmerzliche Nachricht unterbreiten würde. Die ganze qualvolle Folge dreier Feiertage, von einer guten Mahlzeit in die andere fast taumelnd.

Der Droschkenführer, ein dickhalsiger kleiner Kerl, so kurz, daß die blaue Mütze fast auf seinen Schultern zu sitzen schien, pfiff verstümmelte Weihnachtsmelodien vor sich hin. Sein Gesicht glänzte vor Freude und Ungeduld, als er sich einmal halb umwandte und nach der Straße fragte; auch diese biedere Weihnachtsfreude reizte Hans. Er ließ den Vater bezahlen, als der Wagen hielt, und lief zur Tür; dann versuchte er vor dem Vater die Treppe hinaufzusteigen, aber dieser überholte ihn mit kindlich triumphierendem Lachen. Dann sah er, wie die frohe Spannung auf dem Gesicht der Mutter jäh erlosch, als sei eine kleine, still glühende Lampe plötzlich von einem Windstoß ausgelöscht. Ihr Gesicht wurde erschreckend matt und grau und zerfallen; sie wich der Umarmung des Vaters aus und fragte heiser: »Wo ist der Junge?« Aber der Vater schien wirklich blind zu sein; er begann zu lachen: »Mein Gott, er hat als erster der Kompanie im Kasten gesessen; nun brauchen sie ihn Weihnachten zur Wache; das ist doch...« Da schloß Hans vor Schrecken die Augen; ganz unerwartet geschah etwas Schreckliches, das er nie für möglich gehalten hätte. Es geschah, daß die Mutter zum ersten Male die Beherrschung verlor; sie schluchzte auf wie ein Tier und schrie: »Du, du hast wohl vergessen, daß du vier Jahre gewinselt hast vor Wut in deiner Uniform ... daß du im Dreck gelegen und vor dem Tode gezittert hast ... daß du geschrien hast: Nie wieder Krieg ... du ... du ... daß du noch lachen kannst!« Es war schrecklich, sie so zu sehen, wie ihr schmales Gesicht sich vor Wut und Schmerz verzerrte. Mit einem Male schlug eine wilde Scham über sie wie eine Flamme, sie lief, von Schluchzen geschüttelt, in ihr Zimmer. Der Vater war zurückgetaumelt, als sähe er ein Gespenst ... er lehnte an der Wand, die Hände von sich gestreckt ... die Augen hinter den Brillengläsern in furchtbarem Schrecken geweitet ... er war in sich zusammengesunken wie ein alter Mann; dann ging er langsam der Mutter nach...

Schweigend und gedrückt umstanden die Tante, der Schwager, Hans und Grete den festlich gedeckten Tisch. Die beiden Männer rauchten schweigend, und die Frauen machten sich mit leeren Gesten an dem reichen Gabentisch und am Christbaum zu schaffen; es knisterte im Ofen, und ein friedlicher Dämmer herrschte. Keiner der vier Anwesenden konnte sich verschweigen, daß er nach den aufreibenden Vorbereitungen des Tages Hunger verspürte angesichts des reichen Tisches.

Die schrille Klingel des Telephons schien fast wie eine

Erlösung; Hans sprang zur Tür, aber schon hörte er die Stimme der Mutter, erregt und glücklich: »Christoph?« Und durch den Spalt der Tür sah er ihr gelöstes glühendes Gesicht; dann schloß er die Tür wieder und lächelte den anderen zu; es war seit Monaten das erste Lächeln auf seinem Gesicht.

8

Christoph, der flach auf der kalten gefrorenen Erde lag, betrachtete den riesigen Komplex des Irrsinns aus der Wurmperspektive; er war von Schweiß naß und schlotterte vor Kälte, aber seine Beine waren so müde und zerschunden, daß er sie nicht rühren konnte; von Angst wie verstört, flatterte die Gruppe um ihn herum wie eine Schar scheuer Vögel, die sich an die Erde ducken und manchmal mit den Flügeln schlagen; aus dem geifernden Mund des Unteroffiziers schoß die Folge der Befehle: »Hinlegen!« und »Auf Marsch – Marsch« so schnell, daß er liegenbleiben konnte und nur andeutungsweise den Oberkörper in gewissen Abständen etwas hob; nicht einmal die eisige Kälte, die stetig und steigend aus dem Boden in seinen Körper drang, konnte ihn bewegen, dem Befehl zu folgen; so sehr war er zerschlagen. Und doch fühlte er eine berauschende Klarheit; er beobachtete nüchtern und scharf das Gesicht des Unteroffiziers Mirgeler, der ihnen hier seine »Antrittsvorstellung« gab. Irgendeine Kleinigkeit, ein falsch ausgeführtes Kommando, hatte ihn in Raserei versetzt, und nun tobte in seinem hübschen Gesicht eine infernalische Wut, die sich immer mehr in sich selbst steigerte, indem sie die eigene Geilheit schluckte und wieder ausspie, schluckte und wieder ausspie; fast eine Stunde lang hatte er die Gruppe hier hinter den Pferdeställen geschliffen...

Christoph beobachtete gespannt die Uhr an der Kantine; in fünf Minuten würde ein Pfiff diesem schrecklichen Tanz eines Jähzornigen das Ziel setzen. Die Kälte hatte Christoph schon so durchdrungen, daß er spürte, wie sein Gewehr aus den Händen auf die Erde glitt; der Schweiß an seinem Körper schien gefroren zu sein; der Stahlhelm drückte wie eine bleierne Haube. Er hörte das Stöhnen und Ächzen der völlig Erschöpften, die in stumpfer Gewohnheit sich immer wieder hoben und senkten ... sich hoben und hinlegten, wenn es auch längst nur noch eine schwache Geste der Erschöpfung war; als seien sie vor Gehorsam gleichsam elektrisiert und gebannt. Immer wieder sah er die weißen Rücken der Drillichanzüge sich heben und senken und hörte das Klirren der Gewehre und Gasmasken, wenn sie sich hinfallen ließen, willenlos. Die teuflische Vision, als sei die Ewigkeit über die Zeit gefallen, blendete ihn einen Augenblick; und es schien ihm, als sei die ganze Welt erstarrt zwischen diesen beiden Pferdeställen – im Geschrei einer stupiden Stimme – in Stöhnen, Kälte ... unsagbarer Erschöpfung und dem erlahmten Zeiger der Kantinenuhr, der wie von einem tödlichen Atem erstarrt schien... Die sich dort bewegten, mühsam krochen, als seien ihre Glieder aus Blei, waren Leichen, Leichen, die über ihren Tod hinaus der Stimme gehorchten ... nichts ... nichts war mehr auf der Welt als diese nackte Vision des Stumpfsinns...

Da tat der Zeiger der Kantinenuhr einen Sprung auf zwei Minuten vor zwölf. Die Bewegung des Zeigers war wie eine tolle Offenbarung des Lebens inmitten der gräßlichen Monotonie, als hüpfe ein Witz Gottes in den toten Mittag; als bräche der unendliche Jubel aller Seligen für eine winzige Sekunde in den trostlosen Raum der Zeit, so beglückte ihn diese kleine Bewegung des Zeigers; von diesem winzigen Hebel wurde die ganze erdrückende und bleierne Vision beiseite gerückt... Wie ein kecker, scherzender Finger schien dieser kleine Zeiger hoch oben an dem trostlosen Gebäude zu drohen; und obwohl er kaum elender hätte sein können, lachte Christoph leise, und fast war es, als lache es in ihm, unendlich glücklich und froh.

Der Pfiff ertönte auf die Sekunde, als der Zeiger mit einem letzten Ruck, als wolle er nun endgültig Schluß machen, auf die volle Stunde sprang. Das hübsche Gesicht des Unteroffiziers Mirgeler wandelte sich unter dem Pfiff wie von einem Zauberstab berührt; es sammelte sich, vom Blitz des Gehorsams getroffen, und ... noch etwas rot und aufgedunsen sagte er heiser, wie aus einem wüsten Rausch erwacht: »Antreten.«

Christoph war der einzige, der die Treppe benutzte; während die anderen sich mühsam mit schmerzenden Gliedern am Geländer hochzogen, unfähig, die Bewegungen des Treppensteigens auszuführen, zwang er mit ungeheurer Energie seinem Körper die Munterkeit seines Geistes auf; es war unheimlich mühevoll, so schlimm konnte das erste Erlernen des Gehens nicht gewesen sein; aber er zwang es wirklich, obwohl langsam und tappend, unter schrecklichen Schmerzen, gelang es ihm, die peinvollen Knickungen der Knie, das Heben der Füße, bei jeder Stufe auszuführen...

Die kurze Pause, die nun folgte, benutzte er, um sich mit einer verblüffenden Schnelligkeit zu rasieren und Gesicht und Hände vom Schmutz und den verkrusteten Spuren des Schweißes zu befreien; das eiskalte Wasser belebte ihn...

Er hatte inzwischen herausgefunden, daß die Geistlosigkeit des Dienstes manchmal ungehemmte Träume zuließ; beim Marschieren, beim Waffenreinigen und in den öden Stunden des sogenannten Unterrichts konnte man träumen oder nachdenken mit der ganzen Inbrunst eines

Liebenden. Die kleine Pause am Mittag und die Minuten zwischen den einzelnen Diensten benutzte er mit einer raffinierten Ausklügelung so, daß er abends, wenn der Dienst zu Ende war, nur noch seinen Mantel überzuziehen brauchte und dann eilig, eilig verschwand. Er hatte immer ein Handtuch und ein Stück Seife in der Tasche, um irgendwo in der Toilette eines Cafés seine Hände vom öligen Dreck des Waffenreinigens zu säubern. Seine Stellung in der Kompanie war nun so, daß er ein »Klarer Fall« war, das heißt, er war endgültig und für alle Zeit erkannt; vollkommen unmilitärisch, nicht imstande, »auch nur eine einzige zackige Bewegung auszuführen«, und geistig nicht ganz normal; ja, sie hielten ihn für verrückt, wahrscheinlich für schwachsinnig. Das stumpfsinnige Alphabet dieses Lebens wollte er einfach nicht erlernen, und so wurde er in eine Reihe gestellt mit jenen wirklich Schwachsinnigen, die es nicht begriffen; und er war töricht und klug genug, sich dieses als eine wirkliche Ehre anzurechnen, auf eine Stufe gestellt zu sein mit jenen von der menschlichen Gesellschaft Verachteten, die das grausame Zusammenspiel der politischen und gesellschaftlichen Kräfte nie begreifen und schuldlos leiden dürfen, die höchste Gnade, die Gott zu verschenken hat...

Manchmal freilich schlugen die Kinnbacken der preußischen Dummheit sich wie in ohnmächtiger Wut um ihn und versuchten aufs neue, ihn zu zermahlen wie in jenen ersten Wochen. Aber es war, als bissen die stumpfen Zähne des öden Gesindels auf Diamant; und nicht einmal Schwachhullas Allmacht reichte aus, ihn jeden Abend in der Kaserne festzubinden.

Freilich drückte die Verzweiflung ihm oft die Kehle zu, als müsse sie die Freude und die Liebe und die lebendige Kraft des Hasses aus ihm herausdrücken, um ihn wie eine leere Hülle gegen die dunkel drohende Kaimauer der

Angst zu werfen; aber er betete, betete dann mit solch inbrünstig glühenden Stoßseufzern, als müsse er Gott erpressen, ihm seinen Trost zu schenken, den er in einem Augenblick des Einschlafens verloren hatte. Ja, wach sein … das war das Wichtigste; das Fürchterlichste war die stupide Döserei, mit der viele den Dienst ertrugen … ein matschiger Dämmer zwischen Sentimentalitäten und Eitelkeiten, dessen Erfrischungsquelle einzig die süßliche Atmosphäre des Kinos war…

Schlaft nicht, schlaft nicht, denn es gibt keinen Frieden auf Erden! Ja, das hatte er erfahren, er brauchte nur einen Augenblick die Augen zu schließen, dann überfiel ihn das schleichende Gift der Verzweiflung, süß und erbarmungslos.

Wenn der Pfiff, der das Waffenreinigen beendete, durch den Flur gellte, schob Christoph schnell das Schloß noch ein und brachte das Gewehr draußen in den Ständer auf dem Flur; er hatte alles so genau vorbereitet, daß er kaum eine Minute länger, als der Dienst währte, in der Kaserne war. Es gab freilich tausend Schikanen, die alles hinauszögern konnten; die Laune der unteren Götter hing wie ein drohender, zusammengeballter Schatten über ihm … sie konnte ausfließen, ihn überschwemmen, die kostbare Zeit überschütten mit langweiligen, sinnlosen Säuberungen; irgendwo auf dem Flur, wenn er schon im Mantel war, konnten sie ihn noch abfangen und zu irgendeinem Dienst pressen; stetig und unverändert war diese Drohung, es gab keine Sicherheiten. Meist freilich gelang es ihm, die Treppe hinunterzurasen mit gesenktem Kopf, die Augen auf den Boden geheftet, über den roten Hof, durch die Wache; und dann ging er langsam und frei…

Draußen, außerhalb dieser Mauern, war das Leben…

Zum Ausgehen bereit, zitternd innerlich vor Ungeduld, aber freundlich und ruhig nach außen, stand Christoph in der Stube und schrieb sich sorgsam auf einen Zettel, was er den anderen, die müde auf ihren Betten lagen, aus der Stadt mitbringen sollte. Es waren meist Dinge zum Essen, irgendwelche ausgefallenen Delikatessen, besondere Arten von Würsten oder Kuchen. Die meisten lagen genießerisch rauchend auf ihren Betten und stöhnten über ihre zerschlagenen Glieder; auf dem Flur schallte Singen und Pfeifen, der verzweifelte Lärm, mit dem die Soldaten ihren Feierabend begehen. Christoph fühlte, wie die Ungeduld in ihm anschwoll wie ein stürmischer See … und die Angst, die Angst vor der furchtbaren Unberechenbarkeit dieses Systems ergriff ihn; mein Gott, jeden Augenblick konnte irgendeine Uniform in die Stube treten und ihn für diesen Abend wieder festnageln; und er mußte, mußte heute zu Cornelia.

Er entschloß sich plötzlich, eine abwehrende Handbewegung zu machen, das Blatt in die Tasche zu stecken und zu verschwinden, denn er spürte es, errötend vor Scham, daß sie wieder anfingen, ihn zu verspotten.

Draußen tummelten sich die Schneeflocken lustig im schwachen Licht der Lampen; diese so zärtlichen und vergänglichen Schmetterlinge des Winters senkten sich zu Millionen barmherzig über das grauenhafte öde Bild der Kasernen und milderten seinen Schrecken. Schnell, immer schneller, da er spürte, wie die Beine ihm den Dienst versagen wollten, wenn er ihnen eine Spanne der Ruhe ließ, lief Christoph über den stillen Hof, passierte mit einem flüchtigen Gruß die Wache. Er kannte den Weg nun wie im Traum; an den Gitterstäben des unendlich langen Zaunes vorbei, bis irgendwo im Halbdunkel Häuser auftauchten und das Licht der Straßenbahn, das immer verbunden war mit dem knirschenden Geräusch des

Rangierens. Aber er bog heute in die Straße ein, die rechts zur Stadt führte, denn er konnte bis zum Rendezvous noch bequem die Einkäufe machen, die ihm aufgetragen waren; freilich war es schöner, still und träumend am Portal des Theaters zu stehen, eingesponnen von den Schneeflocken, und zu warten mit jener glühenden fiebernden Freude, die nur der Liebende kennt, wo jede Sekunde das ganze Entzücken der Gewißheit in sich schließt und wo die tausend Sekunden der seligsten Freude vom Baume der Zeit purzeln wie kleine, helle, reizende Früchte...

Aber wenn ihn jemand um einen Dienst bat, und war es auch der erbärmlichste Spötter, er war vollkommen unfähig, nein zu sagen. So betrat er der Reihe nach, immer hilflos seinen Zettel in der Hand, die Metzger- und Bäkkerläden und die fremd duftenden Delikateßgeschäfte; mit dem verzweifelten Gedanken, daß das Verteilen der Pakete wieder ein aufreibendes Geschäft sein würde, ein Durcheinander unruhiger Fragen und Bitten, schob er alles in seine geräumige Aktentasche. Erleichtert konnte er endlich den letzten Posten auf seinem Zettel durchstreichen. Inzwischen hatte er den schmalen Gürtel der Vorstadt durchschritten und tauchte nun unter die finstere, breite Bahnüberführung, die wie ein dunkler Schlund in die Altstadt mündete; über den schönen, alten Gebäuden und Kirchen der Stadt lag wie ein merkwürdiger kalter Bann die Starre der Reformation ... als sei eine Blüte in halbem Wachstum mumifiziert. Da er das lästige Grüßen, das jeden Gedanken und jeden angehenden Traum vernichtete, umgehen wollte, schnitt er die hellerleuchtete Hauptstraße und erreichte das Theater durch eine jener dunklen und engen Seitenstraßen, wo die Fassaden der alten Patrizierhäuser ernst und leblos in den Himmel starren wie Kulissen nach der Vorstellung ... gewichtig und lächerlich zugleich.

Von hoch aufragenden Häusern bedrängt, lag das Theater noch ganz still und verlassen auf dem kleinen Platz; es war ein altes, intimes, kleines Gebäude, aus großen, schwärzlich gewordenen Quadern gefügt, aus jener Zeit stammend, wo die Männerkleidung noch farbig war wie eine Palette. Der Schnee hatte schon eine weiche Dekke gebildet, die hier noch fast unberührt war; eine kleine Lampe erhellte das schwere Portal, und die Flocken tanzten in ihrem Schein wie Mücken; nur das sanfte Geräusch des fallenden Schnees lag in der Luft. Die von Staub überkrustete Uhr über dem Eingang zeigte halb sieben an; die fern klingenden Geräusche der Hauptstraße, das Knirschen der Bahn und das Hupen der Autos schienen die Würde und Schönheit der Stille hier nur noch zu erhöhen; dicht und unablässig fiel der Schnee...

Christoph fühlte sein Herz in der Brust schlagen wie einen kleinen, glühenden flinken Hammer, der über der Raserei seiner Schnelligkeit den Takt verliert. Die Tatsache, daß Cornelia nun jeden Augenblick erscheinen konnte, erfüllte ihn mit Seligkeit ... es war, als sei das Glück wie eine goldene Kugel in ihm geplatzt und dränge nun, sich verbreiternd, in jede, jede Faser seines Wesens. Ja, wie aus einer geheimnisvollen Quelle speiste sich in ihm die leuchtende und lodernde Erkenntnis: Das ist das Glück ... so unendlich schön, daß das Leben sich lohnt, selbst wenn es nur eine Minute währen würde gegen eine Fülle trostloser Jahre. Die ungeheuerliche Erkenntnis, ein Mensch zu sein ... hier auf diesem stillen Platz zu stehen und auf die Geliebte zu warten, erfüllte ihn mit einem wahren Rausch der Glückseligkeit; fast mochte er glauben, das unbekannte Lächeln des Paradieses sei aus den Tiefen der Verlorenheit aufgetaucht und löse mit seinem Zauber die Gespinste des absoluten, ständig wirkenden menschlichen Elends auf...

Als werde eine alte Erinnerung, schlummernd in seinem Wesen wie der Same eines vergessenen Traumes, nun wach und wachse, wachse so sehr, daß sein menschliches Herz es nicht fassen konnte: Das Glück sprengte ihm die Brust...

Drei stille Straßen, im Gesicht der Stadt verloren, mündeten auf den Platz wie große Mäuler von Fischen, stumm und staunend...

Alle Sinne gespannt, wie aufgezogen als vibrierende Saiten auf den Steg des Geistes, horchte Christoph, ohne sich dessen bewußt zu werden, hinein in die Stille, hingeneigt der Erfüllung aller ihn berauschenden Träume, bis er endlich, sanft und doch fest, jenen einen einzigen Schritt über die weiche Schneedecke sich nähern hörte...

Cornelias hohe schlanke Gestalt trat in den dämmerigen Bereich der Lampe; fast streng sah sie aus mit ihrer schwarzen Pelzkappe und dem dunklen, von schwarzem Pelz umsäumten Mantel; aber das glückliche, lächelnde Licht ihrer liebevollen Augen glänzte mit jener Schönheit der Jugend, die auch im Reiche Gottes nicht gestorben sein wird. Christoph trat langsam auf sie zu, und mit einer scheuen Glut küßte er sie auf den Mund; auf ihren Gesichtern war der Abglanz jenes glücklichen Lächelns, das die Seligen auf den Bildern der alten Meister wie Irre erscheinen läßt...

Du... Du... Du...

Immer wieder ergriff sie der unendliche Taumel des Du. Ja, ihre ganze Liebe hatte sich offenbart in einem unbewachten Augenblick, als Christoph einmal, wie wenn sich die Gewißheit des Inneren gewaltsam einen Weg nach außen suche, das Wort Du einfach eingeflochten hatte; da war die ganze Befangenheit von ihnen gefallen, und der rote, glühende Himmel der Liebe hatte sich wortlos aufgetan...

Christoph führte Cornelia in eine der dunklen Straßen zurück, und unter dem großen Bogen eines finsteren Tores küßte er sie wieder mit jener fast verzweifelten Inbrunst, die nur aus dem traurigen Herzen eines Soldaten kommen kann. »Du«, sagte er leise; er nahm ihren Duft auf wie ein Verdurstender ... ihre Augen, den Mund und die Bögen der Brauen; und er schmiegte sich an ihre Kleider...

In ihren Augen sprang eine wilde Angst auf, als sie ihn so mit einer kindlichen Seligkeit diese Liebkosungen nehmen sah; die dunkle Angst des Weibes, das dieses Verlangen nach dem Paradiese nicht zu erfüllen vermag. Mit einer furchtsamen Zärtlichkeit strich sie die Schneeflokken aus seinem Haar. »Ich habe solche Angst, du«, flüsterte sie, und es schien, als müsse sie ersticken von ihrer wilden Hilflosigkeit; und als er sie tröstlich lächelnd anblickte, fuhr sie fort: »Ach, du, ich habe tausend Bücher gelesen, habe die Religion und die Kunst zu erfassen geglaubt und gehofft, meinem Leben Form und Inhalt gegeben zu haben, aber nun bin ich so machtlos und erschreckt wie jedes kleine Mädchen, dem einer gesagt hat, er könne nicht mehr leben ohne es; ach, du, du mußt mir helfen...« Erglüht wie von einer geheimen Scham war ihr Gesicht nun, rot und seltsam jung; und so hilflos; Christoph umarmte sie schweigend und streichelte behutsam ihren Rücken, während er ihr Gesicht stumm und heiß an seiner Brust fühlte. Er hörte und spürte ihren Pulsschlag. Süß und betörend schlug die Ader ihres weißen Halses schnell und hell an seiner Wange; sie war so nah und so wirklich; eine verzehrende Sehnsucht stieg in ihm auf; die quälende und vernichtende Sehnsucht, ganz in ihr zu verschwinden, geborgen und geschützt zu sein. Die züngelnde Flamme brach auf wie eine Feuergarbe, die sich plötzlich aus einem brennenden Gebäude löst und den dunklen Himmel schreiend zerreißt; und sie zitterte in seinen Armen, von Glück und Angst erregt, wie eine süße Blume, die sich von der Sonne verbrennen läßt...

Sie erschien ihm nun ganz in ein seltsam düsteres, lokkendes Licht getaucht, vertraut und schön und glänzend ... und doch, so unsagbar fremd und unerreichbar schien sie; ja, er spürte es ... nie, nie würde er sie erreichen und begreifen können; er löste zitternd seine Arme, hielt sie an den Schultern fest und blickte, wie gebannt von einer blutigen Erkenntnis, in ihr Gesicht: Ganz blaß war sie, schmerzlich lächelnd, und es bebte in ihr wie von inneren, bangen Wehen. In ihren weiten, klaren Augen stand ein dunkles Wissen. Starr und gebannt, mit einer fast von Haß erfüllten Eindringlichkeit blickte Christoph in dieses Gesicht, als lauere er auf ein Geheimnis, das sich jeden Augenblick offenbaren müsse, mit der kalten Wachsamkeit des Jägers. Die Stille des Abends umhüllte das Paar, und der Schnee rieselte mit seinen milden Geräuschen in die Dunkelheit; keiner von beiden spürte die Kälte... Alles, alles war versunken vor dieser ewigen Minute, da sich diese beiden Gesichter fast erkannten. Eine fast wesenlose Aufmerksamkeit lag auf ihren Gesichtern, als hätten die Sinne den Geist aufgepeitscht zu einer unmenschlichen Wachheit; so blickten sie einander an, gespannt und fast bösartig, als wollten sie sich ermorden...

Und dann brach der Bann plötzlich und heftig, als Cornelia leise sagte: »Du«; wie wenn der winzigste Schall eine Lawine gelöst hätte; und auf ihren Gesichtern tanzte die Seligkeit in allen Verzückungen, in aller Torheit; auf eine berauschende, erregende und wilde Weise waren sie einfach »außer sich« ... heraus aus sich selbst...

Seltsam feucht glänzte Cornelias Gesicht nun in einer ganz neuen Süßigkeit, als sei sie in roten Wein getaucht; so unendlich zärtlich und froh; er küßte sie heftig mit einer ganz neuen, verzehrenden Leidenschaft, und sie zitterte in seinen Armen wie die glücklich bebenden Halme, die sich dem Winde hingeben...

Der dumpfe Schlag einer nahen Turmuhr ließ sie erschreckt zusammenfahren; mit einem Male spürten sie jetzt die Kälte, und erschöpft und matt schmiegten sie sich aneinander, als habe ein geheimer Brunnen ihre Kräfte aufgesogen.

Cornelia rückte ihre Pelzmütze zurecht; Christoph raffte seine Mütze und die Tasche vom Boden auf. »Mein Gott, du, schon sieben Uhr; noch dreiviertel Stunde, und ich bin so hungrig!« Sie lachte. Immer wieder blickten sie einander an mit einem schimmernden Blick, in dem die süßen Verheißungen der Liebe glänzten.

Sie betraten ein kleines, altes Weinstübchen, ganz abgelegen und wenigen bekannt, das eher wie ein kleiner, etwas schäbiger Laden aussah, eng und arm, eingequetscht zwischen zwei hohe Giebel. Die dunkelbraune Täfelung des Raumes schien mit Gemütlichkeit wie vollgesogen. Die kleinen schwarzen Tische mit den schlichten Blumen und die alten, etwas brüchigen Stühle, alles war ihnen so vertraut wie das verschmitzte Lächeln des gnomenhaften Wirtes, an dessen großer dunkelroter Nase zwei winzige Äuglein zu kleben schienen wie rötliche Beeren. Sie setzten sich in eine Ecke, wo ein großer Garderobenständer sie den Blicken verbarg; dort saßen sie in der Nähe des Ofens, ganz nahe beieinander und mit dem Rücken zur Wand. »Videre nec videri«, flüsterte Christoph. Er nahm Cornelia den Mantel ab, und nun, in diesem sandgelben Kleid von einer verblüffenden Schlichtheit, mit der Korallenkette um den Hals, die wie ein Kranz von Blut war, war sie wieder die weltgewandte Schönheit, vor der er sich manchmal fürchtete; aber das vertraute Lächeln in ihren Augen war wie das unverbrüchliche Siegel eines wunderbaren Bundes.

Als er sich setzte, hatte Christoph mit plötzlichem, wildem Schmerz seine wie zermalmten Muskeln gespürt; nun belebte ihn, nachdem er glücklich lachend mit ihr angestoßen hatte, der köstliche golden-gelbe Wein; geheimnisvoll glühend und schön wie das Leben selbst pulste es in seinen Adern, und er betrachtete mit lachenden Augen das junge, schöne Gesicht dieses Weibes, das er liebte.

Aus der zauberhaften Küche des Hauses, in der die Wirtin, eine rundliche, speckig glänzende, freundlich grinsende Gnomenfrau, hantierte, kamen die schweren, silbernen Platten mit dem Essen; mit jenem kindlichen Vergnügen der ewig hungrigen Jugend begrüßten sie die dampfenden Schüsseln mit den prächtigen Koteletts, im Fett schwimmenden Kartoffeln und die herbe Kühle des Salates, und am Ende des Tisches den buttergelben Käse zum Nachtisch. Der Wein perlte in den Gläsern, und eine schöne Festlichkeit schwang in ihren Herzen an diesem Winterabend, an dem sie sich wirklich gefunden hatten. Lachend und plaudernd aßen sie. Einmal stand Cornelia plötzlich auf und verschwand mit einer lachenden Entschuldigung. Als sie wiederkam – ihre Abwesenheit schien ihm schrecklich lang, während der unerbittliche Zeiger der Uhr vorwärtsrückte –, da schien es ihm, als sei ihr Lächeln noch freudiger und glänzender, süßer und verheißungsvoller. Um so schwerer fiel der nahe Abschied ihm auf die Seele; noch zwanzig Minuten ließ ihnen der harte Finger der Uhr, der mit knappen Rucken weiterrückte.

»Morgen, du«, flüsterte er erregt, vom seligen Geist des Weines emporgehoben. »Morgen möchte ich eigentlich einmal mit dir tanzen.« Er lachte etwas verzweifelt: »Ich kann es zwar nicht, aber ich könnte mir vorstellen, daß ich es leicht lernte, von dir geführt; ja, mit dir tanzen, das müßte schön sein; aber in Zivil, mein Herz; irgendwoher mußt du es mir besorgen, von einem Kollegen vielleicht, ja?« Sie lächelte so sonderbar, ein ausgelassenes lustvolles Licht tanzte in ihren Augen; sie legte ihre leichte, schmale Hand auf seine und hob ihm das funkelnde Glas entgegen: »Du, heute noch, wenn du willst.« Und als er sie fragend anblickte: »Ich habe eben telephoniert, flehend und bittend und ärgerlich und untertänig, aber zuletzt doch siegreich abgesagt für heute abend; die Leute verlieren ja doch nichts an mir, oder glaubst du, daß ich eine gute Schauspielerin bin?« Und ein leichter Schimmer von Trauer tauchte wieder auf in ihrem Gesicht, wie ein Schatten, der in einen Spiegel fällt. »Na ... was meinst du?« Christoph hatte einen Augenblick, von einer seltsamen Scheu ergriffen, die Augen gesenkt; ach, sollte er ihr weh tun, oder sollte er ihr schmeicheln? Beides wäre ihm schrecklich gewesen, aber sie faßte ihn am Kinn, hob sein Gesicht hoch, und er sah etwas ganz Neues in ihren Augen; es schien fast, als liege in diesem Funkeln eine wilde Freude darüber, daß sie keine gute Schauspielerin sei. »Glaubst du wirklich, ich würde von dir erwarten, daß du deinen guten Geschmack verleugnest?«, sagte sie mit einem freien Lachen; und dann verdunkelte sich wieder ihr Blick: »Nein, ich dachte daran, daß uns noch viel an bitteren Trennungen bevorsteht, wer weiß, wie bald schon; und heute wollte ich mich nicht von dir trennen ... nein; ja, tanzen möchte ich mit dir, du; zum ersten Male im Leben tanzen mit aller Freude des Leibes und des Herzens, aus voller Seele tanzen mit dir.« Sie waren beide wie berauscht. Christoph trank in einem Zuge sein Glas leer. »Komm, wir gehen«, sagte er lachend. »Wir wollen vergessen, daß es überhaupt Uhren auf der Welt gibt; laß die

Preußen ihren Zapfenstreich blasen, laß die Zuschauer im Theater einer anderen klatschen, laß die Toten ihre Toten begraben; wir wollen zum letzten Male in unserer Jugend die Schule schwänzen und die Augen und Ohren zuhalten; wir wollen die Seligkeit der gestohlenen Freiheit genießen, die nur der Schulschwänzer kennt.« Und wieder kippte er ein Glas hinunter, dann holte er ihren Mantel und fragte sie, während er seine Hände einen Augenblick auf ihren Schultern ruhen ließ: »Hast du nicht auch oft die Schule geschwänzt … ich meine, es wäre deinen Augen abzusehen…?«

Cornelia hatte ihn durch unbekannte Straßen geführt und klingelte nun an einem düsteren Haus, das wie verlassen schien; und als sich dann im oberen Stockwerk ein Fenster öffnete, flutete eine aufreizende Fülle goldenen Lichtes in die Gasse; ein wirrhaariger großer Männerkopf erschien oben als Schattenriß, und eine tragisch vibrierende Sängerstimme bassierte nach unten: »Na?« Cornelia rief nach oben: »Mach auf, Caspar, ich bin's.« Es war etwas ganz Neues in ihrer Stimme, etwas Jargonhaftes. Sie drückte lächelnd seinen Arm, als sich die Tür öffnete und sie in den matterleuchteten, dumpfen Flur traten. »Nun wirst du deinen einzigen Nebenbuhler kennenlernen.« Ein schwerer Koloß mit graumeliertem Lockenhaupt, ein derbes, vom Alkohol aufgedunsenes Gesicht mit jener aufmerksamen und doch so vertrauten Abwesenheit im Blick, empfing sie oben. Cornelia erlöste den erstaunt fragenden Blick auf Christoph, indem sie ihn vorstellte: »Christoph Bachem, mein … der einzige, den ich jemals heiraten werde.« Und ein entzückendes Erröten flog schnell über ihr Gesicht, und ehe der Riese in einen Wortschwall ausbrechen konnte, sagte sie schnell: »Caspar, ich gebe dir zehn Minuten Zeit, um mir einen für diesen jungen Mann passenden Zivilanzug zu besorgen und mir hundert Mark zu leihen; komm, tu nicht so, als ob du kein Geld hättest.« Der Sänger prallte erst etwas theatralisch zurück, dann schien er mit einer wunderbaren Elastizität begriffen zu haben und kratzte sich nun mit einem ganz menschlichen, gutmütigen Lachen am Kopf. »Kommt erst mal rein«, sagte er dann wie erlöst. Dann drückte er sie beide in einem mit altertümlichen Möbeln vollgestopften Raum in zwei prachtvoll unmoderne, bequeme Sessel. Auf dem Tisch stand eine Flasche und ein Glas. »Trink, Soldat«, sagte er, »hast das beste Mädchen, das ich je gekannt habe; nur schade, daß sie keine Schauspielerin ist, und du«, wandte er sich Cornelia zu, »dir kann ich auch Glück wünschen; sieht nicht gerade aus, als ob er in der Uniform geboren wäre, der junge Mann; eher als ob er...« Und dann brach er plötzlich in ein klingendes Lachen aus: »Trinkt, Kinder; ach, müßt ihr glücklich sein! Und jetzt will ich einmal sehen, ob ich etwas für die Fahnenflucht tun kann.« Er verließ schnell das Zimmer.

Cornelias Gesicht war ganz plötzlich von einer grausamen Angst verzerrt; sie flog auf Christoph zu und verbarg sich an seiner Brust: »Du, ich habe eine Angst, als ob ich sterben müßte.« Christoph küßte sie auf die Stirn und hielt ihr geliebtes Gesicht in seinen Händen wie einen kostbaren Schatz. »Fürchte dich nicht; laß dich nicht erschrecken«, sagte er leise, »nur keine Angst, mein Herz; ich liebe dich doch wirklich, du«, sagte er plötzlich mit einer glühenden Eindringlichkeit, als müsse er einen bösen Geist aus ihr bannen.

»Es ist mir«, flüsterte sie erschreckt, »als wäre uns das Glück nur gezeigt worden; gleichsam nur eine Tür geöffnet und sofort wieder verschlossen; nur als eine Möglichkeit, nicht als lebendige, sich fortwebende Wirklichkeit; nirgendwo Geborgenheit; keine Stunde Frieden, Ruhe, eingespannt und gehetzt, immer nur auf Urlaub werden wir zusammen sein; nur Fetzen von Stunden und Tagen; von einer quälerischen Willkür des Staates in die andere getrieben; verloren ... verloren ... glaubst du wenigstens, daß wir dort oben, in dem anderen Reich, im einzigen Reich, werden zusammensein dürfen? Glaubst du, daß Gott unsere kleine menschliche Liebe so ernst nehmen kann?« In dem düsteren Licht ihrer traurigen Augen glomm es wie ein helles Schimmern der Hoffnung auf. »Komm«, sagte sie ungeduldig, »sag es mir ... du ... du mußt es wissen.«

Christophs Gesicht zeigte einen seltsamen Ausdruck zwischen Verzückung und wildem Schmerz; ein fremdes, fast schauervolles Gefühl eines unendlich schmerzlichen Glückes beseelte ihn, nun, wo er ihr Gesicht innig und nah vor sich in seinen Händen hielt. »Ja«, sagte er ganz leise, »ich glaube es; ich glaube, daß wir uns dort erkennen dürfen und uns freuen; ich glaube, daß auch die menschliche, geheimnisvolle, wilde und blutige Liebe nicht sterblich ist, ebenso wie unser Leib, und dort verklärt sein wird.« Fast mit Schrecken sah er, wie sie seine Worte trank von seinen Lippen, mit der unersättlich suchenden Unruhe eines brennenden Herzens; es schien wirklich, als könnten einzig seine Worte sie trösten; mein Gott, dachte er mit einer tiefen Furcht, hoffentlich habe ich die Wahrheit gesagt; wie eine dunkle Wolke senkte es sich über ihn ... ein wilder, düsterer Taumel von Schmerz und Glück zugleich...

Sie fuhren erschrocken auseinander, als sich die Tür öffnete, aber der Riese winkte begütigend. »Küßt euch nur, Kinder; küßt euch ... das Leben ist so kurz, und der Krieg hängt wie ein Gewitter über euch«, und als habe er mit einem Male den Ernst ihrer Gesichter begriffen: »Verzeiht mir, ich bin nur ein alter Säufer, ein altes Kamel.«

Cornelia ging auf ihn zu und legte beide Hände auf seine Schultern; sie lachte gefaßt und ernst, und doch lachte sie. »Gräm dich nicht, Caspar«, sagte sie ruhig, »aber ich glaube, wir brauchen die Maskerade nicht mehr«, und Christoph nickte schweigend, und dann lächelte er, erstaunt und froh, daß sie eines Sinnes mit ihm war.

»Vielleicht gibst du uns eine Flasche Schnaps, eine Schachtel Zigaretten ... wir gehen spazieren.« Sie war wie verwandelt, gesammelt und ruhig und von einer freudevollen Spannung, als sei die Würde des Weibes wie ein neues, schönes Kleid über sie gefallen.

Als sie sich verabschiedeten, drückte Caspar Christoph besonders lange und warm die Hand, und in seinem Gesicht brach ein dunkler Ernst auf, als sei eine Furche gepflügt. »Sei immer vorsichtig im Krieg, Soldat, du siehst mir aus, als seist du bei Langemarck gefallen...«

Über die matte, grünlich schimmernde Helle der weiten Schneedecke begannen die beiden ihre Wanderung, unablässig umwirbelt von den zarten fallenden Flocken; sie waren ganz allein auf der Welt; sie schritten über die Oberfläche der Erde, diese Ebene zwischen den uralten Geheimnissen des Erdballs und den ausgespannten Verheißungen des Himmels; diese dunkle, so geliebte Ebene, auf der Menschen leben und sterben, leiden und jubeln, sündigen und beten, seit Gott sie schuf...

Das Mädchen war seltsam verwandelt in ihrer stillen und ernsten Freude, hinter der die Gewißheit des Leidens stand; und Christoph spürte nun wieder die nahe, blutige Wirklichkeit des Kreuzes, die ihm in den zwei Monaten dieses Glückes fast aus den Augen verloren gewesen war; des Kreuzes, das siegreich – schmerzhaft und doch verheißend – über dem Abgrund steht, der die Menschheit zerreißt; das Glück bestand fast nur in der

Hoffnung auf das Glück, und diese Hoffnung war schon wie ein Vorgarten der Seligkeit ... so wie die Küsse und Umarmungen der Liebenden nur Verheißungen sind eines Geheimnisses, des wilden und schrecklichen Geheimnisses, ein Leib zu sein und zu werden, was nur in den Träumen voll und wirklich vollzogen werden kann. Die Erfüllung ihres Glückes war eingewebt von Gott irgendwo in das Gewand der Zeit, in das undurchsichtige Gespinst, und sie mußten warten und warten, wachend die Lampen ihres Herzens angezündet, brennend und verzehrt, von der Sehnsucht verschlungen; immer vor ihren Augen das rätselhafte Gewebe der Zeit, das sich nur für Augenblicke offenbart und abläuft in die Ewigkeit...

Auf ihrem langen Weg, der sie rings um die Stadt führte, durch die wunderbare Stille der Nacht, die nur erfüllt war von der reinen und sanften Musik der Flocken – über sich das rätselvolle Antlitz der Nacht und unter sich, unter der reinen Decke des Schnees die harte und dunkle Gewißheit der Erde; auf dieser Wanderung, eng aneinandergeschmiegt und von jenem wunderbaren Schweigen ergriffen, das nur die kennen, die des Einverständnisses völlig gewiß sind; auf ihrem Weg ging ihnen die große Ahnung auf, daß sie auf der Flucht waren vor etwas und auf dem Wege zu etwas; vielleicht waren sie geflohen in ihrer brennenden Sehnsucht nach dem menschlichen Glück, geflohen vor dem Kreuz, und liefen nun hinein mit ihren flammenden Herzen, hinein in die weit ausgespannten Arme des Kreuzes...

Unablässig fielen die Flocken, leise, dicht und ständig, daß es scheinen mochte, als streue die Ewigkeit die Zeit in kleinen Perlen aus ... weiter ... weiter, ohne abzunehmen; feierlich und erschreckend fühlten sie sich so angeweht vom Atem der Unendlichkeit...

Irgendwo hatte Christoph die scheußliche Mütze in den Schnee geschleudert; die Tasche hatte er an einem Riemen um die Schulter hängen. Mit einem Male spürte er, daß sie sich Häusern näherten, die stumm und verschlossen irgendwo in der Nacht standen. Von einem dumpfen, seltsamen Erkennen erfaßt, blieb er stehen, seine Stimme zitterte: »Du, irgendein fast tierischer Instinkt sagt mir, daß wir in der Nähe der Kaserne sind… Gott, du!« Sie streifte ihren Handschuh ab und strich ihm zart und tröstend übers Gesicht, und er nahm wieder jenen kleinen, unbeschreiblich zärtlichen Geruch wahr, den er an jenem ersten Abend mitgenommen hatte. »Ach, nein«, sagte sie leise, und er spürte, wie sie mild und schmerzlich lächelte, »wir stehen vor meinem Hause.« Und nun erkannte er plötzlich die kahle Baumgruppe und das verschneite, große, düstere Haus, und er blickte die Fassade an, als sehe sie wie ein Antlitz ihm entgegen. »Ach, weißt du«, sagte Cornelia lächelnd, »wenn wir einmal ein gemeinsames Leben auf dieser Welt beginnen dürfen, unser Leben; dann werde ich versuchen, einen Mantel zu konstruieren, in dem ein Liebespaar zusammen spazierengehen kann in solchen Nächten; ohne auch nur getrennt zu sein durch die Fremdheit zweier dicker Stoffe, und…« Aber der Scherz erstarb ihr auf den Lippen; und auch Christoph erstarrte vor Schreck; denn es geschah etwas Seltsames, Unsagbares: Die Stille hatte mit einem Male ein drohendes Gesicht, sie schien unhörbar anzuschwellen und stieg wie eine dunkle, drohende Welle vor ihnen auf; sie türmte sich, türmte sich gräßlich und lautlos drohend … und dann begrub sie ein fürchterlicher, greller, nackter Trompetenstoß; und Hörner fielen ein; und immer noch standen sie wie erstorben vor Schreck, als aus der Ferne Gebrüll von Stimmen und das Schrillen der Pfeifen nachspülte…

»Das ist Alarm«, sagte Christoph mit schrecklicher Ruhe. »Oder? Nein ... nein, das kann noch nicht der Krieg sein, sie werden nicht ... nein ... nein.« Und seine Stimme schlug mit einem wilden Schrei in die Nacht, als peitsche sie die unbarmherzig ruhige Oberfläche eines trägen Gewässers...

Eine mächtige Fülle von Licht umfing ihn plötzlich, und als er sich, aufs neue erschreckt, umblickte, hatte Cornelia die Tür des Hauses aufgeschlossen; er trat auf sie zu, und sie lächelte unter Tränen, und ein unsagbar ergebener Schmerz war auf ihrem Gesicht, Schmerz und Glück und alles menschliche Elend, und ihre Lippen zitterten, als sie leise sagte: »Es ist der Abschied für uns auf lange, lange Zeit, ich wußte es.«

Christoph schlug die Tür zu, und als er sie in die Arme schloß und die süße Nähe ihres Leibes spürte, wünschte er, die Nacht, die unendliche Nacht möge über ihnen zusammenstürzen und sie unter ihren Trümmern begraben; und als er die Weinende die Treppe hinauftrug, wußte er, niemals mehr würde er dieses Haus sehen, niemals mehr diese Treppe ersteigen, und die ganze Heimatlosigkeit des Soldaten überfiel ihn, bevor er wußte, ob Krieg war oder nicht...

9

Seitdem Christoph bleich und ohne Mütze, seine Aktentasche unter den Arm geklemmt wie ein verschlafener Student, an jenem Morgen durchs Kasernentor geschritten war; auf seinem Gesicht jene grandiose Gleichgültigkeit, die in dem irrsinnigen Trubel des mit ameisenhafter, humorloser Emsigkeit ausgeführten Alarmbefehls wie der winzige Funke wirkte, der eine Dosis Sprengstoff zur Entzündung bringt; seit diesem Tage hatte er fast keinen Freund im ganzen Bataillon...

Er wurde, so wie er war, von einem Wachtposten auf die Schreibstube geführt, und wäre sein Herz nicht kalt gewesen von Haß gegen diesen lächerlichen Idiotismus, er wäre allein an dem gräßlichen Gebrüll gestorben, das Offiziere und Feldwebel vereint über ihn ausgossen wie eine heiße giftige Lache. Auf seiner Stube wurde er mit eisigem Schweigen empfangen, und selbst Paul war kühl, als er sagte: »Wir haben deinetwegen allerlei mitmachen mussen.« Aber Christoph packte ruhig die Sachen aus, die er für sie aus der Stadt mitgebracht hatte. Gepäck und Gerät, alles war fein säuberlich verpackt, und alle lagen feldmarschmäßig angekleidet schon seit den ersten Morgenstunden auf den Betten; die ganze Kaserne war gleichsam in Gehorsam erstarrt; es war ein gräßlicher Anblick, er spürte, wie das Gefängnis der Uniform sich immer fester um ihn schloß; alles, alles, von der kleinsten Schlaufe des Gewehrriemens bis zu den säuberlich aufgebauten

MGs war »im Dienst«; und der schreckliche, tierische Ernst aller Beteiligten wälzte sich auf ihn wie ein riesiges Gebirge von Grauen; das Unmenschliche schlechthin war absolut herrschend.

Er überstand mit seiner letzten Kraft auch die notwendige Begegnung mit Schwachhulla, dem Gott der Disziplin, der mit geballten Fäusten, fast platzend vor Rachelust, vor ihm stand; er überstand noch die ebenso notwendige Auseinandersetzung mit Wind, dem beißenden Köter, der aus seiner verderbten Reserve heraustrat und schrie, schrie, geifernd vor Wut und Haß...

Aber das Merkwürdigste war, daß sie mit aller Gewalt offiziell nichts mehr und nichts weniger daraus machen konnten als eine schlichte »Überschreitung des Zapfenstreiches«, wie sie sich jeder normale Soldat einmal zuschulden kommen läßt; ihre Wut war im Fangeisen der eigenen Vorschriften gefangen; um so schrecklicher wurde die inoffizielle Rache, nachdem das ganze Regiment am Mittag verladen worden war, und eine mörderische Rundreise begann, von Übungsplatz zu Übungsplatz, von Manöver zu Manöver, die erst im Krieg enden sollte, der für die Preußen das wirkliche große Manöver ist...

Die ganze Welt scheint nur aus Trostlosigkeit zu bestehen, nur aus Trostlosigkeit auf diesen sogenannten Truppenübungsplätzen, und wer nicht wirklich vom Funken des Geistes entzündet ist, muß dort in der Verzweiflung zugrunde gehen.

Auch jene merkwürdige Sorte junger Katholiken, die dem Stiefelwichsen und Stillstehen mit einem ganz besonderen Eifer oblagen und sich einen sentimentalen Nebenzweig ihrer Religion daraus machten, ausgezeichnete Soldaten Hitlers zu sein; jene idealistische Sorte, denen der großartige Irrtum ihrer Gedanken in den allzu diensteifrigen Augen brannte; jene zugleich intellektuellen, zugleich christlichen und zugleich zackigen Soldaten; diese Reste eines Puddings falscher Gedankenverbindungen, mit denen Christoph immerhin eine gewisse Brüderlichkeit gepflegt hatte, da sie ja Söhne einer Mutter, der Kirche waren; auch jene, die ihn halb verächtlich und halb fassungslos betrachteten und ihn insgeheim für einen Häretiker hielten, da sie unfähig waren, das große Geheimnis der Freiheit zu begreifen, denn sie »liebten ihre Uniform«; auch diese also wandten sich endgültig und mit Ekel von ihm ab, als sie erfuhren, daß er jene Nacht in den Armen einer Schauspielerin verbracht hatte. Und sie empfanden seine Gegenwart bei den sonntäglichen Gottesdiensten, jenen auch uniformierten Feiern, die dennoch vom unbesiegbaren Geheimnis des Opfers durchstrahlt waren; seine Gegenwart dort empfanden sie als eine glatte Beleidigung; Gott trug in ihren sonnigen Herzen wahrscheinlich die Uniform mindestens eines Majors…

Aber die großen Gesetze der Freiheit erfüllen sich, ohne des Gemurmels der Sklaven zu achten…

So waren die einzigen Menschen innerhalb dieser völlig erbarmungslosen Ordnung der Uniform, seine einzigen Freunde, jene von allen Verachteten, die ein angeblich christliches Jahrhundert in seiner »Sozialwissenschaft« asozial genannt hat. An manchen Abenden, wenn er ein gepfercht in die enge, drückende Hürde der Disziplin wie sie, mit ihnen irgendwo plauderte, mit diesen Gesellen, die das seltsame Paradoxon, schlicht und abenteuerlich zugleich zu sein, erfüllen, schien es ihm ein Beweis für ihren unendlichen, menschlichen Wert, daß eine solch feige und stumm sich der teuflischen Macht des Staates ergebende Gesellschaft sie ausgestoßen hatte; diese großen Apostel der Freiheit, deren Sünde es vielleicht ist, daß sie die Freiheit mehr lieben, als Gott erlaubt, der sich selbst das Joch des Menschseins auferlegt hat...

Am Mittag also jenes Tages, als Christoph ohne Reue in die Hürde zurückkehrte, brach das ganze Regiment auf...

Zum ersten Male wohnte, schlief und fuhr er in einem jener unmenschlichen Dreckkästen, die nur für acht Pferde, aber für vierzig lebendige Menschen Platz bieten und die eine Zivilisation, die sich vergangenen überlegen glaubt, Waggon nennt; und es war ihm, als begänne mit diesem Rollen auf Rädern für ihn der Krieg...

In den folgenden Monaten lebte er nur von Briefen und von kurzen, oft grausam hastigen Rendezvous mit Cornelia; oft lebte er tagelang nur von einigen Worten eines kurzen Telephongesprächs, das über endlose Leitungen von einer Ecke Deutschlands zur anderen sie verbunden hatte; Telegramme, D-Züge und die Drähte des Telephons waren die einzigen Mittel, den gräßlichen, schmerzhaften Abgrund der Trennung zu überbrücken...

Der Dienst – oh, abgründige Verworfenheit des Wortes! – umkrallte ihn wie ein dichtes Drahtgespinst, in dem jede vorschriftswidrige Bewegung wie ein Signal war, auf das die Schlinge zugezogen wurde; wie viele Augen lagen dauernd auf der Lauer, um ihn möglichst auf Fehlern und kleinen Vergehen zu ertappen, deren Folge eine Reihe kleinlicher, sadistischer Quälereien war, die ihn nach Dienstschluß an den grausamen Pflock der »Unterkunft« banden. Mit seiner Reihe von Arreststrafen hatte er auch jene einzige Gnade der Preußen, den Urlaub, verscherzt, und so mußte er das Grausamste erleben, daß gerade er, der nach der Freiheit lechzte, der einzige blieb, dem der Urlaub versagt wurde; er mußte zusehen, wie sie alle, alle der Reihe nach für vierzehn Tage völlig dem Gefängnis entfliehen durften, sogar Schwachhulla.

Aber Gottes Wege sind unerforschlich; als der Frühling eben zart und noch von kalten Winden umschauert anbrechen wollte, am gleichen Tage, wo Cornelias Urlaub begann, erkrankte er nach einer anstrengenden Nachtübung, und es geschah das Außerordentliche: Vor 40 Grad Fieber mußten sogar die Preußen die Waffen strekken; und halb im Fieberwahn, aber glücklich, glücklich, diktierte er am Abend im Krankenhaus des kleinen, unscheinbaren Landstädtchens der Schwester ein Telegramm an Cornelia und die Mutter.

Sie hatten es gewußt, jede Sekunde, die sie beieinander waren, daß sie in der Sünde lebten; jedes Rendezvous war zugleich ein paradiesischer Traum und ein schrecklicher Schmerz, der sich immer, immer tiefer bohrte; es war ihnen, als sei der Horizont ihres Bewußtseins verhangen wie mit blutigen Tüchern, und die Sonne der Wirklichkeit strahlte wohl hindurch, aber sie war ohne Klarheit; ein prächtiges, rötliches Dunkel war es, in dem sie lebten, vom Grauen violetten Untergangs umschattet; aber in der Verlorenheit fanden sie nicht die Kraft, den Vorhang einfach beiseite zu reißen und Licht und Klarheit hereinzulassen; immer wieder schlossen sie erschaudernd die Augen und ließen sich hinabsinken in den roten, brennenden Abgrund, der alles Glück und allen Schmerz umschloß...

Oft glaubten sie, sie seien rettungslos verloren; oft auch schien es ihnen, als könne in dieser tänzerischen Heiterkeit, die sie manchmal wie eine süße Melodie umschlang, keine Sünde verborgen sein; der Abgrund schloß und öffnete sich; so verstrickten sie sich immer mehr in die Schuld der Verwirrung, während sie doch keine Sekunde lang am Dasein Gottes zu zweifeln fähig waren.

Es war, als schöbe alle Grausamkeit der Welt sie wie zwischen stählernen Wänden immer enger und enger zusammen, und immer unmöglicher schien es, das Licht hereinzulassen. Jedes neue Wiedersehen war wie ein Paradies und doch von der Düsternis der Schuld umstrickt.

Es hätte fast scheinen mögen, als habe Gott die Umstände herbeigeführt, um sie immer tiefer hineinzuführen in ihre eigene Verlorenheit, als Christoph transportunfähig in dem kleinen Krankenhaus zurückblieb, während das Regiment von dem nahe gelegenen Übungsplatz wieder verlegt wurde und die stetige Drohung der Uniform aufgehoben war... am gleichen Tage, wo Cornelia eintraf. Es war die große Tür aufgestoßen in die Freiheit. Mit jener schaudernden Erregung, die nur die Liebenden kennen, hatten sich Christoph und Cornelia an jenem ersten Abend begrüßt; beide glücklich über die Aussicht auf ein langes Paradies und beide wie in wildem Schmerz die Augen schließend vor diesen tausend Möglichkeiten, sich weiter im düsteren Bannkreis der Sünde zu verstricken. Sie fanden keinen Weg mehr. Der Frühling mit seiner grausamen Süße, mit seinem halb lächelnden, halb weinenden Antlitz, als wisse er von Freuden, die er nicht verraten wollte; der Frühling mit seinen sanften und herben Lüften, mit seiner verwirrenden Zärtlichkeit überfiel die beiden, die an Christophs Krankenbett dem Tage entgegenträumten, der sie wieder vereinigen sollte. Seine Lungenentzündung hatte den normalen Verlauf genommen, sich einige Tage gesteigert bis zu jenem entscheidenden Scheitelpunkt, und dann hatte sich die Kurve gesenkt, und er wartete nun, von Schwäche wie zerschlagen, aber dankbar, dankbar für diese Krankheit, die ihn aus den Klauen des tausendfingrigen Dienstes befreit hatte...

So fand sie Christophs Mutter eines Abends schweigend vereint, einander anblickend wie Verlorene; sie erröteten beide jäh vor den klugen und schmerzlichen Augen dieser Frau, die, sobald sie das Paar gesehen, einen wissenden und doch lächelnden Blick nicht unterdrücken konnte. Die Mutter umarmte Christoph und dann ohne Scheu ihre neue, junge Tochter und brach in Tränen aus; wer hätte zu sagen vermocht, warum sie weinte? Ahnte sie, was es für ihn bedeutet hatte, in der mörderischen Schule des Militärs gewesen zu sein, ohne zu zerbrechen? Erschütterte sie dieses schmal gewordene, fast harte Gesicht ihres Sohnes, der sie als zarthäutiger Jüngling verlassen hatte? Und hatten ihre Augen, weit und offen wie der große Horizont hinter den großen Ebenen, erraten, wie das unschuldige Verhängnis des geraubten Paradieses dieses erglühende Paar umschlungen hielt? Sie weinte, weinte, ihr Gesicht in Christophs Hände gelegt, und es schien ihm schrecklich, daß die Tränen der Mutter über seine Hände flossen; Cornelia stand zitternd neben der Mutter, die Arme halb ausgestreckt, als wage sie nicht, die Frau zu berühren. Und es war diese kleine, etwas dicke Frau, die alles wußte, die gleich darauf, nochmals, unter Tränen lächelnd, das Mädchen umarmte, fast als habe sie sie um Verzeihung zu bitten...

Die Mutter setzte sich auf den Stuhl, den Cornelia herbeigeholt hatte, und ihr erstes Wort, nachdem sie noch einmal mit einem schmerzlichen Lächeln von einem zum anderen geblickt hatte, war: »Warum heiratet ihr nicht?« Es war den beiden, als träfe sie der Blitz, und der dunkle Vorhang zerriß jäh; sie blickten die Mutter mit weitaufgerissenen Augen erstaunt an... dann erröteten sie noch tiefer; aber es schien nicht der Wille dieser großherzigen Frau, das junge Paar in Verwirrung zu stürzen; sie reichte jedem der beiden eine Hand und wiederholte noch einmal, lächelnd: »Ja, warum heiratet ihr nicht?«, und es schien den beiden, als falle es wie Schuppen von ihren Augen.

10

Es schien Christoph symbolisch für die Verwirrung der Kompetenzen, die eine Folge der Verwirrung der Hierarchie ist, daß er das Sakrament der Ehe aus den Händen der Kirche erst empfangen durfte, nachdem der Staat, und in seinem Falle besonders das Heer, seine Erlaubnis dazu gegeben hatte und seinerseits einen komödienhaften Akt vollzogen hatte, den man standesamtliche Trauung nannte; es war ein grausamer Kampf mit den zähen Gewalten der Bürokratie, den er im Frühling vom Lazarett aus begann und der endlich im Herbst fast wie ein Sieg auszusehen sich anschickte.

Es war eine Ewigkeit, seit er Cornelia nicht mehr gesehen hatte; oft in diesem halben Jahr, im blöden Trubel der Übungen, im Gewirr dieser mit tierhaftem Ernst ausgeführten und aufgenommenen Strapazen einer Armee, die sich mit blindem Eifer auf den Krieg vorbereitete, den Krieg, der von einer feigen Presse bereitwillig vorgetrommelt wurde, in dieser heillosen Verlorenheit hatte er fast geglaubt, Cornelia müsse gestorben sein; und selbst ihre Briefe waren oft nur wie Dolche, die ihn zu durchbohren drohten. Ach, ihre Schrift allein war wie ein Gruß aus der süßen Fülle des Paradieses, diese großen, aus ihrer Liebe gegossenen Buchstaben, schwarz und schwer, schwankend oft von einer geheimnisvollen Lust auf dem weißen Papier! Immer wieder eingepfercht in die grauenvolle Eintönigkeit des Dienstes, war er manchmal schwach und verloren, wie ein stummes, ergebenes Tier auf der Weide, unter Schwachhullas starkem, stierigen Blick...

Das Gesuch, eine »Bitte um die Genehmigung, heiraten zu dürfen«, das irgendwo in den Abgründen der Bürokratie schaukelte, war der Gegenstand aller Hoffnung und aller Verzweiflung; oft meinte er, in der nächsten Minute müsse er zur Schreibstube gerufen werden; manchmal schien es ihm, als sei es verlorengegangen in irgendeinem Papierkorb und er warte nun wie ein Tor auf etwas, das schon hoffnungslos war; und es war das Grausamste, daß er nun nicht nur verachtet und gemieden als unmöglicher Soldat und als noch unmöglicherer Christ, sondern hinzu noch lächerlich war; denn er hatte sich verleiten lassen, seinen Beruf als Student anzugeben, und was konnte es in dieser der Ordentlichkeit huldigenden Gesellschaft Lächerlicheres geben, als daß irgendein Student, zur Zeit Schütze eines Infanterieregiments, die Erlaubnis erbat, »heiraten zu dürfen«. Damit war er endgültig den Vagabunden beigeordnet, die die Preußen fast noch mehr hassen als Gott...

Er war oft hilfloser, verzweifelter und niedergeschlagener als in jenen ersten Wochen; es waren nur Cornelias Briefe und Gebete wie Schreie, die ihn aus der stumpfen Hingegebenheit an den Jammer herausreißen konnten...

So erlernte er in Baracken und auf weiten Heideflächen und auf Landstraßen, auf fremden Kasernenhöfen, in Ställen das mörderische Handwerk der Infanterie mit einer Gründlichkeit, die nur Deutsche auf solchen Stumpfsinn verwenden können...

Eines Tages erhielt er von Cornelia diesen Brief:

»Es geschieht etwas sehr Seltsames, mein Liebster. Während ich selbst spüre, daß ich eine immer schlechtere Schauspielerin werde, je mehr ich Dich liebe, findet das Publikum, daß ich mich steigere; ich bin davon überzeugt, daß ich die Einfältigste und Einseitigste bin, denn in Wirklichkeit gibt es ja nichts mehr als Dich für mich auf der Welt; aber es scheint, daß die Leute das für Vielfalt nehmen, ›Leidenschaft‹, ›Ausdruck‹, wie sie es nur nennen; so wird eines Tages, während ich immer namhafteren Ensembles fast zugezwungen werde, das Schrecklichste möglich sein: daß ich berühmt werde. Erschrick dann nicht, mein Liebster; ich weiß, Du liebst die Öffentlichkeit nicht. Sei nur nicht traurig, das wäre das Schlimmste, wenn ich wissen müßte, daß Du meinetwegen auch nur um einen Funken trauriger bist, als wir beide ohnehin immer, immer sein müssen, solange wir nicht vereint sind. Ich werde jetzt oft meine Adresse wechseln und Dir jedesmal als erstem meine neue Adresse mitteilen, telegraphisch; erschrick darum nicht, wenn Du viele Telegramme bekommst; aber ich möchte nicht, daß ich auch nur eine Sekunde unerreichbar für Dich bin. Ich liebe Dich nämlich... Du.«

Christoph hatte in einer jener schauerlichen Bretterbuden der Trostlosigkeit am Tisch gesessen, die sie Baracken nannten; müde und hoffnungslos, nicht einmal mehr fähig, sich zu einem Spaziergang in den wenigen freien Stunden aufzuraffen; ein zermürbender heißer Sommertag, eine mörderische Übung im zähen, grausamen Sand der Heide hatte ihn völlig erschlagen; er war fast zu müde, um sich aufs Bett zu legen. Draußen unter den duftenden Kiefern flüsterte die erste sanfte Kühle des Abends lächelnd mit den letzten Wolken der Hitze, die sich an die Waldränder verkrochen hatten. Irgendwo leierte eine blöde Stimme wie zum Hohn noch ein Soldatenlied, irgendeinen süßlichen Schmarren, mit dem man die Fliegen auf dem Leim der Uniform fangen kann; es war stumm und stinkend in der Bude; Schweißgeruch und Ledergeruch, Tabak- und Bierdünste... lauter erschöpfte Gestalten, die auf den Betten lagen oder unentschlossen am Tisch saßen, mürrisch und verloren. Denn je näher der Abend kam, um so näher kam die Nacht und um so näher rückte ja auch der Morgen, der Dienst! Oh, dieser Gott, der unbarmherzige Gott, den sie den Dienst nannten: Der Dienst, dem alles geopfert wurde! Ja, auch der Krieg war in Wirklichkeit nur eine Abart von Dienst; der wirklich alleinherrschende und alleinseligmachende Gott war der Dienst!

Christoph hatte in einem Buche gelesen, das die Buchhändler aller Kategorien in jenen Tagen anpriesen, ein sozusagen anerkanntes Werk, das sich »Geheimnisse des reifen Lebens« nannte; es schien ihm nicht nur im Wesentlichen geistlos und ohne den glühenden Faden auch nur einer Andeutung von etwas, was man hätte Weltanschauung nennen können; ja, es war nicht einmal ästhetisch ein Genuß, nicht einmal nach den einfachsten Regeln schön, nicht einmal interessant, und ohne die geringste Spannung, die das Element des Lebens überhaupt ist; ein etwas seniles Geschwätz mit Spuren einer schwachen Erotik und Offenbarung einer politischen Blindheit, wie sie den Führern des deutschen Geistes eigentümlich ist! Welch eine Nahrung für die hungrige und verdurstende Jugend, dieses schwabblige Gebräu ästhetischer Verwirrungen... Christoph hatte es wütend beiseite geknallt und war schon aufgestanden, um seine düstere Verlorenheit in der muffigen Kantine mit Schnaps, Schnaps, Schnaps hinunterzuspülen, als plötzlich jemand mit gleichgültiger Geste einen Stoß Briefe hereinbrachte, auf den Tisch legte und verschwand...

Für ihn aber war dieser Brief von Cornelia dabei. Er las ihn, las ihn, und ohne es zu wissen, brach er in ein dankbares Gemurmel aus, ein Stammeln zu Gott, von dem immer wieder die einzige Rettung kam; dann erhob er sich schnell, und ohne der erstaunten Blicke zu achten, trat er an sein Spind, schnallte das Koppel um, setzte die verhaßte Mütze auf und lief hinaus. Während er fast stolpernd zu dem kleinen Postamt lief, das dieser gräßliche kleine Staat in sich enthielt, las er immer wieder mit versagendem Herzen den Absender! Mein Gott, wie schrecklich nah war sie ihm! Der Brief war an seine letzte Adresse gerichtet, Hunderte von Kilometern weiter westlich, wo ihm die tröstliche Nähe der Mutter geholfen hatte und wo die Aussicht, manchmal in Zivil, wenn auch nur für Stunden, in der Heimatstadt in einem Konzert unterzutauchen, ihn aufrechterhalten hatte. Aber nun war er ihr nahe gerückt, ohne daß sie es ahnen konnte! Ob auch sie nicht würde widerstehen können, so wenig wie er, der nun die stillschweigende Abmachung, sich nicht wiederzusehen bis zum Tage der Hochzeit, einfach über Bord warf?

Während er auf das dunkelgraue, häßliche kleine Postamt, das schon einen finsteren Krieg überlebt hatte, fast zutaumelte, durch die Luft, die wie aus tödlichen Fäden gesponnen schien, fühlte er das Verlangen, sie wiederzusehen, das ihn monatelang fast erwürgt hatte. Es ging über seine Kraft, nun auf ihre Nähe zu verzichten. Monatelang hatte er unter diesem erdrückenden Kreuz, von ihr fern zu sein, gestöhnt, fremd und einsam, nur umgeben von Henkersknechten und Tröpfen. Nur wenn er, frei vom Gefängnis dieser grauslichen Kragen, an manchen Abenden zu Hause sich blind und von Tränen überschwemmt der Musik hingegeben hatte, schien ihm die bleierne Bürde, auf Cornelia zu verzichten, erträglich. Blind, blind war er gewesen gegen die seltsam scheuen Annäherungsversuche seines Bruders, der ihn oft besucht hatte; blind gegen den immer mehr anschwellenden Schmerz der Mutter, die vor dem kommenden Krieg erschauerte;

blind gegen die hastigen, unruhevollen und merkwürdig schamhaften Zärtlichkeiten des Vaters; blind, blind war er gewesen, weil die brennende Leidenschaft in ihm nicht schweigen konnte...

Und nun drohte ihm wieder völliger Zusammenbruch, als er, wieder hinausgerissen aus der tröstlichen Nähe der Heimat, in dieses elende preußische Drecknest verschlagen worden war, wo jedes Haus fast uniformiert schien... fremd und kalt und verloren...

Blind, blind auch gegen sich selbst, unfähig, sich zum Gebet zu sammeln... nur manchmal sich findend in einem gebrochenen Stammeln, das wie eine knappe Bestätigung war, daß Gott noch lebte...

Er betrat tastend die im Dunklen liegende Telephonzelle, fand den Lichtschalter und scheuchte ein engumschlungenes Pärchen auf, das sich, die Gesichter verlegen abgewandt, zur Tür herausdrückte. Dann begann er den Kampf mit dem »Fräulein« irgendwo an der Leitung, das sich nicht bereit erklären wollte, Cornelia im Theater der nahe gelegenen Großstadt, »für irgend jemand« ans Telephon rufen zu lassen; und um sie zu beruhigen, stammelte er schließlich verlegen und errötend in die Muschel: »Sie können ja sagen... ihr... ihr Bräutigam sei am Apparat.« Aber das Mädchen lachte nur. »Ich kann für nichts garantieren«, sagte sie, und er glaubte, das spöttische Lächeln auf einem kalten, hübschen Gesicht zu sehen...

Auf dem steinernen Boden des verlassenen Schalterraums lag schmutziges, zertretenes Papier, leere Zigarettenschachteln und jener geheimnisvolle Dreck, der sich unerbittlich überall ansammelt, wo viele Menschen aus- und eingehen. Christoph rauchte, von Zweifeln und Angst halb zerrissen, seine Zigarette. Fliegen schwirrten mit jener klebrigen Frechheit um ihn herum, die sie widerstandslosen Menschen entgegenzubringen pflegen. Zwischen den Ritzen der schmutzigen Vorhänge und unter der Tür durch drang in das trübe Dunkel die Helle des Abends. Er löschte das Licht wieder und versuchte, das kleine Fenster aufzureißen, aber es schien wie zugeleimt; gewaltsam ruckend brachte er es schließlich auseinander, aber mit der milden Luft des Abends drang auch die schreckliche Atmosphäre des Übungsplatzes wieder auf ihn ein. Grausam hell schien ihm der Abend; er sah die Baracken rings um den Hof verstreut, die steinernen, gräßlich öden Verwaltungsgebäude; und diese flache, flache, mit Asche bestreute Fläche, auf der sie am nächsten Morgen wieder gequält werden sollten. Ach, sinnlos, sinnlos war er eingespannt in dieses verhängnisvolle Leben! In zwei Stunden mußte, mußte er zu Bett liegen und einem neuen Tage voll Qual und Idiotie entgegenschlafen! Stumm, und als könne sie nie mehr, nie mehr sich für ihn auftun, lag die dunkelbraune Zelle hinter ihm, aus der das Signal ihn rufen sollte. Ein übler Geruch von abgestandenen schlechten Suppen, gemischt mit jenem grauenhaften Aroma des sogenannten Kaffees, schlich ihm plötzlich unter die Nase und erinnerte ihn daran, daß dieses Gebäude im anderen Flügel ihre Küche barg. Er schloß erregt das Fenster wieder und begann einen ruhelosen Spaziergang zwischen der Zelle und den verschlossenen Schaltern, die streng und völlig mitleidlos wie heruntergelassene Gitter aussahen. Das einzig Wohltuende war der milde Dämmer, der hinter den zugezogenen Gardinen hing. Niemals, niemals würde das Klingelzeichen dort in der Zelle ertönen! Und er würde bis zu seinem Tode hier auf und ab gehen, auf dem häßlichen Steinboden, gefangen zwischen blödsinnigen Plakaten, die Briefmarken aus dem Jahre 1910 anzeigten, verstaubt unter einem von Fliegen besudelten Glas, und jenen Tabellen, auf denen uralte Tarife verzeichnet waren, mit so schwülstigen Worten, daß kein Mensch sie verstehen konnte. Das Schreibpult mit seinem schmuddeligen, unter einem hölzernen Rahmen eingeklemmten Löschblatt und einem ausgetrockneten Tintenfaß, dem angeketteten Federhalter war völlig beschmiert und bekritzelt mit manchem schmutzigen Unflat, den man im Vorbeigehen ahnen konnte. Aber das Tollste war doch der angekettete Federhalter! War das nicht das leibhaftige Deutschland, dieser angekettete Federhalter, der kaum noch zwei Pfennige wert und durch eine Kette vor dem »disziplintiertesten Volk« der Erde geschützt werden mußte! Das Telephonbuch fiel ihm ein, halb zerrissen, von Schmutz starrend, das von einer noch dickeren Kette gehalten war und doch so zerfetzt, daß es kaum noch seinem ursprünglichen Zweck dienen konnte. Er lachte laut und scharf und höhnisch, aber dann erschrak er vor seinem eigenen Lachen in diesem stummen, dumpfen Raum und ging unwillkürlich leiser; ja, er war gefangen zwischen diesen faden Plakaten, diesen beschmierten Wänden und den vergitterten Schaltern, und die Zelle stand dort wie ein verschlossener Schrank, und es war hoffnungslos, auf das Signal zu warten. Manchmal blieb er stehen und lauschte, als müsse in dieser Sekunde das Zeichen erklingen; aber stumm und unbeweglich stand das braune viereckige Ungetüm, und unerbittlich rückte der Zapfenstreich näher. Und er konnte sich keine neue Verletzung der heiligen Dienstordnung erlauben; nein, er konnte den blindwütigen Gott Schwachhulla nicht aufs neue in Raserei bringen. Das Maß seiner Verfehlungen war so voll und seine Unbeliebtheit so gestiegen, daß alle nur mit Freude darauf warteten, ihn endgültig in eine Strafabteilung zu schicken, und dann, dann war Cornelia völlig für ihn verloren und er für sie, dann war das Leben zu

Ende! Dann würde er sich wahrscheinlich immer weiter, immer weiter verstricken in dieses Netz von Gemeinheiten und würde eines Tages in jenen Hürden des Grauens enden, von denen man nur munkeln hörte; von jenen Schädelstätten der Macht, von denen jeder wußte, ohne es sich einzugestehen; und dann war er tot. War er dann wirklich tot?

Er blieb plötzlich stehen, und es war, als reiße es ihn mitten durch! Er sah plötzlich Josephs Gesicht, und zum ersten Male, seitdem der Freund verschwunden war, wagte er einen vollen Gedanken an ihn; merkwürdig und geheimnisvoll schien es ihm, daß sie beide am gleichen Tage, jeder auf verschiedene Weise, in ihr Gefängnis geraten waren. Er ließ alle Gedanken fahren und bohrte sich hinein in das geheimnisvolle Dunkel, das um jene Armen schwebte, die in den Lagern lebten oder gemartert wurden oder vielleicht längst ermordet waren. Wer konnte dieser Sphinx, die sich Staat nannte, ins Gesicht sehen! Christoph stützte sich wie zerschlagen auf das ärmliche Schreibpult und rauchte, ohne sich dessen bewußt zu werden. Er schämte sich; ja, eine seltsame Scham ergriff ihn. Er hatte wohl in dunklen glühenden Gebeten des Freundes gedacht, aber niemals hatte er der nackten Wirklichkeit, die hinter diesem verhangenen Schicksal stehen mußte, ins Gesicht zu sehen gewagt. Mein Gott, irgendwo mußte dieser Mensch doch sein, sein Freund, mußte leben, essen, trinken und schlafen... mußte vielleicht arbeiten, von finsteren Schergen bewacht. Irgendwo mußte dieses menschliche Leben sich vollziehen mit seinen Notwendigkeiten, und es war sicher, daß es schlechter, ärmer und hoffnungsloser war als seins, und er schämte sich. Ohne auch nur einen Buchstaben zu sehen, starrte Christoph auf einen grauen, alten verstaubten Aushang, der unter bedrecktem Glas geschützt war.

Mein Gott, wie hatte er nur vergessen können, daß er noch unendlich reich war; daß seine Gefangenschaft noch eine erträgliche war unter den vielen Möglichkeiten der Gefangenschaft. Mein Gott, es war doch grausam, grausam, sich Joseph, den empfindsamen, schwachen kleinen Burschen, diesen zarten Klavierspieler, auch nur zu denken in einem Lager, mit seiner über die Härte der Kaserne hinaus gesteigerten Grausamkeit und Trostlosigkeit. Und doch, doch mußte sich dieses Leben dort abspielen hinter den undurchdringlichen Mauern des Schweigens, die um diesen düsteren kleinen Schergenstaat gezogen war; und Christoph errötete mit einem Male heftig und glühend, als sei er öffentlich einer Schandtat überführt; es schien ihm mit einem Male schwächlich und verworfen, daß er den Plan gehabt hatte, besinnungslos vor leidenschaftlicher Sehnsucht, die weiße, scheue, schweigsame Mauer der Entsagung einzureißen und Cornelia in seine Arme zurückzurufen. Der Gedanke, daß er die Möglichkeit hatte, sie bald zu besitzen, ließ ihn erschaudern, und er erschrak vor den Tiefen, den wilden reißenden Tiefen der Leidenschaft, die ihm seltsam fremd und abgründig erschien. Eine wilde, süße, überschwemmende Sehnsucht stieg ihm rot und heiß in die Augen. Er hatte das Gefühl, als müsse er sich zurückwerfen in das dornige Gestrüpp der schmerzhaften Entsagung, als müsse er mit seinen letzten Kräften diesen seinen eigenen Kadaver in die Wüste zurückschleudern, um nicht zu versinken in diesem Abgrund süßer Röte, der sich vor ihm auftat. Ja, er schämte sich und erschrak, und es war ihm, als überkomme ihn, von irgendwo, weit, weit, noch sehr weit und kaum sichtbar, nur zu ahnen, eine ganz neue Nüchternheit und Kraft; und er brauche nur die Arme auszustrecken, die letzten Fetzen dieses prächtigen Narrenkleides der Leidenschaft von sich zu schütteln, und zu greifen, zu greifen, tief, irgendwo tief in einen Tiegel zu greifen, aus dem er die Kraft schöpfen konnte, eines stetigen Gedankens an Joseph fähig zu bleiben, Cornelia zu lieben, ohne die verzehrende Leidenschaft des Begehrens und die Grausamkeit des Dienstes zu ertragen.

Fast ohne es zu wissen, betete er mit glühenden, bittenden, heißen Worten, während seine blinden Augen auf dem nichtssagenden Plakat hafteten. Ein wunderschönes Gedicht fiel ihm ein... merkwürdig:

»Und immer wieder muß ich in den Tiegel steigen...
läutern... läutern...«

Ach, er wollte sich jeden Tag diesen Vers vorsagen wie ein Gebet; wollte sich herauswinden aus dem schrecklichen Gefängnis des Begehrens und jene köstliche Freiheit jenseits aller Wünsche atmen; aber es schien auch wieder hoffnungslos; ach, er mußte wohl zehnmal und hundertmal am Tage die Last wieder von sich schütteln...

Wie lange war es her, daß er hatte beten können! Hatte er nicht den Gottesdiensten wie ein Stummer beigewohnt, wirklich wie ein Verlorener; hatte er mit allem, allem angestrengten Willen auch nur ein einziges Gebet hervorgebracht! Und nun pflügte eine unsichtbare Macht sein Inneres um, sein zermürbtes und von Sprödigkeit zerrissenes Herz; riß die mürben Furchen einer eingefressenen Verzweiflung auf und ließ die kostbare Feuchtigkeit der Gnade auf sein armes, wie geborstenes Wesen rieseln; er konnte kein Wort finden! Sein ganzes Wesen schlug quellend und leicht nach oben, wie ein sprudelndes Wasser, das aus der trockenen Erde springt... wortlos und frei; und er fühlte, daß eine ungeheure Kraft auf ihn niederkam; und irgendwo, weit in der Verlorenheit seines Bewußtseins, fürchtete er sich schon wieder, weil er ahnte, daß er diese Kraft nötig haben würde...

Der Ton der Klingel riß ihn aus seiner Versunkenheit heraus. Er starrte auf die dunkle Zelle, in der eine ungeduldige Klingel heftig rief... und errötend, weil alle, alle die Verzweiflung wieder aufbrach, lief er hinein und hob den Hörer auf. Das Erröten brannte noch auf seinen Wangen, als er schüchtern und heiser fragte: »Ja?« Scham, Verwirrung und Angst, als sei es ein Fremder gewesen, der dieses Rendezvous der Stimmen heraufbeschworen, beherrschten ihn; aber die Stimme Cornelias traf wie ein Pfeil und nagelte ihn auf einen süßen, kostbaren Hintergrund; diese dunkle Stimme, die bei allem Wohlklang und aller Schulung, aller Beherrschtheit jenen einzigen, schwingenden Tonfall hatte, der für ihn da war. Ja, für keinen anderen Menschen auf der Welt war diese Stimme als für ihn. »Du«, sagte sie, und hinter allem Glück, aller Freude, hinter diesem erregten Schwingen glaubte er die Angst zu spüren, die Angst, aus der erkämpften Ruhe und Abgeklärtheit herausgerissen zu werden durch den hinreißenden Klang seiner heiseren, fast wesenlosen Stimme, die nur zu sagen brauchte: »Komm...«, und sie würde alle, alle Dämme einreißen und alle Verträge brechen, um zu ihm zu kommen. Aber er schämte sich aufs neue und sagte leise, indem er versuchte, möglichst ruhig zu sprechen: »Verzeih mir und sei nicht böse; ich... ich liebe dich... ich wollte dir nur auf deinen Brief mündlich antworten.« – »Böse«, wiederholte sie nur; und er spürte und sah es und hörte es, das Lächeln auf ihren Lippen, ein ganz neues, stilles und wissendes Lächeln, das nur die kennen, die sich selbst besiegt haben und doch bereit sind, um der Liebe willen, alle Siege sofort preiszugeben. Ja, er sah und hörte dieses neue Lächeln, das er noch nie an ihr gesehen. »Böse«, sagte sie, »als ob ich dir böse sein könnte.« Ohne es zu wissen, lächelte auch er; und er sprach nicht in diese schwarze Muschel hinein dieses eine heisere

Wort: Komm. Ach, jene schwarze Muschel, die sie so oft verbunden hatte! Er sagte leise: »Bald, bald, hoffe ich, wird alles soweit sein.« Er fand keine anderen als diese platten Worte. Aber die Liebesgespräche am Telephon haben ihr eigenes Vokabular, eine merkwürdige Geheimsprache, sich mit Platitüden ungeheure Dinge zu sagen, die vielleicht nur die Telephonmädchen verstehen. »Bist du noch lange dort?«, fragte er, da sie schwieg, und ihre Stimme klang nun, als habe er sie aus der Versunkenheit geweckt. »Nein, nein, morgen fahre ich wieder ab.«

»Morgen«, wiederholte er schmerzlich, und da er spürte, wie es dunkel und drohend, süß und brennend in seiner Kehle aufstieg, gegen seinen Willen, das zauberhafte kleine Wort, sagte er schnell und heiser: »Auf Wiedersehen, du!«, und noch einmal, hastig, als werde er erstickt: »Auf Wiedersehen – du.« Und auch sie sagte mit einer hilflosen, fremden Stimme: »Auf Wiedersehen.« Aber keiner von ihnen legte den Hörer auf, und so waren sie noch verbunden in diesem unendlichen Schweigen, in dem nur das leise Ticken irgendwelcher amtlichen Geräusche war; es war ein dunkles offenes Schweigen, als weine irgendwo jemand in einer abgeschlossenen Kammer; und gleichzeitig, ohne sich noch ein Wort zu sagen, legten sie beide mit einem Seufzer den Hörer auf…

11

Im Grunde war es nur die nicht zu unterdrückende Neugierde auf diesen Schwiegersohn, die Frau Gluck mit dem Gedanken spielen ließ, zur Trauung ihrer Tochter zu gehen. Aber sie hatte kaum mit dem Gedanken gespielt, da war sie auch schon halb besiegt, wie alle Leute, deren Leben daraus besteht, mehr oder weniger vagen Vorstellungen oder Gefühlen zu leben. Sie betrachtete Cornelias Telegramm noch einmal mit ihrem spöttischen Lächeln und überlegte. Nein, das Kind konnte es ihr nicht als Schwäche auslegen, wenn sie nun nach jahrelangem Zwist doch zu ihrer Trauung ging. Ein eigentlich offener Bruch war es doch kaum gewesen, fast eine nur sich immer mehr steigernde Entfremdung, die mit den seltsamen Berufswünschen des Kindes begonnen hatte, immer noch die Floskeln üblicher Höflichkeit gewahrt hatte und sogar noch Raum zu gelegentlichen Besuchen ließ; sie lächelte immer noch spöttisch und neugierig, als sie dem Mädchen klingelte und ihm befahl, »den Wagen fertig machen zu lassen«.

Mein Gott, sie konnte sich ja die Familie ihres zukünftigen Schwiegersohnes einmal ansehen, irgendeinen Vorwand nehmen, zufällig vorfahren, als käme sie »gerade vorbei«; es war ja nicht weit, und sie konnte bequem bis Mittag wieder zurück sein. Sie spürte, wie die Neugierde sie immer mehr gefangennahm. Welch ein Ereignis das doch war! Ihre einzige Tochter heiratete, und sie kannte weder den jungen Mann noch die Familie, das Milieu. Nichts wußte sie, als daß Cornelia unbeugsam war; wieviel Möglichkeiten gab es da, immerhin Überraschungen! Der einzige Anhaltspunkt war der Name der Straße, die sie kannte, wie die ganze Nachbarstadt, und der Name der Straße ließ immerhin die Möglichkeit einer gewissen Solidität ahnen. Mein Gott, das war doch eine Begebenheit, die wirklich interessant und lebendig war, und um so erfreulicher, als sie sich durch die fast völlig vollzogene Entfremdung gegen jede irgendwie ärgerliche oder zornige Erschütterung gefeit wußte. Ja, sie wartete seit langer Zeit noch einmal mit wirklicher Ungeduld auf den Wagen!

Sie konnte die Wartezeit noch gut durch eine sorgfältige Toilette ausfüllen. Sie betrachtete prüfend das immer noch faltenlose schmale Gesicht, das etwas hart war, zupfte unruhig einige kleine Strähnen des goldenen Haares zurecht; dann zog sie den Morgenrock aus, um die Wirkung des grauen Seidenkostüms zu erproben. Sie schloß eine schlichte, kostbare Kette aus schwerem Silber um den Hals, wählte ein silbernes Armband und steckte den Rubin an den Finger. Eine ausgezeichnete Erscheinung, dachte sie. Dann meldete das Mädchen, daß der Wagen vorgefahren sei.

Sie hatte den Chauffeur zu Hause gelassen und ließ nun mit jenem prickelnden Gefühl der Gefahr den Wagen fast auf vollen Touren über die glatte neue Straße rasen, die die Mechanik des Reisens so unsagbar erleichterte und sich wie eine stählerne, fast jungfräulich unberührbare Schlange durch die Landschaft wand, gerade und zweckmäßig, durch keine lästige Zufahrt gestört. Von einer Stadt zur anderen zu fahren war nur eine Spielerei. Es war fast lästig, als sie den Rand der Nachbarstadt erreichte und nun eingeschlossen wurde in den unerbittlichen Kreis des schwierigen Verkehrs in den engen altmodischen Straßen. Der lange, elegante Wagen zitterte wie sie vor Ungeduld wie ein nervöses, verwöhntes Tier. Endlich, nach langem Manöver, konnte sie den Wagen stoppen, während der Verkehr an ihr vorbei weiterbrauste; und sie betrachtete einige Minuten prüfend das Haus. Immerhin wirkte die Fassade ziemlich vornehm, etwas arg altmodisch, offenbar ein Mietshaus; nun ja, sie hatte nie erwartet, daß Cornelia nüchtern genug sein würde, einen reichen Mann zu heiraten; denn reich konnte er offenbar nicht sein, denn es gab nur noch wenige wirklich gut situierte Leute, die in solchen Häusern wohnten, die anfangs des Jahrhunderts einmal die Krone der Vornehmheit gewesen waren. Einige Reklameschilder, die auf Werkstätten und Lagerhallen in den Hinterpartien des Hauses schließen ließen, wirkten sogar ausgesprochen ordinär. Sie ging nachdenklich durch den verkommenen Vorgarten und drückte nach kurzem Suchen auf dem reichbeschrifteten Schilde die Klingel.

Flur und Aufgang waren von einer heruntergekommenen, ja fast besudelten Eleganz; aber als Frau Gluck auf dem zweiten Stock ankam, war sie einfach nicht mehr fähig, vor dem Gesicht dieser kleinen, liebenswürdigen und klugen Frau, die sie fragend begrüßte, die unwillkürlich aufgesteckte Miene der Überlegenheit beizubehalten. Sie lächelte freundlich, drückte herzlich die dargebotene Hand, als sie in die Diele trat, und stellte sich vor. Aber sie mußte mehrmals ihren Namen wiederholen. »Gluck«, sagte sie eindringlich, »Gluck… ist Ihnen der Name kein Begriff?« Die Frau blickte sie erst mit verständnisloser Freundlichkeit an und sagte dann plötzlich: »Oh, natürlich, verzeihen Sie, verzeihen Sie wirklich«, und sie griff sich an den Kopf, »ich bin manchmal sehr zerstreut.« Und sie sagte das so herzlich und nett, daß man unmöglich böse sein konnte. Sie wurde ins Wohnzimmer geführt, das einen ausgezeichneten Eindruck machte, nur ein ganz klein wenig allzu bohemistisch, und Frau Bachem sagte nun lächelnd: »Natürlich, Sie sind Cornelias Mutter.«

Die beiden Frauen, die sich gegenübersaßen, blickten sich einige Sekunden prüfend an; merkwürdig, daß ihnen beiden, ohne daß sie es wollten, das Gefühl einer leisen Feindseligkeit unterlief. Stolz und gerade saß die große schlanke blonde Frau vor der kleinen braunhaarigen; ihr undurchdringliches Gesicht sagte fast nichts, aber das ernste großflächige Gesicht ihr gegenüber, von einem seltsamen Schmerz und einer irgendwie spürbaren großen Gleichgültigkeit überschattet, zwang sie, allen Hochmut, der ihr wie ein selbstverständliches Kleid anhaftete, einfach fallen zu lassen.

»Es ist doch merkwürdig«, sagte sie leise, »daß wir hier zusammensitzen und uns nicht kennen, wenige Tage, bevor unsere Kinder heiraten. Ich meine, das wäre ein Zeichen der Zeit; oder glauben Sie, das wäre früher, zu der Zeit, wo wir jung waren, möglich gewesen?« Frau Bachem lächelte. Sie war froh, daß diese unbeschreibliche, leise und doch spürbare Feindseligkeit, die zwischen ihnen geschwebt hatte, wie weggewischt war von diesen einfachen Worten, die wenig zu dem mondänen Wesen dieser Frau paßten.

»Ich glaube, das – Sie verzeihen – stimmt nicht ganz; ich glaube, daß fast zu allen Zeiten alles möglich war; mag sein, daß manches heute etwas schärfer herauskommt, aber die Welt ändert sich nicht; sie schwebt und schwankt immer zwischen Gut und Böse, und wir versuchen, alles in unsere Ordnung zu drängen. Ach«, sie machte eine müde Handbewegung und blickte an dem erstaunten Gesicht vorbei in den strahlenden goldenen Herbstmorgen, und es schien fast, als schaudere sie. »Sehen Sie«, fuhr sie leise fort, »da Sie gerade sagen, das wäre früher nicht vorgekommen, fällt mir eine Geschichte ein, die ich Ihnen ruhig erzählen kann, da wir ja gewissermaßen nun bald Verwandte werden. Ich hatte einen Bruder, der sehr viel älter war als ich; der heiratete ohne Wissen und Willen meiner Eltern in der Fremde ein Mädchen, das – wie man damals zu sagen pflegte – weit unter Stand war. Niemals haben meine Eltern sich mehr um ihn gekümmert, er war einfach abgeschrieben aus dem Buche der Familie, und ich, es hört sich gewiß schrecklich an, aber es ist so, ich hatte die ganze Geschichte vergessen. Ich war längst verheiratet, und meine Eltern waren schon tot, da besuchte mich eines Tages im Kriege ein ganz junger Offizier, der sich mir hastig als mein Neffe vorstellte und dann errötend, mit einer schrecklichen Eile, mich bat, doch sein Trauzeuge zu sein; und – Sie mögen mich verurteilen – ich konnte nicht widerstehen; ich zog auf der Stelle Mantel und Hut an und ging mit ihm. Und ich sage Ihnen, es war eine klägliche Hochzeit, nur so hingehauen war die Trauungszeremonie in einer düsteren Kirche; und später gaben die Eltern der Braut, mürrisch und, wie mir schien, unzufrieden, ein bescheidenes Frühstück in einem schmierigen, kleinen Hotel dort am Bahnhof. Nicht einmal das junge Paar schien glücklich zu sein; die kindliche, blonde Frau und der schmale Soldat; und wissen Sie, er fiel nach drei Monaten, genau am gleichen Tage, wo seine Frau frühzeitig niederkam und mit ihrem lebensunfähigen Kind starb...«

Sie sah noch immer nicht in das nun verwandelte, erstaunte, ja, fast empörte Gesicht, das aus seiner starren Form gerissen schien durch eine heillose Verwirrung. »Was... was soll das heißen?«, fragte atemlos Frau Gluck; sie wußte nicht recht, war es ihr peinlich oder unangenehm? »Gewiß, im Kriege gab es so manches, aber wir...« Frau Bachem wandte ihr das Gesicht wieder voll zu:

»Es wird nicht lange dauern, da wird wieder Krieg sein, vielleicht kaum noch Wochen; ja, ich habe fast das Gefühl, als habe der Krieg noch gar nicht aufgehört, und es wird nach diesem Krieg nichts mehr geben von dem, was wir für notwendig erachteten, um eine Ehe zu gründen: irgendwelche Sicherheiten.« Frau Gluck war wie eine einzige große Frage, sie verstand einfach nichts. »Ist... ist Ihr Sohn zu Hause?« Nun staunte Frau Bachem: »Wissen Sie denn nicht, daß er Soldat ist?« Frau Gluck aber schüttelte nur den Kopf und reichte ihr stumm das Telegramm: »Das ist alles, was ich weiß.« Frau Bachem las: »Ich heirate am 1. September Christoph Bachem...«, dann folgte die Adresse und die Unterschrift. Es war doch eine Erleichterung, daß Cornelias Mutter nun erfahren durfte, wer Christoph war und was er war, und obwohl ihr alles, alles äußerst unsolide und fragwürdig erschien, lächelte sie doch, froh, daß nun wenigstens Klarheit herrschte, und Frau Bachems Erzählung erschien ihr nun in einem ganz anderen Licht. Ja, sie war wirklich erleichtert, nun wußte sie wenigstens, welche Dummheit Cornelia da wieder gemacht hatte, aber es dünkte ihr, als müsse alle Schuld bei Cornelia liegen. Diese Frau ihr gegenüber war so unschuldig wie je eine Träumerin, die vom Leben nichts verstand, und der junge Mann würde wohl das treue Ebenbild seiner Mutter sein. Das waren ja die reinsten Kinder, die auf merkwürdigen Phantasmen und vagen Spekulationen Ehen bauten, Ehen, die Unternehmung des Lebens, die man sich am meisten überlegen mußte. Ja, sie selbst hatte auch wenig überlegt und war ins Unglück geraten mit Joachim Gluck, der unter der Maske eines Weltmannes und Professors das Herz eines Zigeuners verborgen hatte; aber Gott sei Dank war sie früh genug kühl geworden und geblieben und hatte ihre Erbschaft vor dem aufreibenden Leichtsinn dieses verhinderten Künstlers bewahrt, der später am Alkohol gestorben war. Ja, regelrecht kaputtgetrunken hatte er sich!

Immer noch lächelnd blickte sie in das Gesicht der kleinen Frau, die ihr fast gegen ihren Willen sympathisch war. Ja, das war so typisch für dieses träumerische, leichtlebige Völkchen, daß diese Frau sich gar nicht darüber aufzuregen vermochte, wenn ihr Sohn ohne jede Existenz eine Schauspielerin heiratete, die ja schließlich eines Tages vom Kinderkriegen gezwungen sein würde, ihren Beruf aufzugeben. Sie fühlte, daß sie die wunderbare Fähigkeit hatte, darüber zu lächeln und gleichzeitig im Grunde ihres Herzens kaltzubleiben. Sie dachte jedenfalls nicht daran, die Sicherheit, die ihr das Geld gab, nebensächlich zu finden.

»Aber da wäre ich doch an der Reihe, die Hochzeit zu richten«, sagte sie schließlich, »das ist doch Sache der Mutter der Braut.« Aber Frau Bachem winkte mit einer gleichgültigen Geste ab. »Wir machen nicht viel, liebe Frau Gluck, ein kleines Frühstück hier zu Hause; die beiden wünschen, daß alles möglichst einfach zugeht. Sie wollen gleich verreisen… und ach, das ist ja auch alles nicht wichtig.« Sie stand plötzlich auf und stellte Hans vor, der eingetreten war, groß und ernst, bleich und irgendwie verächtlich blickend. Die blonde Frau drückte mit freudiger Überraschung dem jungen Mann die Hand. »Mein Gott«, sagte sie mit liebenswürdigem Lächeln, »wie glücklich müssen Sie sein, solche Söhne zu haben.« Es war eine ganz fremde Rührung in ihren Augen, aber Hans, der sich höflich verbeugt hatte, lächelte bitter. »Wenn Sie wüßten, gnädige Frau, wie unglücklich meine Mutter gerade über mich ist… und mit Recht«, fügte er mit erschreckendem Ernst hinzu. Frau Bachem errötete jäh und war verwirrt. »Ach, mein Junge«, rief sie, »ich bitte dich.« Diese öffentliche Bitterkeit erschreckte sie, aber vielleicht war das die einzige Möglichkeit, wie er sich ihr gegenüber noch äußern konnte; sie lief einfach auf ihn zu und sagte: »Könntest du wirklich glauben, ich liebte dich weniger als die anderen«, und sie setzte leise hinzu: »Trotz allem.« Hans wiederholte höhnisch, gegen die fremde Frau gewandt: »Hören Sie... trotz allem!«, aber dann lachte er plötzlich freier und strich der Mutter mit zitternden Händen über die Wangen; ein seltsam schwaches Lächeln huschte über sein Gesicht. »So... ich müßte eigentlich gleich wieder gehen.« Frau Bachem, auf deren Gesicht das Erröten wie festgebrannt schien, wandte sich an den Gast: »Würden Sie eine Kleinigkeit mit uns essen?« Mit schmerzlichem Lächeln hatte Frau Gluck nur das eine vernommen, daß man zu solch einem eleganten, großen jungen Mann einfach »mein Junge« sagen konnte. Sie nickte gleichgültig »Ja«, erwachte dann erschreckt und sagte: »Nein, um Gottes willen, ich muß nach Hause«, aber sie war leicht besiegt, als Hans lächelnd erklärte, es interessiere ihn doch sehr, Christophs Schwiegermutter kennenzulernen, und sie plauderte angeregt mit ihm über ihren Wagen, den er vor der Tür bewundert hatte.

In den wenigen Tagen bis zur Hochzeit war sie froh, ja sie freute sich wirklich darauf, jeden Tag mit dem Wagen in die Nachbarstadt zu fahren; es machte ihr Spaß, diese, wie es ihr schien, völlig der Welt entfremdete kleine Frau bei Besorgungen für die Hochzeit durch die Stadt zu fahren, ihr zu helfen; sie ließ sich mitten hineinfallen in die lockere, ungezwungene Atmosphäre dieser Familie, die so reizvoll verschieden war von den Leuten, mit denen umzugehen sie gewohnt war und deren Wortschatz aus kaum mehr als Wagen, Sport, Tee bestand; ohne es sich einzugestehen, verfiel sie geradezu dieser Luft, die frei war und in keiner Weise kleinlich eng, und die tiefe Frömmigkeit dieser Frau rührte sie geradezu.

Sie überwachte die Blumenbestellungen, besichtigte die Pfarrkirche, in der die Trauung stattfinden sollte, kaufte kostbare Geschenke und wartete mit Spannung auf den Tag, wo sie den Auserwählten ihrer Tochter Cornelia endlich kennenlernen sollte. Geschmack hatte das Kind auf jeden Fall, dachte sie, wenn auch nicht viel mehr als das. So vergingen ihr die Tage schnell, aber sie fand immer irgendeinen Vorwand, um den Einladungen zum Essen aus dem Weg zu gehen, denn dieses feierliche Tischgebet am ersten Tage hatte sie regelrecht erschreckt; mein Gott, das war ja fast, als sei man in ein Bauernhaus geraten! Ach, es gab genug Merkwürdiges in dieser Familie.

Oft freilich erschrak sie geradezu vor dem düsteren Ernst dieser seltsamen Frau, deren Augen alles, alles zu wissen schienen…

Am Vorabend des 1. September fuhr sie die ganze Familie zum Bahnhof an den Zug, der das Brautpaar bringen sollte; aber dort herrschte eine heillose Verwirrung… in der großen Halle drängte es sich von hastigen, ratlosen Menschen, die das Auskunftsbüro belagerten, aber dort höhnte ein großes Schild, mit der Hand geschrieben: »Jegliche Auskunft ohne Garantie.« Sie blickten einander an, verwirrt und erstaunt und im tiefsten Inneren ungläubig, denn keiner wollte es wahrhaben, daß das Gerücht der letzten Tage sich bestätigen sollte; aber Hans sagte plötzlich ruhig: »Vielleicht kann ich es euch jetzt sagen, daß schon seit einigen Tagen Mobilmachung ist…«

»Mobilmachung«, wiederholte Frau Bachem, und sie verkrampfte die Hände ineinander, als müsse sie von Gott mit einem schnellen Gebet irgend etwas erpressen…

Blau und sanft wölbte sich der sommerliche Abendhimmel über der Stadt, als sie wieder nach Hause fuhren, als lade er die ganze Menschheit ein, sich unter seinem schönen Zelt zu küssen...

Schon als Christoph zur Schreibstube gegangen war, um aus Schwachhullas Händen den Urlaubsschein und die Heiratserlaubnis in Empfang zu nehmen, war eine merkwürdige Spannung in der Luft gelegen, unsichtbar und unfaßbar, aber so wirklich wie die sommerlichen Dünste, die um die Kaserne schwebten. Er hatte das Gefühl, als müsse er einen Wettlauf antreten mit irgendeinem drohenden Ereignis, das auf ihn zuraste und dem er vielleicht noch ausweichen konnte, mit dem großen und unfaßbaren Ereignis Krieg. Irgendwo schwebte dieses wesenlose Gespinst, das sich plötzlich zusammenballen und ein schreckliches Gesicht zeigen würde, heran und drohte ihn zu erreichen, ehe er die lächerlichen Papierfetzen in der Hand hatte, die ihn für einige Wochen in Freiheit setzen sollten. Schwachhulla war merkwürdig nervös und unpersönlich; er umfaßte Christoph mit einem unbestimmten Blick, der nicht einmal sehr gehässig schien; man hätte glauben mögen, daß ihm seine persönliche Rache an diesem speziellen Erziehungsopfer, das für ihn Schütze Bachem war, im Augenblick unwichtig scheine. Christoph stand wie auf heißen Kohlen. Die Langsamkeit Schwachhullas, wie er pedantisch die Papiere noch einmal überprüfte, die Stempel kontrollierte und die vielfältigen Unterschriften, brachte Christoph fast zur Raserei. Er glaubte jeden Augenblick, das Telephon müßte klingeln und irgendeinen Befehl durchgeben, der ihn festnagelte und alle Hoffnungen zerriß. Schwachhulla verbesserte eigenhändig, ohne Christoph zu beachten, gewichtig mit seinem Federhalter eine vergessene Kleinigkeit, dann kam er langsam von seinem Schreibtisch zurück, schlug die Augen bedeutsam auf und sagte leise: »Ich muß Sie darüber belehren, daß Sie sich auf telegraphischen Befehl sofort... sofort zur Truppe zurückzubegeben haben.« Dann überreichte er Christoph die Papiere, nickte zu der Ehrenbezeigung, und Christoph raste hinaus; er schnallte das Koppel, das er unter der Uniform getragen hatte, über den Ausgehrock, rückte die Mütze zurecht und verließ schnell, ohne Gepäck und ohne noch einmal zurückzublicken, die Kaserne; als er den Posten passiert hatte, lief er, lief er, als sei das leibhaftige Entsetzen ihm auf den Fersen...

Sie waren in die gleiche Kaserne zurückgekehrt, von der aus er vor fast einem Jahr Cornelia gefunden hatte; mit verzehrender Wehmut blickte er in die Straße hinein, die zu Cornelias früherer Wohnung führte, zu jenem alten Haus, vor dem die beiden Bäume standen; und er fühlte, wie es ihn mit unheimlicher Gewalt dorthin zog, dahin, wo er sie zum ersten Male gesehen hatte, jene Treppe hinauf; und er mußte sich gewaltsam in die Richtung zur Stadt drängen, als müsse er die Wirkung eines großen Magneten überwinden, und während er der Straßenbahn zulief, hatte er das Gefühl, alt geworden zu sein, alt von Erinnerungen...

Er ließ sich von einer vorbeifahrenden Taxe zum Bahnhof bringen, löste hastig wie ein flüchtiger Verbrecher die Fahrkarte und stieg in irgendeinen einlaufenden Zug, der gegen Westen fuhr... nur hinaus, hinaus aus dieser Stadt, wo die Gegenwart der Gewalt noch so leibhaftig war, daß er ihren Griff zu spüren glaubte... Als er im Abteil saß und der Zug den Bahnhof verließ, atmete er tief und glücklich auf und lächelte...

Er rauchte lange und mit Genuß eine besonders kostbare Zigarette und fühlte sich in einem beseligenden

Maße nun wirklich Mensch, trotz der Uniform, deren gräßlich enger Kragen ihn bedrückte; er öffnete bedenkenlos den obersten Haken, warf die Mütze ins Netz und rauchte weiter. Nie... noch nie im Leben war er so glücklich gewesen; es war ihm, als breche dieses verflossene Jahr, dieses von schmerzlichem Glück wie von heißen Blitzen durchzuckte düstere Jahr des Leides hinter ihm zusammen wie ein altes Gebäude mit schwarzen Mauern. Er beugte sich zum Fenster hinaus und blickte noch einmal auf die entschwindende Stadt zurück; dann musterte er verwirrt die Mitreisenden, die ihn mit jenem Lächeln betrachteten, das man damals noch den Soldaten schenkte, und ließ sich auf den Sitz zurückfallen. Ach, er fuhr mitten hinein in den lachenden Sommer des Glückes; die Drohung mochte kommen, sie mochte heranbrausen... sie traf ihn nicht mehr...

Der Zug kroch langsam von einer kleinen Station zur anderen; im glänzenden Sonnenschein auf den Feldern wurde die Ernte eingebracht; alle Leute schienen zu lächeln... aber irgendwo auf einer winzigen Station spürte Christoph plötzlich die ersten merkwürdigen Blicke auf seine Uniform; und als der Zug weiterfuhr, drang ein Flüstern von Abteil zu Abteil, schnell, als dringe es durch die Wände und durch das Rattern des Zuges; ein scheues und ängstliches Flüstern, um das sich ein armes, hoffnungsloses Gerede spann; Mobilmachung hieß das Wort; es wurde Christoph heiß unter den seltsamen Blicken, er fühlte sich irgendwie dieses Mitleids der Augen unwürdig, und es wäre ihm schrecklich gewesen, hätte man ihn ins Gespräch gezogen; deshalb stellte er sich schlafend... aber tief, tief im Inneren war er doch wach wie nie und hörte jedes Wort und konnte beobachten, wie sich die Gerüchte kreisend bildeten und aufschwollen wie ungeheure, scheußliche Ballons...

Bei der nächsten größeren Station floh er fast aus dem Abteil, knöpfte im Laufen noch die Jacke zu und setzte die Mütze auf, dann wand er sich geschickt durch die erschreckt harrende Menge in der Vorhalle, die ihm fast ehrfürchtig Platz machte, lief durch die Sperre und dann mitten hinein in die fremde Stadt. Wie gehetzt raste er einige hundert Meter in eine stille Straße hinein, die ihm etwas anrüchig dünkte. Eindeutige Frauenköpfe lagen in den Fenstern, und schmuddelige Geschäftchen und Cafés legten in winzigen Fenstern die von Fliegen völlig beschmutzten Waren aus: alten Krempel oder eingetrockneten Kuchen. Er trat in irgendeinen Laden, atmete auf, als die Tür sich hinter ihm schloß, wischte sich den Schweiß ab und holte tief, tief Atem... dann erst überblickte er den engen Raum, der mit Trödel – unbrauchbaren Standuhren, Geräten und Kleidern – vollgestopft war: Zwischen Theke und Tür hatte er eben so viel Platz, daß er stehen konnte. Und die Zigarette schmeckte wieder so herrlich wie jene erste im Zuge, vor einer Stunde. Ach, wieder ein Schritt näher jener Spanne vor dem namenlosen Entsetzen des Krieges, von der er wußte, daß sie ihm geschenkt sein sollte. Diese dunstige, scheußlich riechende Bude war ein Vorraum zur Freiheit. Er wartete geduldig, bis ein altes, schmieriges Weib aus dem Hintergrunde auf ihn zugeschlurft kam; er lächelte diesem zahnlosen, grinsenden Ungeheuer zu. Das Gesicht der alten grauhaarigen Frau zeigte jene kriecherische Freundlichkeit, hinter der man die Heimtücke verborgen weiß. »Was wünscht der Herr Soldat?«, fragte sie sanft mit harmloser Miene, während sie die alten, geschwollenen Hände auf die Theke stützte. Christoph nahm die Mütze ab und sagte lachend: »Ich brauche einen Anzug, der mir paßt, Mutter, irgendeinen, und einen Koffer!« In ihren erloschenen Augen tauchte ein listiges kleines Licht auf;

sie hob wie beschwörend in Abwehr die Hände und deutete auf seine Uniform: »Sie haben doch einen Anzug, der Ihnen paßt, und steht Ihnen gut!« Irgendwie schien ihr das Geschäft etwas bedenklich. Plötzlich hob sie sich auf die Zehen und blickte flink auf die Nummer, die seinen Schulterklappen eingenäht war. »Ach, Sie sind gar nicht aus unserer Kaserne... Sie wissen doch, daß morgen der Krieg losgeht?« Christoph hatte ruhig seine Brieftasche gezogen und auf die Theke gelegt: »Ja«, sagte er ruhig, »aber erst will ich noch einmal nach Hause fahren, Mütterchen, möglichst ungestört; wollen wir mal sehen, ob mir etwas paßt?« Sie hatte sich umgewandt und kramte unentschieden in den auf Kleiderbügeln hängenden Rökken und Hosen. »Das kommt mir ein bißchen gefährlich vor, einem Soldaten einen Tag vor dem Krieg ein Lumpenzivil zu verkaufen, aber wenn Sie ja schließlich Urlaub haben?« Christoph hatte das Koppel zu Boden geschleudert, den Rock fix ausgezogen und probierte schnell die Jacken, die sie ihm vorlegte; der widerliche Geruch von Mottenpulver und anderen Desinfektionsmitteln berührte ihn einen Augenblick ekelhaft, aber er schüttelte dieses Gefühl schnell ab; ach, die paar Stunden würde er schon aushalten. Er fand bald ein passendes Jackett aus braunem, bläulich kariertem Tuch, das ihm sogar noch recht gut erhalten schien. »Nun eine Hose, Mutter«, sagte er lachend, »das wird etwas schwieriger sein.« Er zog den Rock gar nicht mehr aus, sondern wechselte schon, während sie murmelnd in den Hosen stöberte, seine Papiere und die vielen Kleinigkeiten aus seinen Taschen in sein neues Kleidungsstück. Mein Gott, war es wirklich und wahrhaft ein Jahr her, seit er den letzten Zivilanzug getragen hatte? Er spannte die Hosen zwischen den Armen, immer wieder hoffend, daß eine lang genug sein würde. Schließlich fand er eine schneeweiße, leichte Leinenhose, die ihm passen mußte. »Nun noch einen Koffer, irgendeine alte Kiste...« Dann stemmte er sich gegen die Ladentür, damit von außen niemand hereinkommen konnte, und während die Alte in den schaurigen Hintergründen herumsuchte, in denen es fast nach Mord aussah, leerte er schnell seine Hosentaschen, streifte die Hose mit den weißen Biesen über die Schuhe und zog die neue, weiße über; ach, wie angenehm weit und weich war sie! Er lachte die Frau an, die mit einem halb zerbeulten Koffer zurückkam und ihn erstaunt angrinste. »Das ging aber fix, mein Junge, du mußt es doch verdammt eilig haben.« Christoph bezahlte neunundzwanzig Mark und begann, seine Uniform einzupacken. »Neunundzwanzig Mark für ein relativ großes Stück Freiheit«, murmelte er; und die Alte, die das Geld in eine quietschende Schublade legte, mit vorsichtigen, zaghaften Händen, hob fragend den Kopf und sagte mißtrauisch: »Wie?« Aber Christoph drückte ihre alte, ein wenig klebrige Hand und sagte fröhlich: »Auf Wiedersehen!« Als er das Haus verließ, diesmal langsam und fast feierlich, rief es plötzlich über ihm mit einer ganz hellen Mädchenstimme: »Viel Glück, Soldat, und nimm dich in acht.« Er blickte erschreckt und erstaunt hoch und sah ein geschminktes Gesicht mit einem knallroten Mund, der wirklich liebenswürdig lächelte; er warf der braunhaarigen Schönheit eine Kußhand zu, und im nächsten Augenblick errötete er; mein Gott, dachte er, nun fange ich sicher an, albern zu werden...

Er quetschte sich wieder in irgendeinen Zug, aus dem die Leute herauszuquellen drohten, und ließ sich in Richtung Ruhrgebiet tragen... immer, immer näher nach Westen...

Aber in dem großen, von düsteren roten und schwarzen Finsternissen umgebenen Bahnhof irgendwo im Kohlenrevier schien der Verkehr einfach zu Ende zu sein;

alle Züge waren mit irrsinnigen Verspätungen angezeigt, mit Hunderten von Minuten, die er sich erschreckend in Stunden umrechnete... Christoph drückte sich durch die sitzende und hockende, gehende und stehende Menge, die erschöpft auf irgendeine Möglichkeit wartete, nach Hause zu kommen, bis zu einem Schalter durch, ließ seinen Koffer mit seiner Adresse bekleben und gab ihn auf; nun erst konnte er die Hände in die Tasche stecken und in der interessanten Menge herumschlendern. Er kämpfte sich zu dem völlig verwirrten, umlagerten Auskunftsbeamten durch, fragte, ob der Zug aus Berlin schon eingetroffen sei, und dann stieg er lächelnd, lächelnd, als sei der Himmel plötzlich vor ihm aufgerissen, in den Wartesaal hinunter...

Mit jenem unsagbar schönen Gefühl eines freibeuterischen Glücks, wie er es nur empfunden hatte, wenn er früher, die gefälschte Entschuldigung schon in der Tasche, die Schule geschwänzt hatte, ging er friedlich und heiter die Treppe hinab, mit der Gewißheit, daß er unten Cornelia finden würde, irgendwo in der Menge, so daß er sie gleichsam nur zu pflücken brauchte wie eine besonders schöne Blume aus dem Teppich einer Wiese; der Sommer lachte sogar durch die von Qualm und Dunst umgebene Menge hindurch. Der Wartesaal war vollgepreßt, zwischen den Tischen und Stühlen hockten die Menschen auf Koffern und Kisten und Ballen, müde Mädchen und weinende Kinder mit übererregten Augen, Männer und Frauen, alle irgendwie verstaubt und verknittert und zerschlagen. Christoph wand sich behutsam durch, immer bemüht, keinen der Schlafenden zu wekken, lächelnd wie ein junger Jäger, der seiner Beute gewiß ist... und dann sah er sie! Den hellen Mantel über die Stuhllehne gelegt, saß sie dort und las mit jenem ihr eigentümlichen Neigen des Kopfes; sie hatte die Haare nun hinten schlicht geknotet, und er sah ihr schönes, reines Profil still und ruhig in einer Ecke zwischen einem Knäuel von Leuten, die mit aufgestützten Händen auf der Tischplatte zu schlafen schienen. Er ging langsam auf sie zu, stand eine halbe Minute fast mit versagendem Herzen hinter ihr und sagte dann leise: »Dürfte ich Sie wohl küssen, gnädiges Fräulein?« Sie fuhr errötend und verwirrt hoch mit einem kleinen Schrei und küßte ihn...aber die Leute, die träge ihre Köpfe hoben, waren zu müde, um zu lachen...

Der erste Septembertag stieg ganz unschuldig über den Horizont; warm und golden zerstreute er die Nacht, ohne Kampf, fast liebreich... er ließ erst kleine Lichter aus, dann warf er mit herrlichen Bündeln um sich, und schließlich brach es wie ein wilder, rosiger Strom unaufhaltsam in die letzten Fetzen der Nacht, die zerstoben...

Keiner im Hause hatte richtig geschlafen, und obwohl es gegen sieben Uhr noch lautlos war, glaubte man doch die nervöse, fast gereizte Spannung zu hören. Frau Bachem trat leise in die Diele und horchte einen Augenblick in die verschiedenen Zimmer: Vorne bei Hans war nichts zu hören, aber sie wußte, daß er wach war und wahrscheinlich rauchend im Bett lag; im Mädchenzimmer, wo Grete mit Frau Gluck zusammen schlief, hörte sie ein schwaches Flüstern wie eine Frage, dann war auch dort wieder Stille; sie ging leise in das Wohnzimmer, das schon mit prächtigen Blumensträußen geschmückt war, und trat ans Fenster, ruhig und gleichmäßig begann der Verkehr draußen anzulaufen, als ob nichts geschehen sei. Nichts, nichts sah sie in dem Antlitz der Stadt; sie wandte sich schaudernd ab, ging ins Badezimmer, warf den leichten Mantel ab, den sie übergezogen hatte, und wusch sich mit dem eiskalten, wohltuenden Wasser. Dann schritt sie ins Schlafzimmer zurück und betrachtete noch einmal prüfend ihren Mann, der lautlos schlief, ganz still und sanft wie ein Säugling. Sie zog sich schnell an.

Nachdem in der Küche der Ofen angezündet und das Wasser aufgesetzt war, lehnte sie sich mit halbgeschlossenen Augen gegen den Schrank und faltete die Hände zum Gebet...

Im Hof war es noch ganz still, aber im Hinterhaus summte schon das alltägliche Leben, ruhig und, wie immer, langsam anschwellend, je mehr der Tag anschwoll; aber im Unterbewußtsein spürte sie, daß irgend etwas anders war; ja, sie hätte darauf schwören können; die eintönige, schreckliche, allmorgendliche Musik der zahlreichen Radioapparate, die sich den ganzen Tag über aus allen Fenstern in den Hof ergoß, war heute so merkwürdig schön und feierlich; ja, ohne es zu wissen, fühlte sie sich fast angenehm begleitet in ihrem langen Gebet von dieser Musik, deren Gegenwart ihr selbstverständlich geworden war; heute war die Musik nicht so schrecklich süßlich und fröhlich, ernst und schwer war sie, dunkel und feierlich. Sie hätte sich wundern müssen, daß die Leute so lange an dieser Musik aushielten, wäre ihre Aufmerksamkeit nicht völlig vom Gebet gefesselt gewesen; das Äußere ging ihr nur oberflächlich ein.

Es schien, als könne sie heute gar kein Ende finden mit ihrem Gebet; immer wieder, wenn sie das Kreuzzeichen machen wollte, um zu schließen und an ihre Arbeit zu gehen, fiel ihr etwas ein, was sie noch sagen mußte; es war, als gleite eine Kette durch ihre Hände, die manchmal leichter wurde, als gehe sie dem Ende zu, und dann plötzlich wieder schwer in ihren Fingern lastete, als sei sie noch unendlich; es war wie ein endloser Faden, der gesponnen, gesponnen sein wollte; ein wunderbarer, sanfter Zwang, dem sie sich gerne überließ, mit hellwachen Gedanken, während alles Körperliche und Gefühlsmäßige abgesunken war ins Unspürbare. Es war eine fast mystische Versunkenheit, in der das Gedankliche und Seelische sich wunderbar vereinigte, während alles Gefühlte nur wie ein Traum um sie herumschwebte.

Der Schmerz, der immer, immer in ihr gegenwärtig war, diese geheimnisvolle Trauer, wurde von fast hellseherischen Einsichten, die sie im vollen Bewußtsein des Körpers nie hätte haben können, gleichsam emporgehoben. Schmerz und das Bewußtsein einer wunderbaren Geborgenheit, die aus der ständigen Gegenwart des Schmerzes fast zu resultieren schien, verschmolzen miteinander zu Gebeten und Zwiesprachen, in die sie alle, alle irdischen Anliegen mischte wie einen Strauß schöner und häßlicher Wirklichkeiten, die sie Gott, ihre eigene Hilflosigkeit erkennend, darbot... Sie erschrak plötzlich und erbleichte, ohne es zu wissen, als trete ein Gespenst auf sie zu; Hans war in die Küche getreten und hatte sie aus der tiefen, tiefen Versunkenheit aufgeschreckt. Er hielt verlegen in der Tür inne, mit verschlafenem Gesicht und wirrem Haar, und sagte leise: »Oh, entschuldige...« Sie hatte ihr Gesicht schnell wieder in der Gewalt, nahm plötzlich mit allen Sinnen den Geruch der herumstehenden Speisen und Kuchen auf, hörte eine Partie aus einer Beethovenschen Symphonie über den ganzen Hof aus einem offenen Küchenfenster schallen und begrüßte lachend ihren Sohn. Hans blickte sie mit seltsam erschreckter Scheu an; er fragte leise: »Hast du vielleicht etwas warmes Wasser für mich – zum Rasieren?« Sie schüttete ihm lächelnd die Schüssel voll und schob ihn dann sanft aus der Küche hinaus; dann ging sie an die Arbeit.

Aber es war gar nicht mehr viel zu tun; sie überprüfte noch einmal die Kuchen und Schnittchen, jenes prächtige

Durcheinander vor einem reichen Frühstück; Flaschen und Gläser und Geschirr standen herum; ach, es war so manche Leckerei, an der sie gerne versucht hätte; sie schürte den Ofen und horchte, ob das Wasser noch nicht zu summen anfing, dann ging sie wieder hinaus, vorne ins Wohnzimmer, und blickte auf die Straße; sie hörte noch, wie jemand ins Badezimmer ging, und versuchte aus den Schritten zu erkennen, ob es Grete, ihr Mann oder Frau Gluck war; aber diese sanften Pantoffelschritte waren nicht festzulegen...

Die Straße war nun voll erwacht, aber es war nichts Außergewöhnliches zu erkennen, und sie dachte daran, ob ihre sogenannten Gefühle und Ahnungen, die den Beginn des Verhängnisses schon wie ein sicheres Ergebnis ergründet hatten, sie nun endlich einmal getäuscht hätten; aber es war alles so gewiß! Nein, hatte sie nicht gestern am Bahnhof an den äußeren Geschehnissen die volle Gewißheit erkannt, und war nicht die Miene ihres jüngsten Sohnes, der alle politischen Geheimnisse kannte, so seltsam düster? Schon als sie erwachte und diesem zarten, schönen Tag ins Gesicht blickte, war sie sicher gewesen, daß das Verhängnis ins Rollen gekommen war; über Nacht hatte der blinde Schrecken Gestalt angenommen aus der Düsternis des Nichts und hing nun mit gräßlichem Gesicht über allem; leise, leise zuckte das Gewitter in der Ferne, sie glaubte es zu hören; es schimmerte schon von ganz kleinen Blitzen, die das große, sich immer mehr verdüsternde Schauspiel des Schlusses ankündigten; ja, es war trotz allen Irrsinns, der nun folgen würde, gleichzeitig wie eine Erlösung, weil mit dem Schrecken zugleich das Ende anheben würde... unaufhaltsam und unerbittlich würde der wahnwitzige Hochmut sich selbst vernichten.

Die Straßenbahn klingelte wie sonst, die Radfahrer

kämpften sich an den Autos vorbei; sie ging wieder in die Küche, um langsam den Tisch zu decken für diejenigen, die vor der Brautmesse frühstücken wollten. Hinten empfing sie wieder voll und schallend der ganze konzentrierte Lärm der Lautsprecher, die sich alle mit der gleichen Melodie in den engen Schacht des Hofes ergossen; und nun erst fiel ihr die Schönheit dieser klassischen Musik auf. Mein Gott, seit wann war es denn üblich, statt der allmorgendlichen sentimentalen Schmierereien so feierlich und tief in den Schatz der alten Musik zu greifen; ja, feierlich, schwer tönte es von allen Seiten; eine schleimige, wohllautende Stimme, mit jener wesenlosen konventionellen Klangfarbe und Übung, sagte mindestens sechsmal gleichzeitig und doch an verschiedenen Orten die Zeit an: sieben Uhr und dreißig Minuten...

Gott, sie faßte sich, plötzlich erschreckend, an den Kopf; in einundeinhalb Stunden sollte die Trauung sein, und weder Braut noch Bräutigam waren zur Stelle! Daß sie das hatte vergessen können! Sie lief wieder nach vorne, öffnete ratlos das Fenster und blickte aus dem Erker heraus auf die Straße, als könne sie mit ihren Blicken die beiden zwingen, von irgendwoher zu erscheinen; aber der Strom der Aussteigenden an der Haltestelle zerstreute sich gleichgültig; sie lief wieder zurück und stieß fast mit Hans zusammen, der, wie immer in tadellosem Anzug, eben ins Zimmer treten wollte. »Mein Gott«, stieß sie hervor, »ich glaube, wir müssen die Trauung absagen; die beiden sind ja noch gar nicht da!«

Hans erschrak: »Verd-, da hab ich nicht mehr dran gedacht; du hast recht.« Er schob sie ins Zimmer hinein und blieb dann, an den Lippen nagend, stehen. »Hoffentlich haben sie Christoph nicht noch im letzten Augenblick zurückgehalten«, sagte er ernst, »seit heute morgen vier Uhr ist nämlich Krieg, Mutter, Krieg.« Und er lachte plötzlich höhnisch und verzweifelt und stampfte mit dem Fuß auf. Die Mutter blickte ihn erstaunt an: »Und dir ist das nicht recht, daß Krieg ist?«, rief sie atemlos, als habe sie alles andere vergessen; sie packte ihn an der Schulter und zwang ihn mit erregtem Gesicht, sie anzusehen: »Du bist wirklich nicht für den Krieg?«, wiederholte sie fast stotternd. Es schien, als winde sich Hans in schrecklichen Qualen; er fuchtelte böse mit den Armen und versuchte, sich von ihren Händen freizumachen, blickte sie endlich mit übernächtigten, armen Augen an und sagte gepreßt: »Kannst du wirklich glauben, daß es mir... uns recht ist, wenn Krieg kommt?« Sie ließ ihn frei und sagte ruhig: »Du weißt es ebenso wie ich, daß sie nichts anderes vorgehabt haben als Krieg, von Anfang an; warum willst du nicht zugeben, daß du darin nicht einer Meinung mit ihnen bist... mit diesen Verbrechern.« Er fuhr wie gestochen zurück, sein Blick sammelte sich drohend auf ihrem Gesicht; sie erschrak furchtbar vor diesem fremden und schrecklich bösen, eng zusammengezogenen Blick, und es schien ihr, als könne sie nie begreifen, was mit diesem ihrem Jungen geschehen war in diesen Jahren; was alles an düsterem und oberflächlichem Schmutz auf ihn gefallen war. Aber er schien sie gar nicht zu sehen. Zusammengekrümmt, als zerwühle ein teuflischer Schmerz seinen Leib, hockte er fast über dem Tisch und blickte mit seinen verlorenen Augen an ihr vorbei ins Nichts, als sei er verdammt. So muß ein Mensch aussehen, dachte sie seltsam kühl, der nicht mehr beten und nicht mehr weinen kann... dann ging ihr auf, daß dieser Mensch, dieser völlig Fremde, ihr Sohn war, aus ihrem Leibe geboren, und sie schlug blindlings die Arme um ihn und weinte auf das weiche braune Haar, während sie bangen Herzens spürte, wie der Körper unter ihr sich krümmte und bog, als wolle er sich ihr gewaltsam entwinden. Aber dann ließ die starre

Spannung nach, und er lag schlapp und gebrochen an ihrer Brust. »Sei nicht allzu traurig, mein Junge«, flüsterte sie weinend. »Es gibt keinen Menschen, der verloren ist, hörst du... keinen!« Und sie fühlte, daß sie zehn Jahre ihres Lebens dafür gegeben hätte, wenn er hätte weinen können wie sie; arm und krumm war er; verschoben und verquält, hilflos verrannt in ein starres Gebäude von Gedanken, das er nicht preisgeben wollte, obwohl es zu wanken begann und über ihm zusammenzubrechen drohte; Scham und Verwirrung hielten ihn gefangen an ihrer Brust, sie spürte es, er wagte nicht aufzublicken, sich freizumachen, obwohl es ihm gewiß mindestens peinlich war. Und doch glaubte sie auch eine gewisse zitternde Freude zu spüren, daß er bei ihr die Augen schließen durfte, die armen Augen, die alles sehen mußten und sehen sollten und vielleicht nicht sehen mochten...

Fast wie ein aufgeschrecktes Paar fuhren sie auseinander, als draußen harte schnelle Schritte sich auf die Tür zubewegten; Hans lief schnell zum Fenster und blickte hinaus, und sie wischte sich ruhig die Tränen ab. Ihr Mann trat kopfschüttelnd und lächelnd auf sie zu, unbekümmert, und sagte, indem er tröstend den Arm um sie legte: »Immer noch eine Stunde Zeit, meine Liebe, noch nicht alles verloren.« Hinter ihm betrat Grete mit dem vollen Tablett das Zimmer, und Cornelias Mutter erschien mit der Kaffeekanne. Ihr Gesicht schien nicht recht zu wissen, ob es lachen oder in Zweifel verfangen bleiben sollte, sie blickte alle Anwesenden der Reihe nach prüfend an und sagte schließlich ironisch: »Ich habe wohl schon gehört, daß entweder die Braut oder der Bräutigam nicht zur Hochzeit kamen, aber daß sie beide ausblieben, ist mir noch nicht zu Ohren gekommen; doch ich glaube, ich wußte schon lange, daß bei der Hochzeit meiner Tochter etwas ganz Besonderes passieren würde.« Sie lachte mit den Anwesenden und half dann, den Tisch zu decken. Aber Hans trat aus dem Hintergrund langsam näher, stellte sich neben die Mutter und legte den Arm sanft um ihre Schulter; sie blickte erfreut zu ihm auf, und er sagte mit ruhigem Gesicht: »Vielleicht interessiert es euch, daß seit heute morgen vier Uhr Krieg ist... ja, Krieg«, wiederholte er in die erschreckten Gesichter hinein.

In diesem Augenblick ging die Klingel heftig dreimal und zweimal. Hans horchte gespannt auf, als lauere er, dann ging es wie ein Blitz der Erleuchtung über sein Gesicht; er küßte die Mutter lachend auf die Stirn und rief laut und fröhlich wie ein Junge: »Mein Gott, das ist Christophs altes Zeichen...«, dann raste er zur Tür...

Arm in Arm kam das große, schlanke Paar die Treppe hinauf, ein wenig zerknittert, aber heiter und ohne eine Spur von Müdigkeit. Cornelia hatte ihren hellen Mantel über die Schulter gelegt, und Christoph trug ihren kleinen Koffer; er küßte die Mutter auf den Mund und ließ sich Frau Gluck vorstellen; Cornelia umarmte ihre Mutter schweigend und ein wenig zitternd, fast als suche sie Schutz vor dieser Familie, die wie eine Mauer merkwürdiger Gestalten sie umgab; dann sagte sie mit einem verlegenen Lachen: »Alles kannst du gegen ihn sagen, Mutter, nur das eine nicht, daß er dir nicht gefällt.« Die kühle Frau errötete seltsam weich und tief, und sie beugte sich über ihren neuen Sohn und küßte ihn scheu...

In der großen, alten hohen Kirche, die fast leer war, kamen sie sich verloren vor. Über ihnen das Gewölbe wie eine Decke aus Wolken, die von schmalen Pfeilern nur schwach gestützt schien; die Seitenschiffe schienen nur wie Wände von Licht, die sich um einen riesigen Baldachin gesammelt hatten; hell und golden schimmerte die Sonne überall durch; ja, das ganze große und stabile Gebäude schien nur wie ein zartes Flechtwerk, das oben ein Dach bildete... und die Stille schien eins zu sein mit dieser Fülle von Lichtern, die spielten und wechselten, ruhevoll und doch vielgestaltig... zart und doch gewichtig...

Und das leise Gemurmel der Orgel, die Melodien aufhob, aufhob, als wolle sie sie wachsen lassen ins Unendliche, und sie dann spielerisch zerbröckeln ließ, bis die einzelnen Töne herunterpurzelten wie von einer hohen Leiter, um unten wieder aufgefangen zu werden zu einem neuen, immer mehr wachsenden Bündel, das sich straffte, sich formte und dann wieder stieg... stieg wie ein Vogel, der noch nicht erfahren hat, daß er die Unendlichkeit nicht erreichen kann.

Der weite Raum war still, und eine tiefe Feierlichkeit herrschte in diesem gesammelten Schweigen, in dem nur manchmal die Stimme des bleichen jungen Priesters wie ein Murmeln aus der Ewigkeit aufklang und dem das Paar allein leise und scheu antwortete. Es war, als müßten diese sanften Stimmen von Zeit zu Zeit aufklingen im Wechsel der Liturgie, um das Schweigen zu brechen, still zu durchpflügen mit den unerschütterlichen Ruderschlägen einer Ordnung, die von allem Besitz ergreifen muß, stetig und gewiß und siegessicher, während der Lärm der Welt an ihr vorüberrauscht, der stumme, hilflose Lärm der Welt, die nichts begreifen kann.

Die Messe wuchs aus den einzelnen Teilen der Liturgie zusammen wie eine Blume, die sich still und mit ungeheurer Spannung schließt, um plötzlich aufzubrechen im Geheimnis des Opfers und sich hinter dem Geheimnis wieder zu schließen und auszuklingen in dem Zeichen des Kreuzes, das am Anfang und am Ende aller Dinge sein muß...

Vornübergebeugt und die Gesichter zwischen den Händen verborgen, hatten Christoph und Cornelia dem

Opfer beigewohnt, auf einer schlichten Kniebank. Sie waren niedergedrückt von einer fast betäubenden Gewißheit, unwürdig zu sein und gleichzeitig höher hinausgehoben in der seligen Gewißheit, daß es nichts gibt, was nicht verziehen werden kann, und es war ihnen, als ginge ihnen zum ersten Male wirklich der ungeheuer einfache und nie verständliche Sinn dieses Opfers auf, das uns geschenkt ist von Christus, der unser Bruder war und der uns als Gott schenkte, was er als Mensch als notwendig für uns erkannt hatte... es schien ihnen beiden, als gingen sie wirklich leichten Fußes über Wasser...

Mit einer wohltuenden Phrasenlosigkeit sprach der Priester dann die Worte der Trauung, die kurze und erschöpfende Einleitung der Kirche zum Sakrament der Ehe. Und dann, als freue er sich, endlich aus seiner Sammlung heraustreten zu dürfen, drückte er mit einem herzlichen Lächeln dem Paar fest die Hand. »Mögen Sie so glücklich bleiben wie Sie sind; und mögen Sie erkennen, daß jedes Sakrament ein Geheimnis birgt, glücklich zu werden... glücklicher...«, sagte er leise.

Es schien, als wolle der Sommer sich in seiner eigenen Pracht lachend wälzen; als wolle er sich dehnen und faulenzen und träumen und lächeln in seinem eigenen, herrlichen Garten... so prachtvoll und strahlend vollendete sich draußen der Tag zum Mittag hin, als sie aus der Kirche traten. Sie weinten alle, außer dem Paar und Hans, der glücklicher noch aussah als die beiden, denen es wie eine Beklemmung auf der Brust lag; jene Beklemmung, die eine Überfülle des Glücks hervorruft...

Sie gingen langsam den kurzen Weg durch den strömenden Verkehr. Hans ging links neben Cornelia und hielt die Schleppe ihres weißen Kleides gerafft. Er lächelte der schönen jungen Frau zu, und dann lachte er den Bruder an... dann wandte er sich plötzlich ab; es war so merkwürdig, einen Augenblick lang hatte es geschienen, als seien sie wirklich noch ganz junge Burschen und hätten, eines Sinnes, eine gemeinsame, erfreuliche Tat vollbracht... aber alles, alles, was dazwischen lag; zwischen jenen Tagen der Kindheit und diesem Tag, der so hell war wie keiner und so düster und schwer wie keiner; alles tauchte plötzlich auf wie ein aus Finsternissen zusammengeballtes Hindernis, und er spürte, wie eine bohrende, böse Qual ihm verdunkelnd in die Augen stieg; aber Christoph holte mit seinen Augen den Blick des Bruders einfach zurück, und obwohl es auch ihm jäh und dunkel ins Gesicht steigen wollte, wie ein Schrecken, der am hellen Tage vorüberhuscht, ließ er doch das Lächeln nicht verlöschen, und so lächelte er beharrlich den Bruder an, bis wenigstens der Anfang eines glücklicheren Wesens auf seinem Gesicht sichtbar schien...

Aber Hans war froh, als er endlich, endlich, da die Straße sich verengte und sie hintereinander gehen mußten, seinen Blick wieder freibekam und nun ungehindert in die Düsternis von tausend schrecklichen Wirklichkeiten hineintauchen konnte; die Wirklichkeiten des vergangenen Jahres, das damit begonnen hatte, daß er Joseph den Henkersknechten ausgeliefert hatte; er erschrak plötzlich vor sich selbst, als jene Szene ihm deutlich und greifbar wieder vor Augen erschien, jene Szene, die der Auftakt gewesen war zu einer Verwicklung in die düsteren Möglichkeiten der Macht, die mit Seilen und Ketten, Drähten und Schnüren ihn nun fest, fest umschlungen hielt. Hans ließ die Schleppe fahren, taumelte einen Augenblick, von gräßlichen Ängsten erschüttert, verhaspelt, verquält; eine Bitterkeit, eine scheußliche Bitterkeit, als steige ein widerwärtiger, konzentrierter Absud in ihm auf, erfüllte seinen Mund und verteilte sich jäh kreisend in seinem Mund, seinem Gehirn, seinem ganzen Blut, ein grauenhafter Ekel; er stützte sich mühsam gegen irgendeine Mauer, hatte das dumpfe Gefühl, entfliehen zu müssen, irgendwohin, machte einen Schritt vorwärts, mit von Qual erblindeten Augen, dann glaubte er zu verlöschen in einem Übelkeit erregenden Wirbel von roten Schleiern und tanzenden Lichtern und düsteren Mauern; alles, alles dieses drehte sich grinsend immer enger und enger um ihn herum, immer schneller und schneller, kreisend, rasend, tanzend... und nichts... nichts...

Er hatte das dunkle Gefühl, als sei sein Mund mit einer apokalyptischen Säure gefüllt, und eine starre, feste Wand sei davor, die ihn hindere auszustoßen und die ihn gleichzeitig zu ersticken drohte; der widerwärtige Saft wurde von dieser Wand immer wieder in seinen Mund zurückgedrängt und verteilte sich von dort in den ganzen Körper... Gehirn und Blut, pulste in allen Gliedern und schlug immer wieder zwecklos und ausweglos gegen dieses starre Hindernis; oh, manchmal glaubte er, es müsse einfach aus seinen Augen brechen, irgendwo, wo eine Öffnung im Körper war; und so schlecht war ihm... so unmenschlich schlecht... schlecht... und dann spürte er plötzlich einen heftigen Schmerz, als durchsteche ihn ein Dolch, er schrie, und das gräßliche Hindernis öffnete sich, und es floß aus ihm heraus... floß... floß... er schlug die Augen auf...

Die Hochzeitsgesellschaft umstand ihn mit erschreckten Gesichtern, fremde Leute blieben stehen; und er sah ganz nah vor sich jene kühle blonde Frau, Cornelias Mutter, und sah, daß sie sich gedankenlos die Finger abwischte. »Ist dir besser?«, fragte die sanfte Stimme der Mutter, und er spürte nun, daß sie seinen Kopf, auf einer Schaufensterbank sitzend, im Schoß hielt; ach, jetzt hätte er weinen können; aber gleichzeitig, immer mehr erwachend, sah er diese Mauer von bekannten und fremden

Gesichtern, und er hielt die Tränen mühsam zurück; er drehte verzweifelt den Kopf und blickte hilflos in das schmerzliche Gesicht der Mutter. Da drängte sich Cornelia ganz nahe an ihn heran, zog die anderen wie schützend näher und warf mit einer kaum sichtbaren Geste die Schleppe ihres Brautkleides über sein Gesicht; es schien fast, als wolle sie nur flüchtig das vom Sturz schmutzige Gesicht abwaschen, aber er ergriff den weichen, weißen Schleier, hüllte sein ganzes Gesicht darin ein und ließ die Tränen fließen... fließen... ach, fließen in die Unendlichkeit.

»Das kommt von eurer verfluchten Raucherei auf den nüchternen Magen«, sagte der Vater, halb im Scherz, aber doch ernsthaft erzürnt. »Wieviel Dinger hast du denn heute morgen schon geraucht?« Hans trank begierig eine starke Tasse Kaffee, setzte ruhig ab und sagte dann still: »Drei Stück bis zum Frühstück ist wohl nicht zuviel.« Er schien verlegen zu sein, zum ersten Male in seinem Leben wirklich verlegen; nicht nur aus seiner Sicherheit, dieser starren Sicherheit aufgestört, sondern wirklich tief im Innersten verwundet; seltsam matt war er, wie zerschlagen, obwohl die schreckliche, leichenhafte Blässe sich verloren hatte. Cornelia wandte sich langsam auf dem Klavierstuhl um und fragte leise: »Würde es dich stören, wenn ich eine Kleinigkeit spiele, bis der Tisch gedeckt ist; man will nicht, daß ich helfe, und keiner kümmert sich um mich; Christoph wühlt in seinen Büchern.« Hans griff erfreut zu: »Nein, nein, ich habe überhaupt keine Kopfschmerzen mehr; ich bitte dich, es würde mir Freude machen.«

Ungestört von den ein- und ausgehenden Frauen, die den Tisch mit immer köstlicheren Herrlichkeiten deckten, spielte Cornelia mit jener scheinbar kühlen Sicherheit, hinter der die Leidenschaft gebannt ist wie eine lodernde Flamme, die, ohne seitwärts auszubrechen, heiß und jubelnd nach oben schlägt; sie spielte eine jener kleinen Melodien von Chopin, die rätselhaft offen und rätselhaft geschlossen sind, wie Fetzen, die aus der Unendlichkeit des menschlichen Herzens herausgerissen sind, jeder nur ein Stück... und jeder für sich ein Ganzes.

Dann begann sie, den Kopf geneigt und über die Tasten gebeugt, als wühle sie in einem Schrank mit Kostbarkeiten, zu phantasieren, während Hans ihr, auf der Couch liegend, mit verhaltenem Atem zuhörte. Es kam wie ein Zauber über ihn, und er wagte fast nicht, zu diesem jungen, schönen Weib hinzublicken, weil es ihm unmöglich schien, daß dies Wirklichkeit sein sollte... diese gleichsam jubelnde Schwermut, trunken vom eigenen Schmerz, hineingegossen in die unsterbliche Form der Schönheit... alles, alles versank vor diesem stillen Spiel, das die Ewigkeit zu umschließen schien, das Spiel einer jungen Frau an ihrem Hochzeitsmorgen; ja, er glaubte erschrecken zu müssen, wenn er die Augen aufschlüge, um zu sehen und zu hören, daß dies Wirklichkeit war; ahnte er zum ersten Male etwas von der paradiesischen Schönheit der Kunst und den Gewalten der Liebe...

Der Mittag war abgesunken mit der Fülle seiner Glut, und der Nachmittag, schon umflossen von der süßen Schönheit des Abends, breitete sich allmählich über die Erde aus, langsam und ruhig, als wolle er ewig, ewig verharren; satter und voller wurden die Lichter zwischen Himmel und Erde... sanfter die Luft; lichter und näher, menschlicher wurden die goldenen Bündel der Sonne, die in den grünen Zweigen der Bäume tanzten, als seien sie aus Lachen und Küssen gezeugt, geschaffen, um nie zu sterben und ewig zu spielen, zu spielen mit diesen lieblichen Kringeln und goldenen Kreisen und tanzenden

Punkten und satten Girlanden des Nachmittags, von Farben umspielt...

Aber die zärtlichen Schleier des Abends, der die süße und dunkle, stille Umarmung der Sommernacht vorbereitet, warteten schon lächelnd hinter dem Horizont, der die große Bühne aller schönen Dinge ist; geheimnisvoll lächelte der Horizont um die prächtige große, bunte Ebene vor der alten Stadt, als das Paar allein und ohne Gepäck das Haus verließ... er lächelte, als halte er den schönen, samtenen Vorhang bereit, der die dunkle und süße Liebesnacht umschließen sollte...

Aber die Gedanken von Frau Bachem, die allein am Fenster stand, waren nicht bei dem Paare; sie waren nicht bei dem reizenden kleinen Fest, das sie gefeiert hatten; sie waren nicht einmal bei dem armen, armen Sohn, der nun allein und sich selber preisgegeben in seinem Zimmer lag. Sie blickte ernst und erschreckt in das weiche Dunkel des Abends, dieses ersten Kriegsabends, den jene fürchterliche Stimme des Scharlatans am Morgen in der Küche, während sie das Essen vorbereitete, aus sieben Lautsprechern ihr angesagt hatte. Irgendwo im Osten über verlorenen Heideflächen und duftenden Kiefernwäldern knackten nun die ersten grausamen Geräusche des Krieges auf; irgendwo – sie wußte es – starb und schrie und litt eine Jugend für irgendein grinsendes Phantom, das sie den Staat nannten...

Ach, wie seltsam schön, wie grausam sanft und lieblich war dieser Sommerabend, der tausend zärtliche Umarmungen bereithielt; sie schauderte, schauderte, als sei sie mitten hineingeraten in einen Strom von Eis, obwohl es mild war draußen, lau und die Luft wie flüssige Liebkosung, sie schauderte... sie konnte, konnte nicht begreifen, daß nur einer, nur ein einziger von den vielen, die den

Krieg kannten, ruhig schlafen konnte; sie konnte nicht begreifen, daß ihr Mann, der die halbausgerauchte Zigarre auf den Nachttisch gelegt hatte, nun schlief, schlief, als sei nichts geschehen als eine kleine politische Veränderung, die ihn persönlich nicht betraf. Sie wußte nicht, ob sie ihn deswegen haßte, nein, sie wußte es nicht; jedenfalls begriff sie es nicht, wie ein Mann, der im mörderischen Ungewitter des Krieges gewesen war, nun schlafen konnte...

Es war kein Weinen und kein Gebet, irgendeine Hingabe an diesen Schmerz und dieses Leid, die am Horizont aufstiegen und sich ausbreiten würden, fließend und fließend bis ans Ende der Erde, unaufhaltsam; der zündende Funke war in den giftigen Schwaden geschlagen, und der Kessel der Vernichtung begann zu brodeln...

Ach, wie friedlich war der Abend! Sie faltete unbewußt die Hände, aber sie betete nicht; sie hielt ihr Gesicht und ihr ganzes Wesen dem Kreuze entgegen, das unsichtbar, aber wirklich aufwuchs und wachsen würde, bis die ganze Welt in seinen Schatten getaucht war...

II. Teil

12

Christoph taumelte in den Krieg hinein wie in ein gähnendes Loch des Entsetzens. Schon nach dem ersten Tage in einem kleinen Hotel am Rande eines Waldes in einem rheinischen Gebirge – mitten in der verlorenen Schwermut des späten Sommers – überfiel sie die grauenvolle Stimme des Lautsprechers, die den blutigen Hintergrund aufleuchten ließ; aufgestört und erschreckt von der gestaltwerdenden Wirklichkeit des Krieges, ging die Zeit zwischen Umarmungen in seliger Trauer und leuchtenden Spaziergängen rasend weg; die Zeit schien irrsinnig geworden mit den Menschen und lief, lief wie glühender Sand aus den Fingern; und so blieb es die langen Jahre hindurch: Bleiern und langsam sich abwälzend war die Zeit in schweren Nöten, im lähmenden Atem des Krieges, und rasend schnitt sie die glücklichen Tage wie wesenlose Fetzen von ihrem Gewand...

Kaum war der Krieg aufgeflammt am Horizont seines Lebens, kannte er schon die schmerzliche Seligkeit des Wortes Urlaub – beginnend in einem Taumel von Glück, der sich einige Tage steigert und dann rasend abfällt, als würden die Tage von irgendeiner brutalen Macht abgerissen wie längst fällig gewordene Kalenderblätter. Das Ende kam so unerbittlich näher, und der Schrecken des Abschieds, Abschieds von seinem Weib gähnte wie ein Abgrund aus schwarzer Unbarmherzigkeit, der einfach an irgendeinem Tage, am Soundsovielten des soundsovielten Wirklichkeit werden mußte; der nackte Faustschlag eines Datums war wie der Hammerschlag Gottes an das Ende des Paradieses gesetzt; denn trotz aller Schmerzen und der aufschwelenden Wirklichkeit war es doch das Paradies, bei Cornelia zu sein; er liebte sie ... sie war das Glück ... sie war die Trauer und das Leid, sie war die Schönheit, sie war sein Leben; versuchte er, es in Worte zu fassen, überkam ihn nur ein hilfloses Stammeln...

Es kam unerbittlich der Tag, wo sie nach Hause fahren mußten; wo er das Paket, das er vor einer Ewigkeit auf irgendeinem Bahnhof aufgegeben hatte, öffnen mußte, um die Uniform auszupacken; er tat es mit einem Entsetzen, als packe er eine Leiche aus; steckte nicht in diesen grauen, mit Silberschnüren und Placken besetzten Tuchstücken das Elend, der Jammer, der Schmerz und die Verlorenheit eines Jahres gräßlichster Gefangenschaft? Er spürte das ergriffene Schweigen der Frauen, der Mutter und Cornelias, die neben ihm standen, und dann packte er plötzlich den Rock und die Hose und schleuderte sie in eine Ecke; klirrend schlugen die silbernen Knöpfe gegen ein Möbelstück; er zitterte vor Wut und Haß, schämte sich aber, den Kopf zu heben, und sagte nur gepreßt: »Nein, ich gehe nicht...nein!«, und er schrie plötzlich wie ein Wahnsinniger: »Nein, ich gehe nicht!« In sich zusammengekrümmt von der Last eines bitteren Schmerzes, den nur die begreifen können, die die Liebe und die Freiheit kennen, stand er fast wie ein Verstockter da.

Cornelia spürte, wie ihr Herz vor Angst und Not zitterte; war es nicht dieselbe Szene gewesen vor einem Jahr fast, wo sie plötzlich gewußt hatte, daß sie ihn liebte; war es eine Ewigkeit her oder nur der Schimmer einer angedeuteten Sekunde? Sie fühlte jene gleiche, unheimliche Scheu, etwas zu sagen oder zu tun; jene Scheu, die sie vor einem Jahre gehindert hatte, sich ihm einfach zu Füßen zu werfen; sie stand mit hilflos erhobenen Armen da... aber es zog wie ein ungeheurer Magnet, und sie umarmte ihn schweigend, während die Tränen über ihr Gesicht liefen; ein wirres, unverständliches Stammeln floß wie eine Kette von Seufzern aus ihrem Mund, jenes selbstvergessene Gefühl, als löse sie sich völlig in ihm auf, umspülte sie wie eine heiße, rote Woge, in der Körper, Geist und Sinne fast eins wurden...

Christoph blickte traurig, wie erwachend, auf ihr schönes, braunes Haar und strich mit verzichtenden Händen ihre Schulter...

Die Mutter hatte ruhig die Uniform wieder aufgehoben; sie staubte lächelnd mit den Händen den Schmutz ab, strich sie etwas gerade und sagte leise: »Du hast nie anständig mit deinen Kleidern umgehen können.« Christoph lachte verlegen, indem er mit einer traurigen Nachdenklichkeit in Cornelias Haar spielte. »Mein Kleid ist es nicht einmal – das da«, sagte er gedehnt. Aber die Mutter wurde jetzt ernst, ihr ruhiger Blick faßte ihn gütig und bestimmt: »Doch«, sagte sie, »es ist dein Kleid, und es wird lange, lange Jahre dein Kleid bleiben; du solltest ein wenig Ehrfurcht davor haben.« Sie lächelte wieder seinem erstaunten Blick zu. »Ja, Ehrfurcht, weil es ein Kleid des Leides ist, ein offenbares Kleid des Leides, unter dem sich freilich auch alle, alle Sünde verbergen kann, weil es eben nur ein Kleid ist. Ob es Sträflingskittel sind oder Mönchskutten, oder die Uniform eines Soldaten, sie sind Zeichen gewisser Ordnungen, eines Zwanges und vieler Verzichte; und jeder Verzicht kann der Splitter sein eines Kreuzes, das uns geschenkt wird.« Cornelia hatte den Kopf erhoben und horchte mit einer fast saugenden Begierde den seltsamen Worten der Mutter. »Und du wirst gehen, sage ich dir, du wirst ohne zu zögern in den Krieg gehen, denn er ist das Kreuz, das dir aufgelegt ist; und wenn wir es abwerfen wollten, unser Kreuz, dann sind wir ebenso schuldig wie die Armen, die sich gewaltsam vom Kreuz der Armut befreien wollen; und wie die Reichen, die das Kreuz der Armut immer wieder aufrichten. Wir können nicht daran vorbei, der Weg, den wir gehen müssen, ist der Weg, der unweigerlich nach Golgatha führt, denn wir sind vom Kreuze verwundet, und unser Blut fließt in der Spur des Schattens, der zu einer Richtstätte führt; wir können klagen und schreien, wir können uns wehren, wir können bitten, daß es uns geschenkt wird, aber es wird sich vollziehen, was notwendig ist zu unserem Heil.« Sie strich noch einmal fast wie liebkosend über die schreckliche Uniform: »Versteht ihr nun, was ich meinte, man könnte ruhig ein wenig Ehrfurcht haben vor diesem Kleid«, und sie legte ihre Hände den beiden auf die Schulter. »Küßt euch nur, Kinder, freut euch jeder Sekunde, die ihr zusammensein könnt; ihr werdet ein wenig menschliche Freude und Glück nötig haben in der ungeheuren Finsternis; und vergeßt nicht zu beten, es ist fast das einzig wirklich Nützliche, was wir tun können...«

Als Christoph aber das Haus verließ in seinem grauen Kleid, mit einem kleinen Koffer in der Hand, begleitet von seiner jungen Frau, da weinte sie, weinte sie schluchzend, wild und von einem grausamen Schmerz durchzittert, sie weinte, weinte, als sei sie nur geboren, um zu weinen...

Cornelia begleitete Christoph bis an irgendeine jener Grenzstationen zwischen Polen und Deutschland, deren Name allein wie ein gähnendes Loch ins Leere ist; Christoph tauchte unter in einer Baracke, wo er ausgerüstet wurde, küßte schweigend und still noch einmal sein Weib, das wie der lebendige Herbst, schön und lockend, von Träumen reif und süß wie der Wein, in seinen Armen lag. Dann brachte ihn einer jener gräßlich stinkenden Automaten, die die moderne Zivilisation Lastwagen nennt, an die Front.

Er kam eben noch früh genug, um das düstere Ende des polnischen Totentanzes zu sehen; dieses dunklen, vom Leide gezeichneten Volkes, dessen Schwermut immer wieder stumm und doch schreiend, schreiend mit stillem Herzen unter der Geißel irgendeiner Macht gepeitscht wird. Blut und Dreck wirbelte vor seinen Augen auf, ohne daß er selbst noch in den Kampf kam, der schon wie ein Triumphzug des Schreckens schnell und grausam zu Ende gegangen war; aber noch rauchte es über dem Horizont, rauchte von Schmerz und unsäglicher Trauer; schwarz und mit Schimmern von Blut gezeichnet, hing der Horizont über der ersten Orgie, die das aus Geilheit und Brutalität aufgepeitschte junge Reich über ein zertretenes Land stampfte; aber lauerte nicht schon in den unergründlichen Augen, dunkel und trotz aller Hoffnungslosigkeit siegesgewiß, der gräßliche Triumph einer blutigen Rache?

Ach, hatte er geglaubt zu wissen, was Hunger ist, weil sie manchmal zu Hause etwas knapp gewesen waren; konnte er diese Erinnerungen an Tage mit freudlosen Mahlzeiten als Hunger bezeichnen im Angesicht dieser schönen, mit einer seltsam biegsamen natürlichen Eleganz ausgestatteten Frauen, die sich für ein Brot Schwachhullas feiger Gier darboten? Ach, er spürte es mit einer tödlichen Gewißheit, sein eigenes, dieses Gefängnis der Uniform, lockerte sich unter der Gewalt des Krieges, aber dafür zog es sich wie ein schwarzer, schwarzer Ring des Schmerzes um sein Herz, das Leid der Geschlagenen, Vergewaltigten, Hungernden, die in eine hoffnungslosere Gefangenschaft gerieten als er; traumhaft watend im Schmerz, verschenkte er, was ihm in die Hände geriet; taumelnd im Schlund dieses gähnenden, schrecklichsten Ungeheuers, das Krieg heißt.

Dann wurden sie zurückgeworfen in eine Kaserne, eine finstere, schmutzstarrende Kaserne, von Wanzen wimmelnd, die preußisch, polnisch, preußisch, polnisch und nun wieder preußisch geworden war, heimgekehrt in den Besitz ihrer Erbauer, deren einzigartiger, apokalyptischer Kasernenstil in jedem Winkel ihrer düsteren Gänge eingegraben war; fast hätte der Schmutz sogar erlösend wirken können.

Und nun begann der mörderische Tanz des Krieges in einer härteren Form als je, in diesem entsetzlichen Kasten des Martyriums. Da aus irgendwelchen Gründen die Post stockte und der Telephonbetrieb mit dem Reich noch nicht wieder in Gang gesetzt war, war er völlig abgeschnitten von Cornelia. Er fühlte sich hineingestürzt in eine Ewigkeit des Grauens, die nicht mehr zu steigern schien; ach, er wußte noch nicht, daß wir immer meinen, schlimmer und schrecklicher könnte es nicht kommen, und immer wieder doch in einem düstereren Schatten gezerrt werden...

Tagsüber Dienst auf dem grauenvollen Kasernenhof, einem Schacht zwischen finsteren Gebäudekomplexen; oder in der Unbarmherzigkeit der endlosen Heide, in der die heiße Schwermut der herbstlichen Kiefern hing, stürzte er sich abends in die dunkle, halbzerstörte Stadt. In den düsteren, schattenreichen Kirchen, die mit bunten Heiligenbildern vollgehängt waren, kam ihm die ganze Schwermut dieses unvergleichlichen Volkes entgegen, dessen köstlichster Schatz seine wahrhaft evangelische Armut ist; in diesen Kirchen, die von einer fast wollüstigen Pracht der Trauer umkleidet waren, schien die Sünde sogar als ein Opfer Gott dargebracht; rätselhaft und traurig, unsagbar schmerzvoll kam ihm ihr Antlitz entgegen...

Frauen von märchenhafter Schönheit und Armut, Dirnen von einer paradiesischen Pracht lächelten ihm oft zu;

und beim Anblick dieser lockenden Gesichter begriff er zum ersten Male etwas davon, welcher vernichtenden Glut die Liebe fähig sein kann, wenn sie herrenlos, ausgeworfen aus der Ordnung, wie ein bunter, prächtiger Lappen auf die Straße geschleudert wird...

An manchen Tagen ließ er sich, nachdem er einen verzweiflungsvollen, glühenden Brief an Cornelia geschrieben, einfach hineinfallen in die trostreichen Abgründe des Weins, um morgens reuevoll und zerschlagen, ungewiß, wie er den Weg in den Stall zurückgefunden hatte, in seinem hinfälligen Bett zu erwachen, von Wanzen zerstochen, eingenebelt in den Dunst von dreißig Leibern...

Es schien ihm unfaßbar, daß er nur zwei Wochen in diesem Lande gewesen sein sollte; zwei Wochen, eine Ewigkeit von dunklem Schmerz und wilder Pracht, ein Traum von Schwermut und Angst...

Aus diesem Vorplatz des Ostens fuhren sie geradenwegs durch ein schönes Deutschland bis an die Schwelle Frankreichs, wo das Heer in Betonklötzen dem nächsten Sieg entgegenwartete, von aufreibenden Wachen zermürbt; frierend und dicht zusammengepfercht in diesen feuchten, ungeheuerlichen Gebilden aus Zement und Kies, für die ein fortschrittliches Jahrhundert den Namen Bunker gefunden hat. Aber mit der Rückkehr ins Reich war wieder die Möglichkeit zu kurzen, von Freude erfüllten Rendezvous gegeben, zu leidenschaftlichen, flüsternden Gesprächen über die Drähte des Telephons. Ahnte Christoph zum ersten Male etwas vom Gewicht des Wortes Heimat?

Dann folgte jener Sommer, wo das Heer, aus dem starren und erdrückenden, strapazenreichen Winter der Betonklötze in den lockenden Garten Frankreichs brach, um dem Volke den Sieg zu schenken, der die blinde Eitelkeit in irrsinnige Höhen trieb. Wetter und Winde und Waffen und Himmel und Hölle gehorchten der gottgewordenen Bestie! Welch ein glorreicher Sieg, und wer hielt dem schwellenden Rausch dieser Siege stand?

Wie schrecklich ist die Leere des Siegers gegen den Schmerz des Besiegten; wie flach sein Gebaren gegen die Größe des Geschlagenen; wie hohl wurde diese Armee, die durch die schmerzensreichen Strapazen des aufreibenden Winters fast verklärt war; wie öde und leer wurde sie, nachdem sie gesiegt hatte...

Wochenlang führte der Feldzug über von Hitze dampfende, baumlose Landstraßen; ein Marsch durch schwelende Glut und über nackte Straßen, durch Staub und eine Landschaft, deren Schönheit von den rötlichen Schleiern einer namenlosen Erschöpfung verhüllt war...

Manchmal bannte sie die Nacht in einer Stadt, wo zwischen ausgerissenen Fenstern mit flatternden Vorhängen, in der grauenhaften Kulisse der Verlassenheit, sich Wollust und Plündergier grölend vermählten unter der samtenen Ausdruckslosigkeit eines weichen Himmels; oft sanken sie erschöpft in Wäldern, Feldern nieder, umweht von den köstlichen Gerüchen des frühen Sommers, tief versunken in einen bleiernen Schlaf, bis die unbarmherzige Sonne heiß und grell wieder zum Vorwärts rief. Dem von Eitelkeit blöde gewordenen Volk wurde dieser Sieg als »Spaziergang« dargestellt; diese mörderische Strapaze... marschieren... marschieren... die Füße wie glühende Klumpen, die zu schmelzen und unter gräßlichen Schmerzen auszufließen drohten... kein Körper mehr... nur noch ein zerschundenes, von Hitze verbranntes Bündel wesenloser Zellen... frierend in den von Geschossen durchsiebten Nächten... marschieren... marschieren, folgend dem stumpfen Trott der Kolonne, schluckend den

Staub der prahlerischen Motore, einfach ausgeliefert. Der Schlaf oft nur wie ein kurzer Krampf der Erholung, schwitzend und kalt zugleich, von Jammer erfüllt... marschieren... marschieren, Millionen Schritte marschieren, und bei jedem Schritt schreien mögen vor Qual...

Ach, aber nicht einmal das war der Krieg; nicht das Pfeifen der Geschosse, das grollende Flattern der Granaten, das Schreien der Verwundeten und die stumpfen Gesichter der Kolonnen von Gefangenen, nicht die Leiber der Toten, die sich an die Erde schmiegten wie zu einer letzten Umarmung, nicht das war der Krieg: Der Krieg war das Hinausgestoßensein aus aller Ordnung und aller Heimat... hineingeschleudert, hilflos in das Antlitz der Erde...

Ach, nichts sahen ihre Augen von der Süße dieses schönen Gartens; nichts von diesen menschlichen Häusern, nichts von dem lächelnden Charme, dessen Wesen eine metaphysische Leichtigkeit ist, die die Deutschen allgemein mit ihrem Lieblingswort »Unordentlichkeit« abtun; nichts sahen sie von den ungemalten Renoirs und nichts hörten sie von jenem Zauber, den Verlaine eingefangen hat in seinen Versen...

Pruskopp war schon auf der Schwelle des Landes liegengeblieben, das Gesicht zur Erde gewandt, die Pistole noch in der Hand, hilflos und arm; der Leutnant Funke war vorangestürmt wie ein junger, unerbittlicher Gott, mit wehendem blonden Haar; sahen seine hohlen Augen irgendwo am Horizont einen Orden, der ihm die Gunst aller Frauen sichern würde? Glaubte er an Deutschlands Sendung... die Sendung des brutalen Stumpfsinns? Er sagte es nie; er stürmte, stürmte; aber eines Morgens war er verschwunden. War er über Nacht General geworden? War er in Gefangenschaft geraten oder zur gottgewordenen Bestie persönlich geladen, um endlich, endlich um seinen Hals das Kreuz des Helden baumeln zu sehen? Völlig betrunken, war er in die stinkende Grube der Syphilis gefallen und träumte nun in einem Lazarett mit anderen Kavalieren von neuen Heldentaten auf den vielen Kriegsschauplätzen, die die Welt noch bot. An seine Stelle trat der Leutnant Giesberts, ein stiller, blasser Mann, schweigsam und wissend, der mit müden Augen die notwendigen Befehle gab...

Aber Schwachhulla blieb, er blieb; immer wieder rückte er mit seinem Troß den Kämpfenden und Marschierenden nach. War er nicht jedesmal geschniegelter und feister, immer sauberer und fetter; wie eine ekle Ratte, die in den Spuren des Entsetzens ihre Nahrung sucht?

Schwachhulla blieb, es blieb der Gott der peinlichen Ordnung, der unüberwindliche Sieger auf dem Schlachtfeld der Kaserne; mit einer merkwürdigen Freundlichkeit, diensteifrig und besorgt »um das Wohl seiner Leute«. Leuchtete nicht der Triumph des Siegers in seinen Augen, der im anschwellenden Dunkel der Nacht, stöhnend von Tapferkeit, die Frauen des Landes auf sein Lager wirft? Oh, Schwachhulla blieb, denn er war unsterblich... er war der wahre Sieger auf dem Schlachtfeld der Erde...

Immer höher erglühte der Sommer unter den armen Füßen der Infanterie, die dem sich selbst verschlingenden, kreißenden Ehrgeiz des Volkes diesen Sieg schenken mußte, mit ihren armen, elenden Füßen. Welch ein Segen, daß Gott in diesem Land so viel Wein wachsen ließ... Wein... Wein... Wein war der Trost...

Als das Gerücht von der Kapitulation wahr wurde, sank Christoph da, wo er gerade stand, auf irgendeiner Dorfstraße Burgunds, einfach auf die Erde und weinte, weinte wie ein Kind, als müsse er dem Lande den Wein, den er getrunken, in Tränen zurückzahlen...

Aber die Füße der Infanterie, die den Sieg über die

glühenden Bänder der Straße erlaufen, oft fast erkrochen hatten, mit erlahmten Gliedern und von Hitze aufgelöst; diese Füße standen schon nach zwei Tagen wieder zum Dienst bereit; und als Christoph morgens beim sogenannten Antreten Schwachhulla herankommen sah, einen ernsten, dienstbeflissenen Schwachhulla, der mit der alten, göttlichen Sicherheit auf der Straße dieses lieblichen Dorfes die Reihe der Angetretenen musterte; als er ihn sah, da wußte Christoph, daß diese Armee ihre Kasernenhöfe über ganz Europa mitschleppen würde...

Schwachhulla aber, als habe er Christophs Gedanken erraten, blieb vor ihm stehen und schämte sich nicht eines höhnischen Grinsens, als er zu Christoph sagte: »Hatten Sie geglaubt, weil Sie ein bißchen marschiert sind in diesen paar Wochen, dürften Sie einen Ihrer Knöpfe offenlassen, Herr Schütze Bachem?« Und die Grausamkeit, diese friderizianische Grausamkeit seines leeren Gesichts, lauerte hinter dieser Maske von Diensteifer; Christoph aber räusperte sich und spuckte ihm gleichgültigen Gesichts vor die Füße, als sehe er ihn nicht...

13

Hans Bachem hätte nie zu sagen vermocht, wann dieses Gebäude, aus den Worten Führer, Sieg und Deutschland gebildet, angefangen hatte, in ihm zu wanken; wann er zum ersten Male jene grauenhafte Leere der ihn umgebenden Gesichter in der sogenannten Partei erkannt hatte; wann der Ekel ihm plötzlich unwiderstehlich aufgestoßen war; wie ihm die blinde tönerne Hohlheit der Phrasen angesichts der grausigen, blutigen Wirklichkeit klargeworden war; er wußte nicht, war es plötzlich geschehen oder hatte es sich allmählich in ihm gebildet.

Er erkannte nur immer mehr und mit unbarmherziger Schärfe, daß er mit blutigen Händen an einem Werk mitgewirkt hatte, dessen Sieg zwar noch möglich, dessen Zweck aber die infernalische Vernichtung aller Werte war; hinter den Fratzen dieser betörenden Redner, dieser tapferen Führer des Volkes, tobten die niedrigsten Teufel der Wollust, der Gier vor der leeren Bühne ihres Gehirns; er wußte es.

Schlimmer noch, noch leerer als die Fratzen der offenbaren Scharlatane, erschienen ihm die »eisernen Gesichter« derer, die mit der impotenten Weißglut der Fanatiker wirklich jedes Wort, jede Rede glaubten; ach, welcher Teufel mochte hinter diesen blinden Kulissen stehen?

Er hatte das schreckliche Gefühl, sich rettungslos in einer Sackgasse zu verlieren; immer mehr steigerte sich dieses armselige Bewußtsein, von Christophs Hochzeitstag an; immer schmutziger und immer tiefer wurde er verstrickt in die blutigen Geschäfte der Macht, die nach den ersten Siegen mit aufgeblähten Nüstern sich auf ihre inneren Gegner stürzte, der Zustimmung eines völlig verblendeten Volkes gewiß.

Er fühlte sich oft wirklich unwürdig, der Mutter auch nur in die Augen zu sehen; ja, niemals, niemals, glaubte er, werde ich so sein können wie sie, wie mein Bruder; niemals werde ich das abwaschen können.

Vor der einzigen Möglichkeit, sich einfach zu bekennen und den ganzen dreckigen Krempel hinzuwerfen, schauderte er zurück angesichts der Gewißheit eines martervollen Todes oder einer noch martervolleren Gefangenschaft; denn – das war das Schrecklichste – er konnte nicht mehr glauben, so wie die Mutter glaubte... und das Geheimnis freudig aufgenommener Buße war ihm fremd geworden; er dünkte sich verloren, nicht einmal wissend, wohin verloren...

Es war ihm gelungen, den Bitten seines Bruders, nach dem Schicksal Josephs zu forschen, zu genügen; er hatte auf Grund weitreichender Verbindungen mit allen Kanälen der Macht das Lager ausfindig machen können, in dem Joseph lebte; und er spürte eine wenigstens geringe Erleichterung, daß er nun laufend Christoph, der von den Zusammenhängen nichts ahnte, Bericht über Josephs Lage geben konnte; einen Bericht, der sich auf die knappen Worte: lebend und gesund beschränken mußte. Weiter lüftete sich auch für ihn der Schleier nicht, und er fürchtete sich auch, mehr zu wissen; es wehte ihn etwas an von dem Grauen, das sich hinter diesen Stacheldrahtkäfigen abspielte, als der Deckel unter dem brodelnden Geheimnis des Schreckens sich hob mit den beiden kleinen Worten: lebend und gesund. Nichts, nichts von den vierundzwanzig Stunden des Tages, den unzähligen Minuten der Monate und den gräßlichen Sekunden der Jahre; nichts, nichts von der schauervollen Suppe aus Schmerz und Blut und Schrecken, die die Macht in diesen Abgründen ihrer Feigheit kochte...

Er wußte nicht, wohin und woher; eingesogen war er mit Haut und Haaren von den klebrigen Fängen des Staates, der ihn fest, fest umklammert hielt; er beneidete seinen Bruder und beneidete die, die auf den lieblichen Fluren Frankreichs gefallen waren.

Aber es war, als treibe ihn ein mächtiger Sturm immer tiefer hinein in den sich verengenden Schacht der Sackgasse; er brauchte nur eine geringe Anstrengung zur Umkehr zu machen, da blies ihm der Sturm übermächtig ins Gesicht und warf ihn in die Bahn des Verderbens zurück. Eine scheußliche Gereiztheit, die nur vor den ernsten und traurigen Augen der Mutter schwieg, ergriff ihn; Bitterkeit, Haß und Freudlosigkeit erfüllten ihre unerbittlichen Gesetze an ihm; er glaubte manchmal von einem inneren Gift immer mehr angefüllt zu werden, von einer immer höher steigenden Galle, die ihn zu zerreißen drohte...

Insgeheim wunderte er sich über die oft so selbstzufriedenen, irgendwie fast ausgeglichenen Gesichter der Mitarbeiter; er konnte nicht glauben, daß sie ihr Gift in zügellosen Ausschweifungen ausströmen ließen, in der wilden Betäubung des Lasters, die ihm versagt war.

Das Leben ging schnell dahin im Atem des Krieges. Hans versah mißmutig seinen Dienst, der die Verantwortung für die gesamte Presse eines großen Kreises umfaßte: Ach, wie ekelhaft schien es ihm, daß sie alle, alle so unmenschlich zuverlässig waren; es ekelte ihn an, daß so gar nichts an ihrer übereifrigen Beflissenheit, in das große Horn der »öffentlichen Meinung« zu tuten, auszusetzen war; die Zeitungen waren von einem unantastbaren, braven Gehorsam, der ihn anwiderte... Immer tiefer fühlte er sich hinabsinken in eine unabsehbare Masse von Schleim, die mit Blut ekelhaft durchsetzt war...

Manchmal hatte er einer dumpfen Neugierde und dem dunklen Triebe, sich zu zerstreuen, nachgegeben und war mitgefahren in jene rot verhangenen eleganten Lasterhöhlen, in denen die politischen Machthaber sich vom öffentlich gezeigten Krampf erlösten und ihr wahres Gesicht zwischen halbnackten Weibern und Champagnerflaschen aufleuchten ließen wie die Visagen wahrer Wölfe, die sich an rohem Fleisch gütlich tun, nachdem sie lange genug geheuchelt haben. Aber er fühlte sich dort noch fremder, noch mehr vom Ekel geschüttelt als in seinem Dienstraum... er war verloren, verloren, so war es... und er wußte nicht, wohin verloren...

In den ersten Monaten des Krieges, nach der Hochzeit, hatte es ihn oft getröstet, wenn Cornelias Mutter ihn mit ihrem Wagen abgeholt hatte, aber auch in den Theaterparketts und vornehmen Weinstuben fand er nun keine Freude, die von Dauer gewesen wäre; die ausweglose Unruhe kreiste unablässig in ihm...

An einem Herbstmorgen, im Jahre des großen Sieges, wurde er eines Morgens, ganz außerhalb der Ordnung und außerhalb einer Konferenz, zu Gordian gerufen; die merkwürdigen Blicke der Schreiber, als ihm der Befehl übermittelt wurde, diese Blicke, die mehr zu wissen schienen oder vorgaben, erdrückten ihn, während er den langen Flur hinab zu Gordians Zimmer schritt; war er, ohne es zu wissen, in eine Falle geraten, die man oft mit unheimlicher Schlauheit aufzustellen wußte? War die Mine irgendeiner Intrige geplatzt und spülte ihn nun an den Strand der Ungnade, jenes hoffnungslose Gestade? Sein Gewissen war weder Gordian noch sich selbst gegenüber rein; wer in die Geschäfte der Macht verwickelt ist, schwebt immer zwischen Ruhm und Schande. Der

Gang lief an einem Innenhof vorbei, in dem sich die goldene, lichtvolle Wärme des Herbsttages wie in einem Bekken sammelte...

Erleichtert stellte er beim Eintreten fest, daß auf Gordians Gesicht die alte Leutseligkeit lag; jene überbiedere Jovialität, die auf der nackten Fratze des Lasters kleben kann; er durfte sich gleich setzen, mußte eine Zigarre nehmen; durch das offene Fenster blickte man auf den herrlichen Rhein, dessen glänzende, blaue Fläche von der heiteren Geschäftigkeit langer Reihen von Schiffen durchpflügt war; und wieder schien ihm gräßlich, unmenschlich das ekelhafte Braun von Gordians Uniform, märchenhaft scheußlich, so daß man es nur einem Bann zuschreiben konnte, wenn das Volk bei ihrem Anblick nicht in Rufe des Schreckens ausbrach...

Hans blickte Gordian mit kühler Erwartung in das wüste Gesicht; trotz aller aufmerksamen Pflege war die Haut seines starkknochigen Gesichts wie gegerbt von allzu derben Lastern; großporig und verworfen, heillos dumm; das dicke, schwarze Haar saß wie eine zerdrückte Perücke auf der niedrigen Stirn, und der Mund schien wie aufgelöst; jede Sekunde drohten die Winkel hilflos und verzerrt nach unten zu fallen...

Gordian steckte seine Hände in die Taschen, legte sich in seinem Sessel weit zurück: »Sie sind krank, Bachem – still!« Er beschwichtigte mit einem breiten Lächeln jeden Einwand. »Sie sind krank, wir wissen es alle und sind um so trauriger, weil Sie einer unserer besten Mitarbeiter sind. Ihnen«, er lachte, »fehlt eine Frau oder eine Abwechslung.« Sein Lachen breitete sich zu einem flachen Wiehern aus; er weidete sich an Hansens Anblick, der vor Wut und Verlegenheit zitterte...

Gordian ließ den Sessel zurückwippen, stützte sich auf den Schreibtisch und sagte nun mit veränderter Stimme, leise und deutlich: »Ich habe mich entschlossen, Sie zur Einberufung freizugeben.« Bemerkte er den jäh aufleuchtenden Schimmer einer Hoffnung auf dem Gesicht seines jungen Mitarbeiters? Er machte jedenfalls eine wirkungsvolle Pause und fuhr dann fort: »Ausdrücklich – ich wiederhole: Ausdrücklich möchte ich dazu sagen, daß das keine Strafe sein soll, sondern das, was es für jeden Deutschen in dieser Zeit nur sein kann: eine Ehre!« Und seine Stimme wechselte wieder in den Ton eines etwas verderbten Vaters über: »Bachem, Sie sind wirklich krank, ich weiß es; vielleicht hilft Ihnen das; ich denke, zunächst für einundeinhalb Jahre, ja? Und ich bin überzeugt, daß sie uns Ehre machen, und«, es tauchte eine schauerliche Rührung hinter seinen verschwommenen Augen auf, »Sie werden es mir als altem Frontkämpfer glauben, daß ich Sie beneide.«

Hans fühlte sich unsagbar erleichtert; an diese Möglichkeit einer Flucht hatte er merkwürdigerweise nie gedacht; nie wäre es ihm eingefallen, in der grauen Uniform unterzutauchen, er blickte Gordian lächelnd an, er hatte das Gefühl, als sei mit den Worten dieses schwammigen alten Verbrechers ein Schleier vor seinen Augen zerrissen. »Ich betrachte es wirklich als eine Ehre«, sagte er bescheiden, und niemand auf der Welt hätte einen Schimmer von Ironie in seiner Stimme entdecken können...

Gordian nickte ihm freundlich zu und sog an der feuchten Zigarre. »Freut mich, Bachem. Sie können sich, nachdem Sie Ihre Dienstobliegenheiten an Szibulski abgegeben haben, als in Urlaub befindlich betrachten. Haben Sie irgendeinen Wunsch bezüglich der Truppe? Sie werden selbstverständlich Ihre Ehre darin sehen, Offizier zu werden.« Hans wollte erst verneinen; es war ihm so gleichgültig, ob er rote, grüne oder weiße Biesen tragen würde; das Gefühl, diesem grauenhaften Gebäude, dem braunen Hause, so leichten Kaufes zu entrinnen, überschwemmte ihn; dann besann er sich plötzlich und sagte wiederum bescheiden: »Wenn ich zur Infanterie könnte?«

Er ließ noch die ganze verdorbene Abschiedssentimentalität dieses mit alten und neuen Orden behangenen Trunkenboldes über sich ergehen und verließ dann lächelnd das Zimmer; unwillkürlich lief er... ja, jede Sekunde schien ihm nun mit einem Male kostbar, das dunkelgrüne, hoffnungslos verschlammte Staubecken der Zeit war durchstoßen, und nun flossen die Minuten leicht und sprudelnd an ihm vorbei...

Hastig, als müsse er etwas längst Erledigtes schnell noch vollziehen, weihte er den übereifrigen Szibulski in einige Formalitäten ein, drückte ihm flüchtig die Hand, dann verließ er das Haus... schnell... schnell, als könne ein unerbittliches Gatter niederrasseln und ihn noch ergreifen...

In dem Winde, der vom Rhein kam, in dem unschuldigen lustigen Winde flatterten die blutigen Fahnen des gottgewordenen Tieres...

Aber die Tage bis zur Einberufung wurden noch qualvoller, noch düsterer als die ganzen, schrecklichen Monate seit Beginn des Krieges; wenn er morgens erwachte, fühlte er die Stunden des Tages vor sich aufgehäuft wie einen zähen Brei, den er durchkauen mußte...

Träge und bleiern waren sie vor ihm aufgeschichtet wie große, schwere Klumpen, die er abwälzen mußte in den Abgrund der Vergangenheit; er mußte »die Zeit totschlagen«, ein schreckliches, mühseliges Geschäft. Kein Buch konnte ihn fesseln; und die Spaziergänge an den lachenden Ufern des strahlenden Rheins waren das Qualvollste; eine schreckliche Verzweiflung drückte ihm die Kehle zu; es war ihm, als sei er gestorben, vergessen, und laufe nun als sein eigener Schatten unnütz und sinnlos durch die Stadt; nicht einmal das erlöste Gesicht der Mutter konnte ihn befreien von diesem unsagbaren Druck, der ihn erwürgte; der mörderische Druck einer leeren Gegenwart. Ein tiefer, wilder, unsagbar schmerzlicher Neid erfüllte ihn beim Anblick der Urlauber, die auf den Uferwiesen mit ihren Mädchen scherzten und der Zukunft und der Vergangenheit zu spotten schienen. Welch eine schreckliche Bitterkeit hinderte ihn, dem Lächeln der Mädchen, die ihm begegneten, heiter zu antworten? Was hinderte ihn, teilzunehmen an diesem süßen Spiel der Gegenwart, die der Jugend geschenkt ist? Er fühlte sich ausgestoßen und befleckt, und er sehnte sich, sehnte sich inbrünstig und brennend, hineinzustürzen in den berauschenden Abgrund der Schmerzen, der ihn draußen erwarten würde. Es war bitter und schmerzhaft, in diese goldenen Tage wie in einen Vorhof unerreichbaren Glükkes eingesperrt zu sein; nein, er wußte es, die Früchte der unschuldigen Küsse unter einem seidenen Himmel waren nicht mehr für ihn gewachsen... er mußte die dunkle Sehnsucht schweigen lassen und sich dem glühenden Rachen, der ihn erwartete, entgegenwerfen...

Hatte er sich bisher fast gesträubt vor dem Leid, so zitterte er nun vor Ungeduld, den leckenden Flammen entgegenzutreten, deren ferne Spur schon den Rost streifte, auf dem er ausgespannt lag...

Die ganze Luft war mit einer vibrierenden Sinnlichkeit erfüllt... dieser köstliche Herbst... diese siegreichen Urlauber mit ihren blitzenden Orden... die lächelnden Frauen mit ihren bunten Kleidern; diese knisternde, seidige Zärtlichkeit der Abende, das alles lockte zu Küssen und Tänzen, und obwohl er nicht wußte, woher diese Stimme kam, er hörte sie und wußte, daß nichts von diesen Freuden für ihn war; ja, es gab Stunden, da er ihre

Schalheit gewiß zu spüren glaubte, obwohl er sie nie gekostet hatte...

Das liebevolle und fast siegesgewisse Schweigen der Mutter, die mit einem schamhaften Glück und doch zitternd vor Angst ihn auf dem Sprungbrett der Entscheidung beben sah, reizte ihn fast; nein, er wollte, wollte die Stimme noch nicht hören... erst wollte er heraus sein aus dieser Ebene der Angst und der Schmach, aus dieser Umgebung, bei der ihn alles ständig an Blut und Schmerz erinnerte, er mußte erst diese »Atmosphäre« abwerfen wie ein altes Kleid... dann wollte er der Stimme horchen und ihr ablauschen die Geheimnisse, die sie für ihn bereithielt...

Es war ihm, als sei die Tür des Gefängnisses aufgestoßen, aber die Kette seiner Füße noch nicht gelöst; er roch und spürte, wußte und sah die Freiheit, aber er wollte sich ihr nicht hingeben, ihren Lockungen und Enttäuschungen, bevor er nicht völlig untertauchen konnte in ihr. Die Last der wenigen Tage, so zwischen den Entscheidungen, steigerte sich fast zu fürchterlichen Krämpfen und Starrheiten.

Endlich hatte er nach fünf Tagen jene unscheinbare Postkarte in den Händen, die ihn zu einem Infanterieregiment einberief; schnell und doch mit einer unerschütterlichen Ruhe packte er seinen Koffer; fast kalt verabschiedete er sich; mit einem erzwungenen Lächeln beruhigte er die Mutter, die ihn zum Bahnhof brachte und einige Minuten vor Abfahrt des Zuges seine Hände weinend umfaßt hielt. »Ich bin ja noch nicht draußen, Mutter«, sagte er leise und streichelte beruhigend ihren Arm. »Ich komme doch noch einmal wieder, sei still.« Und als er das Wort ausgesprochen hatte, begriff er plötzlich, daß dieses »einmal« wörtlich zu verstehen war; daß es sein ganzes Schicksal enthielt, dieses winzige, farblose Wort:

noch einmal... und heiß und schmerzlich stieg die ganze Grausamkeit des Krieges in ihm auf...

Immer noch sann er über dieses Wort nach, das ihm, kaum ausgesprochen, wie eine Offenbarung erschienen war; unsagbar schwer; und als der Zug in den dunklen Schlund der eisernen Brücke fuhr und die Stadt mit ihren Türmen hinter dem Rhein immer mehr versank, die Heimat, der er mit all den tausend Fäden der Kindheit und Jugend verbunden war, da riß die schmerzliche Wand des Krampfes jäh entzwei, und die Quelle der Tränen schoß in ihm auf, heiß und erlösend, unaufhaltsam...

14

Unter den teuflischen Finsternissen der Verdunkelung tastete sich Frau Bachem langsam durch; die Dunkelheit war wie eine Decke, aus vielen, vielen Nächten übereinandergeschichtet; undurchdringlich und hoffnungslos; kein Licht leuchtete in dieser Finsternis, nur einige matte, bläuliche, schleimige Lampen, die ein kraftloses Licht gegen die schwarze Wand der heruntergestürzten Nacht zu senden versuchten; blaß und krank schimmerten diese trüben Quellen nur in sich selbst ein wenig, wie verfaultes Holz, das in einem zugesackten Wald den Wanderer narrt. Frau Bachem ging langsam und leise, fast als fürchte sie sich, das Geräusch ihrer Schritte in der gräßlichen Stille wachzurufen. Wie eine stumme Drohung hing der Alarmzustand über der halbzerstörten Stadt, die zerfleischt war, verbrannt; noch hingen die erkalteten, schauderhaft stinkenden Branddünste zwischen den gähnenden Mauerresten, deren Schwarz noch finsterer war als das der Nacht; der Schwaden der infernalischen Zerstörung hatte sich festgebissen an diesen Häuserresten, die wie meuchlings ermordete und in gieriger Hast halbausgeweidete Tiere lautlos zu schreien schienen. Sie ahnte unter ihren Füßen die Ungezählten, die in stummer Angst oder mit den wollüstigen Schreien des Untergangs auf den Lippen unten in den Kellern hockten und warteten... warteten... Tage und Stunden und Wochen und Monate, Jahre warteten, die endlos wurden, da der Krieg sich immer mehr in sich selbst verbiß, ein unentwirrbares Knäuel von Wut und Haß und Blut und Schmerz.

Sie hatte das Gefühl, als wate sie, wate sie durch Grauen; in der Stille klangen oft hastige Schritte auf, die schnell versanken in irgendeinem Keller; dann wieder Stille, diese mörderische Stille, drohend, ohne Trost und ohne Hoffnung; bleiern und grausam schien die Stille auszuquillen aus irgendeinem Gefäß der Hölle; irgendwo schwebten die stählernen Ungeheuer heran, die sich aufs neue über die Eingeweide der Stadt stürzen würden, sie halb zerfleischen und liegenlassen würden wie einen dampfenden Raub.

Langsam drang sie durch den schmutzigen Gürtel der Vorstadt, der in der Finsternis seinen Verwesungsatem noch spürbarer ausstieß und ihn mischte mit den Giften der Nacht, Angst und Not und dieser stummen, nach Vergnügen schreienden Geilheit des Untergangs, die aus jeder Pore dieser stummen Häuser zu dringen schien; es lag wie die Brunst einer scheußlichen Zeugung in dem dicken, undurchdringlichen Atem der Nacht.

Sie atmete ein wenig auf, als sie endlich auf den Bahndamm stieß; nun nur immer diesem Wall, dieser fetten Schlange nach, die sich rings um die Stadt wand; irgendwo mußte sie auf das Stellwerk stoßen, das Christoph ihr bezeichnet hatte...

Sie versuchte zu beten; aber war nicht ihr ganzes Leben nur noch ein einziges, stammelndes hilfloses Gebet; war nicht jeder Atemzug ein Seufzer zu Gott? Und sie war so müde, wie zerschlagen; Kopfschmerzen quälten sie wie giftige Schwaden, die sich irgendwo in ihrem Gehirn festgesetzt hatten; lahm waren ihre Füße und matt die Hände. Neben der ständigen, unabsehbaren Last des Krieges war auch ihr Maß an täglicher Arbeit zu groß; mehrere Male am Tage mußte sie ihren kranken Mann in den Keller tragen helfen, mußte die tausend kleinen Gänge tun, die eine liebevolle Krankenpflege erfordert, mußte den Lebensmitteln nachjagen und den alltäglichen zermürbenden Kreislauf des Haushalts erfüllen; sie mußte die Tränen ihrer Tochter zu trocknen versuchen, den Söhnen schreiben. In der vergangenen Nacht war Hans zum letzten Male zu Hause gewesen, bevor er in den gähnenden Abgrund verfrachtet wurde, den sie ihre Ostfront nannten; sie waren lange aufgeblieben, jede, jede Minute kostbar abwägend; sie hatten Wein getrunken, den Cornelias Mutter mitgebracht hatte, und dann waren sie zum Bahnhof gefahren; und drei Stunden lang hatten sie auf den Zug gewartet, in jener gräßlichen Stimmung, wo man schon Abschied genommen hat, sich aber noch nicht zu trennen vermag; und mit der tödlichen Gewißheit, daß sie ihn nie wiedersehen würde, hatte sie ihren jüngsten Sohn in irgendeinem schmutzigen Abteil verschwinden sehen, sein gequältes Gesicht noch einmal an einem Fenster, noch einmal seine Hand, die in der dunklen Halle winkte... weg... weg war er, und nie, nie mehr würde sie ihn auf dieser Erde wiedersehen...

Aber sie hatte keine Tränen mehr; ausgeschüttet hatte sie ihr ganzes Wesen auf dem trostlosen, schwarzen Bahnsteig; ausgeströmt war ihr Herz in der wilden, erstickenden Flut der Tränen; leer und frierend, fremd und elend hatte sie auf dem Bahnsteig gestanden, abgestorben und verzweifelt, schal wie eine Frucht, die ausgesogen und weggeworfen worden ist; eine Hülle ohne Saft und Kraft, unfähig zu beten...

Die Straße verlief wie eine Schlucht des Entsetzens zwischen dem Bahndamm und der gähnenden Häuserfront; dieser Hohlweg war wie zugeschüttet mit Angst, vollgepreßt mit einer erstickenden, kalten Masse von Nacht. Das Schweigen schien wie ein jaulender Schrei der

Not in der Luft zu schweben, zerrissen war der Frieden der Nacht von dieser Drohung des Alarms; jede Sekunde konnte den Faustschlag der Vernichtung bringen, der auf dem hohlen Rücken der Stadt mit seinen grellen Geräuschen den Totentanz trommeln würde.

Sie erkannte beim Überqueren die breite Aachener Straße, und obwohl sie den genauen Plan der Stadt nie ganz in den Kopf bekommen hatte, ahnte sie, daß es bis zum Viktorsberg noch weit sein müsse; und kalt war es, eiskalt war die Luft; die teuflischste Kombination, die die moderne Technik aufzuweisen hat: Krieg – Winter – Bahnhof! Welch ein Triumph des freigewordenen Menschengeistes; welch ein Triumph der Entwicklung; welch eine Höhe, eine schwindelnde Höhe der Befreiung! Hineingerannt in die graue unabsehbare Hürde des Krieges war die ganze Welt, und mit glühendem Atem standen sich die nackten Tiere gegenüber...

Obwohl sie eilig war, obwohl sie jede, jede nur mögliche Minute mit Christoph zusammensein wollte, ging sie langsam, Schritt für Schritt. Die Angst hielt ihr Tempo zurück; die Angst, in eines dieser tückischen Löcher zu fallen, dieser Trichter, die wie wahre Fallgruben in die Straßen gewühlt waren; ja, sie fürchtete sich, und krampfhaft hielt sie ihre Tasche in den Händen fest...

Und doch war es fast tröstlich, hier von diesem Hohlweg fortgesogen zu werden; kein ängstliches Erraten der Straßen mehr; fort, fort, hinein in diesen schwarzen Schlund, der sie zum Ziele führen mußte. Aber die Tasche wurde immer schwerer, immer häufiger mußte sie wechseln, und ohne es zu wissen lächelte sie: Ja, trotz allem hatten die Jungens immer Hunger; ihre Mägen waren wie Abgründe, ihre Eingeweide wie leere Säcke ohne Boden, in denen Gutes und Schlechtes verschwand, und ihre Münder schienen immer offenzustehen und zu fragen:

Nicht mehr? Wie Vögel hatten sie ihre Münder aufgesperrt von Jugend auf...

Sie stolperte plötzlich, taumelte ein paar Schritte erschreckt zurück, während die Angst zu stürzen sie umkrallt hielt; schließlich faßte sie einen glatten, stummen Baumstamm; verwirrt hielt sie die Hand auf das springende Herz: Mein Gott, wie Eis war es ihr in die Glieder gefahren! Sie ging langsam weiter, fast kriechend jetzt, die kleine Fröhlichkeit war jäh erloschen, und nun stieg eine tiefe, beißende Bitterkeit auf, fast Wut; welch ein Wahnsinn, daß sie hier durch die Finsternis tappte unter dem schwingenden Schweigen der Drohung, hilflos und blind, nur um eine Stunde zwischen Schienensträngen und Waggons mit ihrem Sohn zusammenzusein, der aufs neue dem dunklen Rußland entgegenfuhr; zu ihrem, ihrem Sohn, der nun schon drei Jahre hin- und hergeschleudert wurde zwischen den Zahnreihen der verschiedenen Fronten; von Angst und Kälte und Schrecken zerfressen, mußte sie sich durch die abweisende Nacht wühlen, sich einen Gang wühlen zu ihm, der ihr gehörte...

Im letzten Augenblick riß sie sich zurück vor einem Trichter, der unter ihrem Fuße sein Nichts öffnete, und tastete sich erschreckt an seinem Rand vorbei; kleinmütig und verzagt ging sie weiter, müde und arm: eine alte Frau in einer Winternacht des Krieges, die zu ihrem Sohn geht, ohnmächtig gegen die Bosheit der Welt, in der sie verloren ist; schwer und zermürbt schleppte sie sich weiter hinein in die Nacht. Die Schlucht öffnete sich plötzlich und bog nach links ins freie Feld; die Häuser blieben immer mehr rechts zurück; und heller wurde es hier, wo es freier war; sie erkannte einen Steg, der am Bahndamm hochführte, sah oben ein kleines Häuschen stehen und kletterte mühsam hinauf. Unheimlich waren oben die Schnüre der mattglänzenden Schienen in dem summenden Schweigen;

nur aus einer winzigen Ritze am Fenster sah sie Licht und pochte mutig an. »Hinten herum!«, rief eine rauhe Stimme; sie umging gehorsam das Häuschen, ertastete die Tür und drückte auf. Eine qualmige, heiße kleine Stube, aus der ihr eine ängstliche, derbe Stimme zurief: »Schnell, schnell, die Tür zu!« Sie zog sie erschreckt hastig hinter sich zu; verwirrt und bange stand sie vor einer Tafel mit merkwürdigen Schaltern und Hebeln; das Licht blendete sie, und dann erkannte sie einen Mann mit müdem, finsteren Gesicht, der sie böse anstarrte, und da er nichts mehr fragte, sagte sie schüchtern: »Ich möchte etwas fragen.« In diesem Augenblick klingelte ein Telephon, er wehrte ärgerlich ab, sprach ein paar unverständliche Worte, hing ein und fragte mürrisch: »Ja?« – »Zum Stellwerk Viktorsberg, wie weit ist das noch?«

»Wollen Sie jemand dort besuchen, bei dem Truppentransport?« Er schien freundlicher zu sein, und ohne die Antwort abzuwarten, sagte er milder: »Moment mal.« Er drehte an einer Kurbel, hob den Hörer ab: »Block 9 hier, wie lange steht der Truppentransport noch da... ja?... nein... ja?... bis fünf, gut... danke.« Er legte den Hörer auf, drehte aus einem Stück Papier einen Fidibus und sagte: »Sie haben wohl gehört, bis fünf, noch zwei Stunden, wollen Sie sich etwas wärmen?« Ja, sie spürte die Wärme des Ofens angenehm, aber sie rief sofort: »Nein, zeigen Sie mir bitte den Weg.«

Jetzt erst wieder, draußen auf der Plattform des Dammes, die von Schienensträngen durchschnitten war, spürte sie, wie kalt es war. Da der Mann es ihr gezeigt hatte, sah sie es jetzt deutlich: in mäßiger Entfernung eine Erbreiterung des Schienenweges, die sogar ein wenig mehr erleuchtet zu sein schien; und sie glaubte das stampfende Stöhnen von Lokomotiven zu hören. Sie ging schneller, ach, merkwürdig warm war ihr plötzlich wieder, und froh war sie! Sie lief ein wenig, alle Furcht vergessend, links von sich die Schienen, die ins Unendliche liefen, und rechts den Abhang des Dammes, auf dem kleinen Pfad, der am Bahnweg vorbeiführte. Endlich sah sie Waggons auf den Schienen, mehrere Züge nebeneinander, rote Schlußlichter. Sie lief schneller; ganz unerwartet war sie plötzlich zwischen den Waggons; abgeblendete Lampen streuten ein mattes Licht zwischen diese dumpfen, stummen Kästen aus Eisen und Holz. Es war niemand zu sehen, aber sie hörte gedämpfte Geräusche, Gemurmel hinter den Wänden, fand schließlich einen Waggon, der ein wenig offenstand. Sie stellte sich auf die Zehenspitzen und horchte in das Dunkel hinein; sie sah einige glühende Zigarettenenden und hörte eine müde Stimme sagen: »Gib mir die Flasche, Hein.« Sie rief schüchtern: »Hallo!«, und dann erschrak sie, als sich vor ihr ein Kopf aus dem Finsteren hob, ein graues Gesicht, das alt aussah, mit der nach unten geklappten Mütze, die Pfeife zwischen den Zähnen. »Ja?«

»Kennen Sie einen Soldaten Bachem?«, fragte sie zitternd, es war ihr mit einem Male wieder so kalt! Der Soldat erhob sich, trat etwas beiseite, und sie sah nun, daß in der Mitte des Waggons ein Öfchen brannte. Der Soldat schüttelte den Kopf. »Bachem«, sagte er, »nein, welche Kompanie denn?« – »Dritte Kompanie… ja.«

»Warten Sie mal«, er schien zu überlegen. »Das muß ziemlich vorne sein… vielleicht am zwanzigsten bis fünfundzwanzigsten Waggon; ist der Posten denn nicht da?« Er beugte den Kopf heraus und rief laut: »Jupp! Jupp!« Aber es antwortete niemand. »Scheint irgendwo zu pennen, die Sau… oh, verzeihen Sie.« Sie hielt ihre Hand hoch mit ein paar Zigaretten, aber er war im gleichen Augenblick wieder im Dunkel untergetaucht, und auch als sie noch einmal rief, kam keine Antwort mehr; vorsichtig tastete sie sich weiter auf dem schmalen Pfad zwischen den Waggons; diese spitzen Steine schmerzten ihre Füße; ach, wie lang jeder Waggon war! Wie unendlich lang solch ein ganzer Zug. In manchen Wagen herrschte ein wilder Lärm von singenden und schreienden Stimmen; einmal wieherte ganz nahe neben ihrem Kopf ein Pferd, so daß sie erschrak; sie fühlte sich schrecklich beengt zwischen diesen hohen Wagen auf dem schmalen Weg. Endlich stieß sie auf eine Gruppe grauer, stampfender Gestalten. Man wollte ihr Platz machen, um sie durchzulassen, aber sie blieb stehen und fragte den ihr zunächst Stehenden: »Ist hier vielleicht die dritte Kompanie?« – »Nein«, sagten mehrere Stimmen zugleich, »einige Wagen weiter.« Der junge Mann, den sie gefragt hatte, ging ihr voraus und rief: »Kommen Sie... ich kenne die Leute dort.« Beim Weitergehen fragte er zurück: »Wen suchen Sie dort?« Und als sie ihren Namen nannte, blieb er stehen und rief: »Oh, den kenne ich, der steht vorne und wartet.«

»Wo?«, fragte sie bestürzt, aber als sie nun herangetreten war, sah sie, daß er lächelte, dieser fremde, blasse, kleine Soldat, der wie ein Knabe aussah. »Kommen Sie mit«, sagte ihr Führer. Schweigend führte er sie die ganze lange schmale Gasse zwischen den Zügen durch, bis sie um das stampfende, stöhnende Ungetüm der Lokomotive bogen. Mit einer harten Stimme rief der Fremde nun: »Bachem, he! Kommen Sie!« Und endlich hörte sie Christophs Stimme!

Trotz des langen, unförmigen Mantels und trotz der Dunkelheit erkannte sie ihn an seinen fast gleichgültigen Bewegungen; er umarmte sie einfach schweigend und erregt und sagte nur seufzend: »Ach, Mutter!« Dann nahm er ihr die Tasche ab und drängte sie sanft in die Gasse zwischen den Zügen zurück, bis an den Kessel der Lokomotive. »Hier ist es etwas warm wenigstens, du frierst doch sicher.« Und er nahm einfach ihre Hände zwischen seine und rieb sie kräftig, und jetzt erst spürte sie, daß ihre Finger völlig erstarrt waren. Sie blickten einander schweigend an bei dem matten Schein, der aus dem Führerstand fiel... und es lag wie eine Wolke von Tränen zwischen ihren Blicken. Diese beiden gleichen, schmalen Gesichter schienen nur noch zu leben, um zu weinen; aber die Mutter lächelte nun mild und doch mühsam, doch ihr armes sanftes Lächeln konnte die Spannung nicht brechen. »Willst du nicht auspacken?«, fragte sie heiser. »Nein, noch nicht... ich habe keinen Hunger.« Nun lachte sie wirklich. »Du hast keinen Hunger?«, fragte sie gedehnt... aber auch dieser Hebel zerbrach an dem düsteren Ernst seines Gesichtes.

»Wenn du etwas zu rauchen hättest...?« Sie reichte ihm aus ihrer Manteltasche die Packung, und er zündete mit hastigen Händen eine Zigarette an; sie sah, daß er zitterte. »Was hast du denn?«, fragte sie leise und legte eine Hand auf seine Schulter; er antwortete nicht gleich, und sie hatte das Gefühl, als habe ihre Frage tief, tief ins Leere gestoßen, aber dann sagte er ganz ruhig mit einer fast zynischen, fremden Stimme: »Ich habe einfach keine Lust mehr...« Seine Stimme schien in einer gräßlichen Müdigkeit abzusterben; er sog den Rauch tief und gierig ein und ließ nur einen feinen, grauen Faden wieder aus. »Nein... einfach keine Lust mehr...« Wieder schien die Stimme über dem Sprechen zu erlöschen; auch seine große Gestalt sank zusammen. Einige Sekunden lang fühlte sie sich machtlos gegen diese gähnende Last seines stummen Schmerzes, und sie schwieg bedrückt und trostlos; aber dann packte sie ihn fester an der Schulter und fragte lauter: »Wozu keine Lust mehr?« – »Zum Leben«, sagte er sofort und ganz gleichgültig, »sind wir denn nur geboren, um im Schmutz herumzuliegen? Mit Idioten durch Europa zu fahren und zu marschieren, auf drekkigen Bahnhöfen zu frieren und, eingegraben in der Erde, zwischen Kälte und Tod zu schweben?« Er zertrat die Zigarette unter seinen Füßen; seine anklagende Stimme wurde plötzlich kleinlaut. »Ach, weißt du, Mutter, ich möchte nur einmal vierzehn Tage lang saubere Hände haben, einfach gewaschene, ganz weiße Hände; möchte ganz schlicht und gewöhnlich in einem Bett schlafen; ach, alles, alle diese schrecklichen Kleinigkeiten... diese ewige Heimatlosigkeit hier«, er deutete matt gegen die Waggons, »und es ist wohl nicht zuviel verlangt, wenn ich einmal wenigstens ein paar Monate bei meiner Frau sein möchte... ach...« Er machte eine müde Geste und wich dem Blick der Mutter aus, aber sie drehte mit einem sanften Zwang seine Schultern so, daß er sie anblicken mußte, und er spürte es, wie unter ihren traurigen Augen sein ganzer Trotz einfach zerfloß; es war mehr der dunkle und sichere Ernst ihrer Augen, der zu ihm sprach, als ihre Worte: »Du weißt besser als ich, was darauf zu sagen ist, nicht wahr?« Ihr Blick durchbohrte die graue, trübe Wand seines müden Herzens. »Du weißt es besser, weil du mehr gelitten hast und noch mehr leiden mußt... ja?« Er beugte wie geschlagen den Kopf, und dann flüsterte er: »Manchmal habe ich geglaubt, Christus könnte nicht so viel gelitten haben wie wir.« Aber die Mutter lächelte ihn nun an, und diesmal war es ihr gelungen, alle die mühselige Qual, die ihr dieses Lächeln kostete, unsichtbar zu machen. »Komm, sei doch nicht so traurig; wie können wir wissen, was Gott leiden muß, wenn er nur eine Sekunde in das Gefängnis eines menschlichen Körpers gesperrt ist. Weißt du auch, daß ich ganz gewiß bin, daß du den Krieg überleben wirst; daß wir beide uns noch einmal sehen werden? Hans werde ich nicht mehr sehen.« Sein müdes, graues Gesicht belebte sich schnell. »Was ist mit Hans?«, fragte er erregt, und dann fügte er matter hinzu: »Ich hatte gar keinen Mut, nach allen zu fragen.« – »Hans ist gestern abgefahren, auch nach Rußland; nie mehr werde ich ihn sehen, ich weiß es«, und sie setzte schnell mit ihrer Stimme hinweg wie über einen Berg: »Vater ist noch krank und Gretes Mann am ersten Tage gefallen; sie hat jetzt erst Nachricht bekommen; Kopfschuß, sofort tot.« Christoph blickte sie ruhig und nachdenklich an: »Ja, so ist es, Mutter, die meisten haben Kopfschüsse... warum auch nicht.« Er lachte plötzlich schrecklich auf und blickte dann beschämt zu Boden; in dem dumpfen Schweigen hörte man nur fernes Singen blödsinniger Lieder und das ungeduldige, verhaltene Stampfen der Lokomotive. Sie erschraken beide, und Christoph riß die Mutter schnell beiseite, als die Lokomotive nun ganz plötzlich mit einem scharfen Pfeifen seitlich Dampf ausstieß, so daß die schmale Gasse mit warmem feuchtem Dunst gefüllt wurde. Christoph benutzte den Nebel und die kleine Verwirrung, schnell die Mutter an sich zu drücken, einem wilden, tiefen, inneren Drang folgend. »Es ist sicher gut so mit Hans, glaubst du nicht? Draußen wird er auch den letzten Rest des Glaubens an den Schwindel verlieren.« Seine Stimme war ganz kalt, und die Mutter sah entsetzt zu ihm auf. »Kannst du wirklich deinem Bruder wünschen, daß er fällt?« Seine Stimme war ganz unvermittelt verändert, sie rauschte fast und zitterte von einer Trauer, die sie erbleichen machte, als er nun ganz leise sagte: »Manchmal meine ich, man könnte nur seinen Feinden ein langes Leben wünschen...«, aber dann packte er die Mutter plötzlich fest am Arm, beugte lauschend den Kopf vor und flüsterte mit einer erregten, überwachen, ganz nüchternen Stimme: »Still... still...« Im gleichen Augenblick erloschen die Lichter. »Komm«, sagte er, »wir müssen uns irgendwohin verziehen, es geht bald los...«

In der Ferne war der ausgespannte Mantel des Schweigens von einem dumpfen Grollen zerrissen, das immer mehr anschwoll; wie ein gefährliches Brodeln kam es näher, wie eine gewaltige Woge des Schreckens; eine Menge grauer Gestalten sprang nun aus den Waggons, kroch unter dem Nebenzug her, während Christoph der Mutter vorsichtig und doch schnell half, den steilen Bahndamm hinunterzuklettern; er ging Schritt für Schritt abwärts und hielt die Mutter mit der Rechten fest, in der Linken ihre Tasche tragend. Sie erreichten die Ebene, eine mit Bäumen bestandene Wiese; er zog die Mutter weiter fort ins flache Feld hinein. Das mahlende, grauenhafte Geräusch am Himmel war nun noch hörbarer geworden, fast spürbar: das Brummen unzähliger schwerer Motore, die unsichtbar oben irgendwo hoch heranbrausten, mit einer tödlichen Sicherheit. Schwarze Gestalten schwärmten immer noch eilig den Bahndamm hinunter, eine ärgerliche, scharfe Stimme rief: »Verflucht... die Zigaretten aus!« Die Mühle des Schreckens flatterte mit ihren grausigen Flügeln über sie hinweg; hell und gereizt barsten die ersten Abwehrgranaten über ihnen, während die mörderische Walze sich ungestört weiterschob; zitternd hielt Frau Bachem ihren Sohn umklammert, der an einen Baumstamm gelehnt stand.

Christoph spürte, daß sie trotz aller vernichtenden Angst betete; und kalt war es, eine feuchte Kälte stieg aus den Wiesen. Eng nebeneinander lagen Mutter und Sohn auf dem nassen Gras, als plötzlich das drohende Murmeln von einem gräßlichen Getöse überschwemmt wurde... Die Erde bebte, und immer, immer wieder schlug es wie von gigantischen Fäusten in den dumpfen, zermarterten Leib der Stadt; es war wie ein infernalisches

Geheul der Befriedigung in der Luft; trocken und heiser barsten die Abwehrgranaten. Und wieder, wieder schwoll eine neue Welle fast bedächtig heran und ließ die Riesenhämmer ihrer Bomben in den brennenden Leib der Stadt fallen... blutig brannte es am Horizont auf... einige blutige Vögel gingen mit brennenden Schwingen unter brausendem Flattern nieder. Christoph hielt die Mutter fest in seinen Armen. Er hielt ihr zitterndes Gesicht an seiner Brust und blickte mit schweigendem Ernst zum Himmel.

Und wieder fiel das nackte, bösartige Schweigen in die Nacht, während in der Stadt die Feuersbrünste gegen den Himmel bleckten; hinter den abfliegenden Ungeheuern war die Stille wie eine Täuschung herabgefallen. War es nicht wirklich ein Traum gewesen, diese Vernichtung, die sich in Minuten vor ihren offenen, überreizten Sinnen vollzog, war die rote und schwarze Wolke, die über der Stadt schwebte, nicht ein Traum?

Ein helles Trompetensignal von einer furchtbaren Fröhlichkeit brach wie ein blödsinniger optimistischer Schrei in das Schweigen. Kommandorufe wurden laut, Namen und Nummern geschrieen mit hastigen Stimmen, und die schwarzen und grauen Gestalten klommen wieder den Bahndamm hinauf. Die Mutter wußte, ohne zu fragen, was das bedeutete. Diese überstürzende Hast in den Stimmen und die eifrige Eile, diese Aufbruchstimmung übertäubte ein wenig den Schmerz, der in ihrem Herzen brannte. Es ging alles so schnell, daß sie beide kaum noch zur Besinnung kamen; sie wurden von den drängenden Gestalten einfach zwischen die beiden Züge hineingeschoben. Christoph lenkte sie in eine Lücke zwischen den Waggons und sagte: »So, hier wohne ich, nun haben wir noch ein wenig Zeit.« Ach, was wollte sie ihm nicht noch alles sagen! Aber ringsum herrschte Geschrei und Aufregung, Meldungen wurden durchgerufen... eine harte Stimme rief aus dem Waggon, woran sie standen: »Bachem! Bachem!«, und Christoph antwortete ruhig: »Ja, ich bin da«, und rauchte schweigend weiter. Ja, sie schwiegen beide; es war unmöglich, auch nur ein Wort zu finden; ihr war der Mund wie zugeklebt, die Zunge wie verdorrt... die tränenlosen Augen schmerzten; ihre Arme waren wie gelähmt, ausgestorben war sie, leergebrannt und arm, so unendlich arm, daß sie nicht einmal weinen konnte. Endlich stammelte Christoph heiser: »Cornelia konnte ich nicht mehr sehen... grüße sie; ach, es ist Irrsinn – Irrsinn«, und er packte sie an den Schultern und drückte sie an sich; irgendwo rief eine blöde Stimme: »Bitte einsteigen, die Herrschaften... direkt nach Rußland, ganz umsonst...«, dann pfiff die Lokomotive. Christoph riß sich los... sie sah, wie er in den Wagen kletterte... und dann schob sich langsam, langsam der ganze Zug, Waggon um Waggon an ihr vorbei; nichts mehr sah sie von ihm, und ihre Zuversicht, daß sie ihn wiedersehen würde, sank wie nichts in sich zusammen, als das rote Schlußlicht des Zuges schließlich allein in der aufglimmenden Dämmerung davonpendelte...

Sie wußte nicht, woher ihr die Kraft gekommen war, den Weg nach Hause zu finden in der feuchten grausamen Kühle des Morgens durch die von Branddünsten verpesteten Straßen, die oft von Trümmern versperrt waren; wie kam es, daß sie doch durch den Gürtel der Vorstadt und der Neustadt schließlich wieder bis zu ihrem Hause gelangte, über die herabhängenden Leitungsdrähte kletternd, gestürzte Bäume übersteigend und an gähnenden Trichtern vorbei, an deren Rändern Asphalt und Pflaster zersplittert waren; sie schauderte vor Kälte und Müdigkeit, eine wilde Verzweiflung schnürte ihr die Kehle zu, als sie endlich über Glasscherben hinweg in ihr Haus trat. Alles lag im tiefsten Schlaf nach der zermürbenden Wachheit der Nacht. Sie fand ihren Mann im dumpfen Keller in einem Lehnstuhl; ihre Tochter, in Decken gehüllt, war eingeschlafen. Die runden, sonst so kindlichen Augen ihres Mannes blickten ihr ernst, fast traurig entgegen... sie erschrak. Nie, nie im Leben hatte sie je solch einen Ausdruck in seinem Gesicht gesehen; er umklammerte mit zitternden, eiskalten Händen ihre Arme, zog sie ganz nahe zu sich herab. »Wie geht es ihm, dem Jungen?«, flüsterte er mühsam, ganz leise. »Oh, gut«, sagte sie, ohne zu wissen, was sie sagte; sie war immer noch erstaunt und erschreckt über diese seltsam fremde Trauer in seinem Gesicht. »Laß sie schlafen«, flüsterte er nun lächelnd und deutete auf die Tochter. »Laß mich hier liegen, es geht zu Ende mit mir... nicht mehr lange...«, und er wehrte lächelnd ihre Einwendungen ab; sie konnte den Blick seiner Augen nicht ertragen. Mein Gott, welch eine Ahnung glomm wohl hinter diesen veränderten Spiegeln seines Wesens auf? Sie kauerte sich fröstelnd auf den Stuhl neben ihn; und wieder zog er sie ganz nahe zu sich heran und flüsterte, fast röchelnd: »Weißt du, daß du mich heute vor drei Jahren gebeten hast, dir drei Jahre jede Frage und Antwort zu ersparen«, und als er ihren erstaunten Blick sah, lächelte er mühsam; »das hast du mir gewiß nicht zugetraut, nicht wahr? Heute ist alle Frage und alle Antwort überflüssig geworden; ich weiß ja, daß du recht hattest, immer... immer, heute erst...«, und er beschwichtigte ihr wildes Schluchzen mit einer matten Handbewegung und wehrte noch einmal alle die selbstverständlichen Gegenreden, die ihr auf den Lippen lagen, ab: »Du bist immer eine seltsame Frau gewesen... nie habe ich dich geschätzt und gekannt, so wie es...«, er hielt völlig erschöpft inne, schöpfte tief und rasselnd Atem, mit geschlossenen Augen, als schliefe er, und sie, sie begriff nicht, und niemals würde sie begreifen, woher ihr die Tränen noch strömten, diese heißen, lebendigen Tränen…

15

Wie eingeklemmt zwischen zwei Finsternisse, die Finsternis des Himmels und die Finsternis der Erde, kriecht eine Kompanie Infanterie, den Rücken zur Front, durch den Schlamm. Niemand hätte sagen können, was dunkler sei, ob die Erde, diese zerwühlte Erde, die mit einer zähen, dicken Schicht fürchterlichen Schlammes bedeckt war, oder der Himmel, der schwarz, schwarz wie zusammengeballte Düsternis auf ihrem Nacken lag; ja, die Nacht lag wie ein ungeheures Gewicht auf ihren Schultern, und unten sog sich die Erde an ihren Füßen fest, als halte sie die schreckliche Umarmung eines Sumpfes bereit; jeder Schritt war ein Kampf, ein schwerer harter Kampf, um einen Drittel Meter Raum nach rückwärts zu gewinnen. Es war, als habe die Unendlichkeit das Kleid der Trostlosigkeit angenommen...

Dunkle Gestalten, stumm und müde, mit dreckverkrusteten Kleidern, kriechen mühsam in die Reserve... eingeklemmt zwischen die Finsternis der Erde und die Finsternis der Nacht... wie zwischen zwei unendliche schwarze Blöcke, die eben so viel Raum lassen, daß die zermürbten Leiber sich gebückt vorwärts bewegen können; alles, alles Licht ist geschluckt von der saugenden Gewalt der Finsternis; keine Litze zu erkennen, nicht die hübschen Schulterstücke des Offiziers, rostig und schmutzig die Gewehre, nichts Blinkendes an ihnen; von Schlamm bedeckt das Gerät und die bleichen, schmalen

Scheiben der Gesichter überfilzt von Bärten und Dreck. Wenn der schwache Schein einer Leuchtrakete, die irgendwo hinter ihnen hochgeht, die wankende Gruppe trifft, scheint es, als habe die schwarze Erde unförmige, unkenntliche Pilze geworfen aus ihrem Stoff, die nun vorwärts schwanken oder rückwärts; sie scheinen selbst zum Fluchen zu müde, und mit einer fürchterlichen Gleichgültigkeit erheben sie sich mühselig und langsam, wenn sie stolpernd in einen Trichter gefallen sind, und immer wieder finden sie die ungeheure Kraft, ihre Füße zu heben und vorwärts zu stoßen; mein Gott, woher haben diese ausgemergelten Tiere noch die Kraft?

Die kleinen Geräusche, das Klappern des Geräts und den quietschenden saugenden Ton, wenn der gierig sich um die Füße schließende Schlamm seine Beute wieder freiläßt... alles schluckt die Finsternis, schnell und restlos; diese winzigen Geräusche scheinen auf Grund einer seltsamen Sinnesverwirrung fast wie Lichter, die sofort totgedrückt werden vom Gewicht der Nacht. Weit irgendwo links und rechts murmelt regelmäßig ein Geschütz, fast gutmütig, tröstlich, als wolle es die grauenhafte Stille brechen; kein Blick geht nach rückwärts, »nach vorne«, wo das nächtliche Spiel einzelner Schüsse und aufbrausender Raketen sich mit einer blödsinnigen Regelmäßigkeit vollzieht; nirgendwo in der Welt ist ein Haus... nirgendwo in der Welt eine trockene Stelle, wo man sich hinlegen kann... nirgendwo in der Welt Trost, Schlaf und Ruhe... Schlaf... Schlaf; nirgendwo in der Welt ist Wasser, sich zu waschen; nur das ungeheure Gewicht der Nacht auf ihren erlahmten Nacken und die ungeheure, saugende, schlammige Finsternis der Erde unter den stumpfen Füßen; hinten Nacht und vorne Nacht; niemals, niemals würde es Tag werden... niemals; verloren, verloren... und müde, müde... und schmutzig, schmutzig; der Hunger hat sich in den vieltausendmal vergewaltigten Mägen schon verloren. Ach, nur Finsternis, nicht einmal Blut; nicht einmal die rote, wilde Farbe des Blutes! Es scheint, als habe der Krieg sein Antlitz verhangen mit einem Tuch, so schwarz wie die Eingeweide des Teufels; er hat sich eingehüllt in die absolute Nacht; und hinter seinem fürchterlichen Schleier scheint er zu grinsen und zu flüstern, mit sich selbst geifernd zu sprechen; und er wartet, wartet, und er wird mit einem jähen Riß den Vorhang lüften und wie ein wahnsinniger Maler seine Palette aus den Abgründen des Entsetzens zurückholen und mit dem Licht des Tages seine Farben wieder über die Schlachtfelder schleudern; und seine Lieblingsfarbe wird wieder Rot... Rot... Rot... Rot sein; und alle die, die die Nacht für das Schlimmste gehalten haben, werden glauben, daß der Tag doch schrecklicher ist; und immer wieder, wenn die Nacht über sie herfällt mit dem grauenhaften Gewicht ihrer Dunkelheit, werden sie sich nach dem Tage sehnen, und der Kreislauf des Schreckens wird sie in Atem halten!

Ganz plötzlich hält die Kolonne, als habe ein Unsichtbarer an ihrer Strippe gezogen; im nächsten Augenblick liegen sie flach im Schlamm; ein Pfeifen, das sich nähert und wie eine immer lauter werdende gemeine Drohung anschwillt, dann wühlt sich die Ladung in die Erde, und die ungeheure Detonation scheint die Nacht zu zerreißen, wie ein verkrampftes, plötzlich gelöstes Lachen, wild. Man glaubt, es müsse nach diesem irrsinnigen Gebrüll der Granaten hell werden; der Lärm steht in so merkwürdigem Gegensatz zu der absoluten, platten Finsternis; man spürt förmlich, wie die Spannung aller, aller Sinne dieser verlorenen Schar sich in die Nacht streckt wie ein überaus empfindlicher Fühler. Niemand rührt sich; die nächste Lage geht hoch über sie hinweg, irgendwo vorne bricht es wie ein kurzes, dunkles Feuer aus der

Erde, und man hat den Eindruck, als lösche der folgende Krach dieses kurze Feuer aus; es rauscht noch einmal über sie hinweg, drohend und unheimlich wie der erschrekkende Flügelschlag eines fliegenden Dämons; dann bleibt vorne irgendwo eine Flamme in der Dunkelheit stehen, immer heller und breiter werdend, manchmal gelb, oft rot, wie eine Fackel, ein tröstlicher Fleck, als habe jemand das undurchdringliche Gewand der Nacht zerfetzt und einen Funken Mitleid in den schwarzen Zunder ihres Leibes geschleudert.

Der vorderste Mann der Kolonne erhebt sich langsam, und seine Stimme, müde und heiser, und doch mit einer geheimen Kraft, sagt leise: »Los, Jungens, da vorne, wo's brennt, muß wohl das Drecknest sein, in dem unser Troß liegt; es ist nicht mehr weit.«

Es ist nicht mehr weit! Wieviel tausend Kilometer hat man sie mit diesen Worten schon in allen Ländern Europas immer weiter gelockt! Sie kriechen weiter, nicht, weil sie dem Versprechen noch glauben, sondern weil vorne dieses Feuer brennt, dieses wunderbare, rote, fast menschliche Feuer; denn, wo etwas brennt, da muß ja wirklich etwas anderes sein als nasse Erde und Finsternis; kein Mensch wird je erfahren, woher diese Beine noch die Kraft nehmen, bei jedem Drittel Meter, den sie vorwärts gewinnen, den ungeheuren Kampf mit dem zähen Schlamm des Bodens zu kämpfen; woher sie die Kraft nehmen, nicht nur ihre ausgehungerten Leiber, sondern dazu noch die schweren, schmutzigen und nassen Kleider, Waffen und den ganzen zum Kriegspielen erforderlichen Krempel an Gerät vorwärts zu schleppen...

Der Mann vorne spürt, daß der Drang nach vorwärts hinter ihm heftiger wird; er braucht nicht mehr stehenzubleiben, auf die Gefahr hin, daß der Schlamm sich immer tiefer und fester um seine müden Füße schließt. Er braucht nicht mehr zu halten, um den Nachzüglern Zeit zu lassen, nachzurücken; es ist jetzt nicht mehr so, daß er mit seinem Willen diese müde Kolonne mühsam hinter seinem Schritt herzieht; sie drängt ihn jetzt nach vorne, und er muß schneller gehen, und es scheint ihm fast anstrengender, den Willen zum schnelleren Gehen aus den verlorenen Tiefen seines Wesens zu holen, als den Willen aufzubringen, die Kolonne nach vorne zu ziehen...

Er ist so unsagbar müde, und seine Sinne sind so irrsinnig überreizt, daß sein Kopf wie ein Knäuel wildester Schmerzen über seinem zerschundenen Leib zu hängen scheint; er torkelt fast blind auf die immer heller lodernde Flamme zu, und er empfindet es als ein Glück, daß die Nacht die Unsicherheit seiner Bewegungen den Vorwärtsdringenden verbirgt; denn er ist Leutnant, der Führer dieser zerschlagenen Kompanie von zweiunddreißig Mann; irgendwo fühlt er sich tief verantwortlich für diesen armen Rest seiner Herde; irgendwo brennt ein unstillbarer Haß gegen alles, was sich Vorgesetzte nennt; angefangen bei dem gepflegten langen Schlacks von Bataillonskommandeur, der alle drei Monate einen neuen Orden an seine adlige Brust heftet, als habe man irgendwo mit einer mörderischen Regelmäßigkeit ein Kalenderblatt des absolut Lächerlichen abgerissen und ihm in einer Schachtel überreicht, damit er sich schmücke, sich schmücke!

Er fühlt sich den zweiunddreißig Mann, die hinter ihm herkriechen, so nahe, daß er oft glaubt, er könnte weinen, wenn sie Zweifel in ihn setzen würden; aber in der Mühle des Krieges hat er sich daran gewöhnt, daß jeder Mensch dem Zweifel ausgesetzt ist; und manchmal hat ihn die Hoffnung getröstet, daß alle, alle die Toten, die er auf seiner Liste hat streichen müssen, ihm in einem besseren Leben alles verziehen haben, was zweifelhaft an ihm ist...

Dem dienstlichen Unwetter, das ihn nun nach der Ablösung erwartet, sieht er mit einer wilden Freude entgegen. Allmählich gewinnt die Macht der Gedanken, da sie sich auch dem tröstlichen Feuer immer mehr nähern, Gewalt über die schmerzhafte Verwirrung seiner Sinne und seines erschöpften Körpers. Er hat den mörderischen Irrsinn des Krieges längst durchschaut und hat die letzten drei Monate in der Stellung vorn nur dazu benutzt, um unsinnige Befehle totzuschweigen und Unheil, soweit es ihm möglich war, zu verhüten; nur der Gedanke, daß ein anderer, ein üblicher, es den Leuten unerträglicher gemacht hätte, hat ihn vorne gehalten...

Ja, er freut sich auf seinen ersten Rapport beim Herrn Major; kühn und frei wird er ihm dieses Mal gegenübertreten mit dem Bewußtsein eines Mannes, der einen Weg und einen Willen hat und der sich nie mehr ducken wird unter der wahnwitzigen Formel: Befehl ist Befehl, selbst wenn er aus dem Munde des Teufels selbst kommt oder eines seiner legitimen Kinder: der Dummheit, der Feigheit, der Eitelkeit, der Verworfenheit oder der Verwirrung. Nein, nein, nein, er hat sein Leben tausendmal geschenkt bekommen im Wirrwarr des Krieges, warum soll er es nicht einmal aufs Spiel setzen für menschliches Gefühl und Vernunft. Ja, er sehnt sich danach, jetzt, wo er nach der Ablösung seine Kompanie nicht führerlos im Gedränge der Front zurückzulassen braucht; ach, er sehnt sich danach, einmal offenbar gegen die Befehle des Irrsinnigen zu handeln...

Auch in der Kolonne, die hinter ihm drängt, sind die Gedanken wach geworden aus der stumpfen Verlorenheit; manche taumeln fast trunken von irren Vorstellungen auf das Feuer zu wie Motten; ach, vielleicht gibt es

Häuser dort, richtige Häuser, wo man zwei Quadratmeter trockenen Bodens findet, um sich hinzulegen und auszustrecken, ach, vielleicht Wasser, Wasser, sich zu waschen; vielleicht Post, oh, Irrsinn, Post... einen Brief! Aber erst schlafen... schlafen... schlafen; keine Wache, und nicht das Schwert des Todes über ihnen ausgehängt wie eine stetige Drohung...

Die Verstiegenheit ihrer menschlichen Wünsche, die um das Feuer kreisen, ist so verschieden wie sie selbst untereinander verschieden sind; einer hat vielleicht nur den brennenden Wunsch, sich einmal wahrhaft zu waschen, sich den verfilzten Bart mit warmem Wasser und Seife vom Gesicht zu kratzen; weiße, wirklich weiße Hände zu haben; der andre sehnt sich vielleicht nur nach einer heißen Suppe, einer richtig heißen Suppe, oder nach einem Stuhl, nach einem richtigen Stuhl, auf dem man wirklich sitzen kann, die Beine ausgestreckt. Alle ihre Wünsche sind so im Tiefsten rührend, daß man glauben könnte, Gott müßte weinen, wenn er sie in ihrem Herzen liest; aber alle, alle sehnen sie sich nach Schlaf; Schlaf! Die Augen schließen, sich ausstrecken und in die weitausgebreiteten Arme des Schlafes sinken wie in die Arme einer überirdisch schönen und liebreichen Geliebten... Schlaf, Schlaf, du süßer Bruder des Todes, du sanfter, milder, göttlicher Bruder, erbarme dich ihrer!

Plötzlich lodert das Feuer wild und hoch auf, und eine Wolke von Funken sprüht in den weiten Mantel der Nacht; dann sinkt es zusammen, und es bleibt nur ein roter, glimmender Haufen, flach an der Erde, aus dem manchmal eine kleine Flamme hochzüngelt. Ein wilder Krampf der Angst reißt die ausgepreßten Herzen nieder, und sie drängen, drängen nach vorne, als hinge ihr Leben davon ab, ob das Feuer brennt oder nicht...

Der Mann vorne findet die Kraft, noch schneller zu

gehen. Er hört, wie sie hinter ihm die schweren Munitionskästen in den Schlamm werfen, aber das kümmert ihn nicht mehr; schnell geht er und so leicht, als habe er selbst auch unnützen Ballast abgeworfen; er ist von dem finsteren Komplott der Dämonen um seine halbe Kindheit und seine Jugend betrogen worden; seinen Glauben, seine Hoffnung, seine Liebe hat er diesem düsteren Gestirn der Unterwelt geschenkt, das sich aufgebläht hat in dem schwelenden Odem des Krieges; ja, und er hat Schuld auf sich geladen um dieses irrigen Glaubens willen, Menschen hat er geopfert diesem schwarzen Gott, den sie ihren Staat nannten; und seine Augen sind geöffnet worden in diesem Krieg, der das zusammenstürzende Gebäude umgibt wie ein Kreis schwarzer Flammen; ja, er hat gebüßt und gelitten, aber der brennende Wunsch, das Höchste zu wagen, treibt ihn hoch... hoch... wie eine Flamme, die spielend eine Flocke in die Höhe treibt; und ihm ist so leicht...

Das Feuer vorne erlischt immer mehr, es ist nur noch wie ein Haufen von Funken, die sich einzeln auslösen und in der Nacht verlöschen; und der Mann vorne spürt, wie die Kolonne hinter ihm wieder ermattet, von Tantalusqualen gefoltert und zerrissen. Mit einem ungeheuren Willen muß er sie nach vorne ziehen wie eine schwere, schwere Kette, die an ihn gebunden ist und an die er geschmiedet ist als Bindeglied der Hoffnung, die vorne irgendwo wirklich ist; er geht und geht, schnell und fast mühelos, als könne er die müde Kolonne hinter sich zwingen mit seinem Willen. Aber plötzlich bleibt er stehen; er hat gespürt, daß die Kette hinter ihm zerrissen ist; er wartet, bis der nächste Mann, der stille und verbissene Feldwebel Schneider, an ihn herangekommen ist, dann hört er Gemurmel. »Laß durchfragen, was los ist«, sagt er leise; eine vollkommen gleichgültige und erloschene

Stimme antwortet ihm: »Borgmeyer ist umgefallen, vollkommen leblos.« Der Leutnant tastet sich schnell an der Reihe vorbei bis zu der Stelle, wo er an einem dunklen Knäuel Menschen erkennt, wo Borgmeyer liegen muß; er weiß, daß Eile nun wichtig ist; nur nicht die Leute hier lange aufhalten, sonst schmeißen sie sich gleich alle völlig apathisch in den Schlamm und lassen die dunklen Wellen der Nacht und der Erde willenlos über sich zusammenschlagen; er drängt die Umstehenden schnell beiseite, beugt sich hinunter auf das leblose Häufchen, das der Erde vollkommen gleich ist, fast aussieht wie eine Furche, eine schlechte Furche, krumm und uneben, dann packt er die drei zunächst Stehenden und sagt mit einer lebhaften Stimme: »Los, Waffen und Gerät weggeschmissen, dann helft mir tragen.« Und da er in der Dunkelheit ihr erstauntes, dumpfes Zögern spürt: »Los... los, ich verantworte das schon!« Er hat dem Liegenden flink das Lederzeug abgeschnallt und den schweren, von dikkem Schlamm überkrusteten Mantel ausgezogen, dann packen sie ihn, zwei an der Schulter und zwei an den Beinen, und während sie an der wartenden Kolonne vorbei nach vorne gehen, ruft der Leutnant mit heller Stimme: »Weiter Jungens, es ist nicht mehr weit... ich spüre schon den Brandgeruch.«

Und die helle Stimme peitscht sie wirklich auf, und es geht nun ohne Zögern wieder vorwärts, ach, langsam, in schwerem Kampf mit dem Schlamm und das ungeheure Gewicht der Nacht auf ihren Nacken, aber vorwärts, vorwärts trottet die müde, zerschlissene Kolonne Infanterie...

Es ist wie ein Wunder, daß sie wirklich bald festeren Boden unter den Füßen haben, daß sie schwache Lichter ganz nah aus den Ritzen der Fenster und Türen von wirklichen Häusern erkennen; und daß ein brenzliger

Geruch und ein glimmender Trümmerhaufen, an dem sie vorbeitappen, ihren zermarterten Sinnen sagen, daß sie wirklich in einem Dorf sind; es ist wie ein Wunder, daß es in der Welt noch Häuser gibt und Licht, Licht irgendwo in der Finsternis...

In einer niedrigen dumpfen Bauernstube, rauchgeschwärzt und düster, brennt ein flaches, in Pappe gegossenes Wachslicht auf einem wackeligen Tisch neben einer Schreibmaschine und einem Telephon; Kisten mit Formularen und Dokumenten stehen herum, brüchige Stühle, und an Nägeln in der Wand hängen saubere Uniformstücke, wie im Spind einer Kaserne, zum Appell bereit; die Litzen und die Schulterklappen sitzen vorschriftsmäßig, und die blanken Orden sind vorschriftsmäßig angenäht. In einer dunklen Ecke, die vom flackernden Licht des Wachstöpfchens nicht erreicht wird, steht ein hölzernes Bett und in der Mitte der Stube ein ungeheurer schwarzer Ofen, um den eine Bank führt. Auf der Bank, die Hände tief in den Taschen seines Mantels vergraben, sitzt der Leutnant und schläft...

Seine hohe schlanke Gestalt ist zusammengesunken, die Mütze von seinem Kopf gerutscht, und das dichte braune Haar ist stumpf und schmutzig, wirr; hilflos steht der Mund halb offen, die Nase ist gelblich bleich und schmal, nur der Mund blüht merkwürdig jung und rot in dem bräunlichen Gestrüpp des Bartes. Sein Mantel ist mit Schlamm bedeckt, an manchen Stellen sind schwarze, tiefe Flecken von getrocknetem Blut; der hohe enge Kragen ist hastig und wütend aufgerissen, man sieht die Garnfetzen der abgerissenen Knöpfe, und zwischen dem grünen Hemdkragen leuchtet der kindliche Hals ganz weiß und rührend zart...

Der Schlaf hat ihn regelrecht überfallen und hinabgerissen in die wunderbaren, lockenden Abgründe des Vergessens, wo auf den tiefen Matten der Versunkenheit die sanften Blumen des Schweigens blühen... aber in der köstlichen Tiefe seines Schlafes springt plötzlich ein gräßlicher Traum auf, der sich wie eine scheußliche Spirale in die himmlisch verlorene Ruhe bohrt; er glaubt, ein riesiger Wecker sei irgendwo aufgebaut, unsichtbar, aber er hört das unablässige, scheußliche Rasseln und hat das Gefühl, die Augen nicht aufschlagen zu können; sie sind wie vom Gewicht einer unmenschlichen Müdigkeit niedergehalten; und der Wecker bohrt sich mit seinem quälenden Rappeln in sein Gehirn, immer tiefer, tiefer, bis er fast den Nerv des Bewußtseins erreicht hat... er bohrt, bohrt, dann packt ihn eine Zange wie die Greifer eines riesigen Hirschkäfers am Arm, sie packen seine Muskeln, bis er von Schmerz überwältigt aufschreit; er schlägt die Augen auf und sieht die dumpfe Bude, vor sich stehend einen Troßknecht, der draußen Posten gestanden hat, und das irrsinnige Klingeln des Telephons dringt im gleichen Augenblick an sein Ohr. »Herr Leutnant«, sagt eine unterwürfige Stimme, »das Telephon klingelt schon fast fünf Minuten.« Er taumelt zum Tisch, hebt den Hörer auf: »Ja, dritte Kompanie.« Mit schmerzhaft zusammengekniffenen Augen horcht er eine Weile auf das Krächzen des Hörers, er schläft noch halb, dann stößt er plötzlich einen scheußlichen Fluch aus. »Verdammtes Arschloch!«, brüllt er in den Apparat hinein, und seine Stimme scheint die kleine Muschel zu sprengen, so sehr brodelt es darin. »Rufen Sie mich hier mitten in der Nacht an, mich zu wecken, nachdem ich seit drei Monaten zum ersten Male schlafe, wegen Ihres Scheißdienstplanes für morgen; bestellen Sie dem Herrn Major, mein Dienstplan für morgen sei, die ganze Kompanie Scheiße... Scheiße... Scheiße schreien zu lassen, Scheiße auf die ganze deutsche Wehrmacht!«, und er knallt den Hörer auf die Gabel mit so ungestümer Wut, daß ein Zinken abbricht und auf den Boden springt...

Die unheimliche Stille, die nun folgt, drückt ihm fast das Herz ab... und er schämt sich seiner widerlichen Flüche, seines bösen Gebrülls, und während er langsam in der Stube rundschreitet, um den Ofen herum, die Zigarette im Mund, spürt er, daß er nun vor einer ungeheuerlichen Entscheidung steht; er hat die Möglichkeit, weiter zu vegetieren, als halb rebellischer, aber immerhin noch im Kriege brauchbarer Landsknecht, oder er muß dem ganzen verlogenen, eitlen Gesindel, das diesen hoffnungslosen Krieg hinter lächerlichen Phrasen weiterführt, seinen Degen vor die Füße werfen; es ist fast nur eine Sekunde des Zweifels in ihm; er braucht sich nur den Major vorzustellen, diese Verkörperung der verbrecherischen Dummheit, um bereit zu sein zum letzten Gang; ja, dieser preußische Adelige, in dessen Gehirn sich die schillernden, infernalischen Phrasen des besessenen Gefreiten mit den verrotteten Idiotien des Alten Fritz auf eine geheimnisvolle Weise gemischt haben, das ist der Typ, in dem sich der ganze Irrsinn wunderbar vereinigt hat; das ist einer der Mahlknechte, die die Mühle des Krieges drehen, drehen, drehen und deren blinde Eitelkeit niemals den blutigen Schleim sehen wird, der unter den Mahlsteinen der Dummheit herausfließt...

Irgendwo in seinem Inneren wartet der Gedanke an Gott darauf, daß er ihn erwecke, aber er wagt es nicht, noch nicht; unruhig und von den teuflischen Läusen fürchterlich geplagt, wälzt er sich einige Minuten auf seinem Bett, aber er weiß bald, daß er nie im Leben dem Schlaf so fern war wie jetzt; er erhebt sich, tritt an den Tisch heran, und während er sich langsam setzt, fällt ihm ein, daß der Hauptfeldwebel, bevor er sich in sein Quartier zurückzog, ihn auf einen Bericht aufmerksam gemacht hat, der ihm als Ortskommandanten nun zur Entscheidung anliegt; er wirft den Zigarettenstummel im weiten Bogen in die Stube, zündet an dem flackernden Licht eine neue an und greift in die Schublade; ein eng mit der Schreibmaschine beschriebenes Blatt knistert in seinen Fingern, und er liest, liest bald mit so erregter Aufmerksamkeit, daß die Zigarette unbeachtet auf dem Rand des Tisches verkohlt:

In der Nacht vom 16. auf den 17. Oktober um zwei Uhr verhaftete ich auf einem Abstellgleis des Bahnhofs Stalikonowo einen deutschen Soldaten in Heeresuniform und drei russische Frauen, die ich in folgender Situation antraf: Der Soldat reichte aus einem Lebensmittelwaggon, dessen Plombe angerissen war, den Frauen Pakete mit Dauerbrot, Würsten, Butter und große Kartons Zigaretten heraus; eine der Frauen verpackte die herausgereichten Lebens- und Genußmittel in eine auf dem Boden ausgebreitete Decke. Die ganze Angelegenheit konnte nicht länger als einige Minuten gedauert haben; es ging mit einer verblüffenden Geschwindigkeit, die fast auf Übung schließen läßt. Der Soldat reichte geschwind heraus, zwei Frauen nahmen es in Empfang, und die dritte stapelte es auf die Decke. Ich hatte die Sache, hinter einem Waggon stehend, beobachtet und beauftragte meinen Begleiter, den Obergefreiten Schmidtmann, zwanzig Schritt abseits im offenen Feld Posten zu fassen, während ich mit entsicherter Pistole auf die Gruppe losging. Gleich beim ersten Anruf huschten zwei der Frauen schnell unter einen Waggon, während die dritte mit dem rasch zusammengerafften Bündel übers freie Feld flüchten wollte. Ich schoß auf die Fliehende und traf sie – wie sich später herausstellte – ins linke Bein; sie schrie und flog mit ihrem Bündel auf die Erde; der Soldat sprang aus dem Waggon und rief: »Schießen Sie nicht – ich bleibe hier!« Er wollte offenbar der auf dem Boden liegenden Frau zu Hilfe eilen. Der Obergefreite Schmidtmann hatte inzwischen die beiden anderen Frauen gestellt. Ein Posten der Bahnhofswache, der durch meine Schüsse aufmerksam geworden war, half uns, die vier zur Wache zu bringen, wo sich bei der ersten Vernehmung folgendes ergab: Der deutsche Soldat nahm die Schuld in vollem Umfang auf sich und sagte aus: Er sei von seiner an die Front marschierenden Truppe in dem Dorf zurückgelassen worden, weil er vor Erschöpfung ohnmächtig geworden sei; er habe bei den Frauen – einer Mutter mit zwei Töchtern – Unterkunft gefunden und sei auch von diesen verpflegt worden, habe aber bald festgestellt, daß die ganze Familie – zwei ältere Männer und mehrere Kinder – nichts Eßbares mehr im Hause hatten. Er sei dann zur Ortskommandantur gegangen, habe sich Marschverpflegung geben lassen, und dabei habe er von einem Manne eines Zugbegleitkommandos erfahren, daß ein Transport mit Lebensmitteln und Waffen im Bahnhof stände; daraufhin sei er in sein Quartier zurückgegangen und habe die drei Frauen überredet, mit ihm in der Nacht zum Bahnhof zu gehen, er werde ihnen Lebensmittel aus dem Transport besorgen.

Der Soldat nannte seinen Namen nicht, hatte auch keinerlei Papiere, keine Dienstgradabzeichen und keine Auszeichnungen. Auf alle Fragen nach seinem Truppenteil verweigerte er die Auskunft. Auf meine Vorstellungen, ob er sich nicht schäme, die für seine Kameraden an der Front bestimmten Lebensmittel zu stehlen, äußerte er, daß er es nicht schlimm fände, von dem großen Teil, der sowieso unterschlagen und verschoben werde, wirklich Hungernden und unschuldig Leidenden etwas mitzugeben; er fahre schon zum dritten Male an die Front, er wisse »was gespielt werde«. Auch auf Drohungen und dringende Vorstellungen gab er weiter keine Auskunft; er war ohne Waffen und Gerät, ohne Mantel und Mütze, in seinen Taschen fand sich lediglich ein silbernes Feuerzeug und eine Schachtel mit sieben Zigaretten.

Die Vernehmung der Frauen war schwieriger, da kein Dolmetscher zugegen war. Aus ihren Gesten und einigen deutschen Brocken konnte ich entnehmen, daß sie der Schilderung des Soldaten zustimmten, soweit sie sie verstanden hatten.

Da die Bahnhofswache in St. kein geeignetes Lokal zur Verfügung hatte, übergab ich die vier Arrestanten dem stellvertretenden Ortskommandanten von Milischki, Hauptfeldwebel Borganek, von der dritten Kompanie des Infanterieregiments 846.

Die Meldung wurde dem Streifenabschnittskommandanten und der Abteilung 1c der 29. I. D. weitergegeben. Der Wachhabende der Bahnhofswache in St. war Unteroffizier Breck von der Lds. Schtz. Btl. 708/4. Kp.

O. U., den 17. Oktober 194...

Schniemöller, Oberfeldwebel im S. D.

Schmidtmann, Obergefreiter im S. D.

Es ist jene gespenstische Stille eingetreten zwischen Tag und Nacht, wo selbst das ständige Gemurmel und Geknatter der Front schweigt, wenn nicht ein Angriff von einer Seite geplant oder vorbereitet wird. Jene Stunden zwischen drei und fünf Uhr in der Nacht, wo die Posten manchmal glauben müssen, daß die Zeit stillsteht und daß sie auf ewig gebannt sind, mit kalten Füßen und leeren müden Köpfen, das Gewehr auf der Schulter, irgendwo zu stehen; es ist, als ob die Zeit hier eine Ruhepause hielte; sie verhält wie ein Läufer vor dem nächsten Spurt; sie dreht sich müde, unendlich träge wie ein Mühlrad, wenn der Bach ohne Wasser ist und nur manchmal eine kleine Welle hochschlägt und ihm einen kurzen Stoß versetzt, daß es sich widerwillig dreht. Ja, selbst die Zeit scheint in diesen Stunden zu schlafen und ihr ungeheures Werk nur spielend und langsam wie im Traum weiterzudrehen, und die Posten, die Posten, die überall auf der Welt stehen, glauben allein, wach zu sein. Einsamkeit und Kälte peinigen sie bis zur Verzweiflung; niemals, niemals wird die Ablösung kommen; das Herz ist so leer und mürbe, daß kein Gebet mehr Kraft hat, die Kälte dringt langsam, aber stetig aus den Füßen in den ganzen Körper hinauf; die Pfeife schmeckt nicht mehr, sie ruft in dem hohlen Magen Übelkeit hervor, und nirgendwo ist ein Schluck Schnaps aufzutreiben; die Minuten werden zu grauenhaften Ewigkeiten, während die unbarmherzige Nacht sich ausspannt, dunkel und unkenntlich. Glücklich der Posten, der irgendwo schlafen kann; es ist wie ein Wunder, daß schließlich doch die graue, träge Masse von zwei Stunden in die Ewigkeit abtropft...

Der Leutnant hält das Blatt in seinen Händen, während die Stille ihn erdrücken will; und am Rand des Schriftstücks ist mit Bleistift von der Hand des Hauptfeldwebels vermerkt: »Anfrage beim Bataillon: Frauen erhängen – Soldat: Kriegsgericht.« Frauen erhängen!

Der Leutnant ist wieder aufgestanden; er hat den Ofen versorgt, und er geht langsam wieder um ihn herum, während er ein Butterbrot ißt. Als er am Tisch stehenbleibt und ein neues Licht anzündet, liest er flüchtig die anderen Papiere, die mit dem Bericht zusammengeheftet sind: Termine des Bataillons über Ausfälle, Bestandsmeldungen. Eine Meldung über einen Troßknecht, der sein Gewehr verrosten ließ, über einen verspäteten Urlauber, eine Anfrage über das Dienstalter der Unteroffiziere. Er knäuelt das Paket zusammen und wirft es in den Ofen. Es ist fast ganz finster in der Stube, denn das neu entzündete Licht brennt nur schwach, die Stube versinkt in bedrohlicher Dunkelheit, sie wird unendlich groß, gleichsam, als seien ihre Wände abgebrochen und hinausgeschoben in die Nacht; dann beginnt das Wachs zu schmelzen, und das Licht brennt stärker.

Der Leutnant hat die Dokumentenkiste erbrochen, Tinte und Federhalter aus der Schublade genommen und schreibt; da der Ofen eine heftige Hitze zu entwickeln beginnt, hat er den Mantel ganz aufgerissen, das Koppel beiseite geschleudert, und der Mantel hängt nun lose um den Sitzenden; lange und sorgfältig schreibt er in einem kleinen Buch, dessen Seiten er sorgsam umblättert, an manchen Stellen des Buches drückt er das Siegel hinein; ruhig und fast liebevoll vollzieht er dieses Geschäft, mit peinlicher Sorgfalt...

Dann löscht er das Licht, steckt das kleine Buch in seine Tasche und tappt sich zur Tür. Draußen ist es kalt und still; an den Rändern des Horizonts im Osten quillt, kaum sichtbar, ein grauer Streifen auf. Er ruft laut nach dem Posten, und da niemand antwortet, geht er aufs Geratewohl nach rechts die Dorfstraße hinab. Dunkel und arm und drohend liegen die dürftigen Hütten am Wege; eine fürchterliche Einsamkeit überfällt ihn und eine wilde, schreckliche Sehnsucht nach dem Land, wo er geboren ist, nach der Heimat, wo der Rhein fließt im offenen bunten Land. Finster und unheimlich ist es hier... Die Fremde, diese bösartige Fremde lauert hinter jeder Ecke. Er atmet auf, als ein »Halt, Parole« hinter einer Hausecke herausklingt; die unterwürfige Stimme scheint abgelöst zu sein, und er spürt mit dem alten Instinkt des Soldaten aus der Stimme des Mannes heraus, daß er irgendwo geschlafen hat. Lächelnd und ruhig ruft er laut: »Leutnant Bachem!«, und als sich der Posten genähert hat, sagt er: »Führen Sie mich zum Arrestlokal!« Er hat gesehen, wie der Mann seine Pfeife schnell in die Tasche steckte, und wie er nun hinter ihm hergeht und im sich verbreitenden Dämmer an dem gleichgültigen Rücken und am Sitz des Stahlhelms den alten Soldaten erkennt, sagt er lächelnd: »Rauch ruhig weiter.« Der Soldat zieht wortlos seine Pfeife aus der Tasche, und nun riecht der Leutnant diesen wunderbaren Geruch des Tabaks aus der Pfeife, den er immer so köstlich fand, während ihm selbst das Pfeifenrauchen abscheulich schmeckte...

Der Posten ist vor einer ärmlichen Bude stehengeblieben, hat, ohne zu fragen, den Schlüssel aus der Tasche gezogen, das Schloß geöffnet und den schweren Riegel zurückgeschoben. »Gib mir den Schlüssel«, sagt der Leutnant leise, »du kannst gehen.«

Er will nur noch einen Augenblick warten, bis der Posten sich entfernt hat, aber nun überkommt ihn ein heftiges, erwartungsvolles Zittern, als bereite sich eine Explosion in seinem Inneren vor; er bebt wie ein Vulkan vor dem Ausbruch. Das ist es: Gott, den er mit furchtbarem Bangen nicht einmal zu denken wagte, Gott hat ihn nun überfallen. Er hat ihn aufgerissen wie eine Furche und alle Schlacken nach oben gepflügt mit einem gewaltigen Ruck, und nun verbrennt alles, alles verborgene Unheil, das irgendwo in Winkeln kauerte, in dem gleißenden Blitzschlag der Erkenntnis, daß er Gott ausgeliefert ist! Er ist gegen die Wand getaumelt und stöhnt... die Mütze liegt im Schmutz unter seinen Füßen; es ist wie eine schreckliche Geburt in ihm, fast besinnungslos überläßt er sich diesem unbekannten, rasenden Feuer in seinem Inneren. Immer näher kriecht der Dämmer über die Erde, als zerreiße er mit bleichen gierigen Fingern die Nacht; die Geräusche der Front werden wieder wach; das Gemurmel der Artillerie schwillt drohend und böse an; hilflos, wild und verwirrt blickt er um sich... benommen von einer schmerzlichen, wilden Freude, und dann stürzt er, noch ehe er die Besinnung völlig wiedergewonnen hat, in den schmutzigen kleinen Kerker hinein...

Eine dunkle und muffige Bude ohne Licht; der säuerliche Geruch schmutziger und verschwitzter Schlafender; und er riecht diesen undefinierbaren Geruch russischer Zivilisten heraus... aus Knoblauch, Dreck, Schweiß... ein Geruch, so unheimlich und unbeschreiblich wie dieses düstere Land selbst; und nur dieser Geruch ist es, der ihm sagt, daß er nicht geträumt hat. Mit zitternden Händen zündet er ein Wachslicht an, und dann sieht er die Gestalten auf einer flachen Mulde Stroh liegen und schlafen: Eine junge Frau, deren schwarzes Kopftuch vom blonden fettigen Haar gerutscht ist, dann eine graue Uniform und zwei dunkelhaarige Frauen mit bunten Kopftüchern; sie sind alle vor der Kälte der Nacht eng aneinandergerückt, und die Frauen haben ihre weiten Röcke über den Soldaten gezogen, der ein Tuch über seinen Kopf gebreitet hat. »Hallo«, sagt er leise, und dann kommt ihm zum Bewußtsein, wie furchtbar lächerlich dieses Wort ist, und doch, als er wieder den Mund öffnet, sagt er wieder, diesmal lauter: »Hallo!« Er setzt das Licht auf die festgestampfte Erde, und weil eine tiefe Scheu ihn hindert, eine der Frauen anzurühren, packt er den Soldaten am Bein und rüttelt ihn, und als dieser das Tuch mit schlaftrunkenen Bewegungen von seinem Gesicht zerrt, sieht er in das bleiche und ruhige Gesicht seines Bruders Christoph.

Es ist wie ein Wunder, und sie sind wirklich die beiden

Brüder, die lange Jahre gemeinsam in ihrem Zimmer gehaust haben, gemeinsam geschlafen, gelesen, geraucht und geplaudert; Söhne einer Mutter, die sie lieben, und die finstere und tückische Entfremdung schmilzt nun in dieser Sekunde des Wiedersehens. Einen Augenblick lang, als sie sich schweigend und lachend umarmen, ist der Ausdruck vollkommenen Glücks auf ihren Gesichtern, bis die Unruhe der Frauen sie an ihre Situation gemahnt. Jetzt erst sehen sie sich überrascht, verwirrt, ungläubig an, wie erwacht aus einem Traum, zwei Brüder, die die Hand Gottes im unendlichen Wirrwarr des Krieges hier in einer kleinen düsteren, russischen Kate sich finden ließ, zwischen Tag und Nacht, beim Schein eines schwelenden Lichtes...

»Wir wollen erst die Frauen laufen lassen«, sagt Hans leise; und er winkt den erstaunt Blickenden, die ihre Rökke zusammenraffen, aufzustehen und deutet zur Tür. »Frei«, sagt er stockend. »Weg.« Christoph sieht ihn fragend an und spricht dann ein paar russische Worte; sie stehen auf und umringen die beiden mit einem eifrigen zwitschernden Geflüster wie Vögel, die noch halb im Schlaf sind. Ein Wort sagt Christoph noch: »Schnell, schnell, S. D.« Da springt der Schrecken auf in ihren flinken Augen, und sie werden vollends wach; und als sie sich ehrfürchtig vor ihm beugen wollen, deutet er ernst auf seinen Bruder; unter Tränen, unverständliche Worte murmelnd, bedecken sie Hansens Hände mit huschenden Küssen; die beiden dunklen Frauen sind flink hinausgelaufen, nur die blonde, klein und zart, mit einem blassen Gesicht und kindlichen Lippen, über denen wie ein Mal des Trotzes eine winzige Narbe steht, wartet an der Tür; ihr Gesicht ist von einer fremden Trauer überschattet; Christoph ruft ihr in der wispernden Sprache etwas zu, und sie antwortet in sanftem, demütigen Ton.

»Sie will nicht gehen, bevor ich auch frei bin«, sagt er. Hans fährt wie aus tiefen Sinnen auf. »Ja... Ja«, sagt er zerstreut, und dann scheint er sich gesammelt zu haben. Er überreicht Christoph ein Soldbuch und Papiere: »Hier«, sagt er fast gleichgültig, »das hatte ich schon vorbereitet; nimm es auf alle Fälle und sieh zu, daß du dich irgendeiner Truppe anschließt; den Rapport habe ich verbrannt; und geh... du... es ist Zeit, bald wird es Tag sein...«

Aber Christoph schüttelt mit ernstem Schweigen den Kopf. »Und du?«, sagt er dann; Hans hat den Blick gesenkt und flüstert wie verstört: »Ich bin hier Ortskommandant... ich werde das schon vertuschen können... komm, geh... geh.« Er sagt das hastig, fast mit Furcht und Haß; denn draußen hat die Waage zwischen Tag und Nacht das Pendel nach oben geschlagen, und das Licht flutet nun siegreich in die letzten Trümmer der Nacht...

Vorne brodelt es; zwischen den erschreckend raschen Detonationen der Granatwerfer sprudeln die Maschinengewehre eintönig und bösartig; in wenigen Minuten wird die Besatzung des Dorfes erwacht sein.

»Geh«, sagt Hans noch einmal, »geh!«, und er ringt verzweifelt die Hände, faltet sie flehend wie ein Kind. »Ich bitte dich, geh, du!« Und er fühlt sich fast versucht, den Bruder zur Tür hinauszustoßen, vorbei an diesem Weib, das dort wartet, mit einem ergebenen und so festen Gesicht, wie jene Frauen, die sich einst von den wilden Tieren zerreißen ließen. »Siehst du denn nicht ein, daß es viel gefährlicher ist, wenn ich mit euch beiden allein hier getroffen werde... und dann du...«, er würgt und würgt an einem letzten Wort, und dann flüstert er, an die Wand gelehnt, so bleich, daß die weiße Haut durch die Bartstoppeln schimmert: »Ich habe so viele Menschen verhaften lassen, viele davon wahrscheinlich in den Tod geschickt, so viele, daß ich sie nicht zählen könnte; und die, denen ich das Leben nun rette, kann ich an den Fingern einer Hand abzählen«, und er blickt den Bruder an mit einem erschreckend traurigen Blick. »Und der erste, den ich den Henkersknechten ausgeliefert habe, war Joseph... du!« Christoph, der seine Worte kaum begriffen hat, nur die unsagbare Qual seiner Augen und seiner Stimme, nickt nun plötzlich, als habe sich der Ring einer Bestätigung geschlossen. Ein schreckliches Lächeln spielt nun um Hansens Lippen, als presse er seinem unendlichen Schmerz ein winziges Zugeständnis mühsam ab, und er sagt leise und sanft: »Geh jetzt... ja?« Christoph umarmt ihn feierlich, langsam und ernst und küßt ihn auf den Mund. »Du«, sagt er leise, »sieh zu, daß wir uns lebendig wiedersehen. Gott helfe dir!« Hans begleitet ihn bis zur Tür der niedrigen Kate, und als sie an der blonden Frau vorübergehen, beugt er sich über ihr Gesicht, nimmt es unbeholfen in seine Hand und küßt sie auf den Mund. »Du bist die erste und die letzte Frau, die ich in meinem Leben küsse«, murmelt er so leise, daß Christoph es nicht verstehen kann, aber sie lächelt ganz plötzlich, sie lächelt, als habe sie die Worte verstanden... dann winkt sie Christoph und läuft ihm voraus...

Hans Bachem geht langsam durch die hell werdenden Gassen zurück; fremd starren die dunklen, halbverfallenen Häuser, und fürchterlich sieht der Schmutz der Straßen nun bei Licht aus; er aber lächelt, lächelt so glücklich, als sei er einem Engel Gottes begegnet...

Die Posten kommen ihm entgegen, die im Dorfe herumlaufen und die Leute in ihren Unterkünften wecken...

In der Stube stochert er den Ofen neu an und setzt eine Schüssel Wasser in das dunkle gähnende Ofenloch; dann stößt er eins der mit Pappe verklebten Fenster auf und setzt sich an den Tisch, um einen Brief zu schreiben.

Draußen fällt die Sonne schon in vollen Strahlen auf die Erde; vom Rande des Dorfes schießt die Artillerie, und von rückwärts rauschen die schweren Geschosse größerer Batterien über die hinfälligen Katen hinweg; der Krieg hat das Spiel des Tages wieder begonnen...

Fuhrwerke und Fußgänger, die Essen nach vorne gebracht haben, kommen schlammbedeckt, müde und zerschlagen über die Straße zurück; Flüche, die die fast erlahmten Pferde antreiben sollen, schallen durch den Morgen, ein Auto mit einer Kommandeursflagge rast durch den Schmutz und drängt die zurückziehenden Kolonnen rücksichtslos in die schlammigen Gräben; schimpfend blicken die Fahrer dem Wagen nach, während die Fußgänger gleichgültig weitertrotten...

Hans Bachem hat den Brief beendet und winkt einen der Vorübergehenden ans Fenster. »Nimm mir den Brief mit, ja?«, und er drückt dem gutmütig Nickenden eine Schachtel Zigaretten in die Hand. Dann scheint ihm plötzlich etwas einzufallen; er läuft an den Tisch, greift in den Hintergrund der Schublade und zieht eine arg zerdrückte Zigarettenschachtel hervor und ein altes, silbernes Feuerzeug, das er wiedererkennt! Es ist, als schlage ihn jemand mitten ins Gesicht; er erkennt dieses hübsche, so unpraktische Spielzeug, das er vor Jahren, im Anfang des Krieges einmal gekauft hat, zusammen mit der Mutter, an einem der unvergleichlichen Abende vor Weihnachten, wenn man mit freudiger Spannung im Herzen durch die festlich anmutenden Straßen der Stadt geht. Alles, alles, was unter dem Begriff Heimat zusammenzufassen ist, kommt mit diesem winzigen Ding auf ihn zu: das gemeinsame Schlafzimmer... Mutter und Vater und die Schwester... der Rhein und das schöne Antlitz der heiteren Stadt, die grünen Alleen am Strom – Gärten und Plätze und die Gassen, die wie gemütliche Stuben sind...

Er zündet eine von Christophs Zigaretten an, dann geht er zum Ofen und greift aus dem Loch die Schüssel mit dem heiß gewordenen Wasser heraus; er hat den Mantel und den Rock auf eine Bank geschleudert, sein Koppelzeug aus der Ecke zurückgeholt und aus der Kartentasche sein Rasierzeug und einen winzigen Spiegelscherben hervorgesucht. Nun entblößt er den Oberkörper und erschrickt vor der gelblich-schmutzigen, leichenhaften Blässe seiner Haut. Schritte kommen, die auf die Schwelle treten, dort einen Augenblick verharren, dann tritt der Hauptfeldwebel frisch und fröhlich in die Stube. »Oh«, ruft er, »Herr Leutnant haben Ihr schönes Quartier verschmäht?«

Während er sich bedächtig einseift, betrachtet Hans den Hauptfeldwebel, den er nun zum ersten Male im vollen Tageslicht sieht; er hat ihn einige Male vorne mit den Essenträgern gesehen, wo er mit einer wölfischen Feigheit in den Gräben herumschlich und von einer widerwärtigen Freundlichkeit zu den Leuten war; gestern beim Schein des Lichtes hat er ihn nur flüchtig betrachten können, aber er hat bemerkt, wie er kalt und eitel die Schreiber anschnauzte mit jenem fürchterlichen Kommißton, den er von jeher gehaßt hat. Von dem Seifenschaum wunderbar bedeckt, kann er ihn genau betrachten; das ist also der Mann, der an den Rand des Rapports mit teuflischer Kürze geschrieben hat: Frauen erhängen. Es ist etwas in dem frisch rasierten, gepflegten Gesicht, das ihn glauben macht, dieser Mann hätte gewiß zuerst versucht, die Frauen zu vergewaltigen, ehe er sie hätte hängen lassen... und sein Herz erzittert merkwürdig bei dem Gedanken, daß jene blonde scheue Frau in den muskulösen Armen dieses Feiglings hätte liegen können; es schaudert ihn, und er denkt mit Wehmut an diese fremde Frau, die aus dem dunklen Lande aufgetaucht ist und wieder verschwunden in einem der unzähligen Schlupfwinkel, die man niemals finden wird...

Der Hauptfeldwebel hat ein hübsches, gesundes Gesicht, von jener frivolen Sinnlichkeit überglänzt, die wie eine lebendig gewordene Zote wirkt; weiße Zähne, dunkles, gepflegtes Haar und eine Sportsfigur; in seiner dienstlichen Korrektheit, die bis zur Unterwürfigkeit gehen kann, ist immer gleichzeitig etwas Freches, Zynisches, gegen das man sich einfach nicht wehren kann. Jetzt sieht man ihm an, daß er ausgezeichnet geschlafen und gefrühstückt hat, er raucht mit saugender Gier eine Zigarette; er ist kerngesund wie die meisten Feiglinge.

Er hat den Aktenkasten aufgeschlossen, bemerkt die erbrochene Dokumentenkiste, blickt fragend zum Leutnant und scheint sich gedulden zu wollen, bis dieser mit seiner Toilette fertig ist. Er ist in irgendeine Schreiberei vertieft. Der wachhabende Unteroffizier tritt übernächtigt herein, grüßt und erstattet Meldung. Der Leutnant ruft aus der Ecke dem Unteroffizier zu: »Lassen Sie die Posten rundgehen und ausrichten, daß die Kompanie heute dienstfrei hat, sie kann schlafen.« Er winkt den beginnenden Protest des Hauptfeldwebels ärgerlich ab, schiebt den Unteroffizier zur Tür hinaus und taucht, nachdem er in die Ecke zurückgekehrt ist, seinen Kopf prustend in die Waschschüssel; er betrachtet das schmutzige Hemd einen Augenblick, zieht es dann über und zieht sich vollständig an. Nun, nachdem der Bart und der Schmutz aus seinem Gesicht entfernt sind, sieht er erschreckend schmal und jung aus; seine Augen glänzen, als habe er einen langen wunderbaren Schlaf getan. Dann setzt er sich dem Hauptfeldwebel gegenüber und zündet sich an Christophs Feuerzeug eine der Zigaretten an. »Ja, Spieß, du ekelhaftes Schwein«, sagt er dann ganz langsam, mit spürbarem Genuß. »Du dreckiger Feigling, da staunst du, ich habe diese Nacht die Geheimkiste erbrochen, Urkundenfälschung begangen und mich mit sieben Zigaretten und einem silbernen Feuerzeug bestechen lassen, die Gefangenen freizugeben.« Es ist plötzlich, als ekle er sich vor seinem eigenen Haß; sein Gesicht verfällt, und er sagt ganz leise: »Rufen Sie das Bataillon an, Hauptfeldwebel, man soll einen Offizier schicken, der mich verhaftet.« Dann zieht er ruhig seine Pistolentasche vom Koppel und schleudert sie mitten in die Stube.

Wenn ein Offizier einer entehrenden Strafe entgegensieht, dann wissen seine Kameraden keinen besseren Rat, als ihm eine Pistole in die Zelle zu bringen. Er bezahlt seine sogenannte Ehre mit seinem sogenannten Leben, und die Rechnung ist glatt. Aber der Herr Bataillonskommandeur, Major von Vegesack, ist erschrocken zurückgefahren, als Leutnant Bachem ihm die Pistole vor die Füße warf, und der Regimentskommandeur, Oberst Beutler, hat die Augenbrauen in die Höhe gezogen, als sei er zum ersten Male in seinem Leben erstaunt. Der Generalleutnant von Siemar, Führer der Division, aber hat inzwischen schon von den barbarischen Unsitten dieses Leutnants erfahren. Er ist ein gepflegter, etwas blasser alter Herr mit einem tragischen Gesicht, die mürbe Hautfarbe ist sonderbar farblos zwischen den leuchtend roten Generalsaufschlägen, er schüttelt den Kopf wie ein Vater über einen ungezogenen Jungen; ohne Verachtung, mit einem leisen Zorn. »Mein lieber Herr Bachem«, sagt er heiser, mit einem Blick auf die leergewordenen Schultern und mit einem bedauerlichen Kopfschütteln über die von Orden befreite Brust, »Sie mögen mir glauben, daß ich in diesem wahnsinnigen Kriege alles verstehen gelernt habe; aber trotzdem werden Sie einsehen, daß Ihr Leben nach Kriegsrecht verwirkt sein muß... ja, muß; ich glaube, Sie machen es sich leicht.« Der Soldat Bachem blickt ihn ruhig an: »Es ist manchmal schwerer, es sich leicht zu machen, als die scheinbare Tragik einer Pflicht auf sich zu nehmen, deren Erfüllung Unschuldigen das Leben kostet, während man sich selbst in einer kostbaren Sicherheit zurückhält. Ich hatte keine andere Wahl, nun, da es andere das Leben gekostet hätte, mir mein eigenes zu erhalten.« Er sagt das ganz ruhig, ohne Haß und ohne Beleidigung, und man könnte eher meinen, er habe Mitleid mit dem alten Mann. Der General ist heftig errötet, aber das Rot seiner Wangen ist so krank gegen das leuchtende blutige Rot seiner Aufschläge; er hat sich zur Tür gewandt, aber nun bleibt er stehen und fragt leise: »Würden Sie Ihr Leben annehmen, wenn es in meiner Macht stünde, es Ihnen zu schenken?« Ohne zu zögern antwortet Hans mit einem schmerzlichen Zittern in seiner Stimme: »Ja.« Und dann lächelt er leise über den General hinweg in die Ferne, und der General errötet noch heftiger, dann greift er plötzlich und hastig zur Tür, und er schreit fast: »Ich bin unschuldig an Ihrem Blut! Ich schicke Ihnen den Pfarrer...«

Der Soldat Bachem hat noch einige Sekunden zu leben; er ist an eine alte, aus Lehm gefügte Mauer gelehnt, und er sieht, wie der Abenddämmer von allen Seiten wie ein zärtlicher Dunst in den Garten sickert, diesen verwilderten Garten, in dem verdorrte Sonnenblumenstengel zertreten herumliegen und das hohe Gras die Weinstöcke überwuchert hat; sein Herz ist so schwer, denn es dünkt ihn wenig, daß er einen einzigen Tag Gott zu dienen versucht hat und Jahre, viele Jahre der gleißenden Spur jenes schauerlichen Dämons gefolgt ist, dessen Zeichen an den Stahlhelmen des Erschießungskommandos in den letzten Strahlen der Sonne glitzert; den letzten Strahlen, die den herankriechenden Dämmer fast wie einen Nebel erscheinen lassen. Seine Gedanken und Gefühle überstürzen sich, während er laut rufen möchte: »Herr, ich bin nicht würdig...«; dann steht ganz plötzlich das blasse, sanfte und ergebene Gesicht jener fremden Frau vor ihm, und er glaubt, Tränen in ihren Augen zu sehen; und da springen auch ihm die Tränen heftig und heiß aus den Augen wie ein Quell, der anspringen möchte gegen die Geschosse, die ihm sich entgegenbohren, nachdem das kurze harte Kommando »Feuer!« den Frieden des Abends zerrissen hat... er schlägt im Sturz die Hände vors Gesicht, und so liegt er auf der Erde, als sei er niedergekniet, um in alle, alle Ewigkeit auf dieser dunklen Erde zu weinen...

16

Von Läusen geplagt, die in den verfilzten Decken und im Stroh wie in einem Brutkasten hausten, hatte Christoph in einer jener finsteren Buden auf der Erde gelegen, die man Krankensammelstellen nannte, bis er endlich für krank und verwundet genug befunden wurde, um in ein Lazarett nach Hause befördert zu werden.

Die heftige Sehnsucht, Menschen, Zivilisten zu sehen oder gar mit ihnen zu sprechen, hatte ihn oft mühsam und unter tausend Schmerzen zum Fenster humpeln lassen, wo er, von Fieber geschüttelt, während der Schmerz in seinem zerschossenen Bein heftig und fast lähmend wurde, dem bunten Treiben auf dem Markte zusah. Draußen gingen die Frauen mit ihren bunten Kleidern an den mit Früchten gefüllten Körben vorbei; sie feilschten ebensosehr mit den Händen wie mit dem Munde; Kinder und Männer spazierten müßig umher, mit jener göttlichen Muße, die den Deutschen ein Dorn im Auge ist; und aus den flachdachigen, gelblich getünchten Häusern, die den Markt umgaben, riefen und winkten die Frauen aus den Fenstern heraus; Gefährte rappelten über das unregelmäßige Pflaster…

Er blickte dem Leben zu, das gegen die dicht verschlossenen Fenster zu pulsen schien, und so stand er da, bis die Schwäche ihn überwand und er mit seinen letzten Kräften auf sein elendes Lager zurückkroch. Dann starrte er wieder gegen die Decke, hörte dem eintönigen Gequatsche der ewigen Kartenspieler zu oder lauschte gezwungen den grauenhaft blöden politischen und militärischen Phrasen, die ausgetauscht wurden. Eine irrsinnige Hitze strömte von dem riesigen, runden schwarzen Ofen aus; es war so heiß, daß man weder schlafen noch wachen konnte; und ständig plagten die Läuse...

Und doch war er glücklich; ja, das Bewußtsein, mindestens für Monate wieder dem Schrecken entronnen zu sein, beglückte ihn so sehr, daß er die Hitze und die Umgebung in Kauf nahm. Damals, nachdem er Hans verlassen hatte, war er mit einer übernatürlichen Frechheit als Versprengter zu einer vorbeiziehenden Truppe gestoßen, hatte kaum eine halbe Woche in nassen, von Schmutz fast überschwemmten Erdlöchern gelegen und war dann bei einem Scheinangriff an der Wade verwundet worden...

Er hatte sein kleines Bündel gepackt unter dem Kopf liegen, den Mantel übergehängt, Zigaretten in der Tasche, und jeden Augenblick sollte der Wagen vorfahren, der sie zur Bahn brachte. Diejenigen, die nach Deutschland fahren sollten, hatten besondere Zettel an ihren Mantelknöpfen hängen; eine fieberhafte Unruhe beherrschte die Auserwählten. Die Zurückbleibenden waren beim Kartenspiel, mit einem aus Neid und vorgetäuschter Gleichgültigkeit gemischten Stumpfsinn; aber ihr Herz war nicht beim Spiel; ja, die tollsten Glücksspiele wurden nur mit halber Aufmerksamkeit gespielt. Mein Gott, welch eine magische wunderbare Anziehungskraft hatte doch dieses eine Wort: Deutschland, dieses ausgehungerte, von Bomben zerhämmerte Deutschland, wo die Lazarette zu Kasernen und die Kasernen fast zu Konzentrationslagern geworden waren. Welch eine zauberhafte Schönheit mußte über diesem Wort liegen, daß diese alten zynischen Landsknechte, die an nichts mehr glaubten als an die alleinseligmachenden Heimatschüsse, die für Tabak und

Schnaps ihre Uniformstücke verschacherten und sich mit der Raffinesse von Füchsen durch die Mühle des Krieges zu winden wußten; welch ein Zauber mußte hinter diesem Wort liegen, daß diese alten Soldaten unruhig wurden, wenn das Wort Deutschland plötzlich wie eine Verheißung ausgerufen wurde; ihre Hände zitterten beim Kartenspiel, und in ihrem Blick tauchte eine merkwürdige, fremde Dunkelheit auf, als schiebe sich eine ältere menschliche Wirklichkeit wie eine Blende vor die neue Leere ihrer Augen.

Christoph starrte zur Decke, zu dieser dreckigen rumänischen Schulhausdecke, als sei mit unsichtbarer Schrift ein wunderbares Geheimnis darauf verzeichnet. Daß er wirklich nach Deutschland sollte, schien ihm unmöglich; er hatte es nicht zu hoffen gewagt; nein, nein...

Seit zwei Jahren war er eingepfercht in die grausame Heimatlosigkeit zwischen Front und Feldlazarett, Feldgenesendenkompanie, zwischen schmutzigen Bahnhöfen, verworfenen Städten, wo alles, alles verschachert wurde von der Kanone bis zum lebendigen Weib; eingepfercht in diese apokalyptischen Aufenthaltsräume für Soldaten, die nur darauf abgestimmt waren, die Verzweifelten ihre Verlassenheit so sehr spüren zu lassen, daß sie aus Not und Hoffnungslosigkeit sich freiwillig möglichst schnell wieder an die Front begaben. Immer nur die finsteren Lazarette, Bahnhöfe, Übernachtungsstätten, die nur aus Schmutz und Läusen bestanden, und das grausame, zähnefletschende, satanische Antlitz der Front. Oft hatte er verzweifelt zum Himmel geschrieen über die lächerliche Geringfügigkeit seiner Verwundungen; oft hatte er Gott zwei Beine angeboten für einen Urlaub, aber Gott ließ nicht mit sich schachern; oft hatte er sein letztes Paar Socken in irgendeiner finsteren Spelunke versetzt und sich vollgepumpt mit diesem Schnaps, der nur für

Pferde gebrannt zu sein schien. Ja, alle die dunklen Abgründe des sogenannten Hinterlandes, diese düsteren Städte, wo eine alte Eleganz manchmal durch den Schmutz des Untergangs noch durchzitterte wie das Lächeln einer verbrauchten Kokotte; wo aus düsteren Nebenstraßen die gelblich-schmutzigen Fassaden von Häusern blickten, als seien sie noch nie bewohnt worden und würden nie bewohnt sein; als tummelten sich entfesselte Dämonen lautlos und schrecklich in ihren Kellern. Nur Trauer, Wucher, Finsternis, blutige Sünden blakten über diesen Städten. Und die Bahnhöfe!

Und niemals einen Brief, niemals einen Brief! Immer wieder von einer Division zur anderen verschoben, aus zusammengeschlagenen Einheiten herausgezogen, marschiert, irgendwo geschlafen im Gestank oder in der Kälte; und immer wieder dem zähnefletschenden Ungeheuer da vorne in den Rachen geworfen wie eine schmutzige Beute, die zu nichts mehr wert ist als zum Sterben; hinein in den Rachen dieses Ungeheuers, dessen Zähne von Flammen umzüngelt sind, dessen Atem aus irrsinnig wirbelnden, mörderischen Eisenstücken besteht, dessen Leib die zerwühlte, schmutzige, schlammige Erde ist, das Element der Infanterie. Die Füße totgelaufen oder totgefroren in unendlich langen Nächten, wo die Dunkelheit wie ein riesiges Tuch von schwarzem Samt über sie geworfen war; gestürmt und geflohen über diese Erde, diese Erde, schwarz und klebrig an den Füßen; diese Erde, deren Brocken er oft in den Gräben zwischen den Händen zerbröckelt hatte, diese unschuldige Erde...

Es war wie ein Wunder, daß er nun nach Deutschland fahren sollte; aber er glaubte es nicht; er hatte alle Schleusen seiner Verzweiflung geöffnet, um sie über diese Hoffnung ausströmen zu lassen; ja, willentlich und wissentlich, mit vollem Bewußtsein goß er alle Ströme kalter

Lethargie, die er auspumpen konnte aus dem Brunnen seiner Verzweiflung, über diese aufkeimende Hoffnung; ja, die ganze kalte Verlorenheit seines Herzens, das er in diesem dunklen Land begraben glaubte, warf er über diesen rosigen Schimmer, der da in ihm aufblühte wie ein fremdes Licht...

Aber es war wie ein Wunder; diese Hoffnung überwältigte ihn; lächelnd und zart und doch mit einer ungeheuren, frohen Beständigkeit hob sie immer wieder ihr Haupt über die Trümmer seiner Seele, sooft er auch mit seiner kalten Wut sie übergoß; ja, sie überwand ihn; die Hoffnung besiegte ihn; es war wie ein harter, verbissener Kampf; alle Gedanken, die mit dieser Hoffnung wach werden wollten, riß er aus wie kleine hilflose Wurzeln; und doch quoll es immer wieder warm und gut in ihm auf und überschwemmte die Finsternis mit einem goldenen Licht; seine Kraft erlahmte; er mußte, mußte der Hoffnung den Sieg lassen; dieser Hoffnung, die er mehr fürchtete als die reale, dunkle Verlorenheit seines Lebens zwischen Front und Hinterland. Die Hoffnung zerriß nun wie mit starken Pranken eines wilden Tieres das Gewölk der Hingegebenheit an die graue Trauer seines Lebens und erhob sich wie ein heftig glühendes Bündel leuchtender Flammen, deren Funken wie ein Segen der Schönheit auf die Ebene seines Herzens fielen...

Dann überließ er sich ihr ganz; hilflos und fast willenlos ließ er sich treiben von den Träumen, die sich tummelten wie in einem Zaubergarten zwischen märchenhaften Blumen und himmlischen Gerüchen im Reigen einer engelhaften Musik...

Von einem wirren, ungeduldigen Laufen und Geschrei um ihn herum wurden seine Augen losgerissen von der Decke zur Tür, und er sah einen Unteroffizier mit einer Liste eintreten und ärgerlich Ruhe winken; dann wurden die Namen verlesen; und Christophs ursprüngliches Mißtrauen gegen die Abgründe der Bürokratie vereinte sich mit dem alten Unglauben an ein »besseres Leben«, als die Namen nun heruntergelesen wurden; alle Abgründe der Verzweiflung, der Angst und der Not taten sich auf, fürchterliche Zweifel in den wenigen Sekunden, bis endlich, endlich sein Name verlesen wurde; es war wiederum nur ein Wunder, daß sein Name wirklich und wahrhaft auf dieser göttlichen Liste stand. Und weil er so oft mit nacktem Schmerz erlebt hatte, daß sein Name auf solchen freudeerweckenden Listen fehlte; da er so oft diesen grausamen Schmerz des Zurückbleibenden erlebt hatte, wandte sich sein Auge mit einem jäh aufwallenden Mitleid zu den anderen, die mit seltsam dunklen Augen sitzen blieben, als sie mit ihrem Gepäck zur Tür hinausgingen. Aber schon auf der Treppe, auf dieser ausgelaufenen Schultreppe, riß ihn die wilde Freude ganz hinauf. Obwohl seine Wunde schmerzte, daß er hätte schreien mögen, lief er die Treppe hinunter; ein blinder, rasender Schmerz, als bohre sich ein Feuer durch sein Bein, strahlte von dem angeschossenen Knochen und der großen Fleischwunde aus; aber er lief, lief, während der Schmerz bedrohlich anschwoll; noch ein Treppenansatz und noch einmal fünfzehn Stufen, und da winkte der Ausgang, und er sah schon den Teppich goldener Blätter auf dem Hof, in den die Kraftwagen ihre Spur gepflügt hatten. Da war es plötzlich, als platze das Feuer wie ein sich auflösender Stern aus seinem Bein, in rote, wilde Nebel hüllte es ihn ein, wie der Hauch einer rasenden Trunkenheit…

Als er wach wurde, lag er in einem jener märchenhaften Lazarettwagen, deren Existenz ihm aus den Erzählungen glücklicher Schwerverwundeter bekannt war; mit dem Gesicht zur Fahrtrichtung in einem wunderbar gefederten D-Zug-Wagen am Fenster in einem weißen, wirklich weißen Bett, und vor seinen Augen schien die Weite der Puszta sich in den schwermütigen Armen des Herbstes zu wiegen; grünlich-blaue Äcker, als sei ein fremder, wilder Wein über die Erde gegossen, neben goldengrauen kleinen Wäldern reifen Maises, und dazwischen die großen Matten der Steppe, als sei die Sehnsucht wie eine Welle von Staub und Gras über das Land geschlagen; und darin, vorbeihuschend fast am Zuge, die bläulich-weißen zarten Häuser mit den schwarzen Dächern, bei denen der Ziehbrunnen aufragte wie ein Galgen irdischer Mühsal. Fremd und hinreißend glitt dieses Land wie ein Traum, von schwermütigen Melodien getränkt, an ihm vorüber; eine göttliche Armut; oft standen die Leute an den Rändern des Schienenweges, still, und eine wunderbare Ergebenheit war in den kindlich hängenden Armen, und ihre flachen, schwarzen Hüte waren wie Kronen der Armut über ihren hellen, losen Kleidern; oft die bunten, prächtigen Gewänder der Frauen in dem matten, verdämmernden Bild wie die Küsse der Freude, die des Armen großes und einzig wirkliches Vergnügen ist.

Der Zug fuhr in die Nacht hinein wie in ein offenes Loch; der Dämmer verdichtete sich schnell und immer schneller, als falle die Dunkelheit mit schweren Flocken ihm zu...

Christoph fuhr erschreckt auf, als plötzlich eine fremde weiße Hand vor seinen Augen erschien und einen schwarzen Vorhang vor das Fenster schob; es war ihm, als werde er eingesperrt, und er blickte verwirrt in das Gesicht einer jungen Frau, deren Haar blond und kraus unter einer weißen Haube hervorquoll. Mein Gott, dachte er lächelnd, während er erstaunt und fast unpersönlich diese weiße Haut, den roten, reinen Mund und die sanften Bögen der Brauen besah, woher weiß ich nun, daß dieses das Gesicht einer deutschen Frau ist. Das Gesicht war gar nicht schön, die Nase war etwas groß und die Augen merkwürdig verschoben, als wären sie etwas zu tief unter die Brauen und zu nahe an die Nase gerutscht; aber sonderbar, auch ohne den uniformhaften Rahmen von Haube und Kragen hätte er gewußt, daß dieses Gesicht ein deutsches war; die Frau errötete ganz plötzlich unter diesem großen, von kindlicher Neugierde gehaltenen Blick; er folgte der schlanken Gestalt, die mit festem ruhigem Schritt zum nächsten Bett am Fenster trat. Und nun erst fiel sein Blick in den Waggon, als sei er an dem Vorhang zurückgeprallt und über dieses erstaunliche Gesicht zur Wirklichkeit des fahrenden kleinen Lazaretts gelangt...

Ein schmaler Gang trennte eine Reihe von Doppelbetten; irgendwo in der Mitte war ein Tisch mit Verbandzeug und Schreibmaterial. Er konnte seinen Nachbarn zur Linken fast mit der Hand erreichen; dort sah er nur eine bleiche, erschreckend bleiche Nasenspitze, die aus dem völlig mit Verbänden und Watte überklebten Kopf herausragte und zwischen den geschlossenen, schrecklich flachen, schwarzbewimperten Augen wie ein abgebrochener Pilz stand...

Über seinem Kopf hing die Fieberkurve, und vorne links an seinem Bett war ein kleines Kästchen mit einer Tür oder Schublade; aber dann, dann war da ein Haken, an dem seine Kleider hingen; es war ihm so merkwürdig, die Kleider dünkten ihn so furchtbar fremd, und doch wußte er tief im Inneren, daß es seine Kleider waren; ja, den Rock erkannte er an dem Riß am Ärmel, den er selbst mit etwas zu grünem Garn notdürftig zusammengezogen hatte, weil der Wind so schauerlich bis unter die Achsel dort hineinpfiff; auch die Mütze, diese von Schweiß und Dreck fast verlederte Mütze, an der das Hoheitsabzeichen lose hing; aber die Hose, die Hose war ihm so fremd, er suchte krampfhaft nach irgendeinem Erkennungszeichen, aber er fand keines; es war eine völlig abgewetzte, grünlich-graue schmutzige Hose; sonderbar, die Knöpfe waren ihm so fremd, diese blanken, fast sauber aussehenden Knöpfe konnten doch nicht von seiner Hose sein; er wollte sich vorbeugen, um am Inhalt der Taschen den Besitzer festzustellen; da fiel sein Auge auf die von blutigschwarzen Fransen umgebene Einschußstelle am Unterschenkel, und er wußte, daß es wirklich seine Hose war. Als habe sich sein Gehirn in halber Schlaftrunkenheit festgebohrt an diesem Gegenstand, kreisten seine Gedanken weiter um die Hose; es schien ihm bedrückend und sonderbar wie ein Symbol ihrer absoluten Heimatlosigkeit, daß er nicht einmal seine eigene Hose kannte, dieses Stück Stoff, das er Monate, viele Monate ununterbrochen am Leibe gehabt hatte. Ja, das war es, er hatte die Hose nie ausgezogen, sie war wie ein Stück seiner selbst, das er nicht kennen konnte, weil er es nie im Spiegel gesehen hatte; genausowenig wie er wahrscheinlich seine Füße und Beine erkannt hätte, da er sie nie losgelöst von sich sah und niemals gar im Spiegel betrachtete; so fremd war dieser arme Fetzen grünlich-grauen Tuches, der immer, immer ganz nah bei ihm gewesen war. Ein plötzliches, neues Gefühl, fast eine Art von Heimweh stieg heiß und ungerufen in ihm auf, und er wollte sich einer dummen Sentimentalität schelten, aber die Tränen schossen ungefragt, warm und so wohltuend aus ihm heraus, und alles, alles, die ganze Heimatlosigkeit des Krieges, Türme von trostlosen Bahnhöfen, ganze Kasernenblocks entsetzlicher Übernachtungsstellen, lieblose, düstere Lazarette und der grausame, lärmvolle, blutige Abgrund der Front, alles, alles drang auf ihn ein durch den zarten Schleier, den die Tränen vor sein Gesicht spannten... und mitten darin zitterte im Takt der Fahrt die helle Lampe im Waggon; er kroch in sich zusammen vor diesem ungeheuren Gewitter von furchtbarer Wirklichkeit, das ihn fast in Gestalt von Träumen hier heimsuchte; und die einzige Wohltat war die wunderbare Wärme der Tränen…

Oft, während der Fahrt, wenn er aus wunderbaren Träumen erwachte und sich an das saubere Frühstück machen wollte; wenn es ihm manchmal schien, als sei eine gewisse Harmonie um ihn und in ihm; wenn die Schmerzen an seinem Bein schwiegen, das weiße Brot und die herrlichen, heißen stärkenden Getränke ihn lockten; wenn in dem wiegenden Takt des Wagens die Süße der Ferne und die köstliche Nähe der Heimat fast miteinander zu tanzen schienen, dann riß ihn plötzlich das mörderische Geschrei der Amputierten zurück in den Krieg; der Wagen dröhnte; unruhig regte es sich in den weißen Betten, die Schwester lief, und die Ärzte kamen, und das Geschrei, das fürchterliche Geschrei eines zerrissenen Menschen gellte wie die Stimme des Krieges selbst in den Waggon; und es war kein Unterschied zwischen diesem Geschrei der Verstümmelten, die in weißen Betten der Heimat entgegenfuhren, und dem Geschrei derer, die in dunklen Nächten auf der kalten Erde hilflos und verlassen gegen den schwarzen Himmel schreien, unmöglich zu retten oder zu heilen durch menschliche Macht und ausgespannt in der Lache ihres eigenen Blutes vor Gott allein; ja, die ganze, so bequeme und so luxuriöse Umgebung versank dann wie ein nichtiger Plunder, und es war die Wirklichkeit des Krieges, die mit diesen Schreien sich wieder über ihn ballte wie Wolken, die aus Unrat, Blut, Eisen, Dreck und gräßlichem Lärm zusammengepreßt sind…

Mit fremden, von Grauen und Angst umschatteten Augen, als sehe er dem Teufel des Krieges selbst ins Gesicht, sah er dann den hilflosen, lächerlichen Manipulationen der herbeigerufenen Ärzte zu; machtlos, absolut unfähig, dem teuflischen Metzger Krieg gegenüber, der ihr Handwerk zu verhöhnen schien. Nur die stets bereite Spritze mit Betäubungsmitteln in der Hand, hilflos standen die Menschen vor den Gewalten des Krieges, die sie heraufbeschworen, Zauberlehrlinge, nur fähig, das Grauen mit Narkotika zu impfen; und ein schauerliches, absterbendes Wimmern schlug wie eine schwache, zerbrechliche Woge gegen die unerbittliche Mauer des Entsetzens...

Christophs Nachbar zur Linken, von dem er nur die Nasenspitze und die Wimpern kannte, offenbarte sich eines Tages als wirklicher Mensch; ja, es war auf eine grauenvolle Weise erschreckend, dieses Leichengesicht plötzlich sich beleben zu sehen, belebt von zwei großen, blauen, kindlichen Augen, ganz wach und lebendig, bewußt und klar. Er sah es, als die Schwester ihm etwas zu trinken reichte; mit einem Male sah er, daß das ein lebender Mensch war, der schweigend, ohne einen einzigen Ton der Klage litt; matte, fast abgeklärte Bewegungen, wenn er manchmal geringe Brocken zum Munde führte; die Lider meist geschlossen, als vertrügen sie die Welt nicht mehr; offenbares, bewußtes Leben, menschliches Leben in diesen großen blauen Augen. Einmal lächelte er sogar Christoph zu, und es dünkte ihm, sein Herz müsse brechen vor diesem Lächeln, so sanft und freundlich wie das Lächeln eines glücklichen Kindes; meist aber war das Gesicht gleichsam wie zugeschlossen hinter seiner gelblich-weißen Fassade, und die spitze, bleiche Nase war fremd und von einem hoheitsvollen Hochmut. »Hoffnungsloser Kopfschuß«, flüsterte die Schwester ihm eines Morgens zu...

Am vierten Tage fuhren sie über die Grenze.

Ein paar entlaubte Bäume auf einer herbstlich fahlen Wiese, ein deutscher Name, ausgehängt zwischen zwei schwarzen Pfählen, und ein ärmliches Stationsgebäude, das war die Grenze; während der Zug, dampfend vor Ungeduld, hielt, war es ganz still im Abteil...

Der erste Gedanke, der aus einem Taumel wilder, verworrener Gefühle in Christoph wach wurde und sich aufzüngelte wie eine helle Flamme, war: Jetzt werde ich Cornelia wiedersehen; jetzt bin ich wieder einbezogen in den Bannkreis, wo man schreiben und telephonieren kann; jetzt werde ich Cornelia wiedersehen; Freude und Lust wirbelten die Trümmer der Trauer von diesem verschütteten Bild, fegten die verlorenen Fetzen der Verlassenheit hinweg, und das Gesicht der Geliebten stand nun bei ihm wie ein schöner Traum...

Nun war es wieder, als jage die Hoffnung ihn hinein in die paradiesischen Gärten der Freude; ja, sie trieb ihn, sie bemächtigte sich seiner, sie war wie ein wildes, rasendes Tier, das ihn auf seinem Nacken hinübertrug über alle Abgründe der Angst, der Furcht, der Trauer; er war fast bewußtlos vor Glück, nun, das Gesicht der Geliebten lebendig und verheißungsvoll vor seinen Augen...

Ja, er spürte es mit völliger Gewißheit, als die Grenze nun hinter ihnen lag, daß der unerbittliche Vorhang der Vergangenheit nun hinter ihm rasselnd in die Zeit und in die Welt fiel und daß er nie mehr diesen blutigen Kessel brodelnden Wahnsinns betreten würde, die russische Front; aber das konnte noch nicht das Ende sein, und er spürte es, spürte es mit tödlicher Gewißheit – er hätte nicht zu sagen vermocht, ob es Glaube, Verstand oder Intuition war, vielleicht eine wunderbare Vereinigung von allen – er spürte es, daß die Last auf seinen Schultern nur gelüpft wurde, bevor ein neuer, vielleicht schrecklicherer Abgrund sich vor ihm öffnen würde. Noch dauerte der Kampf der sich verzehrenden Dämonen an, noch war er umgeben von ihrem schwelenden Atem, ausgeliefert der Gier dieser geifernden Zungen; noch pendelte die ungeheure Waage des Krieges mit fürchterlicher Geduld, während das Blut zwischen ihren Balken herausquoll; noch war der Tag nicht gekommen, wo eine der Schalen mit schrecklichem Getöse nach unten fallen und im Irrsinn des Untergangs Millionen Leiber mit sich reißen würde...

Im prächtigen Licht des herbstlichen Tages glitt die Ebene am Zuge vorüber, und Berge und Wälder, unberührt und unschuldig; zwischen den Türmen grauer Wolken schimmerten großartige Schlösser in violetten Gewändern überirdischer Feierlichkeit...

Im Abteil herrschte eine geladene Stille, als sei die Freude schon in der Gewißheit einer Enttäuschung erstickt; diese vom Krieg zerrissenen Soldaten, verstümmelt an Leib und Seele, fuhren nicht in irgendeine paradiesische Erholung, sie fuhren nicht in die Ruhe und den Frieden, der ihnen gebührt hätte, sie wurden von dem ratternden Zug hineingefahren in eine graue zermürbte Heimat, hinein in die teuflische Drohung des Krieges aus der Luft; nirgendwo in der Welt gab es Frieden für sie, den Frieden, der die Heimat macht, sie waren unerbittlich eingespannt zwischen die Kinnbacken des Schicksals; es war die unheimliche Stille einer gräßlichen Resignation im Abteil...

Die Menschen waren müde geworden, willfährig und widerstandslos in den Fängen des Krieges, der sie wie eine seelenlose Masse zerbröselte; nur der blinde, brennende Finger des Schmerzes ließ sie manchmal aufschreien...

17

Grau, grau, grau war das Antlitz der Stadt; ein widerwärtiges, häßliches Grau, ein liebloses Grau ohne das sanfte Spiel der anderen Farben, das im Grau des Dämmers mitspielt; es war ein düsteres, seelenloses Grau, als habe eine der Giftdrüsen des Satans sich geöffnet und das farbenvolle Spiel der Schöpfung überschwemmt mit der dumpfen, bohrenden Kälte der Verzweiflung; grau, grau, als habe die Hölle ihre Schlacken wie Staub über die Erde gestreut, das scheußliche Pulver absoluter Verlorenheit; auf den Dächern der Häuser und in den ekelhaften Zahnlücken der Zerstörung lag dieses Grau ebenso wie auf den furchtbaren Gesichtern der Menschen, die alterslos und geschlechtslos schienen, farblos und hoffnungslos. Straßenbahnen und Menschen, Wagen und arme, arme Tiere drehten sich in dieser apokalyptischen Kirmes, die man den Verkehr nennt, müde und trostlos wie von einer unsichtbaren, scheußlichen grinsenden Macht getrieben; die ganze Welt war Christoph wie ein ungeheurer Alpdruck, ausgespannt von Horizont zu Horizont, eine riesige graue Glocke der Verzweiflung. Die lefzende Geilheit war erloschen, das Triumphgeheul des Krieges war verstummt vor den drohenden, immer näher rückenden Wänden zweier Fronten, die das Reich zusammendrückten; die ungeheure Frage war nur noch, welcher Teufel würde welchen Teufel besiegen? Die abgewetzten, stumpfen Zivilisten unterschieden sich fast nicht mehr von den

Horden grauer Soldaten, die scheinbar immer irgendwohin unterwegs waren; siebenhundertundsiebenundsiebzigtausend Teufel der Unordnung hatten sich der sogenannten Organisation bemächtigt, und Befehle überstürzten sich in sinnloser Folge, einander widersprechend, auflösend, und die nackte Willkür herrschte bei allen denen, die »etwas zu sagen hatten«. Der Krieg schien zu einer Art Weltanschauung geworden, die mit nackter Idiotie Natur und Vernunft vergewaltigte; jedermann war irgendeinem Befehl zu Folge zum Tode verurteilt; die bloße Disziplin erwies sich als eine Schlange der Unordnung, die sich in den Schwanz biß...

Grau war das Antlitz der Welt, grau war das arme Gesicht Deutschlands, und grau, grau war diese Stadt...

In öden Schaufenstern war ein blöder Osterkitsch wie der letzte Krampf einer Reklame für Nichts ausgestellt; Verwundete, Amputierte, ausgemergelte Zivilisten, zertrümmerte Häuser wie grinsende Lücken des Nichts inmitten einer Welt des Scheins; trostlos und erfüllt von einem geheimen Schauer des Irrsinns gingen die letzten Monate des Krieges an. Christoph humpelte mit seinem Gipsbein quer durch die Stadt, deren einst so reizendes Gesicht verhüllt war von den unabwendbaren Dämmern des Untergangs; der graue Himmel schien in einem ständigen Zögern zwischen Regen und Schnee erstarrt und eingeschlafen, farblos und ohne Blüte...

Es war wie ein gespenstischer Spaziergang unter Leichen; nicht einmal die Lust lebte noch in diesen Gesichtern; wölfische, leichenhafte Gier flackerte wohl in manchem Auge, und die Trauer manchen Gesichts war noch lebendig vom Blute des Leides, aber die Masse dieses müde treibenden Stromes war tot, tot. Er ging langsam, fast als fürchte er sich, die freudige Spannung seines Herzens seinem Tritt mitzuteilen und den hastigen Trott der

Umgebung mit seiner Freude herauszufordern. Er freute sich auf Cornelias Gesicht, so, wie er sich tausend Jahre lang jeden Tag auf ihr Gesicht freuen würde; freute sich auf den Tabak und das Brot, und in seiner abgenutzten, grauen Soldatentasche trug er eine Flasche Wein, als sei sie das kostbarste Gut unter der Sonne. Freilich zuckte auch in ihm eine schmerzliche Unruhe auf, wenn er der Nachrichten gedachte, die er erfahren, aber dieses Mahl mit Cornelia, das letzte Mahl in ihrem kleinen Hotelzimmer, sollte noch der Freude gehören; nein, nein, noch wollte er nichts hören von den dunklen und beschwörenden Stimmen, die den nahenden Tanz des Untergangs ansagten...

An einer großen Straßenkreuzung wurde der ganze Strom von Soldaten und Zivilisten aufgehalten und jeder Passant auf seine »Papiere« geprüft. Ein riesenhafter, bullengroßer Feldwebel hatte seine Arme wie einen Schlagbaum quer über den Bürgersteig gespannt, auf seiner Brust ein großes Blechschild; zwei Soldaten überprüften die Papiere, während ein junger Offizier, scheinbar teilnahmslos, eine hochmütige Frechheit auf seinem Gesicht, beiseite stand, um in Zweifelsfällen zu Gunsten der Macht zu entscheiden. Auf der Straße stand ein großer, grauer Lastwagen, der die Aufgegriffenen aufnahm. Langsam wurde die lange Schlange der Wartenden durch die pedantische Mühle der Papier-Kontrolle gelassen; manchmal hörte man einen leicht aufflammenden Wortwechsel, der schnell erlosch; einzelne tröpfelten auf den Wagen, Soldaten und Zivilisten. Christoph rückte mit pochendem Herzen der Kontrolle näher; immer wieder, sooft er auch täglich durch diese Kontrollen lief, überfiel ihn die Angst vor den schauerlichen Abgründen der »vaterländischen Gerechtigkeit«. Er legte schließlich mit zitternden Händen sein Soldbuch und seinen Urlaubsschein in die gleichgültig ausgestreckten Hände des Prüfenden;

in solchen Augenblicken, wo ihm das Messer spürbar an der Kehle saß, betete er immer mit einer stammelnden Inbrunst. Der Soldat gab ihm seine Papiere zurück und deutete mit einer Kopfbewegung an, daß er weitergehen könne. Es war Christoph als sei er neugeboren, so frei und reich fühlte er sich. Er warf noch einen Blick zurück auf den Lastwagen, da rief ihn die kurze, herrische Stimme des Offiziers an; auf den Stock gestützt, humpelte er die wenigen Schritte über den harten grauen Asphalt bis zum Rande des Gehsteigs auf die kalte, wie erstarrte, elegante Uniform zu, in der ein einstmals junges Gesicht wie eine Totenkammer des Hochmuts unter dem dräuenden Stahlhelm ihm verächtlich entgegensah. Einen Augenblick lang, während ihn diese harten Herrenaugen anblickten, schien es Christoph, als sei er erkannt und schon verurteilt; dann sagte die tonlose, wesenlose Stimme plötzlich ganz leise und fast gepreßt, als folge sie einem inneren Zwang: »Machen Sie Ihre Knöpfe zu!« Und das Gesicht wandte sich gleichgültig ab...

Cornelia lauschte gespannt auf den Schritt, der so bekannt und vertraut immer die Treppe heraufholperte, als schlage abwechselnd ein leichter und ein schwerer Hammer auf die hölzernen Stufen. Das Hotelzimmer, an einem dumpfen, schon am frühen Nachmittag künstlich erleuchteten Korridor gelegen, war eine jener engen Kombinationen von Wohn- und Schlafzimmer und Küche, in denen das von den Wellen des Krieges von seinem Herde vertriebenen Volk zu hausen gewohnt war. In dem engen, mit billiger, verschlissener Tapete bekleideten Raum stand ein riesengroßes Bett aus dunklem Holz, zwei morsche Schränke und ein runder, kleiner Ofen, der als Herd diente; ein kleines Fenster an der Querseite des Bettes führte in eine enge Gasse hinaus; eingeklemmt zwischen die Lücken der Schränke und des Bettes standen roh gezimmerte Bücherregale aus Kistenbrettern; einzig die Renoirschen Kinderköpfe und Landschaften, an den Wänden mit Zwecken festgeheftet, gaben dem Raum ein Gepräge von Wohnlichkeit, und die bunten Rücken der Bücher, eingepfercht zwischen die bräunlichen Möbel, die von den Sünden vergangener Geschlechter zu ächzen schienen. Mitten in der Stube stand ein reizender kleiner Rokokotisch mit geschweiften Beinen, entzückend und schön in dieser verkommenen Umgebung wie ein Menuett.

Im Treppenhaus und in den Korridoren war ein dauerndes, summendes Gemurmel, Pfeifen, Rufe, Türenschlagen und das Geräusch von Schritten. Aber Cornelia hörte aus diesem Konzert den einen Schritt noch nicht heraus...

Noch einmal prüfte sie die Knusprigkeit der wunderbaren gelben Kuchen in der Pfanne, schichtete das Brot noch einmal auf und betrachtete mit lächelnden Augen die Butter und die Wurst; dann setzte sie das brodelnde Teewasser wieder ab. Es erschien ihr doch wie ein Wunder, daß Christoph, der alle Schwarzmärkte zwischen Le Havre und Odessa kannte, alle diese herrlichen Dinge zum Essen und Trinken heraufbeschworen hatte. Mein Gott, Eier und Butter, Tee, und diese geliebten kleinen weißen Dinger, Zigaretten; ja, wenn sie auch nie übers Herz gebracht hätte, von allen diesen anderen Köstlichkeiten zu essen, ehe Christoph zurück war, aus dem Vorrat an Zigaretten wollte sie eine rauchen. Sie zog den Stuhl an den Ofen und zündete eine Zigarette an...

Es war so wunderbar still draußen; schon einen ganzen Tag lang hatte die Sirene nicht geheult, ja, vierundzwanzig Stunden hatte dieses fürchterliche Instrument des Krieges geschwiegen. Fast war es, als sei das lähmende gelbe Tuch des Schreckens, das ständig über den Städten hing, weggezogen; man konnte wirklich atmen. Die Nachmittage waren so kurz, daß sie nur wie Anhängsel an den Mittag schienen; schnell und plötzlich, ohne die milde Verzögerung des Dämmers, brach die Nacht immer herein in dieser Jahreszeit, und je länger die Nächte waren, um so länger war die Drohung der Bomben wie ein schreckliches Schwert über sie gespannt...

Es war jene Stunde zwischen drei und vier, wo der Nachmittag fast verweilen will, wo er stillsteht und zögert, ehe er einen letzten, weiten Schritt in den Abend macht...

Cornelia war so glücklich, daß sie es kaum begreifen konnte. Einen Raum allein zu haben, keinen Hunger und keine Kälte zu spüren und die langen Tage und Nächte immer mit Christoph zusammenzusein, schon viele, viele Wochen lang, das war so unwahrscheinlich schön; wenn auch die Wirklichkeit des Krieges ständig am Horizont flackerte; ihre Gegenwart, ihr »Leben«, wie sie es nannten, war doch von den Sonnen der Liebe umstrahlt; ihre Küsse und Umarmungen und die köstlichen Zwiegespräche in den Nächten, das war das wirkliche Leben. Oft empfand sie dieses erbärmliche Zimmer wie eine Kapsel des Glückes inmitten der grauenhaften Umgebung. Ach, wenn man es nur hätte abschließen können gegen jede Drohung und Gefahr; sie wünschte sich oft, hier regelrecht eingesponnen zu werden von den Fäden der Zeit, hinausgehoben aus dem Strom des unerbittlichen Geschehens draußen, das immer an den Rand ihres Lebens pochte wie ein Pulsschlag des Verderbens. Ach, so manches Mal war der alte, süße, dunkle Traum vom Paradies in ihr wach geworden wie ein betörendes Kreisen in ihrem Blut, das alles, alle Gefühle und Gedanken und den sanften Dämmer des Bewußtseins umfing; als sei eine alte schöne Melodie in sie hineingegossen wie ein Strom unfaßbarer Freude, wie eine goldenglühende Flüssigkeit, die in ihr pulste...

Die Zeit des Krieges, lange, lange Jahre, war so oft verschüttet gewesen von der grauen, zermürbenden Spreu des Wartens, die das Feuer der Erwartung überhäufte mit ihrer dumpfen matten Masse. Diese Jahre waren verlöscht wie ein Traum, der im Banne des Schlafes unendlich schien und vor dem Gesicht des Tages zerstiebt; sie waren verlöscht vor den glühenden Minuten der Gegenwart, die sie wie lachende Ewigkeiten umspielten; ja, sie war eingehüllt von Glück wie von goldenen, herrlichen Schleiern, und sie tanzte darin wie ein entzücktes Kind.

Oft schien es ihr, als könne sie mit einer Ewigkeit von Mühsal soviel Glück nicht verdienen, und wenn die schauerliche Fratze der Bombengefahr über den Horizont heraufzog, war sie fast glücklich, daß sie mit Schrekken und Angst einen Teil ihrer Schuld bezahlen konnte.

Sie warf den Zigarettenstummel lächelnd weg. Gott allein weiß, wieviel das Lächeln wiegt, das um den Mund der Liebenden spielt...

Seitdem sie am Morgen dieses Tages beim Kämmen die ersten winzigen Spuren grauen Haares entdeckt hatte, war ihr erst klargeworden, daß sie wirklich und wahrhaftig bald dreißig Jahre zählte; das schien ihr so ungeheuerlich, dreißig Jahre! Das Gewicht, das sich einen Augenblick lang auf ihre Schultern hatte legen wollen bei dieser Erkenntnis, glitt an ihr vorbei und versank im Abgrund der Zeit; diese dreißig Jahre schienen ihr wie ein einziger großer Sprung; würde es ein weiterer großer Sprung sein, und sie wäre dann sechzig? Um Gottes willen – sechzig Jahre! Hätte sie ihr eigenes, entzückendes Lächeln werten können, sie hätte gewußt, daß sie auch mit sechzig noch nicht alt sein würde...

Sie hatte fast Lust, noch eine Zigarette zu rauchen, aber es war ihr zu lästig, noch einmal aufzustehen und zum Nachtschränkchen zu gehen; sie saß so wunderbar warm am Ofen, so eingewiegt von der Melodie ihrer Gedanken, versunken, eingehüllt in die Bewegungslosigkeit derer, die von einer unendlichen Harmonie gebannt sind...

Der Rhythmus von Christophs Schritten tröpfelte in ihr Bewußtsein; ein leichter Schritt, ein schwerer, und dazwischen das helle Aufschlagen des Stockes; sie sprang mit erglühendem Gesicht auf, setzte den Teekessel wieder aufs Feuer und eilte zur Tür. Nach der stummen Freude der ersten Umarmung blickte sie forschend in sein Gesicht; es war ihr fast, als sei ein Schatten darübergeflogen, aber so sehr sie auch suchte, sie konnte nichts mehr davon entdecken...

»Mein Gott«, sagte sie lächelnd, während sie mit ihren ruhigen schmalen Händen den Tisch deckte, »sind wir nicht seit Jahren wirklich und wahrhaft Vagabunden? Wir werden immer – glaube ich – etwas von aufgescheuchten Vögeln haben, deren Nest zerstört ist und die irgendwo einmal auf einem Telegraphendraht eine Weile ausruhen dürfen, ehe der nächste Gassenjunge einen Stein nach ihnen schleudert. Nie mehr werden wir diesen vagabundischen Unterton aus unserem Leben herausbringen. Oder glaubst du, daß wir einmal etwas derart kennenlernen werden, was unsere Väter und Mütter Frieden nannten?«

Christoph hatte die Weinflasche entkorkt und die Stühle angerückt; mit glänzenden Augen sah er dem schönen Weib zu, der spannungsvollen Anmut ihrer Bewegungen, und immer wieder, jede Minute, erfüllte ihn der Anblick ihres Gesichtes mit Freude. »Das Tollste«, sagte er, »ist, daß wir überhaupt keine Generation bilden. Im Kriege geboren, unter dem Zepter eines lächerlichen Kaisers, aufgewachsen in einer morschen Republik, die so bis zur Blödsinnigkeit human war, daß sie ihre eigenen Mörder, ohne sie zu erkennen, umarmte, wurden wir in dem Augenblick, wo die Flamme der Jugend in uns aufblühte, von der absoluten Finsternis dieses Staates verschlungen; und mit einer rasenden Hetze wurden wir durch die Abgründe seiner Macht gepeitscht, daß wir nicht zur Besinnung kommen konnten, bis er seine letzten Zuckungen, die im drohenden Fackelschein des Untergangs jetzt anheben, vollführt hat. Nun sind wir dreißig Jahre alt geworden, wo wir das Erbe der Verwesung antreten; nein, ich glaube nicht, daß wir das werden Frieden nennen können; komm, wir wollen erst beten.«

Sie saßen einander an dem hübschen Tisch gegenüber; Christoph füllte die Gläser und küßte ihr lächelnd die Hand und stieß mit ihr an: »Es ist wie ein Traum, mein liebes Herz, länger als sechs Jahre ist es her, seit ich mich blind in die Hände der Vorsehung fallen ließ und dich zum Geschenk erhielt...« Die Erinnerung rauschte wie eine mächtige Woge heran und überschwemmte die beiden, die sich küßten, küßten mit jener irren Freude, die den Altgeborenen stets eine Torheit erscheinen wird.

Und sie aßen auch mit jener törichten Lust, die den Satten ewig unverständlich sein wird...

Draußen war der Abend schnell und lautlos über die Erde gefallen. Die beiden hatten ihr Mahl beendet und saßen nun nebeneinander. Wieder sah Cornelia auf Christophs Gesicht jenen fremden Schimmer, der sie beunruhigte und den sie nicht fassen konnte, so schnell war er darübergehuscht, als werde von unsichtbarer Hand mit einem Tuch flink darüber gewischt. Aber er lächelte sie an, als wolle er bezeugen, daß sie sich nicht zu sorgen brauche. Sie sah ihn ernst und forschend an.

»Sag mir einmal, du«, begann sie, »glaubst du, daß wir das Schwerste hinter uns haben; hast du das Gefühl oder gar die Gewißheit, daß wir über den Berg sind? Wagst du zu hoffen, daß das dunkle Gewicht nun ganz in die Vergangenheit abpendelt?« Christoph faßte ihr Gesicht in seine Hände; scheu und suchend, seine Augen verdunkelten sich von einer qualvollen Müdigkeit, und er streichelte ihre Wangen, fast als wolle er sie zerbröckeln, wie Brot, das man spielend ißt. »Ach, ich denke mir, daß die Wochen und Monate des Untergangs schlimmer sein werden als alles, was vorher war. Wenn ich meiner Vorstellung freien Raum lasse, sehe ich nur düstere Flammen, die gegen eine dicke Schicht Qualm blaffen. Den Tod vor Augen, werden die Führer des Volkes in selbstzerstörerischer geifernder Wut alles mit hinabzerren wollen, was ihnen unter die Hände gerät; beißen und bellen werden sie wie tolle Hunde, und der blinde Gehorsam eines riesigen Heeres wird Blut genug in ihren Schlachthäusern fließen lassen: Ach, du«, flüsterte er ganz leise und drängte sein Gesicht, das arm und grau geworden war, gegen ihre Wangen, »wir wollen versuchen, uns ganz nah zusammenzuhalten in dieser fürchterlichen Verwirrung, die nun schon anhebt. Ich will nicht mehr, du!« Er löste sich von ihr, stand dann auf und begann in der Stube umherzuhumpeln. »Nein«, sagte er müde, »ich will nicht mehr. Es ist schrecklich, sechs Jahre in einem Krieg Soldat gewesen zu sein und immer wünschen zu müssen, daß er verlorengeht; den Untergang zu sehen und gleichzeitig zu wissen, daß irgendeine Macht, die nachher kommt und den Kadaver dieses Staates mit Fußtritten traktiert, wahrscheinlich auch des Teufels ist; alle Macht dieser Welt ist des Teufels, und ein Tausch der Macht ist nur ein Tausch relativ hoher oder niedrigerer Teufel, das glaube ich bestimmt. Unsere Generation ist völlig festgefahren in den Irrsinn der Auflösung aller Ordnung; jeder Idiot wird dir sagen, daß Religion mit Politik nichts zu tun hat, und ich glaube bestimmt, daß die Religion die Aufgabe hat, sich einfach an die Stelle der Politik zu setzen. Das ist die einzige Möglichkeit, diese sich in den Schwanz beißende Schlange der Verwirrung kaputtzumachen. Sollen sie doch ruhig die Toten ihre Toten begraben lassen! Ach, ich bin es satt, durchgedreht durch die Mühle des Krieges, nun am Sterbebett dieses Staates zu stehen und gleichzeitig zu wissen, daß das Folgende auch nur irgendeine Peitsche der Dummheit sein wird, die uns nur quälen kann.« Er rauchte in heftigen Zügen seine Zigarette und blieb manchmal stehen, die Hände in müder Abwehr geballt, und es schien fast, als klage er Cornelia selbst an. »Glaubst du denn, diese Leute, die uns mit Gummisohlen und Büchsenfleisch besiegen werden, würden jemals begreifen, was wir gelitten haben? Glaubst du, sie würden es begreifen, was es heißt, von ihnen mit Bomben und Granaten und von unserem Staat mit Teufeleien überschüttet worden zu sein, zwischen diese beiden Mühlsteine geraten zu sein? Sie können einfach nicht so viel gelitten haben wie wir, und es gibt seit Christi Tod eine Hierarchie des Leidens, nach der wir Sieger bleiben werden, ohne daß es die Welt jemals erfährt und versteht.« Er beugte sich plötzlich zu ihr und küßte heftig ihr Haar. »Könnte ich mich mit dir irgendwohin verkriechen, wo wir weder die Sieger noch die Besiegten zu sehen brauchten. Komm, wir wollen wenigstens die Flasche Wein austrinken.« Und er küßte sie mit der verzweifelten Trauer, die nur die Soldaten kennen, und es schien eher, als wolle er sie ermorden; dann aber fand sich sein hoffnungsloser Blick aus den trostlosen weiten Steppen der Müdigkeit zurück, und er sah mit dunklen, armen Augen in ihr Gesicht. »Was ist dir?«, fragte er leise. Sie faßte seine Hände und zog ihn nahe, so nahe, daß er die Wärme ihres Mundes spürte, und ihr Gesicht, dieses schöne Gesicht, berührte ihn fremd und fast feierlich, so sehr war es verändert von einer tiefen Trauer, die er noch nie bei ihr gesehen hatte.

»Ich bin so glücklich gewesen, du, daß ich alles Leid, was ich getragen habe, und alles, was ich noch tragen muß, ohne jede Sicherheit dagegen zahlen möchte; aber ich glaube, das eine könnte ich nicht ertragen, es würde mich ein zu hoher Preis dünken, daß du jemals irre werden könntest an der Wahrheit und an der Wirklichkeit des Kreuzes; du darfst nicht verzweifeln, und du kannst nicht verzweifeln, wenn du dich besinnst. Es gibt kein Leid auf dieser Welt, nichts gibt es, was nicht umspannt wird von den ausgebreiteten Armen des Kreuzes. Du!«, rief sie, als wolle sie ihn erwecken, »das hast du selbst mir gesagt, damals, als wir uns fanden und mich das fade, äußere Gesicht der Kirche abstoßen wollte... du! Ich bitte dich!« Er stöhnte, als seien ihre Hände auf seiner Schulter wie eine ungeheure Last. »Ja, ich weiß alles; alles das weiß ich; aber ist es nicht fürchterlich, wie verschwindend wenige Männer der Kirche sich in Deutschland gegen den Wahnsinn erhoben haben; sind wir nicht schrecklich einsam? Müßte es nicht so sein, daß jeder Christ, der dir begegnet mit einer selbstverständlichen Brüderlichkeit, vom Bischof bis zum letzten Kaplan, eines Sinnes mit dir ist und dir mit allen – nach staatlichem Recht – ungesetzlichen Mitteln hilft; vor allem aber bereit ist, die Wahrheit zu sagen. Aber sieh nur, wie sie sich, je höher ihre klerikale Würde, um so eleganter mit ihrer Diplomatensprache um alle Klippen, die sich auftun könnten, herumschwätzen, nur um ihre kostbare staatsbürgerliche Sicherheit zu bewahren; wir sind allein, und es ist nicht gut, daß der Mensch allein sei!« Cornelia war aufgestanden und streichelte lächelnd sein Gesicht. »Ach, du weißt ja auch, daß die Kirche uns gar nicht verlassen kann, selbst wenn sie es wollte! Sie lebt ja in jedem Sakrament und in jedem Opfer; und sie lebte noch, wenn es nur einen einzigen Christen gäbe; komm, wir müssen gehen, du, es ist bald sechs.« Sie küßte ihn auf den Mund. »Ach, du, ich glaube, ich liebe dich noch, wenn ich nicht mehr lebe.« Sie wusch sich ihre Hände, während Christoph, schon im Mantel, ihr mit traurigem Gesicht zuschaute; er blickte sie manchmal prüfend an, als wolle er etwas sagen, aber dann lächelte er schmerzlich und streichelte wie abwesend ihren hübschen Nacken...

Klar und kalt war es draußen, jene jungfräuliche Kälte zwischen Winter und Frühling; die Sterne funkelten wie kristallene Spritzer im kühlen Blau der Nacht. Es schien, als habe der Atem der Dunkelheit ein gespenstisches Leben in der verlorenen Stadt geweckt; ein irres Treiben war in den finsteren Straßen; lachende Paare und lautlose Gruppen, die der stumme Bann der Geilheit umschlungen hielt; hinter den verdunkelten Fenstern der Kneipen schlug die Woge des Vergnügens wie eine trübe Witterung hervor...

Die beiden gingen schnell, als fürchteten sie sich, von diesen Wogen verschlungen zu werden, und es war eine Erlösung, als sie endlich aus dem Trubel der Innenstadt in die stille Versunkenheit einer abgelegenen Straße kamen, wo eine kleine Kapelle in einer Villa eben das schwache Läuten zum Gottesdienst begann; und es war, als würde durch dieses ärmliche, schüchterne Läuten ihre Eile erhöht, sie liefen fast, je näher sie dem kleinen Hause kamen. Selbst der geschmacklose Schmuck der Kirche konnte ihre Freude nicht vermindern, als sie endlich den stillen, kleinen Raum erreicht hatten...

Erst als sie schon niederknieen wollten, ließ Christoph Cornelias Arm los; es war ihm, als stürben seine Worte, diese dunklen Worte der Verzweiflung, wie fader Schaum, der an der Luft und am Licht trocknet, als nun die wunderbare Stille des Raumes ihn umschloß. Es war schon eine Gruppe von Menschen versammelt, fast wie im Unterbewußtsein sah er die grauen Rücken der Leute – darunter Uniformen –, und er faltete dankbar die Hände...

Sie waren in dieser kleinen Kirche wie in einer Arche geborgen, während das Geheimnis des Opfers sich vollzog. Dunkle Brände breiteten sich am Himmel aus, und vom Horizont her schlug die Flamme der Zerstörung gegen sie an, aber sie waren geborgen, geborgen in den stillen und kühlen Tälern der Hoffnung. Es war ihnen, als hätten sie noch nie im Leben wirklich und wahrhaft eine Messe erlebt; die einfache und großartige Handlung des Opfers wurde von einem kleinen, schmalen Priester vollzogen; sie erglühten, ohne das Geheimnis des Feuers, das sie ergriffen hatte, zu verstehen, und es dünkte sie Vermessenheit, gegen dieses Geheimnis anzugehen mit dem menschlichen Geiste...

Es war still, so wunderbar still, wie es vielleicht manchmal im Paradiese gewesen ist, wenn alle schliefen; so still war es, als der Priester sich bescheiden umwandte: Er sprach mit ungeschulter Stimme: »Meine lieben Brüder und Schwestern, es wäre Vermessenheit, wollten wir Menschen begreifen, was um uns herum geschieht an Leid, Leid und Unrecht; wir können nur beten, wir müssen schweigen vor dieser großen Wolke von Leid, die über unser Volk hereingebrochen ist.« Er schwieg eine Weile und blickte die kleine Gemeinde ratlos und gequält an: »Doch je mehr wir uns der Wirklichkeit dieses Leides bewußt werden, um so näher rücken wir dem Geheimnis des Opfers Jesu Christi, der alles menschliche Leid ausgekostet hat bis zum Tode; und wir wollen beten, beten und all unser Leid aufopfern mit Ihm; und auch wir wollen immer bereit sein zum Tode. Amen.«

Es war ungeheuerlich zu wissen, daß vorne ein wirklicher Mensch die heiligste aller Handlungen vollzog; und die Sehnsucht nach dem Mahle stieg in ihnen auf und wuchs, wuchs über die Trauer und Freude der Wandlung hinweg, und es war ihnen, als erführen sie zum ersten Male in ihrem Leben, daß man sich nach dem Opfermahle sehnen kann...

Sie fanden lange keine Worte zueinander, als sie zu Hause in ihrer Stube waren; es war, als seien sie verstummt, und fast mit Verlegenheit blickten sie einander an...

Christoph fand endlich den Mut zu sprechen. »Cornelia«, sagte er schüchtern, »wir müssen uns bereit machen zum Aufbruch; wir müssen mitten hinein in die Schlacht des Untergangs.« Er nahm beschwichtigend ihr Gesicht in seine Hände: »Ich habe vieles erfahren heute mittag in der Stadt. Die Fronten drängen sich immer mehr zusammen, und wir können gewärtig sein, jeden Augenblick die russischen Panzer hier anrollen zu hören, während im Westen längst der Rhein erreicht ist. Wir müssen zu den Unseren gehen, wir dürfen nicht hinter dem dunklen russischen Vorhang hier verschwinden; komm, ich muß das Gipsbein wieder abmachen, und du mußt mir einen neuen Marschbefehl schreiben gegen Westen. Ach, du«, sagte er traurig, »ja, wir hatten beide geglaubt, hier das Ende zu erleben und wie in einem Traum in den sogenannten Frieden einfach überzugehen, aber ich glaube, Gott will nicht, daß wir so leichten Kaufes davonkommen; komm, man kann die Fahnenflucht ergreifen vor den Preußen, aber Gottes Ruf entgeht keiner; komm, mein Herz, heute noch müssen wir gehen.« Sie schrak auf. »Heute noch!«, rief sie, und er sah auf ihrem Gesicht einen Schmerz, so jäh und uralt, wie er auf den Gesichtern jener beiden gewesen sein muß, die aus dem Paradiese verstoßen wurden. Und doch war in ihren traurigen Augen das Wissen, daß alles, wie es auch komme, unabwendbar sei...

Sie schrieb den Marschbefehl, versteckte noch einige Blanko-Formulare in ihrem Kleid und warf den Rest in den Ofen, wie Christoph es ihr gesagt hatte; aber er schrak auf, als die Flamme die Papiere ergriffen hatte. »Mein Gott«, rief er, »damit hätten wir noch vielen armen Hunden helfen können.« Aber dann winkte er ab und fuhr fort, mit einer großen Schere den Gipsverband von seinem Bein zu lösen.

Während er das abgestorbene Bein trainierte, indem er in der Stube auf- und abging, gab er Cornelia Anweisung, was sie einpacken sollte; und immer lächelte er über das, was sie mitnehmen wollte. Er ließ einen Rucksack mit Lebensmitteln und einer Decke zu, den Cornelia tragen sollte, und einen schwereren für sich, der einige kostbare kleine Bücher, wenige Kleider und die Zigaretten enthielt. Dann bestimmte er lächelnd die Kleidung. »Ach, mein armes Mädchen, man sieht, daß du nicht bei der Infanterie gewesen bist, bei der königlich-kaiserlich-preußischen-hitlerisch-renovierten Infanterie, die durch Europa marschiert ist, als sei es ein ungeheurer Kasernenhof; ich glaube, du würdest keine Haarspange zuviel mitnehmen wollen; weiß Gott, was wir noch alles wegwerfen müssen; aber es ist alles, alles viel leichter, weil wir zusammen sind. Ach, du«, er blieb mit freudigem Gesicht vor ihr stehen, »bedenke doch, wir beide zusammen!«

Es war ihnen schwer und leicht, als sie ihr kleines Zimmer verschlossen und Christoph den Schlüssel in die Tasche steckte. »Ich glaube nicht, daß wir ihn noch einmal brauchen werden, aber er soll uns eine Erinnerung sein«, sagte er.

Das Gerücht, daß die Russen näher rückten, hatte sich in der Stadt verbreitet, hatte sie erst gelähmt und dann ein wildes, schreckliches Leben in ihr geweckt; eine tolle

Fluchtpanik griff um sich, und man sah die Straßen oft versperrt von Kolonnen fliehender, ängstlicher Menschen, die mit irrsinnigen Bündeln von Gepäck auf den Weg gingen; auf allen Bahnhöfen lagerten Massen, die auf Züge warteten; an jeder Straßenecke fast stand eine Streife, die alles anhielt, was irgendwie zur Verteidigung der Stadt brauchbar schien; Männer wurden von ihren Familien gerissen, um irgendwo »eingesetzt« zu werden, Kinder wurden abgeschleppt; alle Dämonen der Unvernunft waren entfesselt; aber auf Christophs Marschbefehl stand eine Klausel, die selbst diesen düsteren Knechten einer blinden Disziplin imponieren mußte. Mit Cornelias Handschrift geschrieben stand dort: »Wird auf Befehl des Führers unter dem Stichwort: ›Forschung‹ entlassen und darf von keiner Dienststelle angehalten werden«, und es war mit vielen Stempeln gesiegelt – so schlägt man am besten den Mächtigen dieser Erde mitten ins Gesicht. Aber obwohl Christoph spürte und wußte, sicher wußte, daß alles Irrsinn war und daß es Selbstmord gewesen wäre, ohne Not zurückzubleiben, nicht eine Minute wurde er das bittere Gefühl der Scham los, daß er als einziger von allen Männern ungehindert durch die Sperre kam.

Es war eine mühselige Fahrt gegen Westen. Manchmal fuhren sie einige Kilometer vor Kälte schnatternd auf irgendeinem Auto, meistens gingen sie zu Fuß über die Landstraßen, und von überall her floß neuer Zustrom von Flüchtlingen auf die großen Straßen, während die Kälte fast vor Schärfe glühte; weinende Kinder und klagende Frauen und die schrecklichen Gesichter der völlig »Ergebenen«, welcher Mensch könnte das beschreiben! Es war, als habe eine unbekannte Hand mit düsterem Rot an den kalten, blauen Himmel geschrieben: »Es gibt keinen Frieden auf Erden...«

Am Morgen des nächsten Tages fanden sie sich ermüdet und schmutzig, von Kälte fast getötet, am Ausgang eines kleinen Dorfes im Herzen Deutschlands und hörten einem Manne zu, der mit schrecklich stillen Worten, mit einer unnatürlichen Nüchternheit berichtete, daß die Stadt, die sie am Abend verlassen, schon in Bausch und Bogen von den Russen genommen sei und daß man im Westen den Rhein schon überschritten habe. Cornelia fühlte, daß Christophs Hand, die in der ihren lag, noch kälter wurde, und sie blickte ihn ängstlich an; der aufsteigende Morgen beleuchtete eine Gruppe von Flüchtlingen, die eben von einem Kraftwagen abgesetzt worden war und nun vergebens gegen die Türen der umliegenden Häuser pochte, wo sie sich ein wenig wärmen wollten. Das Gepäck der beiden hatte sich schon verringert; vieles hatten sie in der Nacht verschenkt an frierende Kinder und klagende Mütter, an hungrige Männer und verzweifelte Greise, die sich über die erbarmungslose Landstraße schleppten. »Hätten wir doch mehr mitgenommen«, hatte Cornelia gesagt, als sie eines ihrer Bücher hergaben, um am Rande der Straße ein Feuer zu entzünden. Christoph hatte immer nur geschwiegen, aber er suchte, ihr so nahe als möglich zu sein.

Verschiedene Häuser hatten nun ihre Türen geöffnet und ließen Leute von der Straße herein. Die beiden blieben als letzte stehen, und Cornelia wandte Christoph zitternd ihr halberfrorenes Gesicht zu; er drückte fest ihren Arm und sprach nach langen Stunden zum ersten Mal, und als sie seine Stimme hörte, von Müdigkeit zerknittert und doch ruhig und stark, ahnte sie zum ersten Male etwas von der Last, die die Soldaten in diesem Kriege getragen haben. »Wir können uns nicht wärmen«, sagte er fast gleichgültig, »wir müssen weiter; sie sind doch schon über den Rhein, und Mutter wohnt doch nur wenige Kilometer vom Rhein entfernt jetzt, auf dieser Seite, ich muß, muß sie sehen... zu ihr...«, und seine Stimme brannte auf...

Er sprang plötzlich mitten auf die Straße und stellte sich fest und ruhig vor einen heranrasenden Wagen, der schließlich, als schreie er vor Angst auf, mit hellem Knirschen knapp vor ihm hielt. Cornelia lief rufend zu ihm hin. Sie sah, daß Christoph seinen Marschbefehl in der Hand hielt und mit einem Offizier im Inneren des Wagens sprach, aus dessen Augen die blanke Feigheit wie ein wölfisches Feuer sprühte. Christoph sagte gleichmütig: »Sie müssen mich mitnehmen – Führerbefehl – Geheimwaffe!« Der Offizier hätte fast strammgestanden, sitzend und ängstlich blickend hätte er fast strammgestanden vor dem einen Wort. »Ihre Frau?«, sagte er heiser und deutete mit der brennenden Zigarre auf Cornelia. »Steigen Sie hinten auf.« Sie umgingen den Wagen, und Christoph half lachend Cornelia hinaufzusteigen; sie rückte sich zwischen Kartons und Kisten zurecht und streckte ihm lächelnd ihre Hände entgegen – aber im gleichen Augenblick setzte der Wagen mit einem heftigen Ruck an, Christoph fiel zur Erde – und als er wie ein Irrsinniger den Kopf hob, sah er nur noch ferne im Nebel der Frühe Cornelias ausgestreckte Arme und hörte ihre Schreie; das Geräusch des fahrenden Wagens verlor sich immer mehr... er blickte ihm nach, als glaube er nichts, nichts mehr... dann krallte er sich mit einem Schrei in den harten, festgefrorenen Schlamm, als müsse er die Erde zwingen, sich zu öffnen...

Und er fand Cornelia nicht mehr, so sehr er auch hoffte, indem er von Dorf zu Dorf weiterging, sie zu finden, irgendwo am Straßenrand, so sehr er auch forschte und fragte, sie hatte sich verloren in den immer mehr sich zusammendrängenden Massen der Flüchtlinge...

Sein Mund war von Jammer wie versiegelt; hinein, hinein in das traurige Antlitz der Zukunft glaubte er zu waten, durch Tränen und Blut, durch Schmutz und Elend... allein... allein, und er konnte nicht mehr glauben, daß er die Mutter wenigstens noch finden würde; völlig ungewiß aller Tatsachen, nur umschlungen von wilden Gerüchten, ließ er sich, immer schweigend, hineintreiben in das arme Gesicht der Heimat, nach Westen. Allein... manchmal bekam er ein Stück Brot, manchmal schlief er irgendwo, mit Kälte zugedeckt; er sah die Menschen zusammengeballt zu Blöcken, eingeklemmt wie in einer Falle, aus der es kein Entrinnen gab; von Osten und Westen schoben sich die Fronten unerbittlich zusammen wie anrückende dunkle Wände, und aus der Luft schlugen die teuflischen Hämmer der Bomben; rettungslos verloren waren sie zwischen den Kinnbacken des Krieges; und die arme, verratene, sich selbst fremde Armee geisterte in der heillosen Verwirrung umher, hoffnungslos versponnen in ein Netz blödsinniger Befehle, die niemand mehr entwirren konnte; aber der blutige Zwang eines mörderischen Gehorsams hielt das zerschlissene Gefüge zusammen; und in diesen fürchterlichen Teppich von Verwirrung fraßen die wildesten, entfesselten Triebe, Angst und Gier und Wollust und Vernichtungslust, klaffende Löcher wie dunkle Flecken des Nichts...

Es kam die Stunde, wo ihm von Westen nur noch Soldaten entgegenkamen, während die zivilen Flüchtlinge auf der Stelle verhielten und zitternd, wer den Wettlauf gewinnen würde, hofften, daß die Welle aus dem Westen sie überspülen würde, ehe der dunkle Wall aus dem Osten sie erreicht hatte...

Christoph handelte nur noch wie im Traum; völlig erschöpft und zerrissen, bärtig und schmutzig, mit erloschenen Augen, ließ er den Strom der Soldaten an sich vorüberziehen; er war so weit, daß er sich nun angesichts des offenbaren Wahnsinns nicht mehr schämte. Obwohl die Befehle immer mörderischer wurden, gleichsam als treibe der Teufel Spott mit sich selbst, wurden die Kontrollen immer gleichgültiger, weil die tödliche Gewißheit des verlorenen Krieges allmählich mit unerbittlicher Stetigkeit sich in den Gehirnen festzusetzen begann...

Jetzt galt es nur noch den einen Kampf, vor dem Feind den Ort zu erreichen, in dem die Mutter wohnte, und die Hoffnung, dort vielleicht auch Cornelia zu finden; Cornelia, um die er keine Angst litt, die er nur maßlos entbehrte. Diese Hoffnung gab ihm neue Kraft; er wurde wieder wachsam, wie aus Träumen geweckt, ein durchtriebener Landsknecht, der die Schliche des Lebens kennt...

Er hatte sich einen dunklen Zivilmantel erbettelt, seine Gamaschen von den Füßen gestreift und ging nun, an einem berauschend milden Abend, vorsichtig horchend, die Geräusche der nahen Front einordnend in die uralte Erinnerung an das Leben vorne. Die Kälte hatte jäh aufgehört, und der April schien mild und süß zu beginnen...

Christoph stand auf einer kleinen Höhe und sah eine weite Landschaft, Hügel und kleine Wälder, darin verstreut winzige Dörfer, die in Wäldern ertrunken schienen; ferne, ferne, wo der Dunst sich verdichtete am Horizont, wußte er den Rhein.

Es war noch hell, und er konnte weit hinten die Explosionswolken von Granaten sehen; er hörte auch jenes dunkle, ferne Wummern wie das Brummen einer teuflischen Gemütlichkeit; die nackte, widerliche Fratze des modernen Krieges wirkte von weitem, an diesem lieblichen Abend, wie ein Gesicht, das, von Decken verhüllt, murmelt.

Rechts, wo er die kleine Stadt wußte, in der die Mutter

lebte, war es merkwürdig still, drohend und unheimlich still, als schleiche jemand in der Gegend umher. Ob das Gerücht stimmte, nach dem man schon in weitem Bogen umgangen und eingekesselt war? Christoph schüttelte ärgerlich den Kopf; immer wieder fiel er auf den dämonischen Stumpfsinn der Gerüchte herein, die alle die vielen tausend Skalen mit je vielen tausend Möglichkeiten zwischen der absoluten Wahrheit und dem absoluten Gegenteil ständig hin und her pendeln...

Dieses dunkle Schweigen rechts von ihm war wirklich geheimnisvoll und bannte ihn, aber er ging tapfer mitten in diese drohende Stille hinein. Er hatte das Gefühl, in einen unheimlichen, mit Tausenden von Explosionsmöglichkeiten geladenen Raum zu treten; jeden Augenblick konnte irgendeine Mine in die Luft gehen; aber vielleicht waren seine Nerven von der achttägigen Flucht überreizt; er ging schneller, und es war merkwürdig, je mehr der Dämmer niedersank und sich verdichtete, um so mehr schwand seine Angst; er ging eine Stunde, ohne einem Menschen zu begegnen; dunkel brummte die Front vorne, und nun fiel ihm ein: Mein Gott, da mußte doch noch ein Widerstand sein; und es war ihm erschreckend, wie fremd und fern er sich dieser Armee fühlte; er fühlte sich wie ein Abenteurer, ein Bettler und Landstreicher, der nach langer, langer, mühseliger Wanderschaft nach Hause ging.

Er durchschritt eilig den stillen Wald, hinter dem sich die Stadt verbarg. Mein Gott, noch eine Viertelstunde! Das Knattern eines Maschinengewehrs klang so furchtbar friedlich, wie das gewohnheitsmäßige Schießen an einer gemütlichen Front, die in beiderseitiger Defensive erstarrt ist, um nie mehr anzugreifen. Mein Gott, war denn hier wirklich noch Krieg, während überall die Auflösung schon vollzogen war?

Auf den Straßen der Stadt sah er Leute an Wasserhähnen Schlange stehen, während Artillerielagen über ihre Köpfe hinwegbrausten, als sei es das alltäglichste Geräusch für sie von Kindheit an. Christoph fragte einen alten Mann nach dem Wege, bekam eine freundliche Antwort und eine Zigarette dazu geschenkt. Sieht man denn, daß ich Soldat bin? dachte er erschreckt, und er bemerkte, daß sein Mantel weit offenstand und seine Uniform deutlich sichtbar war. Er schloß hastig den Mantel. Und er fand das Haus. Schweigend und düster zeigte es verschlossene Läden, verloren in einer jener Kleinstadtstraßen, wo man glauben möchte, daß plötzlich eine Frau, in der Mode der neunziger Jahre gekleidet, den Kopf aus dem Fenster stecken müßte, um ihn wieder errötend zurückzuziehen...

Er stand ängstlich vor dem Haus und wußte im gleichen Augenblick, daß er Cornelia hier nicht finden würde; die Stille schien noch erhöht durch das seltsam wesenlose, fremde Geräusch der Artillerie, das irgendwie theatralisch klang; er hatte das schreckliche Gefühl, wie auf einer Bühne zu stehen, als glücklicher Heimkehrer, mit dem Auftrag, an die Tür zu klopfen und im Jubel eines freudigen Wiedersehens zu versinken; sein Herz aber war so schwer, als sei er schon tot, ja, als sei er wirklich gestorben und noch einmal auf die Welt gesetzt, um wieder zu erleben, was menschlicher Jammer und menschliche Trauer sind. Er pochte fast gedankenlos an die Tür... und er hätte nicht glauben können, daß diese hübsche, blonde Frau, die ängstlich und fragend in der Türöffnung stand, seine Schwester war. »Grete«, sagte er leise, und es schien ihm, als habe er sie nie gekannt; ihr jäher, schriller Schrei weckte ihn auf, tolle, wirre Umarmungen und gleichzeitig das merkwürdig peinliche Gefühl, daß seine Schwester ihn nun zum ersten Male in seinem Leben küßte; er stieg hinter ihr die Treppe hinauf, während sie mit zwitschender Stimme allerlei erzählte...

Aber er erwachte vollends, als er am Bett der Mutter stand. Dieses bleiche, Unsagbares wissende, schmale Gesicht, von dichten, völlig weißen Haaren umkränzt! Und daß diese ernsten dunklen Augen so kindlich lächeln konnten! »Mein Junge«, sagte sie leise und hob ihre schmale, fleischlose Hand... und sie war wirklich, wirklich die Mutter, diese weise Frau, so weise, daß er erschrak; er küßte den kalten, schmalen Mund und fühlte, wie die Tränen heiß und heftig über sein Gesicht strömten...

Es wäre ihm töricht erschienen, hier zu sprechen. Die Mutter war so ernst, als wisse sie wirklich alles, alles, was an Leid und an Schmerz auf der Welt möglich ist, und doch blühte auf dem Untergrunde dieses Ernstes ein Lächeln wie die alte Torheit der Hoffnung. Ja, das war die Mutter. Christoph aß und trank, an ihrem Bett sitzend, und die Gewißheit, bei ihr geborgen zu sein, milderte sogar die blutende Wunde um Cornelia...

Als sei die irrsinnige Spannung, die taumelnde Wachheit der treibenden Sehnsucht aus ihm herausgehoben, erwachte sein Körper zu seiner natürlichen Müdigkeit; ohne es zu bemerken, sank er auf die Knie und fiel, den Kopf zwischen den Armen verborgen, halb auf ihrem Bett liegend, in einen tiefen Schlaf...

Als er erwachte, schien es, als sei die Hölle mit einer gigantischen Jazzkapelle auf die Erde gebrochen... Krachen, Streichen, Summen, Schlagen, Dudeln, ein höhnisches Johlen und ein weichliches, gräßliches Flattern, als strichen riesige Vögel ganz nahe über die Erde; und dazwischen, unerwartet wild und dumpf, irrsinnige Paukenschläge; und der helle Tag brach durch die abgedunkelten Fenster; aber mehr noch als dieser Lärm der entfesselten Technik, mehr noch als das schreckliche Schreien seiner Schwester, die mit verzerrtem Gesicht wie ein erschrecktes Kind am Fuße des Bettes stand, mehr noch bannte ihn das Gesicht der Mutter, die mit weit geöffneten Augen, ernst und traurig ins Unbekannte blickte, als sähe sie mitten hinein in eine gräßliche Fratze, ohne sich zu fürchten, während ihre Linke auf ihrem Herzen und ihre Rechte auf seinem Arm lag; ihr Mund war so fest geschlossen, als habe sie erfahren, daß alle Worte sinnlos sind und daß es nur die lebendige Gnade gibt, den Wind in den Segeln des Willens; aber dann, als habe das leibhaftige Entsetzen seinen schrecklichsten Trumpf noch aufgespart: ein berstender, brüllender Knall, als öffne sich die Erde zu einer grausigen Geburt, ganz nahe bei ihnen. Und er spürte noch, wie die Hand der Mutter sich um seinen Arm krallte und sich wieder leicht und liebevoll löste, dann sah er, daß sie erloschen war, und während er die an allen Gliedern bebende, weinende Schwester umarmte, hörte er nicht, daß es draußen nun unheimlich still wurde...

Endlich fiel ihm die grauenhafte Ruhe draußen wie eine drückende Last auf die Ohren, und er hätte nicht zu sagen vermocht, wie lange er schon dastand und das Gesicht der Mutter betrachtete... da lief er ans Fenster und zog den Vorhang zurück. Und er sah auf der Straße zwei fremde Soldaten in gelblichen Uniformen, die einen Amputierten in grauer Uniform fortführten, die Gewehre schußbereit in der Hand, während der Gefangene hilflos auf seinen Krücken einherhumpelte... da brach es wie ein dunkler Strom aus ihm heraus, er warf den Mantel ab, stürzte sich ohne Abschied aus dem Hause, warf die Arme hoch, als müsse er alles, alles wegwerfen, und eilte der Gruppe nach...

Als Epilog

18

Vor den beiden Freunden ragte die verwüstete Silhouette der Stadt mit ihren abgebrochenen Türmen und ihren stumpfen Giebeln auf wie ein armes, von Narben zerstörtes Antlitz. Sie waren ganz allein in der weiten, kahlen Allee am Rhein; der kühle Wind spielte in dem raschelnden Laub, und je tiefer der Abend sank, um so mehr schienen sie allein zu sein. Schweigend gingen sie nebeneinander; Joseph, der von den Siegern aus der Gefangenschaft der Macht befreit, und Christoph, der aus der Gefangenschaft der Sieger entlassen war. Ihre Gesichter waren schmal von Hunger, aber ihre Augen glühten noch von der Freude des Wiedersehens...

Fahl war der Herbst geworden und arm, schon unerbittlich den kalten Armen des Winters entgegengesunken; langsam, langsam gingen die beiden ihren alten Weg am Rhein entlang, während der Abend immer tiefer sank. Sie standen an das Geländer gelehnt und blickten in den Strom, dessen unablässiges Gemurmel sie anzog wie eine beschwörende Stimme, die erzählt, daß alles, alles Menschliche nichtig und wichtig zugleich ist.

»Friert dich auch«, fragte Christoph leise, »und mußt du dich auch immer wieder fragen, ob du nicht geträumt hast?« Er schrie plötzlich, als wolle er das gleichmäßige Murmeln des Stromes durchschneiden. »Nein, nein, ich kann es nicht glauben, daß Vater und Mutter tot sind und daß Hans irgendwo in diesem dunklen Lande begraben ist; und die Gewißheit, daß Cornelia lebt, für mich lebt, verschleppt, vielleicht mißhandelt, aber lebt, scheint mir traumhaft; ein Traum. Die Gewißheit ihres Daseins ist wie eine Hoffnung, die jede Sekunde erlischt und jede Sekunde neu aufflammt, wie ein Feuer, das mich dauernd verzehrt und zugleich stärkt; die Gewißheit, daß Cornelia da ist, unerreichbar, unauffindbar, aber wirklich da...«

Joseph antwortete ihm, ohne sich umzuwenden:

»Ich habe es immer wieder gespürt in diesen sieben Jahren, daß die Hoffnung nicht zu erdrosseln ist in mir; ich habe sie zu ermorden, zu erwürgen, zu zertreten versucht; sie war immer wieder da; unser ganzes Leben ist ja nur Hoffnung, wir sind immer in einem Tale der Hoffnung, wir können einfach nicht heraus; Gott will uns offenbar haben. Ach, ich hätte mir manchmal gewünscht, ich wäre mit meiner Hoffnung gestorben. Viele der anderen, die Leichen, ertrugen es leicht; für sie gab es nur Suppe, Brot und Tabak, du wirst das aus euren Käfigen auch kennen, ein infernalischer Kreislauf, der sie trug. Wir aber mußten die Hoffnung mit uns herumschleppen, das schrecklichste Gepäck, das uns aufgeladen war; schrecklich und süß zugleich, immer wieder enttäuschend und immer wieder verheißend; wir sind angenagelt an die Hoffnung und sie an uns...« Er schwieg, und es war ein unsagbares, wildes, tiefes, menschliches Glück in seinem Schweigen. Christoph wandte sich fragend zu ihm hin: »Mein Gott, was sollen wir tun? Beten und arbeiten?« Joseph blickte weiter fast unbewegt zum Strom hin.

»Ja«, sagte er, »beten und arbeiten; uns unserer Freiheit freuen trotz der Gefangenschaft des Hungers; und die Hoffnung auf uns nehmen; und die Wirklichkeit verkünden; jeden Tag unseres Lebens daran denken, daß es kein Traum war, was in diesen sieben Jahren geschehen ist, sondern Wirklichkeit. Die Leute werden es wieder vergessen, das Geschlecht der Ahnungslosen wird wieder auf den Thron kommen, und obwohl es fast sicher ist, daß die Ahnungslosen wieder siegen werden, wir wollen die Wirklichkeit verkünden.« Nun blickte er Christoph voll an, und Christoph war erstaunt, wie sanft und mild seine Augen waren nach diesen heftigen Worten; und Joseph sprach zu ihm, eindringlich, und fast schien es, als rede er in ihn hinein wie in einen Brunnen, der alles auffing:

»Die Ahnungslosen leugnen die Wirklichkeit des Kreuzes, des Leides in aller Form, obwohl sie es sind, die Gott immer wieder kreuzigen. Wir wollen gegen sie kämpfen, wenn es auch ekelhaft ist, ermattend und scheinbar so unsagbar zwecklos, als wolle man das Meer austrinken. Nichts, nichts ist ihnen heilig als ihre bürgerliche Sicherheit, mag sie Staat, Partei, Kirche oder Geld heißen. Sie haben im Jahre 33, während der Kreuzigung Christi, beim ersten oder zweiten Frühstück gesessen, und ihr Geschlecht, das Geschlecht der unbegrabenen Leichen ist nicht ausgestorben bis heute...

Wir sind durch die Schrecken des Krieges und der Gefangenschaft gegangen wie durch einen Feuerofen; wir haben die blutigen Schlachtbänke des Elends besucht und unsere Augen in Feuer getaucht an den riesigen grauen Hürden, die das Feld der Erniedrigung einsäumen; wir sind in die Spuren der Hunde mit hängenden Bäuchen getreten, die der strengen Wissenschaft der Leichenfledderer obliegen; wir haben die dunklen Gärten der Schmach besucht, und unsere ausgebrannten Augen haben sich entzündet an den roten, geilen Gewändern der Wärter; wir haben die blakige, patschige Suhle der Prostitution gesehen und den äffisch stinkenden Misthaufen der Hurerei, der immer wächst und wächst, denn das Blut unzähliger junger Mädchen nährt ihn; wir haben die düsteren, dumpfen Jagdgründe der Reichen aller Kategorien abgesucht, die dunklen Jagdgründe, aus denen sich eine erstaunliche Menge blanken Goldes scharren läßt; wir haben die von metaphysischen Schauern starrende Kloake betreten, wo die unzähligen Abgetriebenen wimmern; alle Gossen und Gräber und Hinterhäuser haben wir durchstöbert; alle, alle Orte, wo gekreuzigt wird und gepeitscht wird; wir sind in die ausgetrockneten Bergwerke gefahren, auf spröde knarrenden, lahmen Aufzügen in die ausgetrockneten Bergwerke der sogenannten Wissenschaft; und wir haben den Tod gesehen, der durch die blutige Finsternis der Lager und Schlachtfelder ging und die schrecklich Verstümmelten sammelte; ach, Kasernenhöfe haben wir gesehen und die Lager, in denen die Todgeweihten die Geißelung und Dornenkrönung erfuhren. Immer wieder, wenn wir heimkehrten aus diesen Abgründen des Entsetzens, sahen wir in die Augen dieser fröhlichen Dummköpfe, die die Armut und das Elend leugnen, deren Augen verhüllt sind von einem ekelhaften Schleim der Mittelmäßigkeit, der ihnen die Wirklichkeit verbirgt...

»Wir müssen lernen, sie zu erkennen, diese Mörder des Geistes, die sich meist geistige Oberschicht nennen; sie kennen keinen Glauben und keine Hingabe, und wenn sie sich Christen nennen, so wollen wir ihnen nicht glauben; sie verkaufen Gott nicht einmal, sie ›umgehen‹ ihn. Wir aber wollen nie vergessen, daß Jesus Christus gekreuzigt worden ist als Opfer der Gerechtigkeit dieser Welt und daß wir leben für IHN, der nach allen Spielregeln der Rechtsprechung verurteilt war. (Ein Glück nur für die Ästheten, daß das Kreuz in Palästina als Todesmaschine üblich war, sonst müßten sie eine Guillotine oder einen Galgen in ihr Schlafzimmer hängen.)«

Über Heinrich Böll
im dtv

»Ohne daß er es wollte, verkörpert er heute die deutsche Literatur und mehr als die Literatur.«
Marcel Reich-Ranicki

Marcel Reich-Ranicki

Mehr als ein Dichter
Über Heinrich Böll

ISBN 3-423-11907-1

Bernd Balzer

Das literarische Werk Heinrich Bölls

Einführung und Kommentare
ISBN 3-423-30650-5

dtv portrait

Heinrich Böll

von Viktor Böll und Jochen Schubert
ISBN 3-423-31063-4

»Die Sprache kann der letzte Hort der Freiheit sein.«
Heinrich Böll

Heinrich Böll im dtv

»Man kann eine Grenze nur erkennen, wenn man sie zu überschreiten versucht.«
Heinrich Böll

Irisches Tagebuch
ISBN 3-423-00001-5

Zum Tee bei Dr. Borsig
Hörspiele
ISBN 3-423-00200-X

Ansichten eines Clowns
Roman
ISBN 3-423-00400-2

Wanderer, kommst du nach Spa...
Erzählungen
ISBN 3-423-00437-1

Ende einer Dienstfahrt
Erzählung
ISBN 3-423-00566-1

Der Zug war pünktlich
Erzählung
ISBN 3-423-00818-0

Wo warst du, Adam?
Roman
ISBN 3-423-00856-3

Gruppenbild mit Dame
Roman
ISBN 3-423-00959-4

Billard um halb zehn
Roman
ISBN 3-423-00991-8

Die verlorene Ehre der Katharina Blum
Erzählung
ISBN 3-423-01150-5

Das Brot der frühen Jahre
Erzählung
ISBN 3-423-01374-5

Ein Tag wie sonst
Hörspiele
ISBN 3-423-01536-5

Haus ohne Hüter
Roman
ISBN 3-423-01631-0

Du fährst zu oft nach Heidelberg und andere Erzählungen
ISBN 3-423-01725-2

Fürsorgliche Belagerung
Roman
ISBN 3-423-10001-X

Was soll aus dem Jungen bloß werden? Oder: Irgendwas mit Büchern
ISBN 3-423-10169-5

Die Verwundung und andere frühe Erzählungen
ISBN 3-423-10472-4

Heinrich Böll im dtv

Schriften und Reden 1952–1985
in 9 Bänden (dtv 10601–10609)

Frauen vor Flußlandschaft
Roman
ISBN 3-423-11196-8

Eine deutsche Erinnerung
ISBN 3-423-11385-5

Nicht nur zur Weihnachtszeit
Erzählungen
ISBN 3-423-11591-2

Unberechenbare Gäste
Erzählungen
ISBN 3-423-11592-0

Entfernung von der Truppe
Erzählungen
ISBN 3-423-11593-9

Die Hoffnung ist wie ein wildes Tier
Briefwechsel mit Ernst-Adolf Kunz 1945–1953
ISBN 3-423-12300-1

Der blasse Hund
Erzählungen
ISBN 3-423-12367-2

Der Engel schwieg
Roman
ISBN 3-423-12450-4

Und sagte kein einziges Wort
Roman
ISBN 3-423-12531-4

Das Vermächtnis
Erzählung
ISBN 3-423-13017-2

Briefe aus dem Krieg 1939–1945
2 Bände
ISBN 3-423-13126-8

Rom auf den ersten Blick
Landschaften · Städte · Reisen
ISBN 3-423-13204-3

H. Böll/H. Vormweg
Weil die Stadt so fremd geworden ist …
ISBN 3-423-10754-5

NiemandsLand
Kindheitserinnerungen an die Jahre 1945 bis 1949
Herausgegeben von Heinrich Böll
ISBN 3-423-10787-1

Das Heinrich Böll Lesebuch
Herausgegeben von Viktor Böll
ISBN 3-423-13016-4

Günter Grass im dtv

»Günter Grass ist der originellste und vielseitigste lebende Autor.«
John Irving

Die Blechtrommel
Roman
ISBN 3-423-11821-0

Katz und Maus
Eine Novelle
ISBN 3-423-11822-9

Hundejahre
Roman
ISBN 3-423-11823-7

Der Butt
Roman
ISBN 3-423-11824-5

Ein Schnäppchen namens DDR
ISBN 3-423-11825-3

Unkenrufe
ISBN 3-423-11846-6

Angestiftet, Partei zu ergreifen
ISBN 3-423-11938-1

Das Treffen in Telgte
ISBN 3-423-11988-8

Die Deutschen und ihre Dichter
ISBN 3-423-12027-4

örtlich betäubt
Roman
ISBN 3-423-12069-X

Der Schriftsteller als Zeitgenosse
ISBN 3-423-12296-X

Der Autor als fragwürdiger Zeuge
ISBN 3-423-12446-6

Ein weites Feld
Roman
ISBN 3-423-12447-4

Die Rättin
ISBN 3-423-12528-4

Aus dem Tagebuch einer Schnecke
ISBN 3-423-12593-4

Kopfgeburten
ISBN 3-423-12594-2

Gedichte und Kurzprosa
ISBN 3-423-12687-6

Mit Sophie in die Pilze gegangen
ISBN 3-423-12688-4

Mein Jahrhundert
ISBN 3-423-12880-1

Im Krebsgang
Eine Novelle
ISBN 3-423-13176-4